Politik & Co. 10

Gemeinschaftskunde/ Rechtserziehung/Wirtschaft

Bearbeitet von

Dimitrios Kalpakidis
Gritt Oertel-Sperling
Jana Windisch

Inklusive Aktualitätendienst
Viele Schaubilder, Tabellen und Diagramme werden regelmäßig aktualisiert.

Gymnasium
Sachsen

C.C.BUCHNER

Politik & Co. – Sachsen

Gemeinschaftskunde/Rechtserziehung/Wirtschaft

Band 10

Bearbeitet von Dimitrios Kalpakidis, Gritt Oertel-Sperling, Jana Windisch

Zu diesem Lehrwerk sind erhältlich:
- Digitales Lehrermaterial **click & teach** Einzellizenz, Bestell-Nr. 710941
- Digitales Lehrermaterial **click & teach** Box (Karte mit Freischaltcode), ISBN 978-3-661-71094-5

Weitere Materialien finden Sie unter www.ccbuchner.de.

Dieser Titel ist auch als digitale Ausgabe **click & study** unter www.ccbuchner.de erhältlich.

1. Auflage, 1. Druck 2021
Alle Drucke dieser Auflage sind, weil untereinander unverändert, nebeneinander benutzbar.

Dieses Werk folgt der reformierten Rechtschreibung und Zeichensetzung. Ausnahmen bilden Texte, bei denen künstlerische, philologische oder lizenzrechtliche Gründe einer Änderung entgegenstehen.

Die Mediencodes enthalten ausschließlich optionale Unterrichtsmaterialien. An keiner Stelle im Schülerbuch dürfen Eintragungen vorgenommen werden. Auf verschiedenen Seiten dieses Buches finden sich Verweise (Links) auf Internetadressen. Haftungshinweis: Trotz sorgfältiger inhaltlicher Kontrolle wird die Haftung für die Inhalte externer Seiten ausgeschlossen.

Redaktion: Simon Hameister, Kai Peetz
Layout und Satz: Wildner + Designer GmbH, Fürth
Druck und Bindung: Mohn Media Mohndruck GmbH, Gütersloh

www.ccbuchner.de

ISBN 978-3-661-**71093**-8

Inhaltsverzeichnis

Zur Arbeit mit dem Buch ... 7

1 Wirtschaft und Wirtschaftsordnung in der Bundesrepublik Deutschland ... 10

1.1 Wirtschaftsordnungen im Vergleich ... 12
1.1.1 Wirtschaftsordnungen – was ordnen sie wirklich? ... 12
1.1.2 Freie Marktwirtschaft oder Planwirtschaft – welche Ordnung funktioniert besser? ... 14
1.1.3 Soziale Marktwirtschaft – ein Mittelweg? ... 18
1.1.4 Wettbewerb – braucht ihn die Marktwirtschaft? ... 23

1.2 Wirtschaftsteilnehmer und deren Bedeutung im Wirtschaftsprozess ... 28
1.2.1 Wirtschaftskreislauf – können Modelle helfen, Wirtschaft zu verstehen? 28
1.2.2 Wie wird man Unternehmensgründer? ... 30
METHODE: Analyse von Diagrammen, Schaubildern und Statistiken ... 33
1.2.3 Unternehmensziele: Ist Amazon ein erfolgreiches Unternehmen? ... 34
1.2.4 Wie sind die Arbeitsbeziehungen in Deutschland geregelt? ... 38
1.2.5 Ohne Moos nichts los – welche Rolle spielen die Banken im Wirtschaftsprozess? ... 41
1.2.6 Von der Geschäftsidee zum erfolgreichen Unternehmen – ein schwieriger Weg? ... 44
WAHLBEREICH: Unternehmen und Entscheidung ... 47

1.3 Wirtschaftspolitik – der Staat als Schiedsrichter oder Mitspieler? ... 50
1.3.1 Wachstum, aber wie? ... 50
1.3.2 Wachstum und Nachhaltigkeit – ein Widerspruch? ... 54
1.3.3 Kohleausstieg 2038 am Fallbeispiel Sachsen – ein Weg in die richtige Richtung? ... 56
1.3.4 Das Auf und Ab der Wirtschaft – ein Problem? ... 60
DIGITAL AKTIV: Padlet – digitale Pinnwand im Unterricht ... 64
1.3.5 Wie kann der Staat die Wirtschaft steuern? ... 66
1.3.6 Wie soll der Staat die Wirtschaft steuern? ... 69

1.4 Die Zukunft der Sozialen Marktwirtschaft – Herausforderungen für Politik und Wirtschaft ... 74
1.4.1 Arbeit 4.0 – die Arbeitswelt von morgen? ... 74
1.4.2 Arbeitslosigkeit – eine Aufgabe für die Politik? ... 78
METHODE: Markt der Möglichkeiten ... 82
1.4.3 Das bedingungslose Grundeinkommen – eine gute Idee? ... 83
DIGITAL AKTIV: Durchführen einer Online-Umfrage ... 88
1.4.4 Soziale Sicherung in einer alternden Gesellschaft – ist das möglich? ... 89
WAS WIR KÖNNEN / SELBSTDIAGNOSE ... 93

2 Herausforderungen für Europa in einer globalen Welt ... 96
2.1 Die weltpolitische Situation des 21. Jahrhunderts und ihre politische Gestaltung ... 98
2.1.1 Frieden oder Krieg – was überwiegt heute? ... 98
2.1.2 Konfliktherd Westafrika – was ist eigentlich los in Mali? ... 102
METHODE: Konflikte in einer „Konflikt-Map" visualisieren ... 108
2.1.3 Internationale Missionen in Mali und die Rolle der Bundeswehr – Einsatz für Humanität oder gefährliche Abenteuer? ... 109
2.1.4 Die Vereinten Nationen – kann die UNO den Einsatz in Mali legitimieren? ... 115
METHODE: Einen internationalen Konflikt analysieren ... 119
2.1.5 NATO und OSZE als Akteure der Sicherheits- und Friedenspolitik: im 21. Jahrhundert obsolet? ... 120
2.1.6 NATO und EU – ein sinnvolles strategisches Bündnis? ... 125
DIGITAL AKTIV: Erstellen eines Erklärfilms ... 132

2.2 Unser Leben in der Europäischen Union ... 134
2.2.1 Beeinflusst die Europäische Union auch unseren Alltag? ... 134
2.2.2 Symbole, Werte und Ziele der Europäischen Union: Reichen diese heutzutage noch aus, um die EU zusammenzuhalten? ... 137

2.3 Die Funktionsweise der Europäischen Union ... 142
2.3.1 Umweltpolitik – kann die EU das Plastikmüll-Problem lösen? ... 142
2.3.2 Wie kann die EU-Kommission effektiv zur Lösung der Plastikmüll-Problematik beitragen? ... 146
2.3.3 Kooperation oder Blockade? – das Zusammenwirken des EU-Parlaments und des Ministerrates bei der Lösung der Plastikmüll-Problematik ... 149
2.3.4 Welche Rolle spielen der Europäische Rat und der Europäische Gerichtshof in der EU? ... 154
2.3.5 Das europäische Gesetzgebungsverfahren – zu kompliziert für effektive Problemlösung? ... 158
2.3.6 Ist die Europäische Union demokratisch? ... 162
2.3.7 Löst die EU-Kunststoffrichtlinie die Plastikmüll-Problematik? ... 166

2.4 Die wirtschaftliche Integration der EU ... 170
2.4.1 Der EU-Binnenmarkt – Erfolgsmodell mit Tücken? ... 170
2.4.2 Der Euro als Zahlungsmittel – ein Schritt zur europäischen Integration? ... 172

2.5 Herausforderungen für die EU: Beitritts- und Austrittsverhandlungen ... 175
2.5.1 EU-Erweiterung – soll jeder Staat in Europa Mitglied werden dürfen? ... 175
2.5.2 Fallbeispiel EU-Austritt: Was bedeutet der Brexit für uns? ... 178

2.6 Flucht und Migration – eine humanitäre Verpflichtung für die EU? 182
2.6.1 Die „Flüchtlingskrise 2015" – eine EU-Vertrauenskrise? 182
2.6.2 Wie reagiert die EU politisch auf die Fluchtmigration nach Europa? 186

2.7 Migration und Flucht als globales Problem – welche politische und ökonomische Verantwortung trägt die EU im internationalen Kontext? 192
2.7.1 Welche Verantwortung trägt die EU für die Flüchtlinge in Libyen? 192
2.7.2 Eine gemeinsame Europäische Außen- und Sicherheitspolitik in Libyen? 196
2.7.3 EU-Handelspolitik – welche politische und ökonomische Rolle spielt die EU im Zusammenhang mit Flucht und Migration aus Afrika? 199
WAHLBEREICH: Zukunft Europas 203
WAS WIR KÖNNEN / SELBSTDIAGNOSE 204

Anhang

Methodenglossar 208
Operatoren in den Aufgaben 220
Kleines GRW-Lexikon 222
Register 229
Vollständige Links zu Texten mit CC BY 4.0 231
Bildnachweis 232

METHODEN für das Fach Gemeinschaftskunde/Rechtserziehung/Wirtschaft

Analyse von Diagrammen, Schaubildern und Statistiken 33
Markt der Möglichkeiten 82
Konflikte in einer „Konflikt-Map" visualisieren 108
Einen internationalen Konflikt analysieren 119

METHODEN für die Bearbeitung der Aufgaben

Eine Karikatur interpretieren 208
Einen Elevator-Pitch machen 209
Einen Gallery Walk durchführen 210
Ein Wandplakat erstellen 211
Ein Gruppenpuzzle durchführen 212
Eine Pro-Kontra-Diskussion führen 213
Ein begründetes Urteil bilden 214
Eine Debatte führen – die „Eishockey-Debatte“ 215
Eine Internetrecherche durchführen 216
Ein Interview mit Fachleuten führen 218
Einen Kurzvortrag halten 219

METHODEN für die Bearbeitung der WAHLBEREICHE

Planspiel Unternehmensgründung 47
Szenariotechnik – wie entwickelt sich die EU bis 2050? 203

DIGITAL AKTIV

Padlet – digitale Pinnwand im Unterricht 64
Durchführen einer Online-Umfrage 88
Erstellen eines Erklärfilms 132

Zur Arbeit mit dem Buch

Politik & Co. 10 wurde nach den Vorgaben des Lehrplans für den Unterricht im Fach Gemeinschaftskunde/Rechtserziehung/Wirtschaft des Gymnasiums in Sachsen neu konzipiert. Es ermöglicht euch, liebe Schülerinnen und Schüler, die zentralen Lern- und Wahlbereiche sowie die Kompetenzen des Faches anhand vieler Beispiele aus eurem Leben und eurer Umgebung zu erwerben. Für eure Lehrerinnen und Lehrer ist das Buch eine Hilfe, einen modernen und binnendifferenzierten Unterricht zu verwirklichen.

1 Kapitelauftaktseiten

Jedes Kapitel beginnt mit einer **Auftaktdoppelseite**. Eine Materialseite und offene Aufgaben ermöglichen euch eine erste Annäherung an die Inhalte des neuen Kapitels. Dabei könnt ihr auch zeigen, was ihr schon über das Thema wisst. Außerdem hilft euch ein kleiner Einführungstext, einen Überblick zu erhalten. Schließlich erfahrt ihr hier, über welches Können ihr am Ende des Kapitels verfügen solltet.

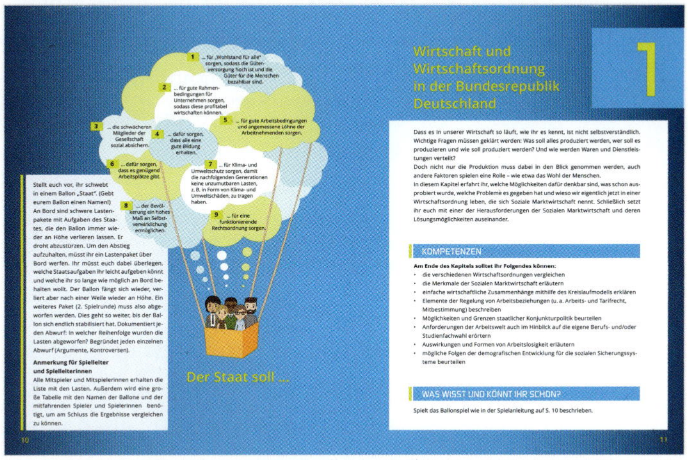

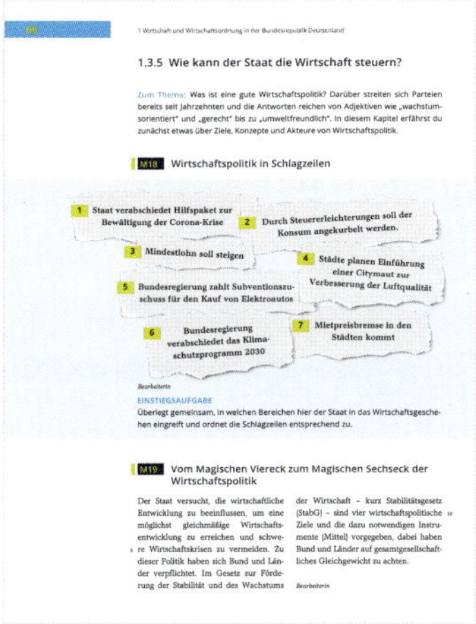

2 Einführung in die Unterkapitel

Jedes Unterkapitel beginnt mit einer knappen Einführung. In der Rubrik „Zum Thema" werdet ihr an das jeweilige Thema herangeführt. Hier erfahrt ihr bereits, was das zu behandelnde Problem der nachfolgenden Seiten ist bzw. mit welchen Themen es bearbeitet werden kann. Im Anschluss an die thematische Hinführung beginnt jedes Unterkapitel mit einem farblich hinterlegten Einstiegsmaterial und entsprechenden EINSTIEGSAUFGABEN. Hier wird in der Regel ein Problem aus eurem Alltag anhand unterschiedlicher Fallbeispiele dargestellt.

3 Aufbau der Unterkapitel

Durch die Arbeit mit dem Materialienteil und den speziell ausgewiesenen **Methodenkarten** schult ihr eure Sach-, Methoden-, Handlungs- und Urteilskompetenzen. Die sorgfältig ausgewählten Quellen (Zeitungsartikel, Bilder, Karikaturen, Grafiken etc.) zeigen unterschiedlichste Perspektiven und vertiefen die zentralen Themenaspekte. Am Ende der Unterkapitel findet ihr den **Aufgabenblock**. Die Aufgaben zeigen euch, wie ihr das Thema mittels der Materialien erarbeiten könnt, wobei jedes Material in einer Aufgabe mit einer konkreten Handlungsanweisung (Operator) bedacht wird.

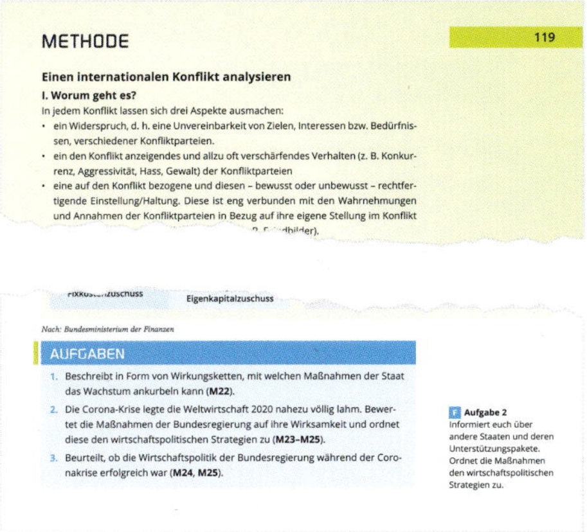

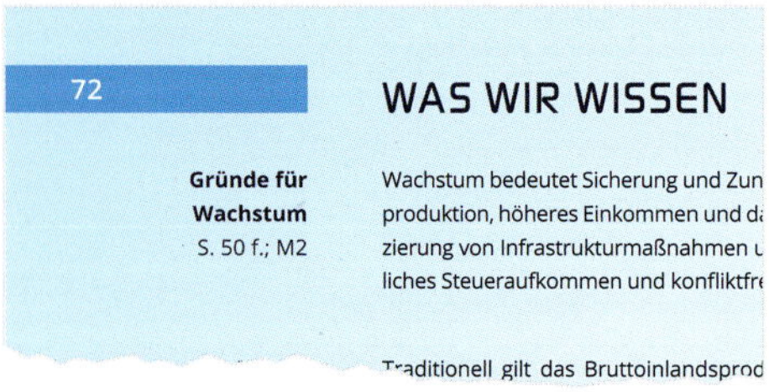
72

WAS WIR WISSEN

Gründe für Wachstum S. 50 f.; M2

Wachstum bedeutet Sicherung und Zun
produktion, höheres Einkommen und d
zierung von Infrastrukturmaßnahmen u
liches Steueraufkommen und konfliktfr

Traditionell gilt das Bruttoinlandsprod

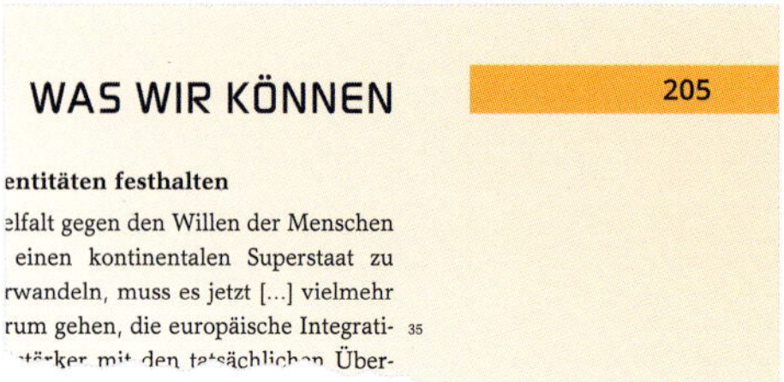
WAS WIR KÖNNEN

205

entitäten festhalten

elfalt gegen den Willen der Menschen
einen kontinentalen Superstaat zu
rwandeln, muss es jetzt […] vielmehr
rum gehen, die europäische Integrati-

4 Kapitelabschluss

Die Seiten „WAS WIR WISSEN“ schließen die Unterkapitel ab. Auf diesen Seiten könnt ihr die wesentlichen Inhalte des vorangegangenen Unterkapitels noch einmal verständlich zusammengefasst nachlesen. Die Informationstexte könnt ihr außerdem für die Vorbereitung auf Klassenarbeiten nutzen.

Die Kapitel schließen jeweils mit der Rubrik „WAS WIR KÖNNEN“ ab. Hier findet ihr Angebote, um die zu Kapitelbeginn formulierten Kompetenzen zu überprüfen. Dies geschieht durch handlungsorientierte Aufgaben, die das gesamte Wissen und Können des Kapitels einfordern und somit die erlernten Kompetenzen sinnvoll zur Anwendung bringen.

5 Selbstgesteuertes Lernen

Im Unterricht für Wirtschaft-Politik sollt ihr nicht nur einfach Fakten stur auswendig lernen und wiedergeben. Vielmehr geht es darum, dass ihr als mündige Bürgerinnen und Bürger am Leben in einer Demokratie teilhaben und es aktiv mitgestalten könnt. Mit der Rubrik „DIGITAL AKTIV“ könnt ihr aktiv politische und digitale „Produkte“ wie Kahoots, Umfragen, Videos, usw. erstellen. So sichert und vertieft ihr selbstgesteuert über einen gewissen Zeitraum (4–6 Unterrichtsstunden) große Teile eines Kapitels.

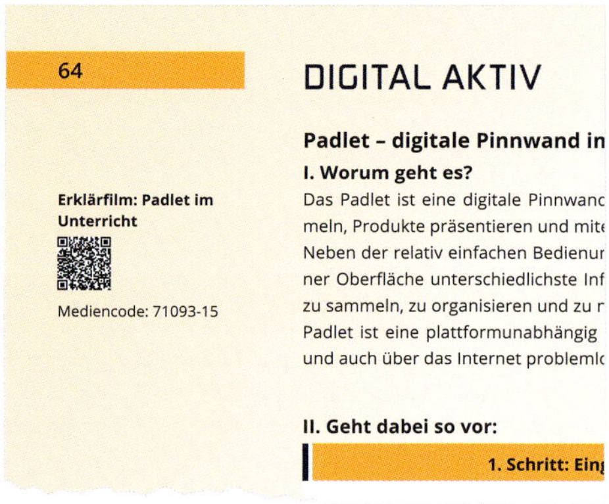
64

DIGITAL AKTIV

Erklärfilm: Padlet im Unterricht

Mediencode: 71093-15

Padlet – digitale Pinnwand in

I. Worum geht es?

Das Padlet ist eine digitale Pinnwanc
meln, Produkte präsentieren und mit
Neben der relativ einfachen Bedienur
ner Oberfläche unterschiedlichste Inf
zu sammeln, zu organisieren und zu r
Padlet ist eine plattformunabhängig
und auch über das Internet probleml

II. Geht dabei so vor:

1. Schritt: Ein

QR- und Mediencodes in Politik & Co. 10 – Sachsen

Mediencode: 71093-01

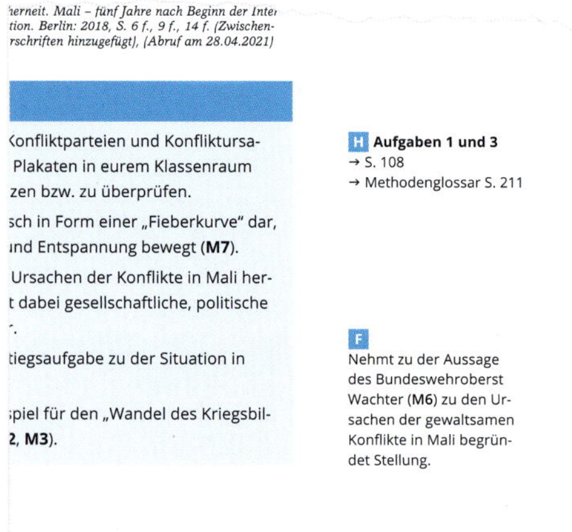
herneit. Mali – fünf Jahre nach Beginn der Inte
tion. Berlin: 2018, S. 6 f., 9 f., 14 f. (Zwischen-
rschriften hinzugefügt), (Abruf am 28.04.2021)

Konfliktparteien und Konfliktursa-
Plakaten in eurem Klassenraum
zen bzw. zu überprüfen.
sch in Form einer „Fieberkurve“ dar,
und Entspannung bewegt (M7).
Ursachen der Konflikte in Mali her-
t dabei gesellschaftliche, politische

tiegsaufgabe zu der Situation in

spiel für den „Wandel des Kriegsbil-
2, M3).

H Aufgaben 1 und 3
→ S. 108
→ Methodenglossar S. 211

F
Nehmt zu der Aussage des Bundeswehroberst Wachter (M6) zu den Ursachen der gewaltsamen Konflikte in Mali begründet Stellung.

6 Mediencodes, Hilfestellungen und Forderaufgaben

In den Randspalten werden zentrale Begriffe und wichtige Zusatzinformationen knapp erklärt. Zudem findet ihr dort **Mediencodes**, die ihr jederzeit direkt (QR-Code ↔ Smartphone) oder über das Suchfeld auf der Homepage des Verlags (www.ccbuchner.de) abrufen könnt. Oft werden mithilfe dieser Mediencodes interessante Zusatzinformationen oder Erklärfilme verlinkt.

Natürlich lernt und arbeitet nicht jeder gleich schnell. Deswegen gibt es in der Randspalte immer wieder **Hilfen** oder **Zusatzangebote** zu den einzelnen Aufgaben. Hinweise, die mit dem Symbol **H** gekennzeichnet sind, geben euch z. B. Tipps oder weisen euch auf eine Methodenkarte im Methodenglossar hin. Wenn ihr eine Aufgabe viel schneller erledigt habt als die anderen oder euch ein Thema besonders interessiert, stehen für euch unter dem Symbol **F** zusätzliche Aufgaben und Herausforderungen bereit.

7 Aktualitätendienst für Schaubilder, Tabellen und Diagramme

- Eine Vielzahl der aktualisierbaren Schaubilder, Tabellen und Diagramme werden regelmäßig angepasst. Der im rechten, oberen Eck der jeweiligen Grafiken stehende Mediencode bietet aktuelle Versionen zum Download als JPEG oder PDF.
- Das Design der im Schulbuch dargestellten Schaubilder, Tabellen und Diagramme wird übernommen und auf einem digitalen Endgerät (z. B. Whiteboard, Notebook, Tablet oder Smartphone) jeweils in aktueller Version verfügbar sein.

M21 Die aktuellen Ziele des Magischen Vierecks

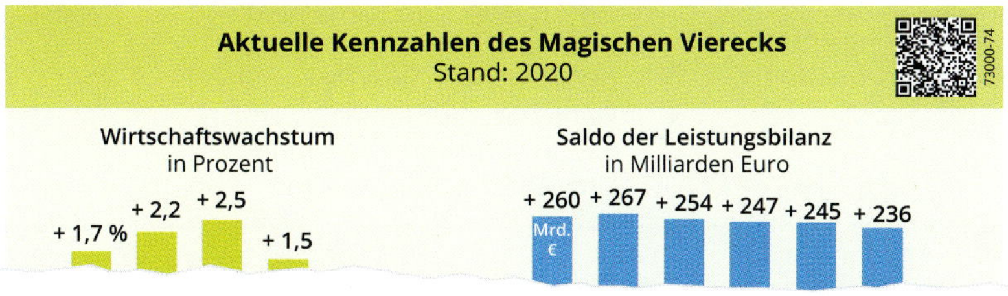

8 Allgemeine Hinweise

- Das **Methodenglossar** am Ende des Buches bietet euch wichtige Methoden, um die Aufgaben besser bearbeiten zu können.
- Ein **GRW-Lexikon** zum Nachschlagen wichtiger Grundbegriffe aus den jeweiligen Kapiteln und ein **Register** zum Auffinden von Querverweisen können euch wichtige Hilfsmittel sein und das selbstständige Arbeiten mit dem Buch erleichtern.
- **Geschlechtergerechte Sprache:** Die **Reihe Politik & Co. - Sachsen** lebt Vielfalt und Gleichheit unabhängig von Alter, Herkunft, Handicap, sexueller Orientierung, Geschlecht und individueller Identität. Alle Texte in dem vorliegenden Buch verwenden in der Regel eine gendergerechte Sprache, die vereinzelt mit Hilfe eines Gender-Doppelpunktes dargestellt wird. Sollte jedoch an einigen Stellen keine geschlechtergerechte Sprache verwendet worden sein, gilt in jedem Fall: Alle gewählten Formen beziehen selbstverständlich stets alle Menschen mit ein.
- Materialien ohne Quellenangaben sind von den Bearbeiterinnen und Bearbeitern verfasst.
- Sofern bei Materialien aus dem Internet kein Verfasserdatum ermittelt werden konnte, wird das „Abrufdatum" genannt.
- Die URL/vollständigen Internetadressen aller verwendeten Materialien aus dem Internet könnt ihr über den nebenstehenden QR- und Mediencode einsehen.

URLs aller verwendeten Materialien aus dem Internet

Mediencode: 71093-02

Der Staat soll ...

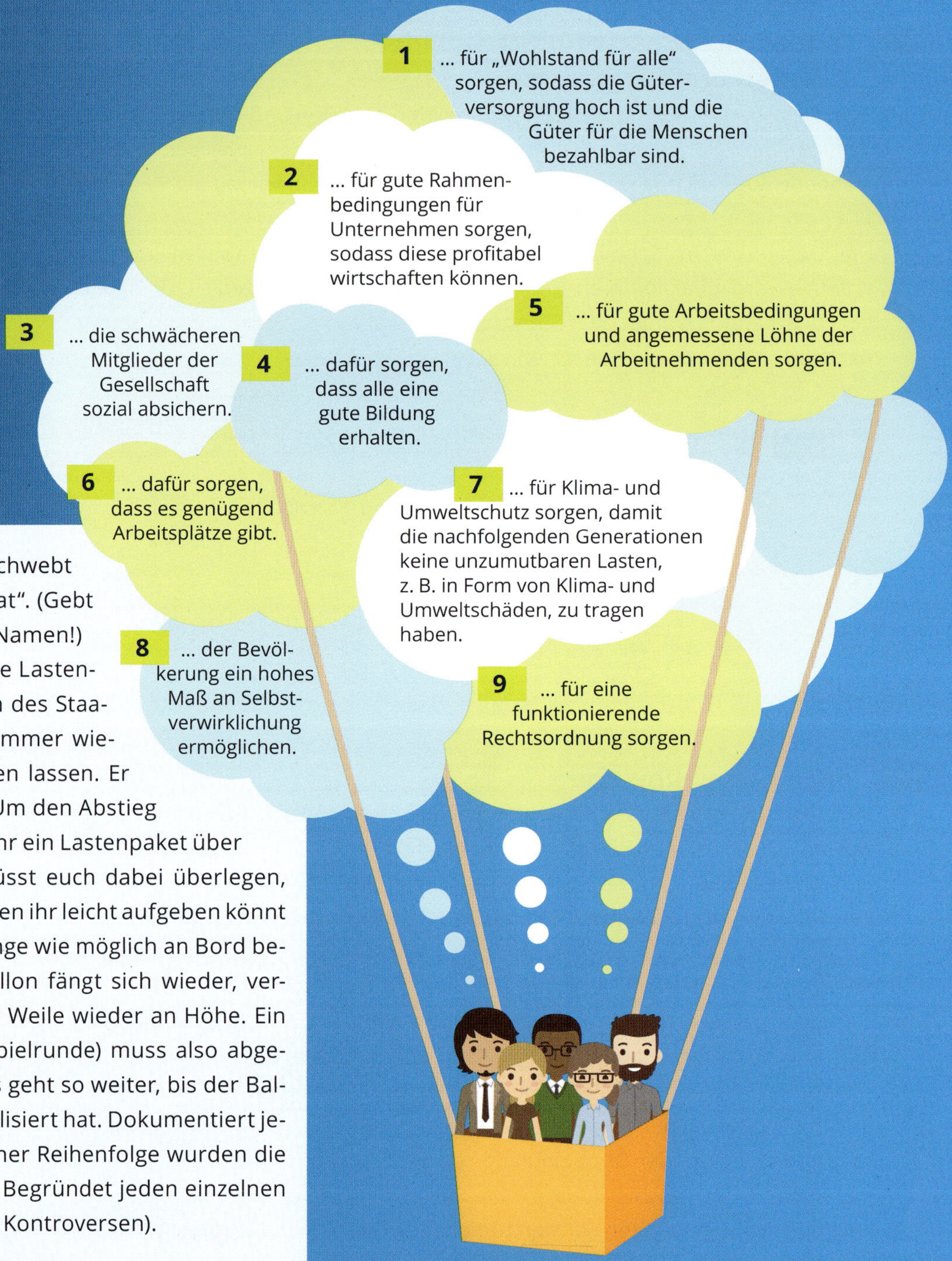

Stellt euch vor, ihr schwebt in einem Ballon „Staat“. (Gebt eurem Ballon einen Namen!) An Bord sind schwere Lastenpakete mit Aufgaben des Staates, die den Ballon immer wieder an Höhe verlieren lassen. Er droht abzustürzen. Um den Abstieg aufzuhalten, müsst ihr ein Lastenpaket über Bord werfen. Ihr müsst euch dabei überlegen, welche Staatsaufgaben ihr leicht aufgeben könnt und welche ihr so lange wie möglich an Bord behalten wollt. Der Ballon fängt sich wieder, verliert aber nach einer Weile wieder an Höhe. Ein weiteres Paket (2. Spielrunde) muss also abgeworfen werden. Dies geht so weiter, bis der Ballon sich endlich stabilisiert hat. Dokumentiert jeden Abwurf: In welcher Reihenfolge wurden die Lasten abgeworfen? Begründet jeden einzelnen Abwurf (Argumente, Kontroversen).

Anmerkung für Spielleiter und Spielleiterinnen

Alle Mitspieler und Mitspielerinnen erhalten die Liste mit den Lasten. Außerdem wird eine große Tabelle mit den Namen der Ballone und der mitfahrenden Spieler und Spielerinnen benötigt, um am Schluss die Ergebnisse vergleichen zu können.

1 Wirtschaft und Wirtschaftsordnung in der Bundesrepublik Deutschland

Dass es in unserer Wirtschaft so läuft, wie ihr es kennt, ist nicht selbstverständlich. Wichtige Fragen müssen geklärt werden: Was soll alles produziert werden, wer soll es produzieren und wie soll produziert werden? Und wie werden Waren und Dienstleistungen verteilt?

Doch nicht nur die Produktion muss dabei in den Blick genommen werden, auch andere Faktoren spielen eine Rolle – wie etwa das Wohl der Menschen.

In diesem Kapitel erfahrt ihr, welche Möglichkeiten dafür denkbar sind, was schon ausprobiert wurde, welche Probleme es gegeben hat und wieso wir eigentlich jetzt in einer Wirtschaftsordnung leben, die sich Soziale Marktwirtschaft nennt. Schließlich setzt ihr euch mit einer der Herausforderungen der Sozialen Marktwirtschaft und deren Lösungsmöglichkeiten auseinander.

KOMPETENZEN

Am Ende des Kapitels solltet ihr Folgendes können:

- die verschiedenen Wirtschaftsordnungen vergleichen
- die Merkmale der Sozialen Marktwirtschaft erläutern
- einfache wirtschaftliche Zusammenhänge mithilfe des Kreislaufmodells erklären
- Elemente der Regelung von Arbeitsbeziehungen (u. a. Arbeits- und Tarifrecht, Mitbestimmung) beschreiben
- Möglichkeiten und Grenzen staatlicher Konjunkturpolitik beurteilen
- Anforderungen der Arbeitswelt auch im Hinblick auf die eigene Berufs- und/oder Studienfachwahl erörtern
- Auswirkungen und Formen von Arbeitslosigkeit erläutern
- mögliche Folgen der demografischen Entwicklung für die sozialen Sicherungssysteme beurteilen

WAS WISST UND KÖNNT IHR SCHON?

Spielt das Ballonspiel wie in der Spielanleitung auf S. 10 beschrieben.

1.1 Wirtschaftsordnungen im Vergleich

1.1.1 Wirtschaftsordnungen – was ordnen sie wirklich?

Zum Thema: „Ordnung ist das halbe Leben!" Dies gilt besonders für die Wirtschaft. In diesem Kapitel lernt ihr, warum zentrale Abläufe in der Wirtschaft geregelt und geordnet werden müssen und inwiefern die Art der etablierten Wirtschaftsordnung unser Leben beeinflussen kann.

M1 Bau dir deine Wirtschaftsordnung

a) Die staatliche Planungsbehörde legt fest, wie viel die Unternehmen produzieren sollen.

b) Der Staat greift möglichst wenig in das Wirtschaftsgeschehen ein.

c) Unternehmen und Haushalte handeln nach ihrem eigenen Interesse.

d) Es gibt Pläne für alle Bereiche der Wirtschaft eines Landes.

e) Unternehmen können pleitegehen.

f) Preise bilden sich durch das Zusammenspiel von Angebot und Nachfrage.

g) Preise werden zentral festgelegt.

h) Unternehmen und Fabriken gehören dem Staat.

i) Wie viele Güter jeder Verbraucher bekommt, legt der Staat fest.

j) Konsumenten haben durch ihre Kaufentscheidung Einfluss auf Art und Menge der angebotenen Waren.

Bearbeiterin

EINSTIEGSAUFGABE

Wenn ihr Regierungschef oder Regierungschefin wärt, welche Bausteine würdet ihr für eine neue Wirtschaftsordnung eures Landes nehmen? Wählt drei aus und begründet eure Wahl.

M2 Was ist eine Wirtschaftsordnung?

Wirtschaftsordnung und Wirtschaftssystem
Die Wirtschaftsordnung bezeichnet die Summe aller Ordnungen, die den Aufbau und Ablauf aller wirtschaftlichen Tätigkeiten eines Landes regeln. Das Wirtschaftssystem bezeichnet die Ausgestaltung einer Wirtschaftsordnung eines Landes.

Wirtschaftsordnungen können ganz unterschiedlich ausgeformt sein. [...] Allen Wirtschaftsordnungen ist allerdings gleich, dass sie dieselben Fragen [...] zu beantworten haben:

- Welche Formen von Eigentum gibt es bzw. wem gehört was?
- Wer regelt und lenkt mit welchen Mitteln das Wirtschaftsgeschehen?
- Wie werden Preise gebildet? Auf Märkten oder durch staatliche Festlegung?
- Nach welchen Prinzipien und im Rahmen welcher Regeln treffen Unternehmen ihre Entscheidungen?

Die Beantwortung dieser Fragen [...] bestimmt, wie sich die gesamte Wirtschaftsordnung am Ende darstellt und wie sie die Handlungen von privaten Haushalten und Unternehmen beeinflusst.

Ordnungsformen und –elemente einer Wirtschaftsordnung. In: Kaminski, Hans/Koch, Michael/Eggert, Katrin: Unsere Wirtschaftsordnung. Handelsblatt macht Schule, 2011, S. 58

M3 Wie lassen sich Wirtschaftsordnungen unterscheiden?

Zentrale Elemente von Wirtschaftsordnungen im Überblick

Ordnungsform „Eigentumsverfassung“
Hier ist zu entscheiden, ob grundsätzlich Güter u.ä. einzelnen Menschen „gehören“ (Privateigentum) oder ob alles dem Staat/der Gemeinschaft gehört und diese(r) entscheidet, was hiermit geschieht.

Privateigentum | **Kollektiveigentum**

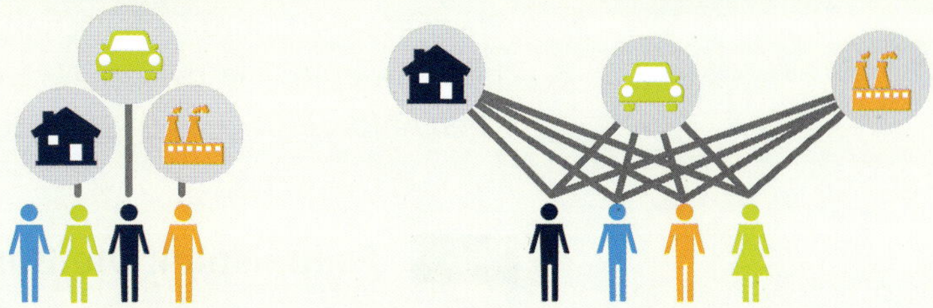

Ordnungsform „Planung und Lenkung“
Hier gilt es zu klären, wie die wirtschaftlichen Prozesse innerhalb einer Gesellschaft geplant und gelenkt werden sollen: auf Märkten, also dezentral oder durch den Staat zentral.

dezentral | **zentral**

Ordnungsform „Preisbildung“
Sollen sich Preise auf Märkten aus dem Zusammenspiel von Angebot und Nachfrage ergeben, oder sollen sie staatlich für einzelne Güter und Dienstleistungen festgelegt werden?

auf Märkten | **staatliche Preisfestsetzung**

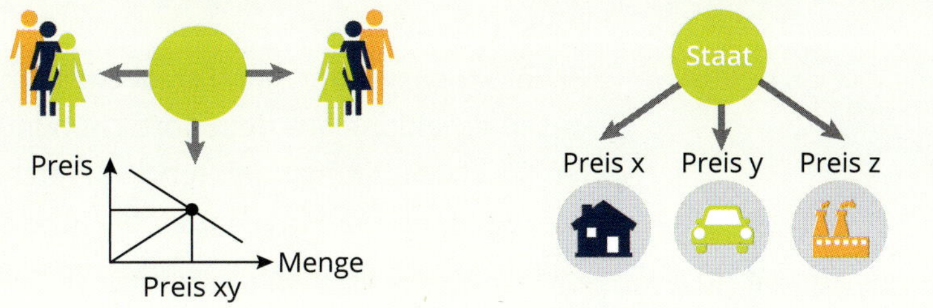

Ordnungsform „Betriebliche Ergebnisrechnung“
Wie agieren Unternehmen? Entscheiden sie selbst darüber, was angeschafft werden soll und streben sie die Erzielung von Gewinnen an? Oder handeln sie im Auftrag des Staates und erfüllen mit ihrer Arbeit festgelegte Planvorgaben?

Gewinnprinzip | **Planerfüllungsprinzip**

Nach: Ordnungsformen und -elemente einer Wirtschaftsordnung. In: Kaminski, Hans/Koch, Michael/Eggert, Katrin: Unsere Wirtschaftsordnung. Handelsblatt macht Schule, 2011, S. 59

AUFGABEN

1. Erläutert den Begriff „Wirtschaftsordnung“ (**M2**).
2. Erklärt die Ordnungsformen aus **M3** anhand von Beispielen.
3. Prüft die These: „Wirtschaftsordnungen beeinflussen unser Leben!“

1.1.2 Freie Marktwirtschaft oder Planwirtschaft – welche Ordnung funktioniert besser?

Zum Thema: Theoretisch versorgen sowohl die „freie Marktwirtschaft" als auch die „Planwirtschaft" ihre Gesellschaften mit allen Gütern, die diese zum Leben brauchen. Inwiefern die beiden Wirtschaftsordnungen aber im Alltag ihren theoretischen Anforderungen gerecht werden, seht ihr in diesem Kapitel.

M4 Fallbeispiel: Die Bundesrepublik als Planwirtschaft

Einmal angenommen, die Bundesrepublik Deutschland würde eine zentrale volkswirtschaftliche Planung einführen und ihr wärt die Verantwortlichen. Unter den Millionen von Entscheidungen für das nächste Jahr müssen auch die getroffen werden, wie viele Sportschuhe hergestellt werden sollen, wer die Sportschuhe produzieren und wer die Sportschuhe bekommen soll.

Bearbeiterin

EINSTIEGSAUFGABE

Bildet Arbeitsgruppen und stellt zusammen, welche Informationen für die Produktionsentscheidung aus der Sportschuh-Industrie einerseits und von jedem potenziellen Sportschuh-Konsumenten andererseits benötigt werden. (Bedenkt dabei auch, wie eure Entscheidungen über die Produktion von Sportschuhen möglicherweise andere Entscheidungen beeinflussen würden, z. B. über die Produktion von Sportbekleidung.)

M5 Modell der Zentralverwaltungswirtschaft

Die Zentralverwaltungswirtschaft geht auf die Ideen von Karl Marx (1818–1883) zurück.

In der Planwirtschaft (auch Zentralverwaltungswirtschaft genannt) wird versucht, die wirtschaftliche Tätigkeit der Millionen Betriebe und Haushalte (Produktions- und Konsumeinheiten) in einem zentralen Plan im Voraus festzulegen und aufeinander abzustimmen. Eine aus Experten bestehende zentrale Plankommission muss den Bedarf an Wirtschaftsgütern für einen bestimmten Zeitraum schätzen. So muss überlegt werden, wie viele Autos im festgelegten Zeitraum benötigt werden. Anschließend müssen die Produktionsmöglichkeiten der einzelnen Betriebe ermittelt werden. Aufgrund der Meldungen wird ein Gesamtplan erarbeitet, der jedoch wieder in konkrete Produktionsziele für die einzelnen Unternehmen aufgeteilt werden muss. So muss die Planbehörde zum Beispiel wissen, wie viele Arbeitskräfte, Maschinen und Rohstoffe für die Planungsperiode zur Verfügung stehen bzw. beschafft werden können. Die Umsetzung der Pläne muss außerdem überwacht werden.

Bearbeiterin

M6 Wie ist die Zentralverwaltungswirtschaft organisiert?

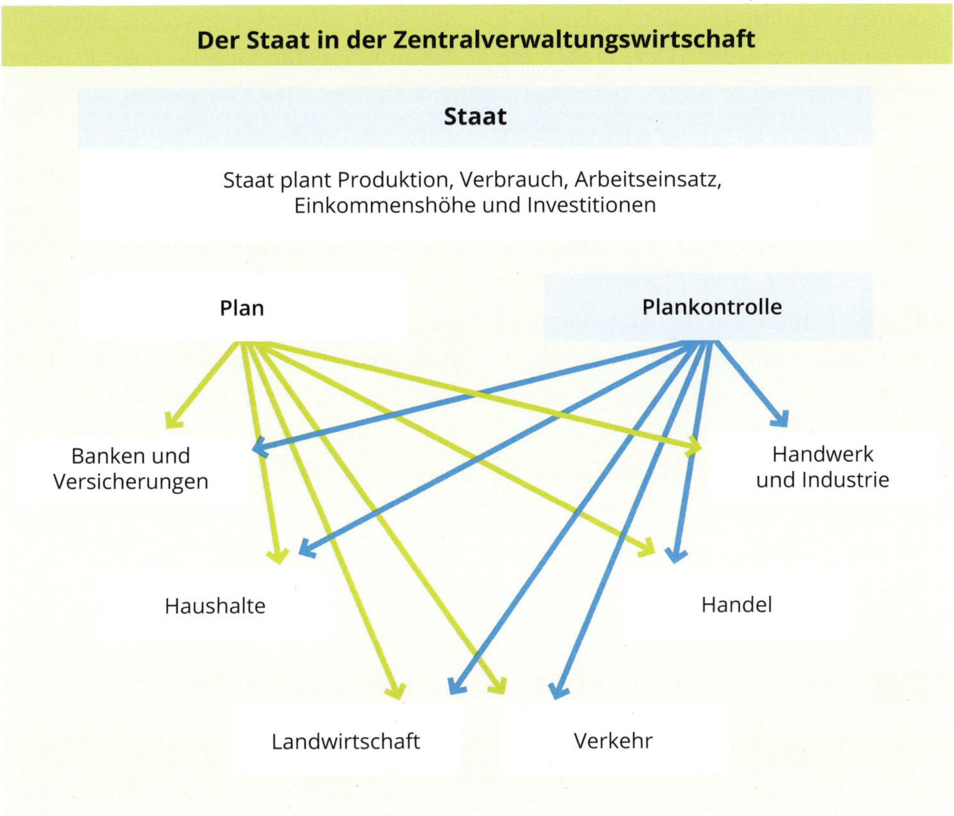

Nach: Nuding, Helmut/Haller, Josef: Wirtschaftskunde. 2. Auflage. Stuttgart: Klett 2011, S. 234

M7 Planwirtschaft in der DDR: Läuft alles nach Plan?

Die Begriffe Planwirtschaft und Zentralverwaltungswirtschaft werden zumeist synonym gebraucht. Walter Eucken (→ Seite 19) prägte den Begriff der Zentralverwaltungswirtschaft, weil er ihn für präziser hielt als Planwirtschaft.

Bearbeiterin

Erste Verkaufsstelle der Konsumgenossenschaft in Dresden mit Selbstbedienung im Mai 1955.

Warteschlange vor einem Lebensmittelgeschäft in Erfurt im April 1985

M8 Modell der freien Marktwirtschaft

Adam Smith (1723–1790) war ein schottischer Philosoph und Ökonom.

In seinem wichtigsten Werk, das 1776 veröffentlicht wurde, „Der Wohlstand der Nationen" (auch unter „Der Reichtum der Nationen" bekannt), erklärte der berühmte Schotte Adam Smith so präzise und allgemeingültig wie kein anderer vor allem eins: Er zeigte, inwiefern Individuen im Marktgeschehen letztlich das Interesse der Allgemeinheit voranbringen, obwohl sie nur auf ihren eigenen Vorteil bedacht sind. Es ist jene berühmte „unsichtbare Hand", die den Einzelnen dazu bringt, einen Zweck zu erfüllen, der keineswegs in seiner Absicht liegt. Obwohl er nur seine persönlichen Interessen verfolgt, arbeitet er damit oft auf wirkungsvollere Weise für das Interesse der Gesellschaft, als wenn er sich dies zum Ziel gesetzt hätte. [...] „Hör mal, was unser Schotte schreibt: ‚Nicht vom Wohlwollen des Metzgers, Brauers, und Bäckers erwarten wir das, was wir zum Essen brauchen, sondern davon, dass sie ihre eigenen Interessen wahrnehmen. Wir wenden uns nicht an ihre Menschen-, sondern an ihre Eigenliebe, und wir erwähnen nicht die eigenen Bedürfnisse, sondern sprechen von ihrem Vorteil.'"

Fourçans, André: Die Welt der Wirtschaft. Übersetzt von Sabine Schwenk. Frankfurt / New York: Campus Verlag 1998, S. 26 f.

M9 Wie ist die freie Marktwirtschaft organisiert?

Die Rolle des Staates
Staat unterwirft sich den Spielregeln des Marktes

Staat überlässt die Wirtschaft dem freien Spiel der Kräfte des Marktes.

Nachtwächterstaat
Negativ besetzter Begriff für einen Staat, der nur die Rahmenbedingungen für die Wirtschaft schafft, aber nicht in den Wirtschaftsprozess eingreift.

Bearbeiterin

M10 Planwirtschaft oder freie Markwirtschaft – ein Vergleich

Freie Marktwirtschaft im 19. Jahrhundert – die bessere Alternative?

Arbeiter in der Berliner Kleinmotorenfabrik der „Allgemeinen Elektricitäts-Gesellschaft" (AEG) Ende des 19. Jahrhunderts

Wie auf diesem Bild sahen die Wohnverhältnisse um 1900 in vielen Städten aus. Hier wohnt und schläft eine Berliner Familie auf 7 qm.

AUFGABEN

1. Arbeitet zu zweit und vergleicht tabellarisch das Modell der „Zentralverwaltungswirtschaft" (**M5–7**) mit der freien Marktwirtschaft (**M8–10**) nach folgenden Kriterien: Lenkung, Planung, Preisbildung, Eigentum, Verteilung, Lohnbildung und Aufgaben des Staates.
2. Stellt euch vor, ihr seid Verkaufskräfte für Sportschuhe in der ehemaligen DDR. Erklärt euren Kunden anschaulich und mit eigenen Worten, warum ihr derzeit keine Schuhe verkaufen könnt (**M4**).
3. Erläutert die Funktionsweise der sog. unsichtbaren Hand (**M8**), indem ihr die Anreize des Bäckers und seines Kunden charakterisierst.
4. Diskutiert die Vor- und Nachteile der Zentralverwaltungswirtschaft (**M4–7**) und der freien Marktwirtschaft (**M8–M10**).

F Aufgabe 4
Interpretiert die Karikatur.

Mediencode: 71093-03

1.1.3 Soziale Marktwirtschaft – ein Mittelweg?

Zum Thema: „Wohlstand für alle" klingt nach einem Versprechen. So wird die soziale Marktwirtschaft von vielen Deutschen bis heute mit dem 1957 erschienenen Buchtitel des damaligen Wirtschaftsministers Ludwig Erhard in Verbindung gebracht. Doch was zeichnet eine soziale Marktwirtschaft eigentlich aus? Diesen Fragen gehen wir in diesem Unterkapitel auf den Grund.

M11 Grundgedanken zur Einführung der Sozialen Marktwirtschaft

konstatieren
festhalten

Alfred Müller-Armack (1901–1978) war deutscher Ökonom und Mitbegründer der Sozialen Marktwirtschaft.

„Wir haben heute nüchtern zu konstatieren: Die beiden Alternativen, zwischen denen die Wirtschaftspolitik sich bisher bewegte, die rein liberale Marktwirtschaft und die Wirtschaftslenkung sind innerlich verbraucht, und es kann sich für uns nur darum handeln, eine dritte Form zu entwickeln, die sich nicht als vage Mischung [...] sondern als eine aus den vollen Einsichtsmöglichkeiten unserer Gegenwart gewonnene Synthese darstellt. Wir sprechen von »Sozialer Marktwirtschaft«, um diese dritte wirtschaftspolitische Form zu kennzeichnen. Es bedeutet dies [...], daß uns die Marktwirtschaft notwendig als das tragende Gerüst der künftigen Wirtschaftsordnung erscheint, nur daß dies eben keine sich selbst überlassene liberale Marktwirtschaft, sondern eine bewußt gesteuerte, und zwar sozial gesteuerte Marktwirtschaft sein soll."

Müller-Armack, Alfred: Wirtschaftsordnung und Wirtschaftspolitik. 2. Auflage. Bern/Stuttgart: Verlag Paul Haupt 1976, S. 109

EINSTIEGSAUFGABE

Wertet mithilfe von **M11** aus, welche Elemente der zwei genannten Wirtschaftsordnungen Teil einer neuen Wirtschaftsordnung werden sollten.

M12 Die Entstehung der Sozialen Marktwirtschaft

Wirtschaft in Trümmern

Der Zweite Weltkrieg war zu Ende. [...] Die Wirtschaft lag am Boden, die Menschen hungerten und froren, die Geschäfte waren leer, und wer etwas mehr als das Allernötigste haben wollte, der musste auf dem verbotenen Schwarzmarkt einkaufen, sein Tafelsilber bei Bauern gegen Fleisch eintauschen oder sogar stehlen. Wie war da an einen Wiederaufbau zu denken, wenn er nicht von einem starken Staat gelenkt wurde? Zumal die sowjetischen Besatzungsbehörden im Osten bereits mit der Enteignung von Industriebetrieben und landwirtschaftlichen Gütern begonnen hatten [...].

Streit um die Wirtschaftsordnung

Diesem Ruf nach einer Staatswirtschaft widersprachen einige Ökonomen heftig. Aus der Katastrophe Deutschlands zogen sie genau den gegenteiligen Schluss: Deutschland musste zu einer echten Marktwirtschaft werden und der Staat hatte sich auf dieses Ziel zu konzentrieren. Er sollte sich nicht mehr in die Wirtschaft einmischen, sondern nur verhindern, dass einzelne Unternehmer wie in Deutschland vor 1933 Monopole und Kartelle errichteten und so die Macht auf ihren Märkten übernahmen. Der Staat sollte also dafür sorgen, dass die Unternehmer immer im Wettbewerb untereinander standen. Außerdem sollte er verhindern, dass jemals wieder eine Inflation wie 1923 das Land zerstörte, er sollte den Geldwert sichern. [...] Von den Ordoliberalen beeinflusst war auch ein bislang völlig unbekannter Wirtschaftsprofessor aus Fürth mit Namen Ludwig Erhard (1897–1977). Nach 1945 [...] machten ihn die Briten und Amerikaner zum Wirtschaftsdirektor ihrer gemeinsamen Zonenverwaltung. [...]

Die Durchsetzung der Sozialen Marktwirtschaft

Erhard war zu der Überzeugung gekommen, dass Deutschland sich nur erholen konnte, wenn es möglichst schnell auf alle Methoden der Plan-, Zwangs- und Kriegswirtschaft verzichtete. Deshalb setzte er am Tage der Währungsreform fast alle Vorschriften über die staatliche Zuteilung von Nahrungsmitteln und Energie außer Kraft und hob die meisten Preisvorschriften auf. [...] Als ihn der amerikanische General Lucius Clay deshalb zur Rede stellte und fragte, wie er dazu komme, einfach Vorschriften zu ändern, sagte er, der Überlieferung nach, den legendären Satz: „Entschuldigen Sie, ich habe die Vorschriften nicht geändert. Ich habe sie abgeschafft." [...] 1949 wurde im Westen des ehemaligen Deutschen Reiches die Bundesrepublik Deutschland gegründet und der erste Deutsche Bundestag gewählt. Der Wirtschaftsminister der ersten Bundesregierung in Bonn wurde Ludwig Erhard. Er setzte seine Vorstellung von der richtigen Wirtschaftsordnung durch. Bald nannten sie alle die Soziale Marktwirtschaft. Es ging schnell aufwärts; man konnte sich etwas leisten: erst ausreichend zu essen, dann Wohnzimmermöbel, Waschmaschinen, Fernseher, Autos und schöne Reisen. Die Westdeutschen sprachen vom deutschen Wirtschaftswunder. Ludwig Erhard allerdings widersprach immer, für ihn handelte es sich nicht um ein Wunder – der wachsende Wohlstand war ein Ergebnis des Wettbewerbs, dem sich die junge Bundesrepublik öffnete. Wirtschaftsminister Ludwig Erhard betrieb die Förderung des Wettbewerbs aus eigener Überzeugung. Im Bundestag setzte er 1957 – gegen den energischen Widerstand von Industrieverbänden – ein Gesetz gegen Wettbewerbsbeschränkungen durch und richtete das Bundeskartellamt in Berlin (heute in Bonn) ein. Dem Kartellamt wurde das Recht übertragen, den Zusammenschluss von Großunternehmen zu prüfen und gegebenenfalls zu verbieten; Firmen, die Kartelle bilden und ihre Preise absprechen, machen sich seitdem strafbar.

Piper, Nikolaus: Geschichte der Wirtschaft. Weinheim / Basel: Beltz & Gelberg 2002, S. 152 ff.

Walter Eucken (1891–1950) war ein deutscher Ökonom. Er war Vordenker der Sozialen Marktwirtschaft und begründete die Freiburger Schule des Ordoliberalismus.

Ordoliberalismus
Konzept für eine Wirtschaftsordnung, bei der der Staat lediglich einen Rahmen für einen gesicherten Wettbewerb setzt, der die Freiheit der Bürger auf dem Markt gewährleisten soll, sonst aber nicht weiter in das Marktgeschehen eingreift.

Ludwig Erhard (1897–1977) war ein deutscher Politiker und gilt als „Vater des Wirtschaftswunders". Er ist Mitbegründer der Sozialen Marktwirtschaft.

M13 Wettbewerb, aber trotzdem sozial?

Prinzipien der Sozialen Marktwirtschaft
Begründer: Vor allem Ludwig Erhard und Alfred Müller-Armack

Wettbewerbsprinzip		Sozialprinzip
Freiheit und Wettbewerb, Koordination durch freies Zusammenspiel von Angebot und Nachfrage	Grundgedanke	Sozialer Ausgleich durch z. B. Arbeitnehmerschutz, soziale Absicherung, ...
Eigennutz der einzelnen Marktteilnehmer	Antrieb	Gemeinnutz
Verhinderung von Monopolen und Kartellen	Aufgabe des Staates	Sozialpolitik, z. B. Einkommensumverteilung

Bearbeiterin

M14 Bausteine der Sozialen Marktwirtschaft

1 Die Soziale Marktwirtschaft fördert den freien Wettbewerb der unterschiedlichen Anbieter. Dort, wo einzelne Unternehmen ihre Freiheit missbrauchen, um z. B. Kartelle und Monopole zu bilden, greift der Staat regulierend ein (z. B. durch die Kartellbehörden).

2 Die Soziale Marktwirtschaft garantiert die Vertragsfreiheit, d. h. dass jeder mit jedem die Verträge abschließen kann, die für ihn vorteilhaft sind. Doch werden der Vertragsfreiheit Grenzen gesetzt. So werden die schwächeren Vertragspartner:innen auf vielfältige Weise geschützt (z. B. durch Kündigungsfristen im Mietrecht und Arbeitsrecht oder das Gewährleistungsrecht).

3 Das Privateigentum ist in der Sozialen Marktwirtschaft garantiert. Jeder kann mit seinem Eigentum im Prinzip tun, was er möchte.
Doch gibt es eine Verpflichtung: Das Eigentum soll auch dem Wohle der Allgemeinheit dienen. So muss man sich als Hauseigentümer z. B. an Vorschriften des Denkmalschutzes halten.

5 Die Soziale Marktwirtschaft versucht mit unterschiedlichen Mitteln, negative Auswirkungen des Marktprozesses auf die Umwelt zu verhindern. So gibt es Gesetze gegen Luftverschmutzung, Pfand auf Einwegverpackungen usw.

4 Die Soziale Marktwirtschaft ist schon deshalb sozial, weil sie durch ihre wirtschaftliche Leistungsfähigkeit dazu beiträgt, dass alle Menschen der entsprechenden Gesellschaft vom technischen Fortschritt, von steigenden Einkommen und der Schaffung neuer Arbeitsplätze profitieren. Darüber hinaus betreibt der Staat in der Sozialen Marktwirtschaft Gesellschaftspolitik, er investiert in die Infrastruktur, in Bildung und Forschung, in Kultur und Städtebau. Die Investitionen sollen allen Menschen zugutekommen.

6 In der Sozialen Marktwirtschaft werden die Einkommen nicht nur nach der individuellen Leistungsfähigkeit verteilt. Der Staat sorgt für einen sozialen Ausgleich, indem er z. B. hohe Einkommen höher besteuert oder soziale Leistungen wie Kindergeld, Mietbeihilfen oder die Grundsicherung Hartz IV bezahlt.

Bearbeiterin

M15 Welche Anforderungen stellt das Grundgesetz?

Im Grundgesetz findet sich keine Entscheidung für ein bestimmtes Wirtschaftssystem.

Seine „wirtschaftspolitische Neutralität" ermöglicht es dem Gesetzgeber, die ihm jeweils sachgemäß erscheinende Wirtschaftspolitik zu verfolgen. Die gegenwärtige Wirtschafts- und Sozialordnung ist keinesfalls die verfassungsrechtlich einzig mögliche. (BVerfGE 4, 8/18). Der Gesetzgeber ist nur verpflichtet, die von der Verfassung an jede Wirtschaftspolitik gestellten Mindestanforderungen zu beachten: Die Wirtschaftspolitik muss dem Grundrecht der freien Entfaltung der Persönlichkeit einerseits und der in Art. 20 Abs. 1 getroffenen Entscheidung für den Sozialstaat (vgl. dazu Art. 20) andererseits gerecht werden.

Hesselberger, Dieter: Das Grundgesetz. Kommentar für die politische Bildung. 9. Auflage. Bonn: Hermann Luchterhand Verlag 1995, S. 69

Art. 20 Abs. 1 GG
Die Bundesrepublik Deutschland ist ein demokratischer und sozialer Bundesstaat.

Verfassungsrechtliche Grundlagen der Sozialen Marktwirtschaft

Oberster Wert der Verfassung: Art. 1 Abs. 1 GG: Schutz der Menschenwürde

Rechtsstaatsprinzip (Art. 20 Abs. 3 GG) Schutz von Leben, Freiheit und Eigentum einzelner Staatsbürgerinnen, Schutz vor Eingriffen des Staates		**Sozialstaatsprinzip (Art. 20 Abs. 1 GG)** Schaffung sozialer Sicherheit und sozialer Gerechtigkeit
Freiheit		**Soziale Sicherheit und Gerechtigkeit**
Art. 2 Abs 1. GG: Allgemeine Handlungsfreiheit, Vertragsfreiheit	Begründung von Einschränkungen Notwendig →	**Art. 3 GG** Diskriminierungsverbot
Art. 12 Abs 1. GG: Berufs-, Gewerbe-, Unternehmens-, Wettbewerbsfreiheit		**Art. 14 Abs. 2 GG** Sozialbindung des Eigentums
Art. 14 Abs 1. GG: Eigentumsgarantie	← Einschränkungen zum Wohle der Allgemeinheit	**Art. 20 Abs. 1** Sozialstaatsprinzip: Existenzminium, Krankenversicherung, Daseinsvorsorge etc.

Prüfung der Ausgestaltung z. B. durch Verhältnismäßigkeitsprüfung durch das Bundesverfassungsgericht

Bearbeiterin

Daseinsvorsorge
Aufgabe des Staates Güter und Leistungen wie z. B. Energie- und Wasserversorgung, Infrastruktur oder Müllentsorgung bereitzustellen.

M16 Soziale Markwirtschaft – Effizienz und sozialer Ausgleich: ein Widerspruch in sich?

„Sozialer Ausgleich ist keineswegs nur ein im Grunde systemfremdes Anhängsel; er ist vielmehr ein wesentliches konstitutives Element der Sozialen Marktwirtschaft. Marktwirtschaftliche Effizienz und sozialer Ausgleich stehen dabei in einem engen, von Spannungen zwar nicht gänzlich freien, doch prinzipiell harmonischen Wechselverhältnis. Einerseits lassen sich ohne effizientes Wirtschaften die enormen Mittel kaum aufbringen, die erforderlich sind, um denen ein menschenwürdiges und sozial akzeptables Auskommen zu bieten, die unter Marktbedingungen dies temporär oder dauernd selbst nicht erwirtschaften könnten.

Andererseits gründet sich marktwirtschaftliche Effizienz gerade auch auf die Akzeptanz einer Wirtschaftsordnung, die soziale Sicherheit, Abbau von sozialen Schranken und Verteilungsgerechtigkeit ebenso voraussetzt wie soziale Mitverantwortung."

Schlecht, Otto: Grundlagen und Perspektiven der Sozialen Marktwirtschaft. Tübingen: Mohr Siebeck 1990, S. 60

Index für wirtschaftliche Freiheit
Im Index der konservativen, US-amerikanischen Heritage Foundation ist einer der 12 untersuchten Aspekte die sogenannte „Arbeitsfreiheit" (engl. Labor Freedom). Sie spiegelt den regulatorischen Einfluss der Gesetzgebung auf den Arbeitsmarkt wieder. Darunter fällt z. B. der Einfluss von Gewerkschaften, Kündigungsschutz und Kündigungsfristen, Mindestlöhne, Arbeitszeitbeschränkungen und Sicherheit am Arbeitsplatz.

Die Heritage Foundation vertritt auf Basis von Adam Smith (→ S. 16) die Ansicht, dass Unternehmen und Angestellte bei der Ausgestaltung von Verträgen möglichst viel Freiheit haben sollten. Je höher die Wertung, desto geringer fällt der Einfluss der Regierung aus (und desto höher ist die „Arbeitsfreiheit").

1. Platz: Singapur (91,5)
3. Platz: USA (87,1)
35. Platz: UK (73,2)
106. Platz: Norwegen (57,8)
125. Platz: Deutschland (53,0)
157. Platz: Frankreich (44,8)
182. Platz: Nordkorea (5,0)

Bearbeiterin, Zahlen von: The Heritage Foundation: 2021 Index of Economic Freedom. In: www.heritage.org (Abruf am 23.03.2019)

AUFGABEN

1. Bearbeitet **M12**, indem ihr folgende Fragen erläutert:
   - Welchen Problemen musste die neue Wirtschaftsordnung begegnen?
   - Welche Aufgaben hat der Staat in der neuen Wirtschaftsordnung?
2. Ordnet die Bausteine der Sozialen Marktwirtschaft (**M14**) den Prinzipien (**M13**) zu.
3. Erläutert, inwiefern die Soziale Marktwirtschaft als Mittelweg bezeichnet werden kann (**M13–14**).
4. Verfasst einen Eintrag für ein Schullexikon zum Verhältnis von Staat und Markt in der sozialen Marktwirtschaft (**M13–M15**).
5. Setzt euch kritisch mit dem Wechselspiel von marktwirtschaftlicher Effizienz und sozialem Ausgleich auseinander (**M16**).
6. Beurteilt abschließend, ob die soziale Marktwirtschaft Wohlstand für alle bedeutet.

F Aufgabe 1
Prüft, ob in diesem Zusammenhang überhaupt von einem deutschen Wirtschaftswunder zu sprechen ist.

1.1.4 Wettbewerb – braucht ihn die Marktwirtschaft?

Zum Thema: Durch den Wettbewerb treffen Angebot und Nachfrage auf dem Markt zusammen und die Marktpreise bilden sich heraus. Dadurch stehen sie in ständiger Konkurrenz um die Nachfrage. Warum ist der freie Wettbewerb wichtig für das Funktionieren der sozialen Marktwirtschaft? Welche Folgen hat der Wettbewerb für Unternehmen und Konsumenten? Antworten findet ihr dazu in dem nun folgenden Kapitel.

M17 Fallbeispiel: Strafen für Unternehmen bei wettbewerbswidrigem Verhalten

Das Bundeskartellamt hat Bußgelder in Höhe von insgesamt rund 154,6 Millionen Euro gegen sieben Großhändler von Pflanzenschutzmitteln und deren Verantwortliche wegen Absprachen über Preislisten, Rabatte und einige Einzelpreise beim Verkauf an Einzelhändler und Endkunden in Deutschland verhängt. Bußgelder wurden verhängt gegen die AGRAVIS Raiffeisen AG, Hannover/Münster, die AGRO Agrargroßhandel GmbH & Co. KG, Holdorf, die BayWa AG, München, die BSL Betriebsmittel Service Logistik GmbH & Co. KG, Kiel, die Getreide AG, Hamburg, die Raiffeisen Waren GmbH, Kassel, und die ZG Raiffeisen eG, Karlsruhe. In Anwendung der Bonusregelung wurde der Beiselen GmbH, Ulm, die als erste mit dem Bundeskartellamt kooperierte, das Bußgeld erlassen. Gegen zwei weitere Unternehmen wird noch ermittelt. Darüber hinaus wurden die Verfahren gegen drei weitere Unternehmen und zwei Verbände eingestellt.

Andreas Mundt, Präsident des Bundeskartellamtes: „Unsere Ermittlungen haben gezeigt, dass die Unternehmen seit dem Jahr 1998 bis zum Zeitpunkt unserer Durchsuchung im März 2015 jeweils im Frühjahr und Herbst ihre Preislisten für Pflanzenschutzmittel miteinander abgestimmt haben. Grundlage der Abstimmung war eine gemeinsame Kalkulation der Großhändler, die weitgehend einheitliche Preislisten für Einzelhändler und Endkunden zur Folge hatte. […]"

Bundeskartellamt: Bußgelder gegen Großhändler von Pflanzenschutzmitteln wegen wettbewerbswidriger Abstimmung von Preislisten, Rabatten und Einzelpreisen: In: www.bundeskartellamt.de, 13.01.2020

Andreas Mundt ist ein deutscher Verwaltungsjurist und Präsident des Bundeskartellamtes.

EINSTIEGSAUFGABEN

1. Stellt Vermutungen an, welche Gründe zu Preisabsprachen führen.
2. Begründet, warum der Beiselen GmbH das Bußgeld erlassen wurde.
3. Recherchiert auf der Seite des Bundeskartellamtes weitere Fälle.

M18 Warum sind Monopole gefährlich für die Wirtschaft?

Was ist nun eigentlich so schlimm an Monopolisten? Ganz einfach: Sie verlangen praktisch immer überhöhte Preise, gemessen an den tatsächlichen Kosten. Das geht nicht nur zu Lasten der Verbraucher, es mindert auch den Zwang, sich um Effizienz und gute Qualität der Produkte zu bemühen. Wenn es um die marktbeherrschende Stellung eines Software-Unternehmens wie Microsoft geht, hört der Spaß auf. [...] Die Wettbewerbshüter sind dabei allerdings oft in schwieriger Beweislage.

Ein Problem besteht darin, überhöhte Preise von ganz normalen Marktreaktionen abzugrenzen. Wenn etwa wieder einmal das Benzin an der Tankstelle teurer wird, kann das ja auch an steigenden Rohölpreisen, einem höheren Dollarkurs oder höheren Steuern liegen. Auch dass alle Tankstellen mehr oder weniger gleichzeitig die Preisschilder auswechseln, ist noch kein Beweis für Preisabsprachen. In einem echten Wettbewerbsmarkt würde bei steigenden Einkaufspreisen nämlich genau das Gleiche passieren.

Nach: van Suntum, Ulrich: Warum sind Monopole gefährlich? In: www.faz.net, 07.02.2007,

M19 Durch Wettbewerb entsteht Neues

Der österreichische Ökonom Josef Schumpeter hat schon 1911 darauf hingewiesen, dass im Grunde jeder Erfinder eines neuen Produktes zunächst eine Monopolstellung gewinnt. Darin bestehe ja gerade der Anreiz, als Pionierunternehmer immer wieder neue Güter auf den Markt zu bringen. Im Laufe der Zeit werden allerdings zunehmend Imitatoren auftreten, sodass die anfänglichen Gewinne im Konkurrenzkampf schmelzen. Dieser ständige Wettlauf zwischen Innovation und Imitation, den Schumpeter als „Prozess der schöpferischen Zerstörung" bezeichnete, ist wohl das Wichtigste an der Wettbewerbsidee.

ebd.

M20 Mehr Vielfalt und niedrige Preise

Bei manchen Gütern wie zum Beispiel Eisenbahnen, Stromversorgung und Telefon war man lange Zeit der Meinung, dass es hier prinzipiell keinen Wettbewerb geben könne. Das Argument war immer das gleiche: Es sei nicht sinnvoll, mehrere Eisenbahngleise, Telefonleitungen oder Postlinien parallel zu unterhalten, nur um Wettbewerb zu schaffen. [...] Inzwischen denkt man anders über die natürlichen Monopole. Vor allem die EU macht seit den Achtzigerjahren Druck, auch diese Märkte zu liberalisieren. Schließlich können auf einem Schienennetz durchaus mehrere Eisenbahnunternehmen fahren, und bei Strom und Gas ist es nicht viel anders. [...] Wie heilsam sich die Öffnung für mehrere Anbieter auswirkt, hat nicht zuletzt die Liberalisierung des Telefonmarktes gezeigt: Während zu Zeiten der Bundespost ein farbiges Tastentelefon der Gipfel des Komforts in Deutschland war, ist die heutige Angebotsvielfalt an Endgeräten gar nicht mehr zu überblicken. Gleichzeitig sind auch noch die Preise für das Telefonieren kräftig gefallen und Abertausende neue Arbeitsplätze geschaffen worden.

ebd.

M21 Google im Visier der Wettbewerbshüter

a) [Die] Kommission verhängt [die] dritte Milliardenstrafe gegen Google – dieses Mal wegen Missbrauchs der Marktmacht bei Suchmaschinen-Werbung in Höhe von 1,49 Mrd. Euro [...] Google missbrauchte diese marktbeherrschende Stellung, indem es andere Unternehmen daran hinderte, auf dem Markt für die Vermittlung von Suchmaschinenwerbung mit Google zu konkurrieren.

Im Juni 2017 verhängte die Kommission eine Geldbuße in Höhe von 2,42 Mrd. Euro gegen Google wegen Missbrauchs der marktbeherrschenden Stellung der Google-Suchmaschine durch unzulässige Vorzugsbehandlung des eigenen Preisvergleichsdiensts.

Im Juli 2018 verhängte die Kommission eine Geldbuße in Höhe von 4,34 Mrd. Euro gegen Google wegen illegaler Praktiken bei Android-Mobilgeräten zur Stärkung der beherrschenden Stellung der Google-Suchmaschine.

Nach: © Europäische Union, 1995–2021 – Europäische Kommission: Kommission verhängt dritte Milliardenstrafe gegen Google – dieses Mal wegen Missbrauchs der Marktmacht bei Suchmaschinen-Werbung. In: https://ec.europa.eu, 20.03.2019, CC BY 4.0

b) Die Datenerfassungspraktiken bei Google erregen erneut die Aufmerksamkeit der europäischen Aufsichtsbehörden. [...]

So werde untersucht, wie und warum das Unternehmen Daten sammelt. Man konzentriere sich dabei unter anderem auf lokale Suchdienste, das Targeting bei Online-Werbung, Login-Dienste und den Google Webbrowser Chrome. [...]

Auch die Konkurrenz reichte jetzt Beschwerde gegen Google ein: Am vergangenen Donnerstag wurde bekannt, dass 41 Preisvergleichsdienste gemeinsam die EU-Kommission gebeten haben, Google Shopping zu untersuchen.

Der Vorwurf: Google bevorzuge seinen eigenen Preisvergleichsdienst und platziere diesen in den Suchergebnissen ganz oben.

Kroll, Sonja: Google erneut im Visier der EU-Regulierungsbehörden. In: www.internetworld.de, 02.12.2019

AUFGABEN

1. Fasst zusammen, welche negativen Auswirkungen die Einschränkung des Wettbewerbs durch Monopole für die Wirtschaft hat (**M18–M20**).
2. Sammelt Beispiele für Monopole aus eurem Alltag (Stadtbibliothek, Kino, Bad ...). Prüft jeweils, ob es sich tatsächlich um Monopole handelt.
3. Erläutert warum zeitlich begrenzte Monopole auch eine wichtige Funktion für die Wirtschaft haben (**M19**).
4. Beurteilt mit Hilfe von **M21**, ob von Google eine Gefahr für den Wettbewerb ausgeht.

WAS WIR WISSEN

Wirtschaftsordnung
S. 12 f.; M2, M3

Es geht in einer Wirtschaft vor allen Dingen um Verteilungsfragen: die Verteilung von Gütern und Dienstleistungen, von Arbeit, von Einkommen etc. Welche Güter und Dienstleistungen sollen produziert bzw. bereitgestellt werden? Wann und wo sollen sie produziert und bereitgestellt werden? Wie und für wen sollen sie produziert und bereitgestellt werden? Die Wirtschaftsordnung gibt den Rahmen vor, innerhalb dessen über diese Verteilungsfragen entschieden wird.

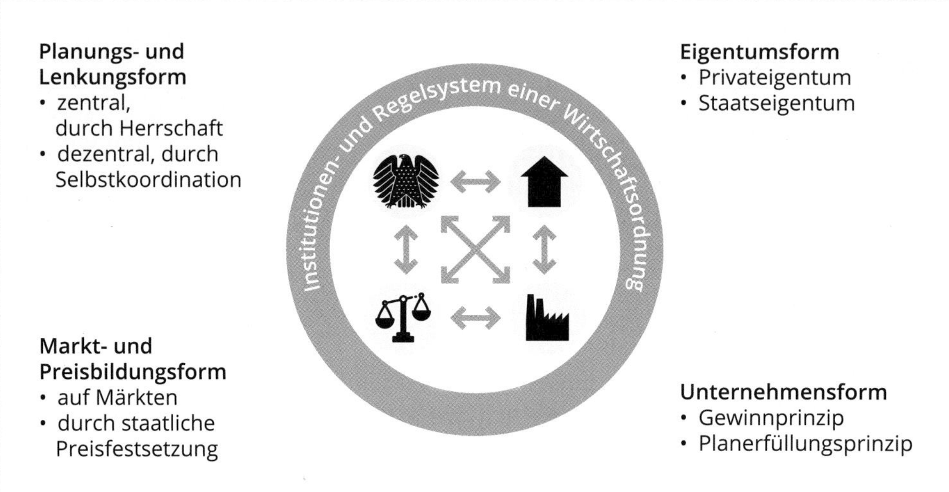

Nach: Institut für Ökonomische Bildung Oldenburg

Planwirtschaft
S. 14 f.; M5–M7

Sind die Menschen in ihrer wirtschaftlichen Handlungsfreiheit stark eingeschränkt und ist die Verteilung der Güter durch einen zentralen Plan mit festen Preisen für die Güter organisiert, handelt es sich um das Modell der Planwirtschaft oder auch Zentralverwaltungswirtschaft. In einer Planwirtschaft bestehen nur in sehr eingeschränktem Maße Anreize für die Menschen, Eigeninitiative und Eigenverantwortung zu übernehmen und den eigenen Gewinn zu mehren.

Marktwirtschaft
S. 16 f.; M8–M10

Haben die Menschen eine große wirtschaftliche Handlungsfreiheit und ist die Verteilung der Güter dezentral durch Märkte mit freier Preisbildung organisiert, handelt es sich um das Modell der Marktwirtschaft. Die Marktwirtschaft nutzt den Egoismus des Einzelnen, um über die Koordination auf Märkten die Wohlfahrt aller zu mehren.

Soziale Marktwirtschaft
S. 18 ff.; M11–M16

Der Kern der Sozialen Marktwirtschaft liegt nach Ludwig Erhard (1897–1977), erster deutscher Wirtschaftsminister nach dem Zweiten Weltkrieg und Bundeskanzler von 1963–1966) darin, die Freiheit auf dem Markt mit dem Prinzip des sozialen Ausgleichs zu verbinden. Die Wirtschaftsordnung erfordert deshalb einen starken demokratischen Staat in der Rolle des Schiedsrichters: Er überwacht „das Spiel“, garantiert die Wirtschaftsordnung, mischt sich selbst aber möglichst wenig in das Wirtschaftsgeschehen ein. Daneben gilt als weitere Staatsaufgabe eine umfassende Gesellschaftspolitik überall dort, wo der Markt nicht automatisch zu guten Ergebnissen führt, also zum Beispiel im Bereich des Umweltschutzes.

WAS WIR WISSEN

Die Soziale Marktwirtschaft ist verfassungsrechtlich zwar nicht vorgeschrieben, aber der Gesetzgeber ist an die Grundrechte (Art. 1–19 GG), das Sozial- und das Rechtsstaatsgebot (Art. 20 Abs. 3 GG und Art. 28 Abs. 1 GG) gebunden, d. h. die Soziale Marktwirtschaft entspricht am ehesten freiheitlichen und demokratischen Grundsätzen.

Grundgesetz
S. 21; M15

Zu den konstituierenden Prinzipien, die die Wirtschaftsordnung der Sozialen Marktwirtschaft ausmachen, zählt das Wettbewerbsprinzip. Die Bildung dauerhafter Machtpositionen ist immer kritisch zu sehen. Deshalb sind wettbewerbliche Märkte so wichtig: Der Wettbewerb funktioniert als ein Entmachtungsinstrument. Nur der Wettbewerb bringt die Unternehmen dazu, ihr Angebot an Gütern und Dienstleistungen nach den Bedürfnissen der Konsumenten auszurichten. Allerdings erhält sich der Wettbewerb nicht von selbst. Jedes Unternehmen hätte tendenziell am liebsten eine exklusive Alleinstellung auf dem Markt. Deshalb soll der Staat dafür Sorge tragen, dass in allen Branchen und Sektoren möglichst große Konkurrenz herrscht. So sichert der Staat zum Beispiel den Wettbewerb, indem er Kartelle verbietet. Nur dann kann die Wirtschaftsordnung zu sozialem Fortschritt führen, u. a. in Form von Wirtschaftswachstum und steigender Massenkaufkraft der Konsumenten.

Wettbewerbsprinzip
S. 23 ff.; M17–M21

1.2 Wirtschaftsteilnehmer und deren Bedeutung im Wirtschaftsprozess

1.2.1 Wirtschaftskreislauf – können Modelle helfen, Wirtschaft zu verstehen?

Zum Thema: Egal ob wir im Supermarkt, beim Chatten, in der Disco oder in der U-Bahn sind, keiner von uns kann sich der Wirtschaft entziehen. Umso wichtiger scheint es, die Wirtschaft um uns herum zu verstehen. In diesem Kapitel erfahrt ihr, inwiefern Modelle helfen können, unterschiedliche Abläufe in der Wirtschaft verständlich zu machen.

M1 Was beschreibt der einfache Wirtschaftskreislauf?

Erklärfilm: Wirtschaftskreislauf

Mediencode: 71093-04

Bearbeiterin

EINSTIEGSAUFGABE

Erinnert ihr euch noch an das Modell des Wirtschaftskreislaufs aus Klasse 8? Begründet, warum das Wirtschaftsgeschehen in einem Modell abgebildet wird.

M2 Was beschreibt der erweiterte Wirtschaftskreislauf?

Der einfache Wirtschaftskreislauf vernachlässigt wichtige Sektoren wie den Staat, die Banken und das Ausland. Daher wurde das Modell erweitert. Zur besseren Übersicht werden jedoch nur noch Geldströme betrachtet.

A **Der Staat:** Genau genommen ist der Staat an fast jedem wirtschaftlichen Vorgang beteiligt. Das fängt mit der Lohnsteuer beim Gehalt an, erstreckt sich über die Mehrwertsteuer, die wir beim Kauf im Supermarkt zahlen, und hört auch bei der Umsatzsteuer von Unternehmen nicht auf. Steuern bilden daher eine der wichtigsten Einnahmequellen des Staates. Der Staat behält dieses Geld jedoch nicht einfach. Er verteilt Aufträge an Unternehmen, z. B. um Straßen zu bauen, und kauft Güter bei den Unternehmen. Außerdem arbeiten viele Privatpersonen für den Staat, die natürlich Gehalt bekommen. Neben diesen Ausgaben muss der Staat auch sogenannte Transferleistungen tätigen (z. B. Wohngeld, Hartz IV, Kindergeld etc.).

B **Die Kapitalsammelstellen:** Mit Kapitalsammelstellen sind Banken und Versicherungen gemeint. Sie tauchen im erweiterten Wirtschaftskreislauf auf, weil wir nicht alles Geld direkt ausgeben. Private Haushalte sparen einen Teil ihres Einkommens. Dafür bekommen sie Zinsen. Dies gilt auch für Unternehmen. Auf der anderen Seite können sowohl private Haushalte als auch Unternehmen Kredite bei Kapitalsammelstellen bekommen, z. B. für einen Hauskauf oder eine Investition. Im Gegenzug sind neben der vereinbarten Tilgung – also der Rate, die monatlich zurückgezahlt wird – auch Zinsen zu bezahlen.

C **Das Ausland:** Der Sektor „Ausland" fasst alle ausländischen Staaten, Unternehmen und Haushalte zusammen. Unternehmen exportieren und importieren Güter und Dienstleistungen. Ebenso die privaten Haushalte: Sie kaufen und konsumieren im Ausland, z. B. auf Urlaubsreisen. Aber auch der Staat pflegt Geldbeziehungen zum Ausland. So zahlt Deutschland z. B. Geld für Entwicklungshilfe. Außerdem leihen oder verleihen sich auch Staaten untereinander Geld. Darüber hinaus ist das Ausland mit unseren Kapitalsammelstellen verbunden. So wird aus dem Ausland hier Geld angelegt, dafür werden Zinsen gezahlt. Auch Kredite in das Ausland und die entsprechenden Zinszahlungen müssen berücksichtigt werden.

Bearbeiterin

M3 Der Wirtschaftskreislauf als Analyseinstrument?

Der Wirtschaftskreislauf wird dazu verwendet, die Auswirkungen verschiedener wirtschaftlicher Ereignisse zu analysieren. Angenommen, der Staat erhöht das Kindergeld. Welche gesamtwirtschaftlichen Folgen hätte dies? Wenn wir davon ausgehen, dass kinderreiche Familien einen Großteil ihres Einkommens für den Konsum verwenden, wird der Konsum der privaten Haushalte steigen. Ein erhöhter Konsum führt zu höheren Einkommen der Unternehmen usw.

Bearbeiterin

AUFGABEN

1. Beschreibt die Geld- und Güterströme zwischen den privaten Haushalten und den Unternehmen mithilfe des Schaubilds (**M1**).
2. Teilt eure Klasse in 3er-Gruppen auf. Jedes Gruppenmitglied erarbeitet einen weiteren Wirtschaftssektor (**M2**). Anschließend erklärt ihr euch gegenseitig den erweiterten Wirtschaftskreislauf. Erstellt auch ein Schaubild.
3. Ordnet folgende Geschehnisse im Modell des erweiterten Wirtschaftskreislaufs (**M2**) ein: *a) Eine Familie erhält Kindergeld; b) Die Bank zahlt Zinsen für Guthaben; c) Eine Arbeitnehmerin zahlt Steuern.*
4. Erläutert mithilfe von **M3**, welche Auswirkungen folgende Ereignisse haben können: *a) Der Staat erhöht das Kindergeld; b) Zinsen für Guthaben auf der Bank steigen; c) Der Staat erhöht die Steuern für private Haushalte.*

F Aufgabe 2
Erläutert, welche Sektoren im einfachen Wirtschaftskreislauf fehlen, und stelle deren Beziehungen zu Unternehmen und privaten Haushalten dar.

F Aufgaben 3, 4
Denkt euch selbst Ereignisse aus und ordnet sie gegenseitig ein bzw. erläutert sie.

1.2.2 Wie wird man Unternehmensgründer?

Zum Thema: Elon Musk (Paypal, SpaceX und Tesla), Kylie Jenner (Kylie Cosmetics) oder Jeff Bezos (Amazon): Wie wird man als Startup-Gründer erfolgreich? Die Antwort auf diese Frage erschließt ihr euch in diesem Unterkapitel. Dabei erfahrt ihr auch, welches die betrieblichen Grundfunktionen sind und was man unter volkswirtschaftlichen Produktionsfaktoren versteht.

M4 Fallbeispiel: „Amazon" – eine Erfolgsgeschichte?

Die reichsten Menschen der Welt
Auch bei den berühmten Listen der reichsten Menschen der Welt (wie z. B. von Forbes oder Bloomberg), handelt es sich immer nur um Schätzwerte, die auf öffentlich zugänglichen Informationen basieren. Aufgrund von Aktienkursen unterliegen diese Schätzungen täglichen Schwankungen.

1. Jeff Bezos (197,8 Mrd. US-Dollar)
2. Bernard Arnault & Familie (180,9)
3. Elon Musk (179.7)
4. Bill Gates (132,0)
5. Mark Zuckerberg (111,6)

Basierend auf: www.forbes.com (Abruf am 19.04.2021)

„Arbeite hart, habe Spaß, schreibe Geschichte."
Dieses Zitat stammt von Jeff Bezos – Gründer des Onlinehändlers Amazon und Multi-Milliardär. Sein Vermögen wird auf über 190 Milliarden Dollar geschätzt. Damit führt er regelmäßig die Forbes-Liste der reichsten Menschen der Welt an. 2020 verdiente der 56-Jährige – durch die Corona-Pandemie und dem damit verbundenen Zuspruch zum Online-Handel – zehn Millionen Dollar pro Stunde. Für viele ist Jeff Bezos der größte Unternehmer unserer Zeit. Aber er ist auch umstritten. 2014 erhielt er den Titel „schlechtester Chef der Welt" vom Internationalen Gewerkschaftsbund. Einer der Gründe: Er machte kein Geheimnis daraus, dass er seine Beschäftigten irgendwann durch Roboter ersetzen will. Gleichzeitig macht Amazon immer wieder mit Niedriglöhnen und schlechte Arbeitsbedingungen Schlagzeilen. Der Siegeszug von Amazon begann am 5. Juli 1994 als Online-Buchhandel Der erste Firmensitz war – wie soll es auch anders sein – eine Garage. Von dort aus begann er Bücher zu verschicken. Bereits nach den ersten fünf Jahren verdiente Amazon 2,8 Milliarden – mehr als Google im selben Zeitraum. Der Weg dorthin war nicht leicht, so kämpfte das Unternehmen mit vielen Tiefschlägen und ging Anfang der 2000er-Jahre fast pleite. Heute ist Amazon das wertvollste Unternehmen der Welt. Ende 2021 nach rund 27 Jahren endet beim weltgrößten Onlinehändler Amazon eine Ära – Jeff Bezos zieht sich aus der Spitze von Amazon zurück.

Jeff Bezos, Gründer von Amazon

Bearbeiterin; Zitat von Jeff Bezos

EINSTIEGSAUFGABEN

1. Sammelt Eigenschaften, die erfolgreiche Unternehmer:innen auszeichnen sollten.
2. Tauscht euch ausgehend von **M4** in eurer Klasse über weitere bekannte Beispiele aus. Kennt ihr auch Gründer oder Gründerinnen, die gescheitert sind?

M5 Sich selbstständig machen oder nicht?

Wenn man sich selbstständig macht, gibt es viele Vorteile. Man kann unabhängig arbeiten und seine eigenen Ideen verwirklichen. Die Verantwortung liegt bei einem selber, ebenso kann man alleine Entscheidungen treffen. Seine eigene Leistungsfähigkeit kann man steigern und kreative und innovative Talente nutzen und ausbauen. Auf der finanziellen Seite kann man sein Einkommen steigern und Steuervorteile für Selbstständige nutzen. Ebenfalls können die Arbeitszeiten frei und vor allem flexibel gestaltet werden. Und zu guter Letzt genießen Selbstständige ein hohes gesellschaftliches Ansehen. Aber es gibt natürlich auch Argumente, welche gegen eine Selbstständigkeit sprechen. So hat man keine geregelten Arbeits- und Urlaubszeiten und das Einkommen ist nicht geregelt oder gesichert. Der eigene Arbeitseinsatz ist in der Regel (vor allem in der Anfangsphase) sehr hoch, was zu einer großen physischen und psychischen Belastung führen kann. Man hat kaum noch Zeit für Hobbys, Freunde und die Familie. Die Risiken können viel höher sein als bei einer abhängigen Tätigkeit, so z. B. durch einen wachsenden Konkurrenzdruck, Forderungsausfälle oder Steuernachzahlungen. Auch gibt es keine betrieblichen Sonder- und Sozialleistungen und man muss eine eigene Kranken- und Altersversicherung abschließen.

Bearbeiterin

Startup
Bezeichnung für ein kürzlich gegründetes Unternehmen mit einer innovativen Geschäftsidee und hohem Wachstumspotenzial. Dabei sind sie häufig auf Fremdkapital angewiesen.

M6 Wie viele Unternehmensgründungen gibt es in Deutschland jedes Jahr?

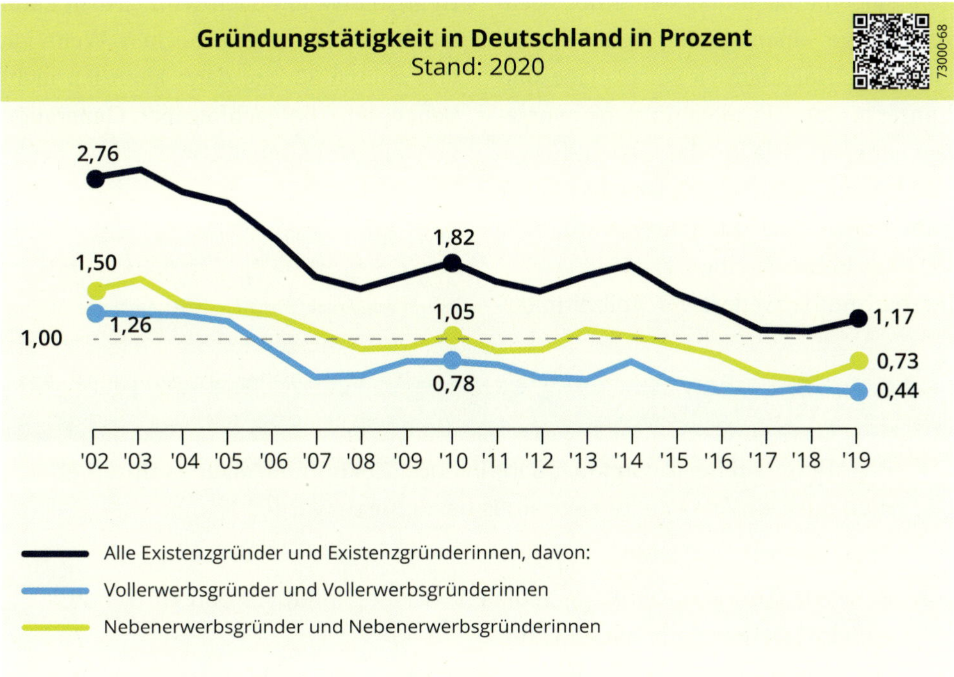

Gründerquote: Anteil der Existenzgründer:innen an der Erwerbsbevölkerung (18 bis 64 Jahre).

Metzger, Georg/KfW Bankengruppe: KfW-Gründungsmonitor 2020. In: www.kfw.de, Juli 2020, S. 3

Gründungstätigkeit 2020
Die Zahl neu gegründeter Kleinunternehmen lag im 1. Halbjahr 2020 mit rund 68 100 deutlich unter dem Vorjahreswert (-21,1 %). [...] Die Gesamtzahl der Gewerbeanmeldungen sank [...] auf rund 324 000, das waren 8,0 % weniger als im 1. Halbjahr 2019.

Statistisches Bundesamt: Pressemitteilung Nr. 322. In: www.destatis.de, 24.08.2020

M7 Kann man mit 16 Chef sein?

Fynn von Kutzschenbach [...] wirkt [...] gelassen, während er davon spricht, wie er seine eigene Marketingagentur gegründet hat. [...] Mit 16 Jahren dürfte Fynn von Kutzschenbach wohl zu den jüngsten Unternehmern Deutschlands gehören. [...]

Der gebürtige Wiesbadener lebt noch bei seinen Eltern. Im Sommer vergangenen Jahres hat er die Werner-von-Siemens-Realschule nach der neunten Klasse und damit mit einem Hauptschulabschluss verlassen. Anschließend begann er eine Ausbildung bei einer Frankfurter Marketingagentur – und brach diese ab. „Das war nix", sagt der Jungunternehmer rückblickend im Gespräch. „Ich habe bereits im Alter von 14 Jahren begonnen, für Einzelhändler in Wiesbaden deren Social-Media-Marketing zu übernehmen, und mir so mein Taschengeld verdient" [...].

Damit er nicht für jede Unterschrift seinen Vater bitten muss, stellte der Sechzehnjährige einen Antrag beim Familiengericht. Nachdem er Finanzpläne und Konzepte zur Firmengründung vorgelegt hatte, erklärte ihn das Gericht für geschäftsfähig. Kutzschenbach darf zwar immer noch kein Auto fahren, dafür aber Verträge unterschreiben. [...]

[Er hat] mittlerweile zwei Vollzeitmitarbeiter und vier Minijobber eingestellt. Das [Team] betreut derzeit 14 Kunden. [...] Der Sechzehnjährige steckt daher knietief in Arbeit, woran er offenbar mächtig Spaß hat. „Ich kann das Büro nie verlassen, ohne noch an die Arbeit zu denken. Wenn ich spazieren gehe, arbeite ich auch. Dann habe ich mein Handy dabei, und wenn mir spontan Dinge einfallen, dann schreibe ich die auf", berichtet er und lächelt. Von Druck und Stress keine Spur. [...]

Der Weg zum Erfolg war aber auch für den Wiesbadener nicht einfach. Seine Freunde zeigten sich ihm gegenüber nicht davon überzeugt, dass er es schaffen könnte, und auch die ehemaligen Lehrer äußerten sich eher zurückhaltend. [...]

Der Sechzehnjährige hat noch viel vor. „Wir wollen natürlich wachsen", kündigt er an, weiß aber auch, dass sein jugendliches Alleinstellungsmerkmal zwangsläufig irgendwann enden wird. „Noch kann ich die jungen Leute erreichen. Wenn ich erst einmal 32 bin, dann kann ich nicht behaupten, die nachfolgende Generation verstehen zu können", sagt er.

Maus, Robert. Chef mit 16. In: www.faz.net, 26.02.2021,

AUFGABEN

1. Begründet auf Basis von **M5**, ob ihr in eurer Zukunft ein eigenes Unternehmen oder ein Angestelltenverhältnis bevorzugen würdet.
2. Analysiert die Grafik **M6**.
3. Beurteilt, welche Auswirkungen die Entwicklung in **M6** für den Wirtschaftsstandort Deutschland haben kann.
4. Charakterisiert die Unternehmerpersönlichkeit von Fynn von Kutzschenbach (**M7**) und vergleicht euer Ergebnis mit der Lösung der Einstiegsaufgabe.

METHODE

Analyse von Diagrammen, Schaubildern und Statistiken

I. Worum geht es?

Die Statistik ist eine Zusammenfassung vieler verschiedener Daten. Die Daten können zum Beispiel sein: Anzahl von Menschen, Deutschen, Kindern, Frauen, Männern oder Höhe von Einkommen, Schulden, Taschengeld und vieles mehr.
Die Zusammenfassung der Daten (Statistik) wird mithilfe von Diagrammen oder Schaubildern dargestellt. Da diese oft sehr unterschiedlich aufgebaut werden, gilt es, diese zu analysieren.

II. Geht dabei so vor:

1. Schritt: Thema und Darstellungsform bestimmen

- Bestimmung des Themas: Schaut zunächst auf die Überschrift des Diagramms/des Schaubilds. Hier finden sich meist die gesuchten Informationen.
- Bestimmung der Darstellungsform: Es gibt verschiedene Arten von Diagrammen:
  - a) **Balken- und Säulendiagramme:**
    Diese Diagramme können verschiedene Zahlenwerte gut miteinander vergleichen,
  - b) **Linien- und Kurvendiagramme:**
    Diese Diagramme können zeitliche Entwicklungen gut darstellen.
  - c) **Kreis-, Kuchen- oder Tortendiagramme:**
    Diese Diagramme können unterschiedliche Anteile an der Gesamtmenge gut aufzeigen.

2. Schritt: Beschreibung der Diagramme und Schaubilder

- In welcher Maßeinheit sind die Zahlenwerte angegeben?
- Handelt es sich um absolute Zahlen? Dann steht dort z. B. „in Tausend“ oder „in Millionen“.
- Welcher Zeitpunkt oder Zeitraum ist dargestellt?
- Woher kommen die Zahlen, was ist als Quelle der Darstellung angegeben?

3. Schritt: Analyse und Beurteilung der Diagramme und Schaubilder

- Was zeigen die Zahlen und Daten?
- Gibt es Besonderheiten oder Auffälligkeiten?
- Ist die Form der Darstellung korrekt?
- Wie ist die Aussage des Schaubilds/Diagramms in das Thema einzuordnen?

a)

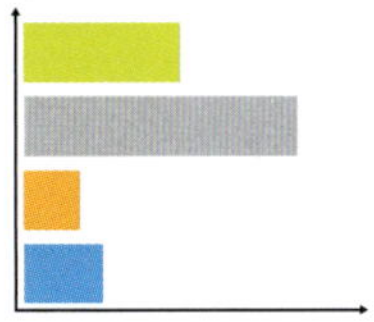

Balkendiagramm

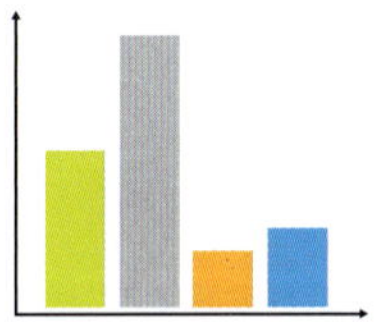

Säulendiagramm

b)

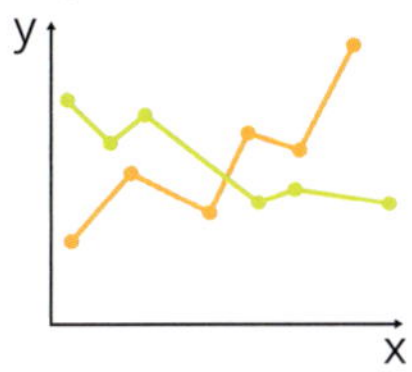

Liniendiagramm

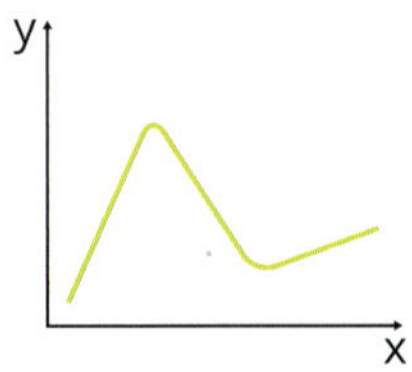

Kurvendiagramm

c)

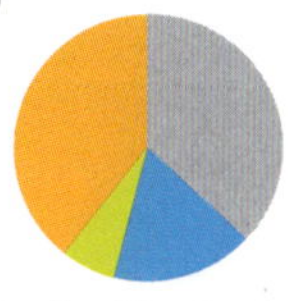

Kreis-/Kuchen-/Tortendiagramm

Bearbeiterin

1.2.3 Unternehmensziele: Ist Amazon ein erfolgreiches Unternehmen?

Zum Thema: Auf den ersten Blick scheint alles klar: enormes Wachstum, der Gründer Milliardär, der Börsenwert phänomenal, Millionen Kunden. Aber welche Ziele haben Unternehmen? Welche Erwartungen haben die Beteiligten? Es kommt auf die Aspekte an, die wir hier genauer betrachten.

M8 Statements zum Thema Unternehmensziele

1 Werner Hartmann, Geschäftsführer von Hartmann Valves aus Ehlershausen und Familienunternehmer des Jahres 2019:
„Wir sind ein starkes Team! Bei uns wird die Familie und die Vereinbarkeit von Familie und Beruf großgeschrieben."
Nach: Heitmann, Jens: Familie wird bei der Firma Hartmann Valves großgeschrieben. In: www.haz.de, 20.01.2019

2 Mia, Schülerin und Fridays for Future-Aktivistin:
„Unternehmen sollten sich vor allem endlich auch um die Folgen ihrer Produktion für die Umwelt und das Klima Gedanken machen!"
Bearbeiterin

3 Milton Friedman (1912–2006), US-amerikanischer Wirtschaftsnobelpreisträger und einer der einflussreichsten Ökonomen des 20. Jahrhunderts:
„Die einzige soziale Verantwortung des Unternehmens ist es, seinen Gewinn zu steigern."
NYT Magazine, 13.09.1970

Art 14 Abs. 2 GG
Eigentum verpflichtet. Sein Gebrauch soll zugleich dem Wohl der Allgemeinheit dienen.

4 Tom, Schüler und politisch engagiert:
„Wenn man arbeitet, dann soll man davon auch Leben können. Schon im Grundgesetz steht „Eigentum verpflichtet". Es kann doch nicht sein, dass die Führungskräfte mancher Unternehmen das Fünfzigfache ihrer Angestellten verdienen."
Bearbeiterin

EINSTIEGSAUFGABEN

Welche Ziele sollen Unternehmen haben?

- Stellt ausgehend von den Statements in **M9** Unternehmensziele zusammen.
- Erstellt ein Ranking mit den für euch wichtigsten Zielen.

M9 Unternehmensziele im Spiegel unterschiedlicher Interessen

Die unterschiedlichsten Gruppen (Stakeholder), zu denen die Eigentümer:innen, das Management, Beschäftigte, Lieferanten, Kunden, Konkurrenz, Kapitalgebende, aber auch der Staat und die Öffentlichkeit zählen, tragen ihre Interessen und Erwartungen an die Unternehmen heran. Während die Eigentümer:innen und Kapitalgebenden an einem möglichst hohen Gewinn und damit an einer möglichst hohen Verzinsung ihres eingesetzten Kapitals interessiert sind, strebt das Management gegebenenfalls nach mehr Macht und einer Ausweitung seiner Gestaltungsspielräume. Die Beschäftigten sind vor allem an einer sicheren und leistungsbezogenen Entlohnung sowie an guten Arbeitsbedingungen interessiert. Die Kunden erwarten qualitativ hochwertige Produkte zu möglichst günstigen Preisen. Der Staat und die Öffentlichkeit hoffen auf die Erhaltung oder Schaffung von Arbeitsplätzen, ein hohes Steueraufkommen, auf umweltgerechtes Verhalten und auf die Wahrnehmung der gesamtgesellschaftlichen Verantwortung des Unternehmens. Die Unternehmensführung steht grundsätzlich vor der schwierigen Aufgabe, diese unterschiedlichen Erwartungen und Interessen in Einklang zu bringen. Die Unternehmensziele dienen dabei als Orientierungsgrundlage für alle unternehmerischen Entscheidungen. Sie stehen nicht isoliert nebeneinander, sondern bilden ein kompliziertes Zielsystem.

Bearbeiterin

Kleines Glossar des Rechnungswesens

Umsatz
Gesamtwert der verkauften Waren oder erbrachten Dienstleistungen in einem bestimmten Zeitraum.

Gewinn
= Umsatz – Kosten

(Eigenkapital-)Rentabilität
Ein Prozentsatz, der dem erwirtschafteten Gewinn das eingesetzte Kapital (was ins Unternehmen investiert wurde) gegenüberstellt. So kann ohne viel Aufwand bestimmt werden, ob ein Unternehmen gut gewirtschaftet hat.
= Jahresgewinn / Eigenkapital x 100

Eigenkapitalrentabilität ausgewählter Unternehmen im Jahr 2018
Continental: 16,2 %,
Symrise: 14,6 %
Volkswagen: 10,1 %

Amazons Eigenkapital im Jahr 2020:
93,40 Milliarden US-Dollar

M10 Das Unternehmen Amazon in Zahlen

a) Wie hoch ist Amazons jährlicher Gewinn?

Amazons Nettogewinn in Milliarden US-Dollar
Stand: 2020

73000-69

Jahr	2011	2012	2013	2014	2015	2016	2017	2018	2019	2020
Gewinn	0,63	– 0,04	0,27	– 0,24	0,60	2,37	3,03	10,07	11,59	21,33

b) Wie hoch ist der Anteil von Amazons Umsatz in Deutschland am Gesamtumsatz?

c) Amazons Umsatz nach Segmenten

Quelle: Amazon: Form 10-K Annual Report 2020/2018/2015. In: www.aboutamazon.com (Abruf am 19.04.2021)

Erklärfilm: Steuerflucht

Mediencode: 71093-05

M11 Kommentar: die vielen Seiten des Jeff Bezos

Wenn man einen Strich unter das fast 30-jährige Wirken des Jeff Bezos ziehen wollte, […] dann käme man um eine zentrale Erkenntnis nicht herum: […] je nach Blickwinkel hat man allen Grund, […] Bezos aufrichtig zu verehren oder auch aus tiefstem Herzen zu hassen.

Unstreitig ist, dass der heute 57-Jährige aus dem Nichts ein Imperium erschaffen hat, das die Art, wie Menschen einkaufen, ja leben, fundamental verändert hat. […] Die Geschichte beweist, dass man mit einer guten Idee auch heute noch stinkreich werden kann. […] Vor allem was den Kundenservice angeht, hat Bezos Maßstäbe gesetzt, an denen sich Dienstleister rund um den Globus heute messen lassen müssen.

Es gibt praktisch kein Produkt, vom Schraubenzieher bis zur Bio-Avocado, das man auf dem Amazon-Marktplatz nicht fände. Bezos' Streamingdienst produziert preisgekrönte Filme und Serien [und] seine „Cloud" archiviert das Wissen der Welt [...].

Aus Sicht der Arbeitnehmerinnen und Gewerkschafter, der Bürgermeisterinnen und Datenschützer, der kleinen Einzel- und Onlinehändlerinnen, der Finanz-, Sozial- und Umweltpolitiker nämlich stellt sich die Lebensleistung des Amazon-Chefs in einem gänzlich anderen Licht dar. Für sie ist er der Ausbeuter und Geldsack, der Steuertrickser und Produzent von Verpackungsmüll, der Zerstörer von Innenstädten, Läden und Privatsphäre.

So sehr der Erfolg von Amazon auf guten Ideen und Nähe zum Kunden basiert, so sehr ist er zugleich aufgebaut auf den Niedriglöhnen Hunderttausender Mitarbeitender, die sich in seinen Warenlagern erst den Rücken krumm machen und dann durch Roboter ersetzt werden. Die krank zur Arbeit erscheinen müssen, deren Unfälle vertuscht werden und die man hindert, Betriebsräte zu gründen. [...]

So drückt sich sein Konzern mit allen Tricks davor, Steuern zu zahlen. Er gängelt Hersteller und Zulieferer und beutet kleine Online-Händler aus, indem er ihre Ideen stiehlt und sie im Stich lässt, wenn sie Opfer von Betrügern werden. Er kassiert Monopolgewinne und ist als Plattformbetreiber Stürmer und Schiedsrichter zugleich. [...]

Dass [Bezos] jetzt das Alltagsgeschäft anderen überlässt, könnte darauf hindeuten, dass ihm sein Image nicht egal ist. [...] Ein echter Imagewandel aber wird ihm so nicht gelingen. Der wäre nur möglich, wenn er nicht sich, sondern sein größtes Vermächtnis – Amazon – veränderte und statt nur die Kunden auch alle übrigen Betroffenen in den Blick nähme.

Hulverscheidt, Claus / Süddeutsche Zeitung: Das genial hässliche Gesicht des Kapitalismus. In: www.sueddeutsche.de, 03.02.2021

AUFGABEN

1. Kategorisiert und systematisiert die Ziele der verschiedenen Interessengruppen mit Hilfe von **M9**.
2. Unternehmensziele können sich ergänzen (Zielkongruenz) oder gegensätzlich (Zielkonflikt) sein. Erläutert diesen Sachverhalt ausgehend von **M9** mithilfe von Beispielen.
3. Unternehmer:innen betonen oft die herausragende Bedeutung ökonomischer Ziele, weil diese den Erhalt des Unternehmens sichern.
   a) Analysiert die Gewinn- und Umsatzentwicklung sowie die Rentabilität von Amazon (**M10a–c**).
   b) Berechnet dazu auch die Eigenkapitalrentabilität des Unternehmens (**Kleines Glossar des Rechnungswesens**, S. 35).
4. Beurteilt abschließend, welche Ziele (ökonomisch, sozial, ökologisch) Amazon erreicht und ob Amazon ein erfolgreiches Unternehmen ist (**M10**, **M11**).

1.2.4 Wie sind die Arbeitsbeziehungen in Deutschland geregelt?

Zum Thema: Unternehmen brauchen motivierte Beschäftigte. Sie tauschen dazu mit den privaten Haushalten den Faktor Arbeit gegen den Faktor Lohn. Die Arbeitsbeziehungen zwischen Betrieben und Beschäftigten sind deshalb Austauschbeziehungen. Welche Interessen haben die Beteiligten? Welche Rolle spielt in Deutschland dabei der Staat? Darum geht es in diesem Kapitel.

M12 Frau Meier geht die Geduld aus …

Langsam ist Frau Meier genervt. Der Weg zur Arbeit dauert doppelt so lange, weil die Züge nicht fahren. Nächste Woche muss sie eine Woche Urlaub nehmen, weil ihr Kind nicht in die Kita kann und ob der Urlaubsflug stattfindet, steht auch noch in den Sternen – eventuell fallen die Flüge aus. Obwohl Frau Meier grundsätzlich nichts gegen Streiks hat ist sie inzwischen eine von vielen deutschen, die das Gefühl haben, man könne sich auf gar nichts mehr verlassen – außer, dass bald der nächste Streik kommt.

Bearbeiterin

EINSTIEGSAUFGABE

Was haltet ihr persönlich von Streikaktionen? Tauscht euch mit eurem Nachbarn oder eurer Nachbarin aus und formuliert eine erste Stellungnahme.

M13 Arbeitsbeziehungen in Deutschland

a) Gestaltung durch Tarifverträge

Tarifpartnerschaft
Damit nicht alle Unternehmen und alle Beschäftigten einzeln miteinander verhandeln müssen, haben sie sich zu Interessenverbänden zusammengeschlossen. Diese handeln die Gestaltung der Arbeitsbeziehungen in Deutschland aus. Tarifverträge existieren in Deutschland aber nicht in allen Unternehmen, weshalb es auch individuelle Arbeitsverträge (teilweise mit Tarifvertragsbezug) gibt.

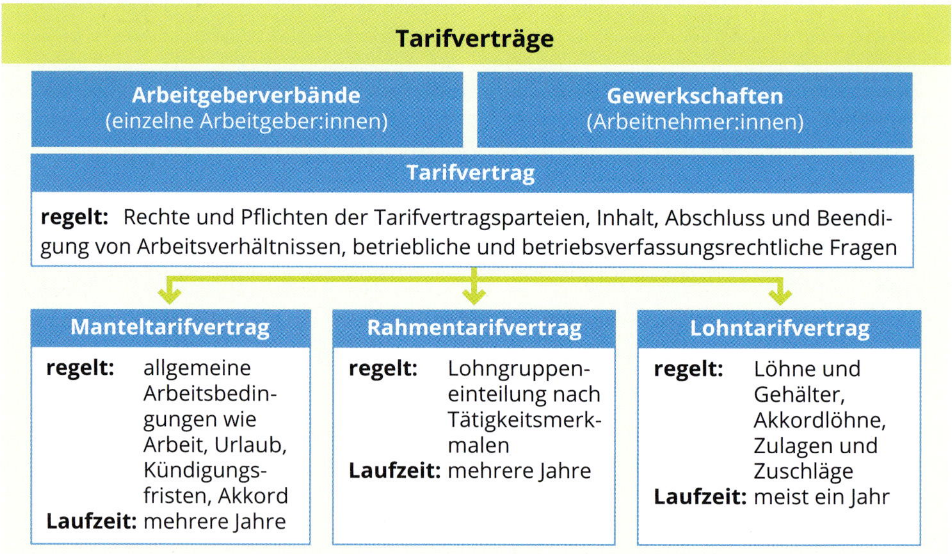

Nach: Bergmoser + Höller Verlag AG, Zahlenbilder 240 021

b) Tarifautonomie

Tarifautonomie ist die Befugnis von Arbeitgebervereinigungen einerseits und Gewerkschaften andererseits, durch verbindliche Verträge (Tarifverträge) und unabhängig von staatlicher Einflussnahme die Arbeitsverhältnisse zwischen ihren Mitgliedern selbstständig zu regeln. Im Wege von Tarifverhandlungen können grundsätzlich alle Arbeitsbedingungen frei verhandelt werden. Ihre Grenzen findet die Tarifautonomie dort, wo der Gesetzgeber zum Schutz des Arbeitnehmers bestimmte Mindestbedingungen definiert hat. Beispiele hierfür sind die Regelungen bezüglich des Mindesturlaubsanspruchs gemäß dem Bundesurlaubsgesetz oder die Regelungen im Arbeitszeitgesetz. Die Tarifautonomie gewährleistet auch, dass der Staat nicht in den Arbeitskampf, den Streik oder eine Aussperrung eingreift. Streitigkeiten hieraus entscheiden ausschließlich die Arbeitsgerichte. Die rechtliche Grundlage der Tarifautonomie ist im Grundgesetz der Bundesrepublik Deutschland mit dem Grundrecht der Vereinigungsfreiheit (Koalitionsfreiheit) in Artikel 9 Abs. 3 verankert. Die Verfassungsnorm wird durch die Vorschriften des Tarifvertragsgesetzes näher konkretisiert.

dbb beamtenbund und tarifunion: Tarifautonomie. In: www.dbb.de (Abruf am 26.03.2021)

c) Betriebliche Mitbestimmung

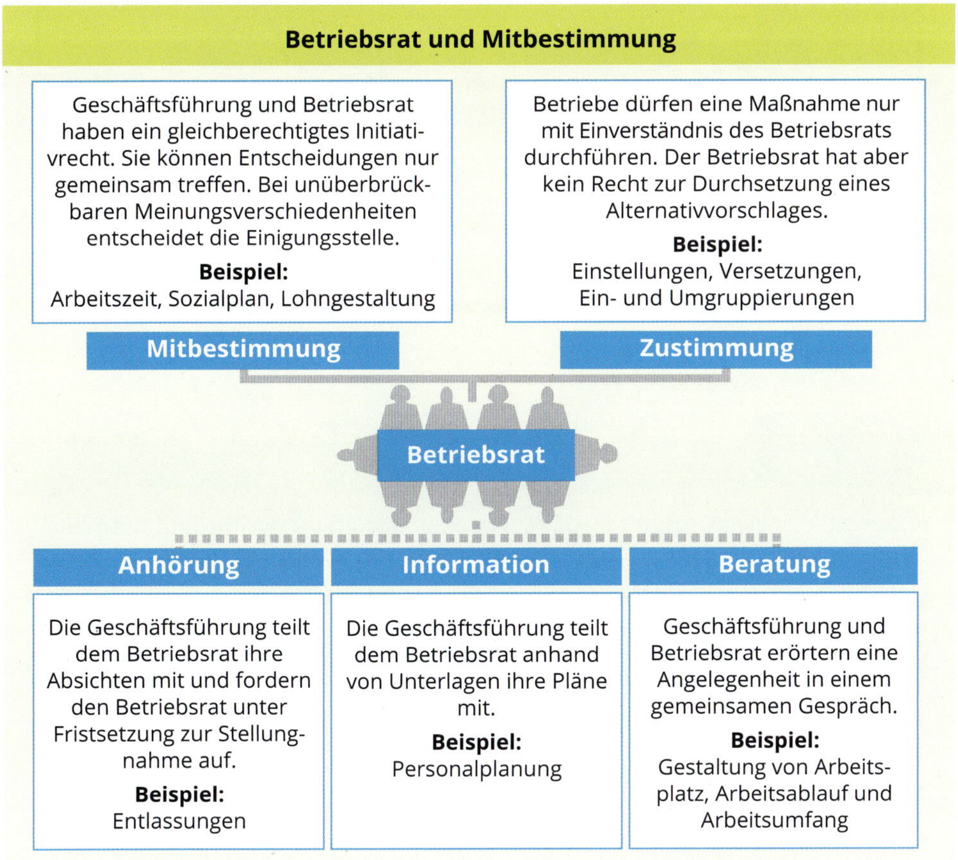

Nach: Niedenhoff, Horst-Udo: Mitbestimmung in der Bundesrepublik Deutschland. 13. Auflage. Köln: Deutscher Instituts-Verlag 2003, S. 87

Betriebsrat
Betriebe ab fünf Beschäftigten müssen laut Betriebsverfassungsgesetz auf Wunsch der Belegschaft einen Betriebsrat einrichten. Der Betriebsrat wird alle vier Jahre von und aus der Belegschaft gewählt. Wahlberechtigt sind alle volljährigen Beschäftigten. Wählbar ist, wer zusätzlich seit mindestens sechs Monaten dem Betrieb angehört. Über die genaue Anzahl der Betriebsräte entscheidet die Größe der Belegschaft. Der Betriebsrat ist das gesetzliche Organ zur Vertretung der Interessen der Beschäftigten und zur Wahrung der betrieblichen Mitbestimmung gegenüber den Führungskräften in Betrieben des privaten Rechts.

d) Mitbestimmung auf Unternehmensebene

In Deutschland sind die Beschäftigten auch an den wirtschaftlichen Planungen und Entscheidungen der Unternehmenspolitik beteiligt. Die Mitbestimmung auf Unternehmensebene beschränkt sich allerdings auf Kapitalgesellschaften. In solchen Unternehmen können Vertreter:innen der Belegschaft den Vorstand des Unternehmens im Aufsichtsrat mitüberwachen.

Bearbeiterin

M14 Was sind die „Spielregeln" für den Arbeitskampf?

Rechtliche Grundlagen für Arbeitskämpfe
Tarifautonomie (Art. 9 Abs. 3 GG und § 2 Abs. 1 Tarifvertragsgesetz)

Methode: Eine Tarifverhandlung durchführen

Mediencode: 71093-06

Erklärfilm: Streik

Mediencode: 71093-07

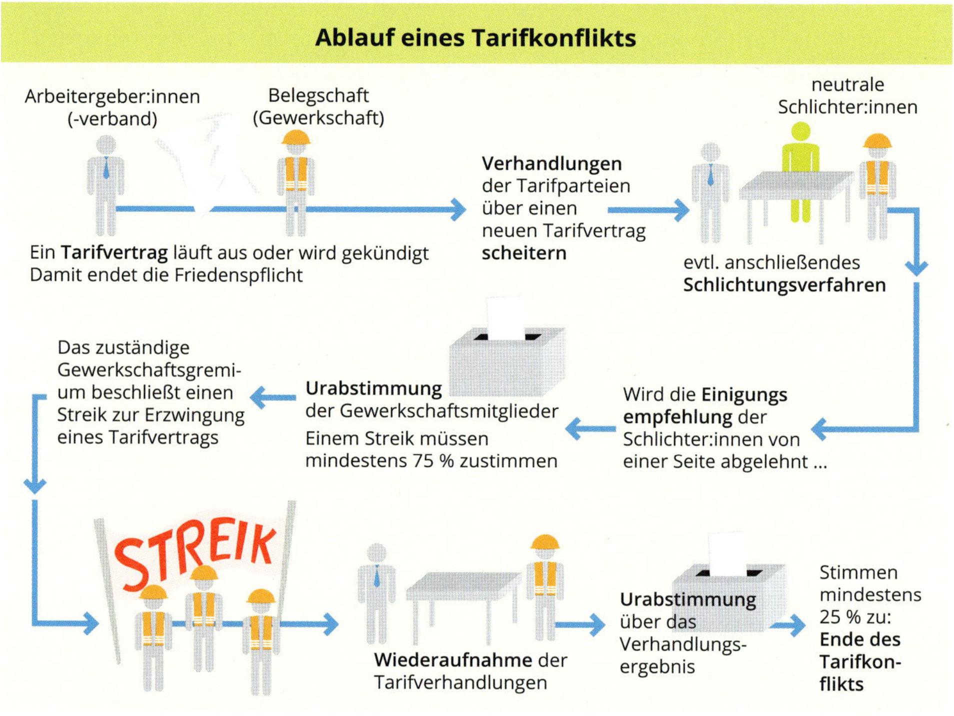

Nach: Bergmoser + Höller Verlag AG, Zahlenbilder 244 108

AUFGABEN

1. Arbeitet zu zweit: Erklärt euch gegenseitig, warum ihr die Tarifautonomie aus Sicht der Unternehmen, als auch aus Sicht der Beschäftigten für wichtig haltet (**M13b**).
2. Charakterisiert anhand von **M13a–d** Elemente der Regelung von Arbeitsbeziehungen in Deutschland.
3. Analysiert das Schaubild **M14** und erklärt vor welchen Kosten-/Nutzenabwägungen Arbeitgeber:innen und Arbeitnehmer:innen in einer Tarifauseinandersetzung stehen.
4. Diskutiert, ob Tarifautonomie zum sozialen Frieden und zu einer gerechten Einkommensverteilung beitragen kann.

1.2.5 Ohne Moos nichts los – welche Rolle spielen die Banken im Wirtschaftsprozess?

Zum Thema: Jeden Tag hat man in irgendeiner Form mit Geld zu tun. Geld umgibt uns überall. Unternehmen benötigen Geld, um zu investieren oder um das Gehalt ihrer Beschäftigten zu bezahlen. Geld wird gespart und angelegt. Eine Institution, die in all diese Abläufe eingebunden ist, ist die Bank. Hast du dich schon einmal gefragt, was eine Bank eigentlich macht? Wofür brauchen wir Banken? Antwort auf diese Fragen erhältst du im folgenden Unterkapitel.

M15 Fallbeispiele: Wo können Banken helfen?

1 Eine Brauerei soll erweitert werden. Dies soll durch einen Anbau erfolgen. Außerdem ist geplant, in eine neue Abfüllanlage zur Herstellung des neuen Craft-Bieres zu investieren. Dafür benötigt die Brauerei ca. 500 000 Euro.

2 Familie Schmidt hat geerbt. Da sie das Geld im Moment nicht benötigt, soll es möglichst gewinnbringend angelegt werden.

3 Pia (16) möchte endlich ein eigenes Konto, um ihre finanziellen Angelegenheiten selbst regeln zu können. Gemeinsam mir den Eltern lässt sie sich beraten.

Bearbeiterin

EINSTIEGSAUFGABE

Erklärt, für welches Anliegen die Brauerei, Familie Schmidt und Pia jeweils eine Lösung suchen.

M16 Welche Arten von Banken gibt es?

Die Banken, mit denen Privatpersonen und Unternehmen zu tun haben, nennt man Geschäftsbanken. Ende 2020 gab es ca. 1679 Geschäftsbanken in Deutschland. Davon bezeichnet man die überwiegende Mehrheit als Universalbanken. Diese bieten viele verschiedene Bankleistungen an, wie beispielsweise das Einlagen- und das Kreditgeschäft, das Wertpapiergeschäft und den Zahlungsverkehr. Zu den Geschäftsbanken gehören Genossenschaftsbanken, Sparkassen und Privatbanken.

In Deutschland gibt es auch einige Spezialbanken, die nur eine oder eine geringe Anzahl an Bankleistungen anbieten. Dazu gehören Bausparkassen, Hypothekenbanken und die Kreditanstalt für Wiederaufbau (KfW). Letztere stellt staatlich geförderte Kredite bereit. Aktuell gibt es in Deutschland rund 75 Spezialbanken.

Bearbeiterin

M17 Welche Aufgaben haben Banken?

Die Bank im Geldkreislauf

Unternehmen

Produzieren Güter und bieten Dienstleistungen an durch:
- Industrie
- Handel
- Handwerk
- landwirtschaftliche Betriebe

Banken sind für Unternehmen unter anderem bedeutsam für:
- Zahlung von Löhnen und Gehältern
- in- und ausländischen Zahlungsverkehr
- Investitionen und Kredite
- Bankeinlagen
- Wertpapierausschüttung

↔

Haushalte

Die privaten Haushalte:
- verbrauchen Güter und nutzen Dienstleistungen
- stellen ihre Arbeitskraft für Unternehmen bereit und erzielen so Einkommen

Banken sind für Haushalte unter anderem bedeutsam für:
- bargeldlosen Erhalt von Löhnen und Gehältern (über ein Girokonto)
- Zahlung der Miete per Dauerauftrag (über ein Girokonto)
- Kredite
- Geldanlage

↕ ↕

Banken

Abwicklung von Zahlungsverkehr:
- bare Zahlungsarten (zum Beispiel Bargeldbezug am Geldautomaten)
- bargeldlose Zahlungsarten (zum Beispiel Überweisung auf das Girokonto)

Einlagengeschäft:
Annahme von Anlagegeldern (zum Beispiel Spareinlagen)

Kreditgeschäft:
Vergabe von Krediten (zum Beispiel Wohnungsbaukredite, Existenzgründerdarlehen)

Vermögensberatung und –verwaltung:
- Kundenberatung zu Finanzfragen (zum Beispiel Vermögensbildung über Geldanlagen oder Finanzierung durch Kreditaufnahme)
- Durchführung von Kundenaufträgen (zum Beispiel im Wertpapiergeschäft)

Sonstige Dienstleistungen:
- Vermittlung von ausländischen Währungen
- Übernahme von Bürgschaften und Garantien (zum Beispiel Mietgarantien)

Schulservice Jugend und Finanzen: Die Aufgaben einer Bank. In: www.jugend-und-finanzen.de, S.1 (Abruf am 03.09.2020)

M18 Sicherheit ist oberstes Gebot

Da Banken mit den Geldern ihrer Kunden arbeiten, gelten für diese Tätigkeiten hohe Sicherheitsanforderungen. Wesentliches Ziel der gesetzlichen Vorschriften für Bankgeschäfte ist daher der Schutz der Anleger und die Beschränkung von Geschäftsrisiken. Geregelt werden diese Vorschriften im Kreditwesengesetz (KWG) und vielen weiteren Vorschriften. Banken müssen stets über angemessene Eigenmittel und eine ausreichende Liquidität (schnell verfügbare Gelder, aus dem Lateinischen; „liquidus“ = „flüssig“) verfügen. Zudem wird die Vergabe von Großkrediten – Krediten also, die eine bestimmte Höhe überschreiten würden – begrenzt. Außerdem müssen die Führungskräfte und alle anderen Bankmitarbeiter über ausreichendes Fachwissen verfügen. Darüber hinaus werden die Banken unter eine spezielle Bankenaufsicht gestellt, die von der Deutschen Bundesbank und der Bundesanstalt für Finanzdienstleistungsaufsicht (BaFin) durchgeführt wird – hinzu kommt seit Herbst 2014 die Europäische Zentralbank (EZB) mit ihrer Aufsicht über große systemrelevante Institute.

Schulservice Jugend und Finanzen: Die Aufgaben einer Bank. In: www.jugend-und-finanzen.de, S. 2 (Abruf am 15.09.2021)

Europäische Zentralbank
Die EZB ist die Zentralbank des Euroraums. Ihre Hauptaufgabe besteht darin, Preisstabilität (→ S. 67) zu gewährleisten.

M19 Warum sind Banken wichtig?

Das Bankenviertel in Frankfurt am Main gilt als Finanzzentrum Deutschlands.

Banken spielen für das gesamte Wirtschaftsleben eine wichtige Rolle. Denn Banken kümmern sich um die Geldangelegenheiten von allen: von Privatpersonen, kleinen und großen Unternehmen, aber auch von öffentlichen Stellen, z. B. einer Gemeinde. Nicht jeder hat für größere Anschaffungen immer genug Geld. Deshalb vergeben Banken Kredite an ihre Kunden. […] Unternehmen nutzen Kredite zum Beispiel, um in neue Maschinen zu investieren oder neue Produkte zu entwickeln. So können sie mehr Arbeitsanregungen produzieren. Dies schafft Arbeitsplätze und stärkt die wirtschaftliche Entwicklung. Banken bieten ihren Kunden zudem an, gerade nicht benötigtes Geld anzulegen. […] Dies bietet den Kunden die Möglichkeit, Zinsen oder Kursgewinne zu erwirtschaften und damit an der wirtschaftlichen Entwicklung teilzuhaben. Banken sorgen außerdem für den Geldfluss in der Wirtschaft, indem sie Zahlungen bargeldlos ausführen. Sie buchen Buchgeld von einem Konto zu einem anderen. Sie müssen täglich große Mengen an Geld bewegen. Ohne Banken würde dieser „Geldfluss" in unserer arbeitsteiligen Wirtschaft nicht funktionieren. Banken haben somit eine zentrale Stellung im Wirtschaftsleben.

Bundesbank: Geld verstehen. Schülerbuch. In: www.bundesbank.de, S. 70 (Abruf am 26.03.2021)

AUFGABEN

1. Sammelt Beispiele für Bankgeschäfte von Privatpersonen oder Unternehmen und erklärt, zu welchen Geschäftsfeldern und Aufgaben einer Bank (**M16**, **M17**) sie gehören.
   a) Ihr habt sicherlich schon ein Girokonto. Recherchiert, welche Dienstleistungen eure Bank anbietet. Stellt eure Ergebnisse in einer Übersicht dar.
   b) Ordnet anschließend eure Bank einer Gruppe der Geschäftsbanken zu (**M16**).
2. Stellt euch vor, es gäbe keine Banken mehr.
   a) Entwickelt gemeinsam eine Lösung für die Bedürfnisse der Bankkunden aus **M15**. Untersucht gemeinsam, welche Probleme entstehen könnten, berücksichtigt dabei auch **M18**.
   b) Wie würde eine solche Wirtschaft aussehen? Verfasst einen Artikel, in dem ihr eine Welt ohne Banken anhand konkreter Beispiele aus dem Wirtschaftsleben schildert (**M19**).

F Aufgabe 2b
Recherchiert mithilfe des Artikels, warum gerade Systemrelevante Banken so genau überwacht werden.

Mediencode: 71093-08

1.2.6 Von der Geschäftsidee zum erfolgreichen Unternehmen – ein schwieriger Weg?

Zum Thema: „Denk' ich an Gründung in der Nacht, bin ich um den Schlaf gebracht", stimmt das? Die richtige Idee und eine gute Vermarktung entscheiden oft über Erfolg und Misserfolg. Dabei erfahrt ihr auch, wie wichtig ein Businessplan ist, wozu eine Rechtsform notwendig ist, welche Standortfaktoren bedacht werden sollten und was ein gutes Marketingkonzept ausmacht.

M20 Fallbeispiel: Eine App für Pflegekräfte

voize

voize ist der digitale Sprachassistent für Pflegedokumentation.

Pflegekräfte können die Dokumentation einfach am Smartphone einsprechen, auch direkt bei der Pflege. Die KI von voize versteht den Pflegekontext und generiert automatisch strukturierte Dokumentationseinträge. [...] Der Clou: Unser Machine Learning läuft lokal auf dem Smartphone. So werden keine Daten in die Cloud geschickt. Damit erreichen wir hohe Datenschutzstandards, und auch Pflegeeinrichtungen ohne flächendeckendes WLAN profitieren von der Anwendung.
Die Anzahl der Pflegebedürftigen in Deutschland wird bis 2035 um 30% auf 4,8 Millionen ansteigen. Demgegenüber steht ein akuter Fachkräftemangel, der bis 2035 auf über 500.000 fehlende Pflegekräfte prognostiziert wird. Gleichzeitig ist sorgfältige Pflegedokumentation sehr wichtig, jedoch ist der zeitliche Aufwand mit über 30% der Arbeitszeit sehr hoch.

Das wollen wir ändern und den pflegebedürftigen Menschen in den Vordergrund stellen. voize erleichtert den Pflegealltag, verbessert die Qualität der Dokumentation und erlaubt Pflegeeinrichtungen, sich als attraktiver Arbeitgeber zu positionieren.

Standort	Potsdam
Bereich	Software
Gepl. Gründung	2020
Anzahl Gründer	3
Anzahl Mitarbeiter	1
Märkte	1

Für Gründer. 2020 – Top 50 Start-Ups und Gründerwettbewerbe. In: www.fuer-gruender.de, S. 18 (Abruf am 25.02.2020)

Dekubitus
Wundliegegeschwür. Eine Verletzung, die Auftritt, wenn Menschen zu lange auf einer Stelle liegen.

EINSTIEGSAUFGABE
Stellt Vermutungen darüber an, warum die Idee bei einem Gründerwettbewerb als eine der besten Geschäftsideen in Deutschland des Jahres 2019 ausgezeichnet wurde.

M21 Welche Fragen muss man klären, bevor man ein Unternehmen gründet?

Bearbeiterin

M22 Die Wahl der Rechtsform – eine wichtige Entscheidung bei der Unternehmensgründung

Jedes Unternehmen hat eine bestimmte Rechtsform (z. B. GmbH oder AG), die bei der Gründung festgelegt werden muss. Diese hat rechtliche, finanzielle und steuerliche Folgen. Für die Wahl der Rechtsform sind folgende Überlegungen entscheidend:

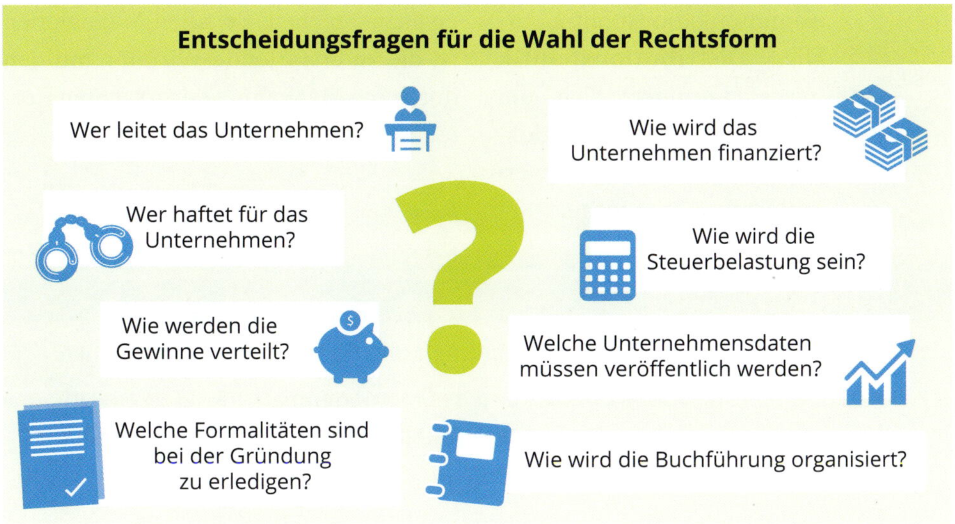

Bearbeiterin

F
Informiert euch über weitere Rechtsformen und stellt deren Vor- und Nachteile gegenüber

Mediencode: 71093-09

M23 Wichtige Faktoren der Standortwahl

1 Verkehrsanbindung
2 Infrastruktur
3 Steuern
4 Umweltbestimmungen
5 Subventionen
6 Gebühren
7 Ressourcenverfügbarkeit
8 Absatzmöglichkeiten
9 Mieten
10 Konkurrenz
11 Lohnkosten
12 Erweiterungsmöglichkeiten

Bearbeiterin

M24 Der Marketing Mix

Ein Unternehmen muss nicht nur gute Produkte herstellen, es muss sie auch verkaufen. Dazu nutzen die Unternehmen vier Marketing Strategien, um am Markt erfolgreich zu sein und sich zu behaupten. Häufig ist spricht man dann vom Marketing-Mix, den sogenannten „4 P" des Marketing: Produkt, Place, Price, Promotion oder einfach erklärt – Produktpolitik, Preispolitik, Vertriebspolitik und Kommunikationspolitik.

Die **Distributionspolitik** (place) kümmert sich um den Vertrieb des Produktes, dies geschieht über verschiedene Absatzwege.

Die **Produktpolitik** (product) kümmert sich z. B. um die Vermarktung, die Produktgestaltung etc.

Die **Preispolitik** (price) ist für die Preisstruktur zuständig

Die **Kommunikationspolitik** (promotion) kümmert sich um die Kommunikation und den Informationsaustausch zwischen Kunden und Unternehmen. Die wichtigsten Instrumente sind z. B. Sponsoring, PR oder Product Placement. Es kommt dabei auf die richtige Mischung an, den Marketing-Mix, um letztendlich auch die richtige Zielgruppe anzusprechen. Bei allen Maßnahmen ist die zu erwartende Wirkung mit den durch die Maßnahme verursachten Kosten in Bezug zu setzten.

Bearbeiterin

Die Produktionsfaktoren

Als Produktionsfaktoren bezeichnet man alle Einsatzmengen, die für die Herstellung von Waren und Dienstleistungen erforderlich sind. Folgende Produktionsfaktoren werden unterschieden:

Arbeit
- leitende Arbeit
- ausführende Arbeit

Grund und Boden
- Anbauboden (Landwirtschaft)
- Abbauboden (Rohstoffe)

Kapital
- Sachkapital (Maschinen und Anlagen)
- Geldkapital

Standort
(für Betriebsstätten)

AUFGABEN

1. Findet euch in Arbeitsgruppen zusammen und überlegt euch ein Produkt.
2. Gründet mit Hilfe von **M21–M24** und des Methodenblatts (S. 47 f.) ein Unternehmen und präsentiert eure Geschäftsidee in Form einer Elevator-Pitch-Rede (→ Methodenglossar S. 209).
3. Stellt im Anschluss eure ausführliche Geschäftsidee im Plenum vor.

Wahlbereich: Unternehmen und Entscheidung

Planspiel Unternehmensgründung

I. Worum geht es?

Werde selbst zur Führungskraft, ganz ohne Risiko! Genau wie Piloten und Pilotinnen in einem Flugsimulator könnt ihr unternehmerische Situationen üben, ohne euch in echte Gefahr zu begeben. Ihr übernehmt Verantwortung in einem virtuellen Unternehmen. WIE gründet man ein Unternehmen? WAS muss dabei alles beachtet werden? WO kann ich mich beraten lassen? WIE finanziere ich dieses Vorhaben? Auf all diese Fragen findet ihr bei einem Planspiel zur Unternehmensgründung Antworten, die euch im späteren Berufsleben vielleicht von Nutzen sein können.

II. Geht dabei so vor:

1. Schritt: Aller Anfang ist schwer

1. Die Geschäftsidee: Dazu gehört natürlich grundlegend die Frage, warum ihr glaubt, damit Erfolg zu haben oder wie ihr euch von der Konkurrenz positiv abhebt.
2. Die Markteinschätzung: Welchen Kunden und Zielgruppen sollen angesprochen werden? Wie soll dieses erreicht werden? Was macht ihr anders oder besser als die Konkurrenz?
3. Produktions-/Dienstleistungsfaktoren: Schildert, wie ihr euer Produkt bzw. eure Dienstleistung erbringt. Seid ihr alleine oder habt ihr Angestellte? Wenn ja, wie viele? Braucht ihr ein Büro oder ein Ladenlokal? Wie groß muss dieses sein? Braucht ihr Hard- oder Software? Welche Leistungen könnt ihr erbringen und welche müssen über Dritte erledigt werden? Stellt Überlegungen zur Standortwahl an und begründet eure Entscheidung.
4. Zukunftsaussichten: Stellt dar, welche Ziele ihr euch gesetzt habt. Welchen Umsatz erwartet ihr in drei bis fünf Jahren? Wie wollt ihr diese Ziele erreichen?

Jugend gründet

Mediencode: 71093-10

2. Schritt: Jetzt kommen die Details

1. Wahl der Rechtsform und die Organisation der Aufgabenbereiche und Zuständigkeiten
2. Findet einen geeigneten Namen für eure Firma und das Produkt
   Der Name sollte kurz, unkompliziert und eingängig sein. Verwendet nicht den Namen eures Produkts als Firmennamen und werdet nicht zu spezifisch. Ihr wollt euch für die Zukunft Optionen offenlassen. Denkt daran, keine geschützten Namen zu verwenden.

WAHLBEREICH

- Zu einem Namen gehört auch ein Logo (Firmenzeichen). Beachtet hierzu Folgendes:
  Der Bezug zu Firmenname oder der Geschäftsidee sollte deutlich werden. Verwendet einfache Formen und klare Linien und denkt daran, dass das Logo auch aus der Entfernung wirken sollte. Passt auf, dass man das Logo nicht mit dem von anderen Unternehmen verwechseln kann.

3. Schritt: Kapitalbeschaffung – jetzt geht's ans Eingemachte

Elevator-Pitch-Methode
Im Methodenglossar auf S. 209 findet ihr noch eine detaillierte Version der Methode.

Nun müsst ihr einen Investor oder eine Investorin davon überzeuge, euch so viel Geld zur Verfügung zu stellen, dass ihr eure Geschäftsidee umsetzen könnte. Übt das im Folgenden mit der sogenannten Elevator-Pitch-Rede:
Der Elevator Pitch ist eine kurze Präsentation, die dazu dienen soll, einen Investor in kurzer Zeit – in etwa 30 bis 60 Sekunden, also der Länge einer Aufzugfahrt – von einer Geschäftsidee zu überzeugen. Ziel ist es, sich auf das wichtigste zu beschränken und überzeugend zu sein.

Der wohl beliebteste Erzählrahmen für einen Elevator Pitch ist das sogenannte AIDA-Modell. Hier wird eine Idee in vier Schritten serviert.

Attention	**I**nterest	**D**esire	**A**ction
Aufmerksamkeit erzeugen	Interesse wecken	Verlangen auslösen	Handlung provozieren
Hier: Was bietet ihr Neues?	**Hier:** Was unterscheidet euch von anderen?	**Hier:** Wie profitiert die Kundschaft davon?	**Hier:** Euer Appell: Jetzt beim Angebot zugreifen

priorisieren
in eine Rangfolge bringen

1. Überlegt euch einen starken Einstieg. Bereits der erste Satz muss sitzen.
2. Priorisiert eure Inhalte. Kommt direkt auf den Punkt.
3. Stellt das Besondere heraus.
4. Geht auf euer Gegenüber ein. Soweit möglich, sollte man sich bereits im Voraus damit beschäftigen, für wen ihr die Kurzpräsentation haltet.
5. Drückt euch verständlich aus. Wendet vorher den Großelterntest an: Würden diese verstehen, wovon ihr sprecht?
6. Zeigt Begeisterung. Es kommt nicht nur darauf an, was ihr sagt, sondern auch wie.
7. Schließt eure Kurzpräsentation mit einer Aufforderung („Call to Action") ab und gebt dem Gegenüber die Chance, in Kontakt zu bleiben.

WAS WIR WISSEN

Startup
S. 31; M5, M6

„Startup“ ist die Bezeichnung für ein junges Unternehmen, das zur Verwirklichung einer innovativen Geschäftsidee gegründet wurde. Da das Startkapital von Startups in der Regel gering ist, sind diese für die eigene Unternehmensfinanzierung oftmals schon sehr früh auf den Erhalt von Fremdkapital angewiesen.

Zielsetzungen von Unternehmen
S. 34 ff.; M8–M10

Wie im Schaubild „magisches Dreieck der Unternehmensziele“ deutlich wird, verfolgen Unternehmen gleichzeitig mehrere Ziele:

ökonomische Ziele
(z. B. Rentabilität, Effizienz, Marktanteil, Umsatz, Gewinn)

soziale Ziele
(z. B. **Compliance** (= Einhaltung bestehender Gesetze), soziale und ökologische Ziele über den gesetzlichen Rahmen hinaus, sichere Arbeitsplätze, lokales Engagement, Work-Life-Balance)

ökologische Ziele
(z. B. **Nachhaltigkeit** (= Prinzip, nach dem nur so viel natürliche Ressourcen verbraucht werden dürfen, schonender Umgang mit Rohstoffen und natürlichen Ressourcen, Recycling)

Gestaltung der Arbeitsbeziehungen
S. 38 ff.; M13–M14

Grundsätzlich kann sich ein Lohn völlig frei nach Angebot und Nachfrage auf dem Arbeitsmarkt bilden. Die Gestaltung der Arbeitsbeziehungen wird in Deutschland jedoch von den Tarifpartnern geregelt. Diese sind Beschäftigte und Unternehmen bzw. deren Gewerkschaften oder Verbände. Sie benötigen sich gegenseitig, haben aber in Tarifauseinandersetzungen oft unterschiedliche Interessen. Eine deutsche Besonderheit auf Grundlage des Betriebsverfassungsgesetzes ist die Mitbestimmung als betriebliche Mitbestimmung durch gewählte Betriebsräte und die Mitbestimmung auf Unternehmensebene im Aufsichtsrat bei großen Aktiengesellschaften.
Im Unternehmen haben beide, Führungskräfte und Beschäftigte, ein gemeinsames Interesse am wirtschaftlichen Erfolg eines Unternehmens. Wenn es um die Verteilung des erwirtschafteten Gewinns oder um die Folgen wirtschaftlicher Misserfolge geht, unterscheiden sich ihre Interessen allerdings. Gewerkschaften und Arbeitgeberverbände haben in Deutschland mit der Tarifautonomie das Recht, ohne staatliche Einmischung Tarifverträge auszuhandeln. Hierbei versuchen beide Seiten ihre Interessen durchzusetzen, bevor es mit einem Tarifvertrag zu einem Kompromiss kommt.

Banken
S. 41 ff.; M16–M19

Banken übernehmen im Wirtschaftsgeschehen wichtige Aufgaben: Sie wickeln Zahlungsvorgänge über Konten ab, machen Angebote für Geldanlagen und Kredite und beraten über alle Geldangelegenheiten.

1.3 Wirtschaftspolitik – der Staat als Schiedsrichter oder Mitspieler?

1.3.1 Wachstum, aber wie?

Zum Thema: In diesem Kapitel sehen wir uns das Wirtschaftswachstum etwas genauer an. Es ist ein weiterverbreitetes Ziel wirtschaftlichen Handelns und das Bruttoinlandsprodukt ist dafür ein wichtiger Indikator. Außerdem betrachten wir kritisch das BIP als Wohlstandsindikator und den Zusammenhang zwischen Wachstum und Umweltschutz.

M1 Wie wichtig ist Konsum?

Bruttoinlandsprodukt (BIP)
Gesamtwert aller Güter, die innerhalb eines Jahres in einer Volkswirtschaft hergestellt werden und dem Endverbrauch dienen.

Karikatur: Karsten Schley

EINSTIEGSAUFGABEN

1. Beschreibt die Karikatur.
2. Formuliert eine mögliche Antwort des Weihnachtsmannes.

M2 Warum ist Wachstum wichtig?

Wachstum erleichtert den Abbau der Arbeitslosigkeit: Wirtschaftswachstum bedeutet, dass die Unternehmer wieder eine positive Zukunft für ihr Unternehmen erwarten. D.h., sie haben die Hoffnung, in Zukunft wieder mehr Produkte oder Dienstleistungen absetzen zu können. Das führt über kurz oder lang dazu, dass sie dann auch wieder Arbeitsplätze anbieten, denn diese Güter und Dienstleistungen müssen ja erst einmal hergestellt werden.

Umweltschutz erfordert Wachstum: Konsumenten und Produzenten haben die Umwelt lange Zeit scheinbar umsonst in Anspruch genommen, z. B. indem Abgase aus Industrieanlagen ungefiltert in die Luft geblasen wurden. Unter solchen Bedingungen musste eine wachsende Wirtschaft zur Gefahr für die natürliche Umwelt werden. Heute gibt es für Unternehmen viele Auflagen, z. B. für die Abwasserreinigung, Luftfilterung usw. Dies ist für die Unternehmen teuer. Sie können diese Auflagen gut erfüllen, wenn es genügend Wachstum gibt.

Wachstum bedeutet steigende Einkommen: Ein entscheidendes Argument für eine wachstumsorientierte Wirtschaftspolitik ist darin zu sehen, dass die Menschen steigende Einkommen wollen. Nur bei Wirtschaftswachstum geht es den Unternehmen so gut, dass sie bereit sind, für ihre Mitarbeiter höhere Löhne zu bezahlen.

Wachstum ist Grundlage der sozialen Sicherung: Wenn die Erwerbsbevölkerung zurückgeht und die Ausgaben für Gesundheit und Rente ständig steigen, muss die Wirtschaft (und damit die Einkommen) wachsen, wenn keine Leistungskürzungen erfolgen sollen. Nur bei wachsendem Kuchen lässt sich auch mehr verteilen bzw. die Kuchenstücke können größer werden.

Statistisches Bundesamt: Sachverständigenrat zur Begutachtung der gesamtwirtschaftlichen Entwicklung. In: Jahresgutachten 1987/88. Wiesbaden: Ziffern 246 f., 255, 257

M3 Wie wird das Wirtschaftswachstum gemessen?

Lange bevor es [...] zu Lohnerhöhungen und zu neuen Arbeitsplätzen kommt, muss die Wirtschaft wachsen. Die Wirtschaft an sich ist jedoch eine abstrakte Bezeichnung, die nicht wachsen kann, und so haben sich die Ökonomen stellvertretend für die Wirtschaftsleistung auf eine Größe geeinigt, die sie messen können. Da diese eine Zahl im allgemeinen Verständnis für Lohnerhöhungen, neue Arbeitsplätze und letztlich den gesamten Wohlstand der Nationen steht, wird die Publikation der jeweils aktuellen und vor allem der prognostizierten Zahl jedes Mal mit Spannung erwartet. An der Börse geht die Veröffentlichung mit großen Gewinnen oder Verlusten einher und für Politiker bietet sie Argumente für den eigenen Standpunkt oder gegen den Standpunkt des Konkurrenten. Diese Zahl, die wichtigste der volkswirtschaftlichen Gesamtrechnung, wie das Statistische Bundesamt selbst betont, ist das Bruttoinlandsprodukt.

Das Bruttoinlandsprodukt (BIP) gibt den Gesamtwert aller Güter (Waren und Dienstleistungen) an, die innerhalb eines Jahres innerhalb der Landesgrenzen einer Volkswirtschaft hergestellt wurden und dem Endverbrauch dienen. Wachstum ist gleichbedeutend mit einer Steigerung des BIP. Würde ein Land nur Karotten herstellen und die Menge der produzierten Karotten würde im ersten Jahr zehn Stück betragen, und würde im zweiten Jahr dieses Land elf Karotten herstellen, dann hätte dieses Land ein Wachstum des BIP von zehn Prozent. [...] Nun ist das BIP keine Größe, die in Karotten gemessen wird, sondern

Nominales BIP
Wert der in einem Jahr produzierten Güter, gemessen in den Preisen, die tatsächlich dafür gezahlt wurden.

Reales BIP
Um das BIP unabhängig von einer Veränderung der Preise zu betrachten, wird das reale BIP berechnet. Dabei wird das Wachstum des nominalen BIP mit der Inflationsrate verknüpft.

Quantitatives Wachstum
zielt auf die rein mengenmäßige Zunahme der gesamtwirtschaftlichen Produktion im Sinne der Zunahme einer Sozialproduktgröße (z. B. BIP) ab.

Qualitatives Wachstum
Wachstum beinhaltet neben der reinen Steigerung der gesamtwirtschaftlichen Produktionsmenge die Verbesserung der Lebensqualität der Menschen, die Schonung der Umwelt oder die gerechte Einkommensverteilung

für Deutschland selbstverständlich in Euro. Konsequenterweise muss bei der Messung des BIP die Teuerungsrate der jeweiligen Währung berücksichtigt werden. Das heißt, die Inflation beziehungsweise Deflation eines Landes muss bei der Ermittlung des BIP berücksichtigt werden. Denn würde in Deutschland eine Karotte einen Euro kosten, würde bei obigem Beispiel das BIP von Deutschland zehn Euro betragen. Würde im nächsten Jahr nicht die Anzahl der geernteten Karotten steigen, sondern der Preis pro Karotte um zehn Prozent, hätte Deutschland bei konstanter Produktion eine Steigerung des BIP von zehn Prozent auf elf Euro, ohne dass mehr produziert worden wäre. Um diesen Umstand zu berücksichtigen, wird beim sogenannten realen BIP die Teuerungsrate (= Inflation) herausgerechnet.

Nach: Bernhardt, Wolfram. In: agora42, 01/2010, S. 33 ff.

M4 Die Grenzen des Bruttoinlandsprodukts

Das BIP, mit dem das Wirtschaftswachstum gemessen wird, ist zum festen Maßstab für gesellschaftlichen Wohlstand geworden. Doch sagen Durchschnittswerte wie das Pro-Kopf-BIP nichts über die Verteilung des Wohlstands aus. Nur über den Markt vermittelte Leistungen steigern das BIP. Unterstützung innerhalb der Familie oder unter Freunden und ehrenamtliches Engagement bleiben unberücksichtigt. Auch Umweltbelastungen und Naturzerstörung wie Luftverschmutzung, Müll, Artensterben und Treibhausgas-Emissionen schlagen nicht negativ zu Buche.
Insofern ist das BIP unzureichend geeignet, die Entwicklung des Wohlstands in seiner ganzen Breite abzubilden. Mittlerweile gibt es eine Reihe alternativer Wohlstandindikatoren, z. B.:

- Der Gross National Happiness Index (das Bruttonationalglück),
- der Human Development Index bewertet den Entwicklungsstand,
- der Better Life Index bringt Lebensstandard und Lebensqualität zusammen,
- der Happy Planet Index setzt Wohlstand ins Verhältnis zur Umweltbelastung
- und den ökologischen Fußabdruck.

Der Großteil der bestehenden Alternativen deckt jedoch nur Teilaspekte des gesellschaftlichen Wohlstands ab.

Bearbeiterin

M5 Alternative Wohlstandindikatoren

a) Finnland ist und bleibt das glücklichste Land der Welt: World Happiness Index

Seit dem ersten Weltglücksbericht 2012 haben vier verschiedene Länder die Spitzenposition inne: Dänemark 2012, 2013 und 2016, die Schweiz 2015, Norwegen 2017 und jetzt Finnland 2018, 2019 und 2020. Mit dem anhaltenden Aufwärtstrend bei den Durchschnittswerten hat Finnland seinen ersten Platz gefestigt und liegt nun deutlich vor Dänemark auf dem zweiten Platz. Die verbleibenden Länder in den Top Ten sind die Schweiz, Island, Norwegen, die Niederlande, Schweden, Neuseeland und Österreich, gefolgt vom Top-10-Newcomer Luxemburg.

„Der World Happiness Report hat sich als unverzichtbares Instrument für politische Entscheidungsträger erwiesen, die besser verstehen möchten, was Menschen glücklich macht, und damit das Wohl ihrer Bürger fördern wollen", sagte Jeffrey Sachs. „Immer wieder sehen wir, dass die Gründe für das Wohlbefinden gute soziale Unterstützungsnetzwerke, soziales Vertrauen, ehrliche Regierungen, sichere Umgebungen und ein gesundes Leben sind."

Zusätzlich zu den Länderrankings bewertet der World Happiness Report 2020 erstmals Städte auf der ganzen Welt nach ihrem subjektiven Wohlbefinden. Kein Wunder, die glücklichste Stadt der Welt ist Helsinki, die Hauptstadt Finnlands. In der Tat zeigt der Bericht, dass das Glücksranking der Städte im Allgemeinen fast identisch mit dem der Länder ist, in denen sie sich befinden.

World Happiness Report: It's a Three-Peat, Finland Keeps Top Spot as Happiest Country in World. In: https://worldhappiness.report (Abruf am 03.09.2020), (übersetzt von Bearbeiterin)

World Happiness Report
Er basiert auf Daten des Meinungsforschungsinstituts Gallup. Jedes Jahr beantworten Menschen in mehr als 140 Ländern die vermeintlich einfache Frage: Wie glücklich sind Sie?

b) Der Better Life Index

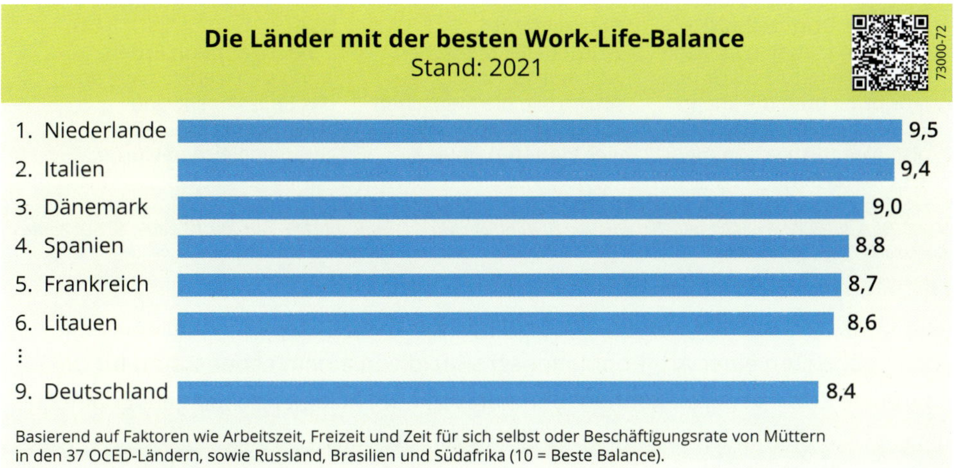

Nach: Statista.com, Quelle: OECD

Der Better Life Index (BLI) wird seit 2011 von der OECD erstellt, um die „allgemeine Lebensqualität" in 40 Ländern. Es werden verschieden Werte erfasst, die das Leben der Menschen prägen, aber vom BIP nicht wahrgenommen werden.

Mediencode: 71093-11

AUFGABEN

1. Nennt Gründe, warum Wirtschaftswachstum sinnvoll sein kann (**M2**).
2. Wie wird das Wachstum gemessen? Formuliert dazu einen Lexikoneintrag, in dem ihr den Indikator mit eigenen Worten definiert (**M3**).
3. Setzt euch mit dem Zitat von Robert F. Kennedy, „Das Bruttoinlandsprodukt misst alles – außer dem, was das Leben lebenswert macht.", kritisch auseinander (**M4**).
4. Vergleicht den World Happiness Index und den Better Life Index und prüft, ob diese geeignet sind, den Wohlstand eines Landes zu messen (**M5a, b**).
5. Bildet Arbeitsgruppen und recherchiert weitere alternative Wohlstandsindikatoren (**M5**). Überprüft, ob diese Konzepte geeignet sind, um Wohlstand zu messen. Präsentiert eure Ergebnisse im Plenum.

Robert F. Kennedy
war US-Senator (D) und Bruder des 1963 ermordeten Präsidenten John F. Kennedy.

F Aufgabe 4–5
Erstellt euren eigenen Index und vergleicht diesen mit anderen Ländern.

1.3.2 Wachstum und Nachhaltigkeit – ein Widerspruch?

Zum Thema: Häufig bedeutet Wirtschaftswachstum Raubbau an der Natur. Doch ist es in einer Volkswirtschaft überhaupt möglich, nachhaltig zu wachsen? In diesem Kapitel geht es um die Frage, inwiefern „nachhaltige Entwicklung" und „Wirtschaftswachstum" sich ausschließen oder kombinieren lassen.

M6 CO_2-Ausstoß: Kann es so weitergehen?

Weltweiter CO_2-Ausstoß im Vergleich

Obergrenze
Um unter der kritischen Grenze von **2 Grad Erwärmung** zu bleiben, dürfte die Menschheit jährlich höchstens etwa **14,5 Milliarden Tonnen (Gt) CO_2** ausstoßen.

Globaler Durchschnitt
Für ihren globalen Ausstoß von derzeit etwa 35 Gt pro Jahr bräuchten die knapp 7,8 Milliarden Menschen also eigentlich schon mehr als **zwei Erden**.

Deutschland
Würden alle Menschen weltweit so viel CO_2 freisetzen wie die Menschen in Deutschland, wären **vier Planeten** nötig ...

USA
... oder gar **neun Erden**, wenn sich weltweit alle an das Emissionsniveau einer typischen US-Bürger:in angleichen würde.

Nach: Burgdorff, Martin/Schmitt-Regelmann, Stefan/Schnabel, Ulrich. In: Die Zeit, 03.12.2009, S. 50, Zahlen von Bearbeiterin aktualisiert

EINSTIEGSAUFGABE

Laut Lexikon der Biologie ist in der Ökologie die Tragfähigkeit die maximale Zahl von Organismen einer Art (Populationsgröße), die in einem Lebensraum für unbegrenzte Zeit existieren können, ohne diesen nachhaltig zu schädigen. Erläutert diesen Grundgedanken anhand des Einstiegsmaterials.

M7 Was bedeutet Nachhaltigkeit?

Kapitalstock
Bestand an Sachkapital in einer Volkswirtschaft wie Fabrikgebäude, Maschinen oder technische Anlagen, die zu Produktionszwecken eingesetzt werden. Veränderungen des Kapitalstocks werden als Investitionen bezeichnet.

Sylvicultura Oeconomica, oder haußwirthliche Nachricht und Naturmäßige Anweisung zur wilden Baum-Zucht.

So der Titel eines forstwirtschaftlichen Werkes aus der Feder von Hans Carl von Carlowitz, sächsischer Kameralist und Oberberghauptmann. Das Buch erschien 1713. Der Autor hätte sich bestimmt nicht träumen lassen, dass ein Konzept aus seinem Werk fast drei Jahrhunderte später wieder in aller Munde sein würde: das Prinzip der Nachhaltigkeit. Forstwirtschaftlich hat die Nachhaltigkeit eine klare, plausible Bedeutung: Wer einen Wald auf Dauer erfolgreich bewirtschaften will, der muss langfristig denken und handeln. […] Er muss dafür sorgen, dass die Substanz erhalten bleibt – für die künftigen Generationen, denn auch die wollen aus dem Wald als Kapitalstock einen Ertrag erwirtschaften. Und sie wollen vielleicht auch, so mögen wir heute hinzufügen, den Wald weiterhin als Stück Natur erleben und genießen. Was für die Forstwirtschaft gilt, wurde spätestens 1987 mit dem sogenannten Brundtland-Bericht der Weltkommission für Umwelt und Entwicklung auf die Weltwirtschaft übertragen. Auch dort ging es um vernünftiges, langfristig orientiertes Verhalten: kein Raubbau, sondern Substanzpflege in einem umfassenden Sinn.

Paque, Karl-Heinz: Wachstum! Die Zukunft des globalen Kapitalismus. München: Carl Hanser Verlag 2010, S. 106

M8 Neue Fragen zu einem altem Konzept

Allerdings: Die wachsende Weltwirtschaft ist doch etwas komplexer als die Reproduktion eines Waldes. Vor allem: In der Weltwirtschaft wächst ein Kapitalbestand, der vom Menschen geschaffen wird. Auch mit ihm darf kein Raubbau betrieben werden. Auch dort – und nicht nur in der Natur – geht es darum, die Substanz zu erhalten. Damit ist zwangsläufig ein Zielkonflikt vorprogrammiert. [...] Lange Zeit gab es dabei eine klare Priorität, und die hieß Auf- und Ausbau des Kapitalstocks, und zwar selbst dann, wenn die Natur darunter leidet. Im Nachhinein sind wir Spätgeborenen geneigt, über dieses Vorgehen früherer Generationen den Kopf zu schütteln. War das nicht Raubbau? Es fällt uns schwer, von Nachhaltigkeit zu reden, wenn wir an die Ausbeutung der Kohlereserven, die rauchenden Schlote der Eisen- und Stahlindustrie oder Massenmotorisierung und den Autobahnbau denken. Aber vielleicht fehlt uns da doch ein wenig die Fantasie. Denn wäre die Entwicklung wirklich „nachhaltiger" verlaufen, hätten die Menschen auf die Förderung der Kohle oder den Bau von Autobahnen verzichtet? Immerhin könnten frühere Generationen zu ihrer Verteidigung darauf verweisen, dass sie doch für ihre Nachfahren einen beeindruckenden Kapitalstock und ein großes technisches Wissen hinterlassen haben. Können wir ihnen wirklich vorwerfen, dass irgendwann nach ihnen eine Generation folgt, die viel wohlhabender ist, als sie selbst es je waren, und die weit weniger Verständnis hat für die Verbrennung von Kohle in Kraftwerken und Benzin in Kraftfahrzeugen? Vielleicht hätte diese spätere Generation diese Vorlieben nie entwickelt, wäre ihr nicht ein so großzügiger Kapitalstock hinterlassen worden. Ist es nicht gerade ein Beweis für die Nachhaltigkeit des Wirtschaftens der früheren Generationen, dass es irgendwann eine spätere Generation gibt, die wegen ihres Wohlstands eine Chance hat, die Dinge ganz anders zu sehen und andere Prioritäten zu setzen? Ist nicht die Ökologie – historisch betrachtet – ein Kind der Ökonomie?

Paque, Karl-Heinz: Wachstum! Die Zukunft des globalen Kapitalismus. München: Carl Hanser Verlag 2010, S. 106 f.

AUFGABEN

1. Diskutiert, ob eine Anhebung der Ökosteuer, welche die Benzinpreise auf drei Euro pro Liter erhöht, im Sinne der Nachhaltigkeit (**M7**) wäre.
2. Paqué stellt am Ende von **M8** die provokante Frage: „Ist nicht die Ökologie ein Kind der Ökonomie?". Nehmt Stellung dazu.

F Aufgabe 2
Diskutiert in der Klasse ausgehend von **M8**, was „Nachhaltigkeit" für aufstrebende Schwellenländer wie China oder Indien bedeuten würde.

1.3.3 Kohleausstieg 2038 am Fallbeispiel Sachsen – ein Weg in die richtige Richtung?

Zum Thema: „Hopp, hopp, hopp – Kohlestopp!" Dieser Slogan war gelegentlich auf Demos für Klimaschutz zu hören. Um das Klimaschutzabkommen von Paris einzuhalten, muss Deutschland die CO_2-Emissionen so schnell wie möglich stark senken. Doch die Energieversorgung muss sicher bleiben und die Regionen, die heute noch von der Kohle leben, brauchen Alternativen zur Beschäftigung in der Kohlewirtschaft. Warum ist der Kohleausstieg wichtig, und wie kann er umgesetzt werden?

M9 Ist es „5 nach 12"?

Karikatur: Marian Kamensky

EINSTIEGSAUFGABEN

1. Sammelt Argumente, warum der Kohleausstieg wichtig ist.
2. Stellt Überlegungen an, welche Folgen dieser Ausstieg für die betroffenen Regionen haben wird.

M10 Die klimapolitischen Ziele der Bundesregierung

Die Bedeutung von Kohle ist für die Energieversorgung in Deutschland in den vergangenen Jahrzehnten gesunken, doch noch immer werden große Mengen Kohle für die Strom- und Wärmeerzeugung verwendet. Kohlekraftwerke hatten 2018 einen Anteil von 35 Prozent an der Bruttostromerzeugung. Entsprechend hoch sind die mit ihrer Nutzung verbundenen Treibhausgasemissionen. Die deutschen Kohlekraftwerke sind für rund ein Viertel aller deutschen Treibhausgasemissionen verantwortlich.

Deshalb ist der Ausbau der erneuerbaren Energien ein zentrales Element der Klimaschutzpolitik Deutschlands. Hintergrund sind die Klimaschutzziele der Bundesrepublik. Sie hat sich unter anderem mit dem Pariser Klimaschutzabkommen dazu verpflichtet, zur Begrenzung des Klimawandels beizutragen. Der Klimaschutzplan 2050 der Bundesregierung sieht vor, zum einen den Energiebedarf zu senken und zum anderen den verbleibenden Energiebedarf zu einem wachsenden Anteil aus erneuerbaren Energien zu gewinnen. Als Ziel sieht der Klimaschutzplan vor, dass Deutschland bis zum Jahr 2050 weitgehend treibhausgasneutral wird. Die Bundesregierung hat zudem im September 2019 das „Klimaschutzprogramm 2030" vorgestellt, mit dem Deutschland seine Klimaschutzziele für das Jahr 2030 erreichen soll. Bis 2030 sollen 65 Prozent des Stroms aus erneuerbaren Energien gewonnen werden. Das Erneuerbare Energien-Gesetz (EEG) sieht unter anderem vor, dass der Anteil der erneuerbaren Energien am deutschen Bruttostromverbrauch bis zum Jahr 2025 auf 40 bis 45 Prozent steigen soll. Hinzu kommt, dass Deutschland künftig Kernenergie und Braunkohle als Energiequelle ausschließt. So hat der Bundestag beschlossen, bis spätestens 2022 aus der Nutzung von Kernenergie und bis 2038 aus der Braunkohle auszusteigen.

Bearbeiterin

Weltklimakonferenz 2015 in Paris
Bei der Weltklimakonferenz im Jahr 2015 in Paris wurde ein Meilenstein erreicht: Die Teilnehmenden beschlossen das Weltklimaabkommen, das die Staaten dazu verpflichtet, den Anstieg der globalen Durchschnittstemperatur auf deutlich unter zwei Grad Celsius zu begrenzen, möglichst sogar auf 1,5 Grad Celsius.

Das Braunkohlekraftwerk Boxberg in der Oberlausitz.

Ein ca. 3000 Tonnen schwerer Schaufelradbagger baut Braunkohle ab.

M11 Der Fahrplan bis 2038

Am 6. Juni 2018 wurde von der Bundesregierung vor dem Hintergrund der Klimakrise die Kohlekommission einberufen. Deren Aufgabe war es, ein Aktionsprogramm zu erarbeiten, das den Kohleausstieg klima- und sozialverträglich regelt.
Nach siebenmonatigen Verhandlungen hatte die Kohlekommission am 26. Januar 2019 ihren Abschlussbericht vorgelegt. Im Juli 2020 beschlossen Bundestag und Bundesrat den Ausstieg aus der Kohleverstromung per Gesetz und verabschiedeten ein Strukturstärkungsgesetz. Dieses soll vor allem den betroffenen Regionen helfen, den Strukturwandel zu bewältigen. Zeitgleich zum Ausstieg treibt die Bundesregierung den Ausbau der Erneuerbaren Energien voran.
Folgendes wurde beschlossen:

1 Bis 2022 soll die Leistung der Kohlekraftwerke um 12,5 GW (Gigawatt) auf 30 GW gesenkt werden, was rechnerisch etwa 24 größeren Kohleblöcken entspricht.

2 Bis 2030 sollen noch höchstens 17 GW (9 GW Braunkohle und 8 GW Steinkohle) am Netz sein. Welche Kraftwerke abgeschaltet werden, soll die Politik nun mit den Betriebsgesellschaften aushandeln.

3 Der Bund soll Endkunden ab 2023 von steigenden Strompreisen entlasten. Die Kommission empfiehlt einen Zuschuss zu den Netzentgelten von ca. zwei Milliarden Euro pro Jahr. Neue Abgaben soll es nicht geben.

4 Betriebsgesellschaften westdeutscher Kraftwerke erhalten insgesamt 2,6 Milliarden Euro als Entschädigung für das vorzeitige Abschalten ihrer Anlagen. Gesellschaften im Osten bekämen 1,75 Milliarden Euro.

5 Die betroffenen Bundesländer erhalten Hilfen für den Strukturwandel in Höhe von 40 Milliarden Euro bis 2038, um Kohlekraftwerkstandorte für den Ausbau der Erneuerbaren Energien zu nutzen, in die Infrastruktur zu investieren, Behörden und Forschung anzusiedeln und Unternehmen zu fördern.

6 Darüber hinaus hat die Bundesregierung zugesichert, in den kommenden Jahren mindestens 5.000 neue und zusätzliche Arbeitsplätze durch die Ansiedlung von Bundesbehörden in den Kohlerevieren zu schaffen.

7 Für Beschäftigte in der Kohleindustrie ab 58 Jahren, die die Zeit bis zum Renteneintritt überbrücken müssen, soll es ein Anpassungsgeld geben sowie einen Ausgleich von Renteneinbußen. Die Kosten betragen geschätzt bis zu fünf Milliarden Euro, die Arbeitgebende und Staat gemeinsam tragen könnten. Betriebsbedingte Kündigungen sollen ausgeschlossen werden. Für jüngere Beschäftigte soll es Aus- und Weiterbildungen, Vermittlungen in andere Jobs und Hilfe bei Lohneinbußen geben.

Bearbeiterin

M12 Was geschieht mit den Geldern für den Kohleausstieg?

Der Kohleausstieg bedeutet für Sachsen einen großen Einschnitt. Im Lausitzer Revier und im Mitteldeutschen Revier gibt die Braunkohle derzeit gut 32.000 Menschen Lohn und Brot. Mit dem mitteldeutschen Revier südlich von Halle und Leipzig gibt es in Sachsen noch eine zweite, kleinere Braunkohleregion. Dorthin und in die Lausitz fließen nun die zehn Milliarden Euro, die Sachsen vom Bund für die Strukturförderung erhält.

Konkret für Sachsen geplant sind:

- Ansiedlung der Agentur für Innovation in der Cybersicherheit (derzeit in Halle, ab 2022 am Flughafen Leipzig/Halle) und der Agentur für Sprunginnovation in Leipzig
- Ansiedlung einer Außenstelle des Bundesamtes für Wirtschaft und Ausfuhrkontrolle (BAFA) in Weißwasser
- Ansiedlung je eines Helmholtz-Zentrums in der sächsischen Lausitz und im Mitteldeutschen Revier
- Ausbau der Schienenverbindung sowie der Bundesautobahn A4 zwischen Dresden, Görlitz und der Grenze zu Polen. Damit wird der Anschluss an das polnische Straßen- und Schienennetz verbessert.
- Ansiedlung des Centers for Advanced System Understanding (CASUS) als deutsch-polnisches Forschungsprojekt in Görlitz und des DLR-Instituts für CO^2-arme Industrieprozesse in Cottbus und Zittau
- Planungsbeschleunigte Realisierung bedeutsamer Verkehrsinfrastrukturprojekte wie z. B. der Ausbau der Schienenverbindung (ICE) Berlin-Cottbus-Weißwasser-Görlitz(-Breslau) in der Lausitz, der Schienenverbindung Leipzig-Bad Lausick-Geithain-Chemnitz im Mitteldeutschen Revier und der Bundesfernstraßenverbindung Mitteldeutschland – Lausitz (MiLau).

Nach: Mitteldeutscher Rundfunk: Kohleausstieg – Sachsens wichtigste Projekte. In: www.mdr.de, 03.07.2020

Video: Strukturentwicklung in den sächsischen Braunkohleregionen

Mediencode: 71093-12

AUFGABEN

1. Erklärt, warum die Bundesregierung eine „Kohlekommission" eingesetzt hat. (**M9**, **M11**).
2. Verschafft euch einen Überblick über das Klimaschutzprogramm 2030 der Bundesregierung. Stellt Überlegungen an, welche Schwierigkeiten ökologische Politik dabei zu bewältigen hat (**M10**).
3. Findet Überschriften für die Abschnitte in **M11** und fasse die Inhalte jeweils stichpunktartig zusammen.
4. Interpretiert die Karikatur in **M9**, nachdem ihr nun mehr zum Thema wisst.
5. Bildet Arbeitsgruppen und sammelt jeweils Argumente die für bzw. gegen den Kohleausstieg sprechen (**M10–M12**).
6. Positioniert euch abschließend zur Frage: „Es ist 5 nach 12 – kommt der Kohleausstieg zu spät?" Begründet eure Entscheidung.

H Aufgabe 2
Das Klimaschutzprogramm 2030 der Bundesregierung.

Mediencode: 71093-13

1.3.4 Das Auf und Ab der Wirtschaft – ein Problem?

Zum Thema: Sehnsüchtig werden von allen Wirtschaftssubjekten im Frühjahr und im Herbst die Konjunkturprognosen erwartete. Warum das so ist, welche Auswirkungen diese für die wirtschaftliche Entwicklung haben und mit welchen Indikatoren man die konjunkturelle Lage abschätzen kann, erfährst du im folgenden Unterkapitel.

M13 Josefs Traumdeutung

Die meisten Menschen haben schon einmal die Geschichte von Josef in Ägypten gehört. Der Pharao hatte einen Traum. In diesem stand er am Nil und sah, wie sieben gut genährte und gut aussehende Kühe aus dem Nil aufstiegen und im Gras weideten. Nach ihnen kamen aber sieben hässliche, abgemagerte Kühe hinterher. Sie kamen zu den gut genährten Kühen und fraßen diese auf. Aus diesem Albtraum erwachte der Pharao. Nach dem erneuten Einschlafen hatte er einen weiteren Traum. An einem Getreidehalm wuchsen sieben Ähren und waren gut geraten und voll mit Korn. Anschließend wuchsen sieben weitere Ähren, sie waren aber ausgetrocknet und trugen keine Körner. Die mageren Ähren verschlangen die sieben dicken und vollen Ähren, worauf der Pharao erneut erwachte. Josef deutete den Traum des Pharaos: Sieben fette Jahre werden über Ägypten kommen, in denen die Wirtschaft gut laufen wird und alle Menschen im Überfluss leben werden. Danach werden sieben magere Jahre kommen, die von großer Hungersnot geprägt sein werden. Josef gibt dem Pharao einen Rat. Baue Getreidespeicher und sammle in den fetten Jahren so viel, dass es für die mageren Jahre ausreicht. Dann wird niemand Hunger leiden müssen.

Basierend auf: Lutherbibel, revidiert 2017: 1. Buch Mose. Kapitel 41, 1–36. In: www.die-bibel.de (Abruf am 26.03.2021)

EINSTIEGSAUFGABEN

1. Lässt sich diese Geschichte auf die Wirtschaft eines Landes übertragen?
2. Beschreibt mögliche Folgen für Erwerbstätige, Unternehmen und Staat.

M14 Woran kann man Schwankungen der Konjunktur erkennen?

Ein Aufschwung ist gekennzeichnet durch die Zunahme der Wachstumsraten des BIP, die Arbeitslosigkeit nimmt im Verlauf eines Aufschwungs meist ab, die Kaufkraft der Haushalte steigt, Löhne und Preise steigen, Unternehmen tätigen vermehrt Investitionen, das Vertrauen in die wirtschaftliche Entwicklung wächst. Im Abschwung geht die Produktionstätigkeit der Unternehmen zurück.

Wichtige Konjunkturbegriffe

Konjunktur
gesamtwirtschaftliche Situation und Entwicklungsperspektiven

Konjunkturzyklus
Darunter versteht man den gesamten Zeitraum, in dem die wirtschaftliche Entwicklung die einzelnen Konjunkturphasen von einem Aufschwung bis zum nächsten Aufschwung durchläuft.

Konjunkturschwankungen
sind Schwankungen gesamtwirtschaftlicher Größen (z. B. des Wachstums), die sich zyklisch wiederholen. Die Dauer der Zyklen ist unterschiedlich und bewegt sich für die Bundesrepublik Deutschland zwischen 4 und 8 Jahren.

Hochkonjunktur
wird oft als Alternativen Bezeichnung für Boom verwendet.

Sie investieren nicht mehr aufgrund sinkender Gewinnerwartungen. Um Überkapazitäten abzubauen und Kosten zu senken, werden Arbeitskräfte entlassen. Löhne und Preise reagieren mit deutlicher Verzögerung, sie bleiben vorerst hoch. Die Grundhaltung der Konsumenten und Unternehmen wird pessimistischer. Die nun zu beobachtende allgemeine Kaufzurückhaltung verstärkt diese negativen Effekte. Dies zeigt, dass sich Konjunkturschwankungen stark auf die Situation von Konsumenten und Erwerbstätigen auswirken können. Auch für den Staat sind Konjunkturschwankungen von Bedeutung, da sie Höhe und Struktur der Einnahmen (z. B. Steuern) und Ausgaben (z. B. Sozialausgaben) maßgeblich beeinflussen. Konjunkturschwankungen lassen sich an sogenannten Konjunkturindikatoren ablesen:

- Zu den **Frühindikatoren** gehören der Auftragseingang der Unternehmen und der Geschäftsklimaindex.
- Das Wachstum des BIP und der Konsumklimaindex sind **Präsenzindikatoren**.
- Zu den **Spätindikatoren** zählen z. B. die Arbeitslosenrate und das Preisniveau.

Für alle Konjunkturindikatoren gilt, dass ihre Aussagekraft begrenzt ist, da wirtschaftliche Entwicklungen nicht gesetzmäßig verlaufen. Für Konsumenten, Unternehmen und den Staat sind die Analyse der aktuellen und die Vorhersage der zukünftigen wirtschaftlichen Situation wichtig.

Bearbeiterin

Der Konjunkturzyklus

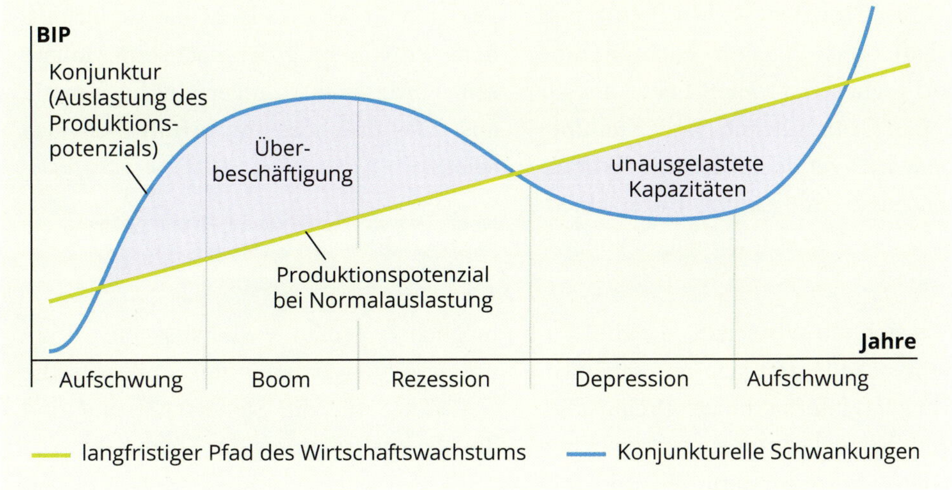

Obwohl kein Konjunkturzyklus dem anderen gleicht, lässt sich doch ein Grundmuster des Konjunkturverlaufs feststellen. Demnach umfasst ein Konjunkturzyklus vier Phasen.

Erklärfilm: Konjunkturzyklen

Mediencode: 71093-14

M15 Die wirtschaftliche Entwicklung der Bundesrepublik Deutschland von 1992–2020

Veränderung des BIP in Deutschland gegenüber dem Vorjahr
Stand: Mai 2021

73000-73

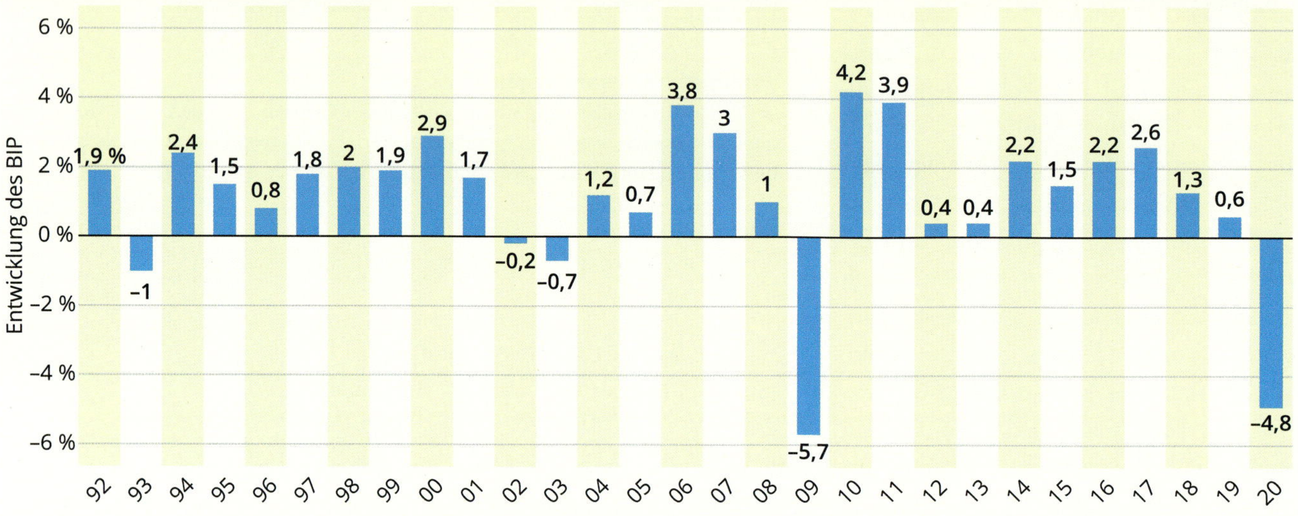

Nach: Statista, 2021; Quelle: Statistisches Bundesamt

M16 Lässt sich die Konjunktur vorhersagen und welche Bedeutung haben Vorhersagen?

A So einig sich die Wirtschaftsforschungsinstitute häufig sind – allzu oft stellen sich ihre Vorhersagen als ungenau heraus. Trotzdem will in Politik und Wirtschaft keiner auf sie verzichten. Eine falsche Prognose ist vielen lieber als gar keine. […] Grundsätzlich sind Konjunkturprognosen vergleichbar mit Wettervorhersagen – mit einem Unterschied: Während das Wetter unabhängig von seiner Vorhersage eintritt, können Konjunkturbarometer sich auf die Wirtschaft auswirken. Je häufiger etwa der Bevölkerung gesagt wird, wie schlecht die wirtschaftliche Entwicklung der nächsten Monate sein wird, desto weniger Geld geben sie aus. Die Prophezeiung erfüllt sich also selbst.

Bayaz, Danyal. Wettbewerb der Minusprognosen. In: www.tagesschau.de, 24.02.2009

B Wie sich die Wirtschaft in naher Zukunft entwickelt, lässt sich nur schätzen. Regierungen, internationale Organisationen und Wirtschaftsforscher versuchen regelmäßig, die konjunkturelle Entwicklung anhand verschiedener Annahmen möglichst genau vorherzusagen. Prognosen bilden dabei unter anderem die Grundlage für die Steuerschätzung und die Haushaltsplanung des Staates.

Tagesschau: Die Vorhersagen der Wirtschaftsschätzer. In: www.tagesschau.de, 22.12.2010

C Konjunkturprognosen müssen nicht genau zutreffen, um hilfreich zu sein. Nach dem Krisenjahr 2009 und einem Rückgang der Konjunktur auf -5,7 % wurde für das Jahr 2010 ein Wachstum von 1,5 % vorhergesagt. Letztendlich wuchs die Wirtschaft aber um 4,2 %. Auch wenn man damit weit danebenlag, hatte man zumindest richtig vorhergesagt, dass die Wirtschaft wieder wachsen würde.

Basierend auf: Döhrn, Roland: Wie sinnvoll sind Konjunkturprognosen. In: www.n-tv.de, 29.09.2018

M17 Einnahmen und Ausgaben des Staates hängen auch von der Konjunktur ab

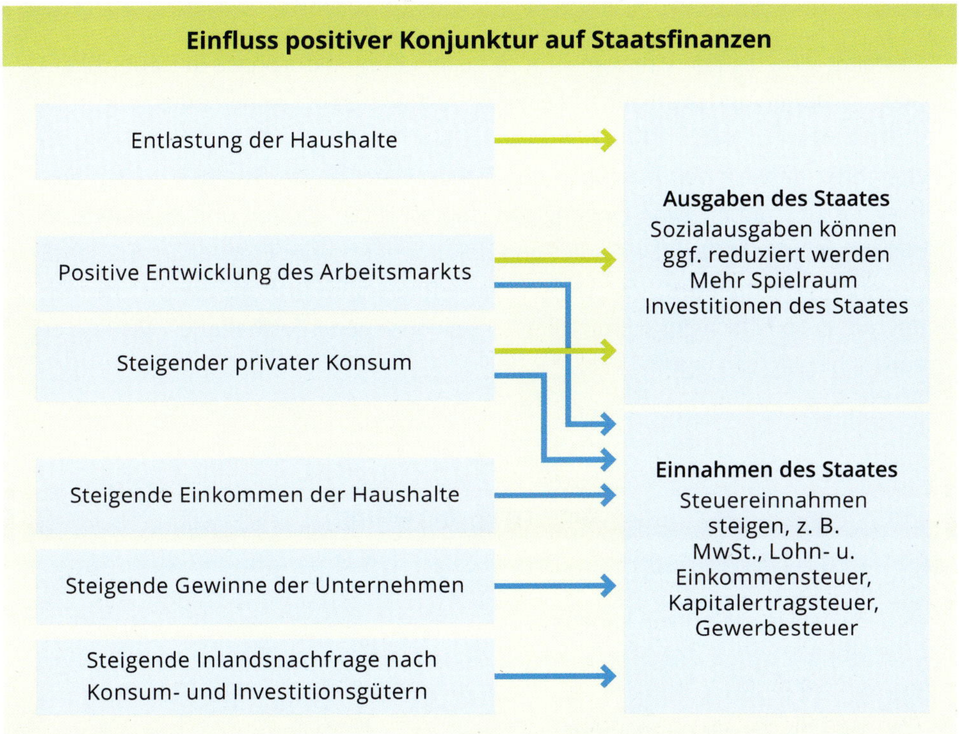

Bearbeiterin

AUFGABEN

1. Beschreibt den Verlauf des idealisiert dargestellten Konjunkturzyklus (**M14**).
2. Analysiert die Entwicklung der Wachstumsraten des BIP in Deutschland von 1991 bis 2020 (**M15**) mithilfe der Methode auf S. 33.
3. Begründet die Notwendigkeit von Konjunkturprognosen (**M16**).
4. Überprüft die Richtigkeit eurer Ergebnisse aus der zweiten Einstiegsaufgabe mithilfe von **M14–M17.**

Padlet – digitale Pinnwand im Unterricht

I. Worum geht es?

Erklärfilm: Padlet im Unterricht

Mediencode: 71093-15

Das Padlet ist eine digitale Pinnwand, auf der man gemeinsame Materialien sammeln, Produkte präsentieren und miteinander kommunizieren kann.
Neben der relativ einfachen Bedienung bietet die App eine tolle Möglichkeit, auf einer Oberfläche unterschiedlichste Informationen, Quellen, Dokumente, Fotos usw. zu sammeln, zu organisieren und zu nutzen.
Padlet ist eine plattformunabhängig aufgebaut, d. h. es kann von jedem Endgerät und auch über das Internet problemlos bedient und genutzt werden.

II. Geht dabei so vor:

1. Schritt: Eingrenzung der Aufgabe

Gestaltet eine digitale Pinnwand zur aktuellen Konjunkturphase in Deutschland. Bildet Gruppen und prüft anhand eigener Recherchen in Onlinemedien und in Tageszeitungen, in welcher Konjunkturphase sich Deutschland gerade befindet. Recherchiert dafür in den Ausgaben der zurückliegenden vier Wochen. Belegt eure Einschätzung anhand von eingängigen Überschriften, Zitaten und Konjunkturindikatoren. Erstellt dazu ein Padlet und dokumentiert eure Ergebnisse auf der digitalen Pinnwand. Stellt anschließend eure Padlets im Plenum vor und begründet nun eure Entscheidung mit Hilfe der gewonnenen Informationen. Visualisiert eure Schlussfolgerungen.

2. Schritt: Vorbereitung

Registrierung
Die Registrierung bei padlet ist kostenfrei und ermöglicht drei padlets. Die Registrierung wird von euren Fachlehrkräften vorgenommen. Zur Bearbeitung erhaltet ihr von diesen dann einen Link.

1. Erkundigt euch unter https://de.padlet.com/, wozu ein Padlet verwendet wird und wie man es nutzen kann.
2. Macht euch in der Gruppe zunächst Gedanken über Verteilung der Aufgaben, z. B.
   - Wer übernimmt die Leitung der Gruppe?
   - Wer recherchiert wo?
   - Welche Formate sollen gepostet werden?
   - Überlegt euch eine Struktur, wie die Informationen dargestellt und geordnet werden können.

3. Schritt: Überlegungen zum Workflow

Überlegt euch, wie ihr mit dem Padlet arbeiten wollt. Spätestens am Ende soll ein strukturiertes, digitales Plakat das Ergebnis sein. Überlegt euch schon jetzt, welche „Regeln" innerhalb der Gruppe für die Arbeit mit dem Padlet gelten sollen.

1. Welches Darstellungsformat wollt ihr verwenden (Wand, Chat, Raster etc.)?
2. Welchen Namen soll das padlet haben?
3. Welchen Hintergrund und welche Schriftart verwendet ihr?
4. Welche Listen und Posts sollen angelegt werden?
5. Wer darf und soll Listen und Posts bearbeiten dürfen? Nach welchen Kriterien wird bearbeitet?
6. Wer muss alles zum padlet hinzugefügt werden?
7. Denkt daran, das padlet untereinander bzw. mit eurer Lehrkraft zu teilen (am besten Passwortgeschützt).

Per QR-Code könnt ihr sehr schnell auf die Pinnwand zugreifen und mitarbeiten, so dass ihr die App für zahlreiche Einsatzmöglichkeiten nutzen könnt.

4. Schritt: Durchführung

- In den nächsten Wochen kann nun jeder aussagekräftiges Material hochladen und bearbeiten. Auf dem digitalen Plakat könnt ihr nun Texte verfassen, Bilder / Grafiken etc. posten, Links sammeln, Mindmaps erstellen, Informationen strukturieren und Videos integrieren.
- Da ihr alle von euren Geräten gleichzeitig Zugriff auf die Online-Pinnwand habt und ihr gemeinsam auf der virtuellen Wand arbeitet, sieht also jeder in der Gruppe alle hochgeladenen Fotos und Videos.
- Setzt euch dafür eine Deadline, denn ihr müsst das Material auswerten und zu einer Entscheidung kommen, in welcher Konjunkturphase sich Deutschland aktuell befindet

Wichtiger Hinweis
Achtet auf das Urheberrecht und das Recht am eigenen Bild, beispielsweise beim Einfügen von Bildern, Videos und Musik.

Was ist CC?

Mediencode: 71093-16

Bearbeiterin

1.3.5 Wie kann der Staat die Wirtschaft steuern?

Zum Thema: Was ist eine gute Wirtschaftspolitik? Darüber streiten sich Parteien bereits seit Jahrzehnten und die Antworten reichen von Adjektiven wie „wachstumsorientiert" und „gerecht" bis zu „umweltfreundlich". In diesem Kapitel erfährst du zunächst etwas über Ziele, Konzepte und Akteure von Wirtschaftspolitik.

M18 Wirtschaftspolitik in Schlagzeilen

1 Staat verabschiedet Hilfspaket zur Bewältigung der Corona-Krise

2 Durch Steuererleichterungen soll der Konsum angekurbelt werden.

3 Mindestlohn soll steigen

4 Städte planen Einführung einer Citymaut zur Verbesserung der Luftqualität

5 Bundesregierung zahlt Subventionszuschuss für den Kauf von Elektroautos

6 Bundesregierung verabschiedet das Klimaschutzprogramm 2030

7 Mietpreisbremse in den Städten kommt

Bearbeiterin

EINSTIEGSAUFGABE

Überlegt gemeinsam, in welchen Bereichen hier der Staat in das Wirtschaftsgeschehen eingreift und ordnet die Schlagzeilen entsprechend zu.

M19 Vom Magischen Viereck zum Magischen Sechseck der Wirtschaftspolitik

Der Staat versucht, die wirtschaftliche Entwicklung zu beeinflussen, um eine möglichst gleichmäßige Wirtschaftsentwicklung zu erreichen und schwere Wirtschaftskrisen zu vermeiden. Zu dieser Politik haben sich Bund und Länder verpflichtet. Im Gesetz zur Förderung der Stabilität und des Wachstums der Wirtschaft – kurz Stabilitätsgesetz (StabG) – sind vier wirtschaftspolitische Ziele und die dazu notwendigen Instrumente (Mittel) vorgegeben, dabei haben Bund und Länder auf gesamtgesellschaftliches Gleichgewicht zu achten.

Bearbeiterin

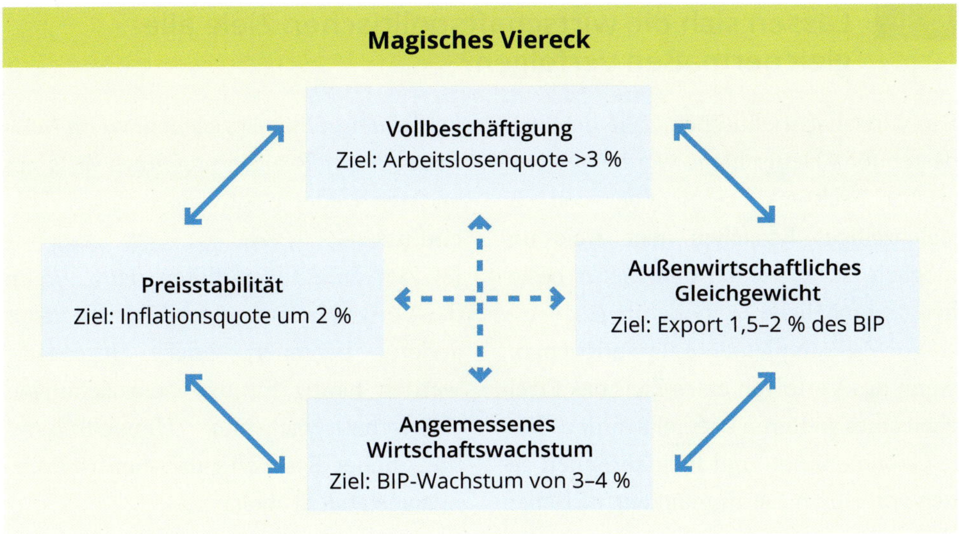

Diese vier Ziele wurden in den 90er Jahren ergänzt durch:

- Umweltschutz
- Gerechte Einkommens- und Vermögensverteilung

Auf Grund der wechselseitigen Abhängigkeiten zwischen den Zielen, ist es fast unmöglich, die Ziele alle gleichzeitig zu erfüllen. Deshalb werden sie auch als „Magisches Sechseck" bezeichnet.

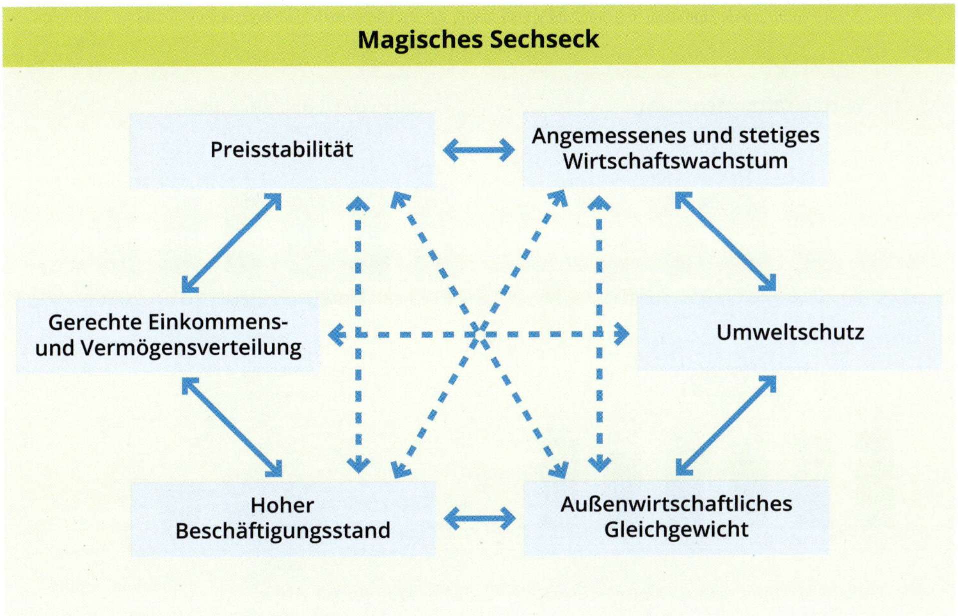

Im Stabilitätsgesetz von 1967 blieben Ziele unberücksichtigt, die heute in der wirtschaftspolitischen Diskussion thematisiert werden.

- 1994 wurde der Umweltschutz als allgemeines Staatsziel in das Grundgesetz aufgenommen (Art. 20 a), sodass eine umweltverträgliche Wirtschaftsentwicklung als weiteres Stabilitätsziel angesehen werden darf.
- Das Ziel einer gerechten Einkommens- und Vermögensverteilung zeigt, dass wirtschaftspolitische Ziele oft durch allgemeinere gesellschaftspolitische Werturteile bestimmt sind.

Bearbeiterin

Stabilitäts- und Wachstumsgesetz (StabG) 1967
§ 1 Bund und Länder haben bei ihren wirtschafts- und finanzpolitischen Maßnahmen die Erfordernisse des gesamtwirtschaftlichen Gleichgewichts zu beachten. Die Maßnahmen sind so zu treffen, daß sie im Rahmen der marktwirtschaftlichen Ordnung gleichzeitig zur Stabilität des Preisniveaus, zu einem hohen Beschäftigungsstand und außenwirtschaftlichem Gleichgewicht bei stetigem und angemessenem Wirtschaftswachstum beitragen

Außenwirtschaftliches Gleichgewicht
Der Wert der Importe in einer Volkswirtschaft entspricht denen der Exporte.

Preisstabilität
Dies ist dann der Fall, wenn die Preise für Güter und Dienstleistungen gar nicht oder kaum steigen. Eine stärker wachsende Preisentwicklung nennt man Inflation.

M20 Lassen sich die wirtschaftspolitischen Ziele alle gleichermaßen verfolgen?

Die wirtschaftspolitischen Ziele der Bundesrepublik Deutschland werden als „magisches Sechseck" bezeichnet, weil ein gleichzeitiges Erreichen aller Ziele unmöglich ist. Zwischen den Zielen bestehen drei mögliche Zielbeziehungen:

(1) Von Zielkomplementarität spricht man, wenn das Verfolgen eines Ziels das Erreichen eines weiteren ebenfalls fördert. Viele Ökonom:innen und Politiker:innen gehen von einem Zusammenhang zwischen „Wirtschaftswachstum" und „hohem Beschäftigungsstand" aus.

(2) Zielneutralität ist gegeben, wenn Maßnahmen zur Realisierung eines Ziels ein anderes weder positiv noch negativ beeinflussen.

(3) Zielkonflikte existieren dann, wenn die Verwirklichung eines Ziels die eines anderen behindert. Solche Gegensätze werden häufig für die Zielbeziehungen „Wirtschaftswachstum – Umweltschutz" und „hoher Beschäftigungsstand – Preisniveaustabilität" behauptet.

Bearbeiterin

M21 Die aktuellen Ziele des Magischen Vierecks

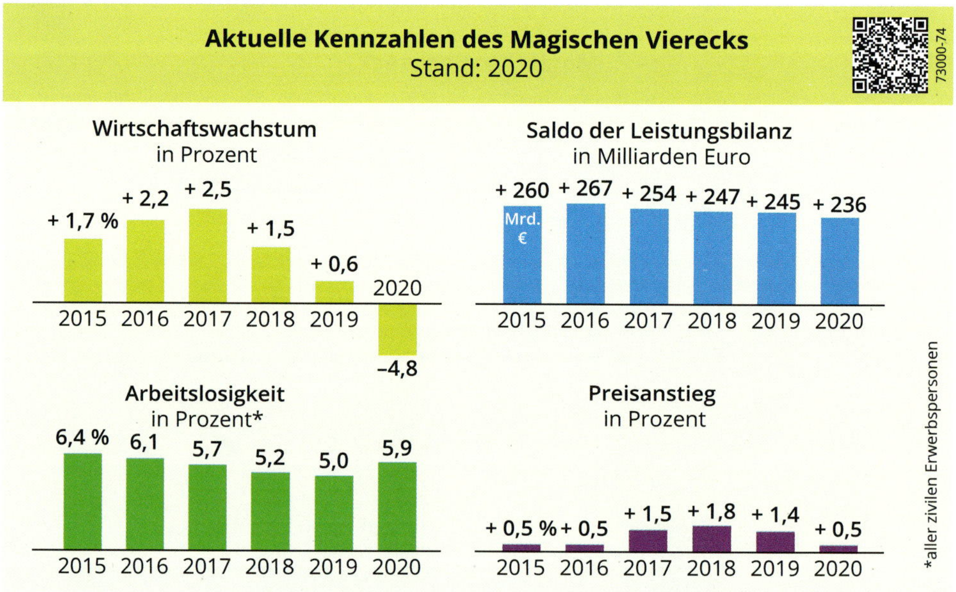

Quelle: Statistisches Bundesamt, Deutsche Bundesbank, Bundesagentur für Arbeit

AUFGABEN

1. Erläutert die Notwendigkeit der staatlichen Wirtschaftspolitik (**M19**).
2. Stellt in Gruppen verschiedene Zielkonflikte, Zielkomplementaritäten und Zielneutralitäten des „Magischen Sechsecks" dar und begründet diese (**M19, M20**).
3. Vergleicht die Zielvorgaben der Politik (**M19**) mit den erreichten Zielen 2020 (**M21**). Leitet Schlussfolgerungen für die Politik ab.

1.3.6 Wie soll der Staat die Wirtschaft steuern?

Zum Thema: Soll der Staat oder soll er nicht? Wie viel Staat kann oder darf sein? In Krisensituationen ist der Ruf nach dem Staat laut. Aber wie wichtig und richtig ist eine staatliche Steuerung? Darf er in einer Marktwirtschaft überhaupt eingreifen? Antworten findest du hier.

M22 „Geschenke" für alle?

Karikatur: Harm Bengen / Baaske Cartoons, 23.03.2020

Podcast: „Mit Wumms aus der Krise"

Mediencode: 71093-17

EINSTIEGSAUFGABE

Sammelt gemeinsam Ideen, welche „Geschenke" der Staat für wen machen könnte.

M23 Zwei Strategien der Wirtschaftspolitik

a) Keynes vs. Friedman: Welcher Weg ist der Bessere?

Seit Langem wird in der Wissenschaft und Politik diskutiert, auf welche Weise Wirtschaftskrisen zu überwinden, aber auch die wirtschaftspolitischen Ziele des Magischen Vierecks dauerhaft zu erreichen sind. In der Wirtschaftstheorie existieren zwei dominierende Grundkonzepte: Das nachfrageorientierte von John M. Keynes zum einen und zum anderen die angebotsorientierte Theorie des klassischen Liberalismus, deren prominentester Vertreter der Wirtschaftsnobelpreisträger Milton Friedman ist. Aus beiden Konzepten lassen sich Empfehlungen für die staatliche Wirtschaftspolitik ableiten. Beide Richtungen haben zum Ziel, konjunkturelle Schwankungen, insbesondere die Täler, abzuflachen und lang anhaltendes und stetiges Wachstum zu erzeugen. Dennoch unterscheiden sich beide grundlegend in ihren wirtschaftspolitischen Grundannahmen, ihren Lösungsansätzen und den daraus ableitbaren Maßnahmen.

Bearbeiterin

Keynes: Der Staat soll die Nachfrage beeinflussen

John Maynard Keynes (1883–1946), britischer Ökonom und Regierungsberater, gilt als Begründer der nachfrageorientierten Wirtschaftspolitik.

Friedman: Der Staat soll dem Markt vertrauen

Milton Friedman (1912–2006), US-amerikanischer Wirtschaftsnobelpreisträger, gilt als einer der einflussreichsten Ökonomen des 20. Jahrhundert

b) Wie unterscheidet sich die Nachfrage- von der Angebotsorientierung?

Nachfrageorientierung und Angebotsorientierung

Nachfrageorientierung (Keynesianismus)
Grundüberlegung: Die Nachfrage nach Konsum- und Investitionsgütern ist ausschlaggebend für das Wachstum

↓

Ausgangslage: Rezession
zu geringe Nachfrage nach Konsumgütern (durch Haushalte) und Investitionsgütern (durch Unternehmen)

↓

Staatliches Eingreifen: Nachfrage steigern
Ausgaben des Staates (z. B. für Infrastruktur) steigern, um geringe Nachfrage auszugleichen

↓

Wirkung 1: Beschäftigung
Steigerung bzw. Aufrechterhaltung der Beschäftigung in den betroffenen Branchen (z. B. Bau, Zulieferung)

↓

Wirkung 2: Einkommen
Steigerung bzw. Aufrechterhaltung des Einkommens der Beschäftigten in den betroffenen Branchen

↓

Wirkung 3: Nachfrage nach Konsumgütern
Steigerung der Nachfrage nach Konsumgütern durch die Beschäftigten (Haushalte)

↓

Wirkung 4: Nachfrage nach Investitionsgütern
Steigerung der Nachfrage nach Investitionsgütern durch die Unternehmen, die Konsumgüter herstellen

verstärkender Effekt
Gestiegene Investitionsgüternachfrage führt zu steigender Beschäftigung

Angebotsorientierung (Neoliberalismus)
Grundüberlegung: Attraktive Rahmenbedingungen für Unternehmen sind ausschlaggebend für das Wachstum

↓

Ausgangslage: Rezession
zu geringe Investition der Unternehmen, weil die Rahmenbedingungen (Kreditzinsen, Lohnhöhe, Steuern und Abgaben) unattraktiv sind

↓

Staatliches Eingreifen: Investitionsbedingungen verbessern
z. B. Steuern für Unternehmen senken, Zinsen senken

↓

Wirkung 1: Ertragskraft der Unternehmen
Verbesserung der Situation der Unternehmen durch niedrigere Kosten, damit steht Kapital für Investitionen zur Verfügung

↓

Wirkung 2: Nachfrage nach Investitionsgütern
Unternehmen investieren ihre Gewinne, um Wettbewerbsfähig zu bleiben

↓

Wirkung 3: Beschäftigung
Steigerung bzw. Aufrechterhaltung der Beschäftigung in den betroffenen Branchen (Investitionsgüter-Industrie)

↓

Wirkung 4: Nachfrage nach Konsumgütern
Steigerung der Nachfrage nach Konsumgütern durch die Beschäftigten (Haushalte)

verstärkender Effekt
Gestiegene Konsumgüternachfrage führt zu steigenden Einnahmen der Unternehmen

Bearbeiterin

M24 Konjunkturprogramm: „Mit Wumms aus der Krise."

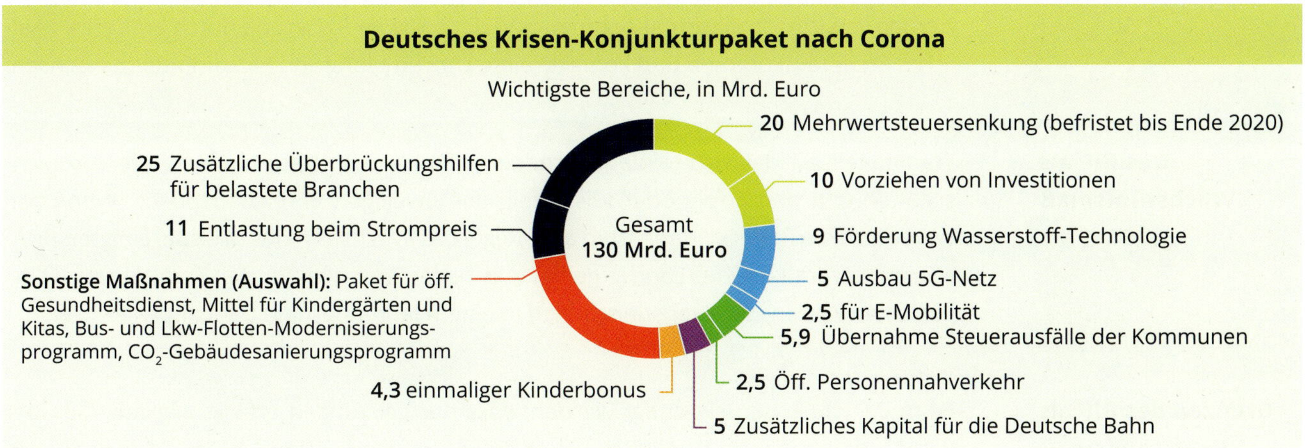

Nach: Erste Asset Management

M25 Umfangreiche Erweiterung der Corona-Hilfen

Nach: Bundesministerium der Finanzen

AUFGABEN

1. Beschreibt in Form von Wirkungsketten, mit welchen Maßnahmen der Staat das Wachstum ankurbeln kann (**M22**).
2. Die Corona-Krise legte die Weltwirtschaft 2020 nahezu völlig lahm. Bewertet die Maßnahmen der Bundesregierung auf ihre Wirksamkeit und ordnet diese den wirtschaftspolitischen Strategien zu (**M23–M25**).
3. Beurteilt, ob die Wirtschaftspolitik der Bundesregierung während der Coronakrise erfolgreich war (**M24**, **M25**).

F Aufgabe 2
Informiert euch über andere Staaten und deren Unterstützungspakete. Ordnet die Maßnahmen den wirtschaftspolitischen Strategien zu.

WAS WIR WISSEN

Gründe für Wachstum
S. 50 f.; M2

Wachstum bedeutet Sicherung und Zunahme von Arbeitsplätzen durch steigende Güterproduktion, höheres Einkommen und damit steigenden Lebensstandard, leichtere Finanzierung von Infrastrukturmaßnahmen und der sozialen Sicherung durch größeres staatliches Steueraufkommen und konfliktfreiere Umverteilung von Einkommenszuwächsen.

Das BIP als Wachstumsmaß
S. 51 f.; M3

Traditionell gilt das Bruttoinlandsprodukt (BIP) als wichtigste Maßzahl für Volkswirtschaften und den Erfolg oder Misserfolg der jeweiligen Wirtschaftspolitik. Wenn von Wachstum die Rede ist, dann ist in aller Regel das Wachstum des preisbereinigten Bruttoinlandsprodukts eines Landes gemeint, d. h. der Wert aller für den Endverbrauch hergestellten Waren und Dienstleistungen in einem Jahr innerhalb der Landesgrenzen.

Grenzen des BIP als Wohlstandsmaß
S. 52 f.; M4, M5

Beim BIP muss berücksichtigt werden, dass nur Leistungen erfasst werden, die über den Markt gegangen sind, sich also in Geldwert ausdrücken lassen. So bleiben z. B. unentgeltliche Tätigkeiten unberücksichtigt: Das gekaufte Essen im Restaurant zählt zum BIP, das Familienessen zu Hause nicht. Auch bleibt unbeachtet, dass ein Teil des Wachstums negative Auswirkungen hat, z. B. den Verbrauch von natürlichen Ressourcen. Steigende Wachstumsraten können also nicht ohne Weiteres mit Wohlstandsmehrung gleichgesetzt werden. In jüngster Zeit wird daher verstärkt diskutiert, ob das BIP als Wohlstandsindikator um objektive, vergleichbare Kriterien wie Arbeitsqualität, Ressourcenverbrauch und Wohlstandsverteilung, Bildungschancen, Gesundheit und Lebenserwartung ergänzt werden muss.
Das „Bruttonationalglück" wurde 1972 im Königreich Bhutan eingeführt. Im Sinne des buddhistischen Glaubens werden neun Variablen zur Berechnung berücksichtigt. Hierzu zählen u. a. Bildung, Intensität des Zusammenlebens, Zeitnutzung, eine verantwortungsbewusste Regierungsführung und das psychische und physische Wohlbefinden. Das Konzept hat weltweit große Beachtung gefunden. Für die weltweite Vergleichbarkeit wurde der Anzeiger von der „New Economics Fundation" im Jahr 2006 zum World Happiness Index weiterentwickelt.

Nachhaltigkeit
S. 54 f.; M7, M8

Das Leitbild der Nachhaltigkeit ist es, die natürlichen Lebensgrundlagen für zukünftige Generationen zu erhalten. Gleichzeitig soll wirtschaftlicher Wohlstand ermöglicht werden und sozialer Ausgleich gewährleistet sein. Dieser Anspruch verlangt eine Trendwende im Umwelt- und Ressourcenverbrauch. Auch im allgemeinen Konsumverhalten ist ein Umdenken notwendig.

Kohleausstieg 2038
S. 56 ff.; M10–M12

Das Kohleausstiegsgesetz und das Strukturstärkungsgesetz sind Ergebnis langer Verhandlungen mit allen gesellschaftlichen Gruppen. Das Kohleausstiegsgesetz sieht vor, die Kohleverstromung schrittweise zu verringern und bis spätestens Ende 2038 ganz zu beenden.

WAS WIR WISSEN

Konjunktur, Konjunkturzyklus und Konjunkturindikatoren
S. 60 f.; M14

Die wirtschaftliche Entwicklung – die Konjunktur – einer Volkswirtschaft vollzieht sich in der Regel nicht stetig, sondern ist Schwankungen unterlegen. Diese Schwankungen sind häufig zyklisch, allerdings ist die Dauer der Konjunkturzyklen stark unterschiedlich. Bei den Indikatoren, mit deren Hilfe die konjunkturelle Entwicklung beschrieben wird, handelt es sich zum einen um vorauslaufende Indikatoren (z. B. Geschäftsklimaindex, Auftragseingänge, Baugenehmigungen), zum anderen um Präsenzindikatoren (z. B. BIP, Konsumklimaindex) und Spätindikatoren (z. B. Arbeitslosigkeit, Preisniveau).

Bedeutung von Konjunkturprognosen
S. 62 f.; M16, M17

Konjunkturprognosen bestimmen das Verhalten der handelnden Akteure. Eine negative Konjunkturprognose führt bei Verbrauchern tendenziell zu einem geringeren Konsum und einem erhöhten Sparen. Investitionen werden eher aufgeschoben. Abhängige Beschäftigte müssen mit stagnierenden Löhnen oder sogar mit dem Verlust des Arbeitsplatzes rechnen. Dies trägt wiederum zu einem geringeren Konsum und stärkerem Sparen bei. Entscheidungsträger und Entscheidungsträgerinnen in Unternehmen werden mit geringerem Konsum rechnen und deshalb tendenziell eine geringere Produktionsmenge planen. Dies bedeutet, dass nicht nur die Nachfrage der Haushalte, sondern auch die Nachfrage der Unternehmen zurückgeht. Unternehmen werden Erweiterungsinvestitionen eher in die Zukunft verschieben. Für den Staat bedeuten negative Konjunkturprognosen, dass er mit geringeren Steuereinnahmen und höheren Sozialausgaben rechnen muss. Als Reaktion darauf kann der Staat z. B. die Ausgaben für Investitionen senken, Sozialleistungen kürzen oder mehr Kredite aufnehmen. Sollte die Konjunkturprognose falsch sein, könnten die beschriebenen Reaktionen der Akteure zumindest zu einer Abschwächung des Wachstums führen.

Gesetz zur Förderung der Stabilität und des Wachstums (StabG)
S. 66 ff.; M19–M21

Um negative Effekte zu vermeiden, ist eine stabile Wirtschaftsentwicklung wünschenswert. Das Gesetz zur Förderung der Stabilität und des Wachstums (StabG) verpflichtet den Staat zu folgenden Zielen: hoher Beschäftigungsstand, angemessenes und stetiges Wirtschaftswachstum, stabiles Preisniveau und ein außenwirtschaftliches Gleichgewicht. Die Ziele stehen zum Teil in Konflikt zueinander. Daneben sind der Schutz der natürlichen Lebensgrundlagen (Art. 23a GG) und eine gerechte Einkommens- und Vermögensverteilung (Art. 20 GG) Ziele staatlicher Politik.

Wirtschaftspolitische Grundkonzeptionen
S. 69 f.; M23

Grundsätzlich kann zwischen einem nachfrage- und einem angebotsorientierten Ansatz in der Wirtschaftspolitik unterschieden werden. Keynes sah die Ursache von Arbeitslosigkeit in einer zu geringen Nachfrage. Der Staat müsse demnach in einer Depression die Nachfrage stärken, indem er selbst als Nachfrager auftritt oder die Verbraucher und Verbraucherinnen zum Konsum animiert. Hayek und Friedman sahen Arbeitslosigkeit als Folge falscher staatlicher Eingriffe. Sie empfahlen, dass sich der Staat möglichst aus der Wirtschaft heraushalten und nur die Bedingungen für Unternehmen verbessern sollte.

1.4 Die Zukunft der Sozialen Marktwirtschaft – Herausforderungen für Politik und Wirtschaft

1.4.1 Arbeit 4.0 – die Arbeitswelt von morgen?

Zum Thema: Intelligente Roboter in der Fabrik, smarte Technik im Büro. Vieles, was heute noch von Menschen erledigt wird, übernehmen morgen Maschinen. Feste Arbeitsplätze und -zeiten verlieren an Bedeutung. Diese Entwicklung bietet neue Chancen, birgt aber auch Risiken. Was bedeutet dies für uns und unsere Gesellschaft? Welche Berufe könnten besonders gefährdet sein? Dazu erfahrt ihr mehr in diesem Unterkapitel.

M1 Arbeit ohne Zukunft?

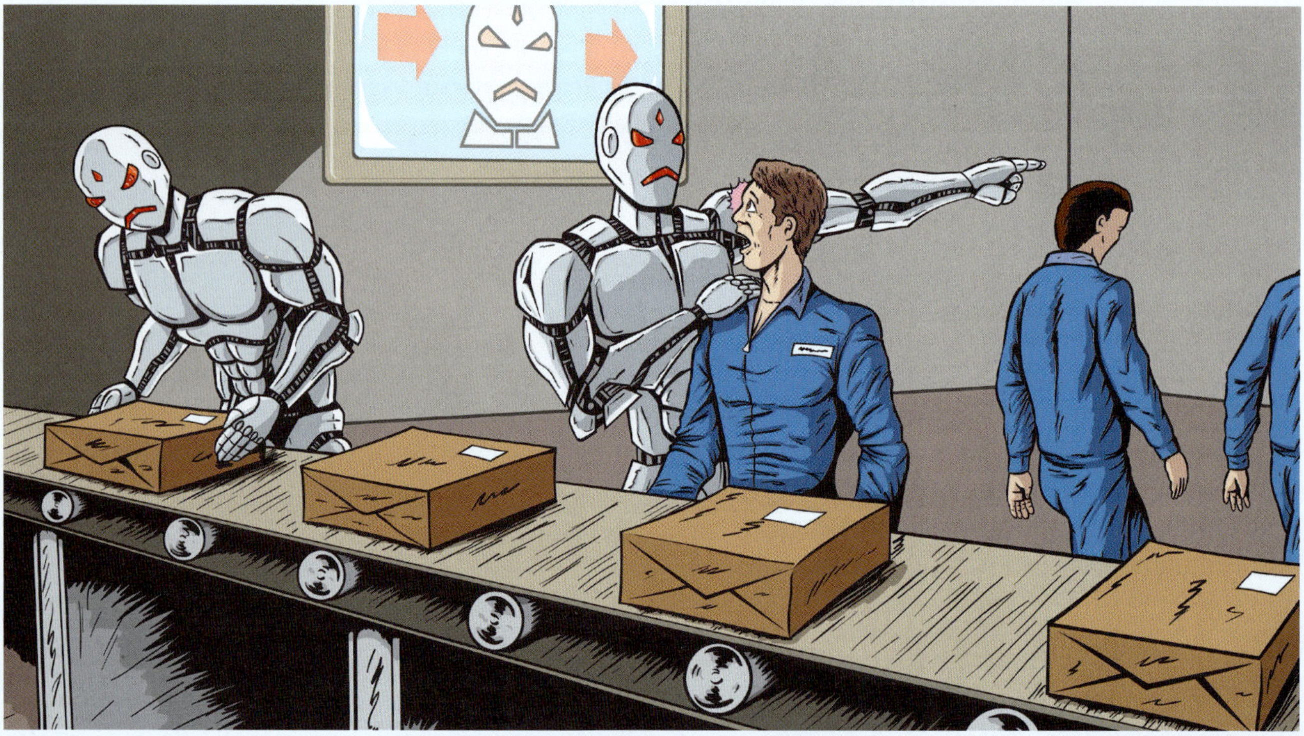

Karikatur: Danomyte, 21.10.2015

Alte und verschwundene Berufe im Überblick

Mediencode: 71093-18

EINSTIEGSAUFGABEN

1. Beschreibt das vom Karikaturisten dargestellte Problem. Wie würdet ihr euch anstelle des Fabrikarbeiters fühlen?
2. Sammelt Beispiele, in welchen Bereichen Digitalisierung heute schon nicht mehr wegzudenken ist und auch in Zukunft Einzug halten wird.

M2 Wie wird sich Arbeit verändern?

Arbeitskräfte im 21. Jahrhundert

Chancen und Herausforderungen

Lebenslanges Lernen:
Weiterbildungen prägen zunehmend die Erwerbsbiografien. Arbeitnehmende müssen sich auf immer wieder wechselnde Arbeits- und Lebensumstände einstellen.

Internationalität:
Die weltweite Vernetzung von Unternehmen verlangt zunehmend soziale und interkulturelle Kompetenzen der Arbeitnehmenden.

Kommunikation:
Die Menschen kommunizieren auf neuen digitalen Wegen. Es gibt fast keine Arbeitsplätze ohne Informations- und Kommunikationstechnik mehr.

Flexible Arbeitszeiten:
Internationale Kommunikation, längere Service- und Geschäftszeiten, ständige Erreichbarkeit, Schichtarbeit, Arbeitszeitkonten, frei wählbare Gleitzeit oder völlig selbstbestimmte Arbeitszeiten ersetzen zunehmend die 9:00 – 17:00 Uhr Arbeitsroutine.

Neue Berufsfelder:
Neue Geschäftsmodelle und Berufsbilder entstehen. In vielen Arbeitsbereichen erbringt nicht mehr der Mensch die produktive Arbeitsleistung, sondern komplexe Maschinen, die sich immer öfter selber steuern und verwalten und nur noch kontrolliert werden müssen.

Telearbeit und Home Office:
Viele arbeiten nicht mehr ortsgebunden. Arbeitskräfte können ganz oder zeitweilig von zu Hause arbeiten.

Auflösung der Organisation:
Feste Firmenhierarchien und starre Betriebszugehörigkeiten werden zunehmend verdrängt. Gefragt sind hochspezialisierte Fachkräfte, die sich weltweit miteinander vernetzen und von Firmen bei Bedarf gebucht, aber nicht mehr fest eingestellt werden.

Bearbeiterin

Arbeitswelt 1.0
Beginn 18. Jh.

Arbeitswelt 2.0
Industrielle Revolution Ende 19. Jh.

Arbeitswelt 3.0
Sozialstaat, mehr Rechte für Beschäftigte, digitale Revolution

Arbeitswelt 4.0
Arbeitswelt der Zukunft

M3 Roboter ersetzen Rezeptionisten

Am Hotelempfang [...] klimpert ein weiblicher Humanoide mit den Wimpern. Er ist für die Japanisch sprechenden Gäste zuständig. In seiner Herberge in einem Vergnügungspark im Südwesten Japans setzt Betreiber Hideo Sawada zur Kostensenkung fast vollständig auf Roboter – von der Rezeptionistin bis zum Kofferträger.

Die Geräte sind für ihn keine Spielerei, sondern ein ernstes Bemühen um mehr Effizienz. Das Hotel nutzt Gesichtserkennungs-Technologie statt normaler elektronischer Schlüssel. Dazu wird das digitale Bild des Gastes beim Einchecken registriert. Der Grund? Roboter sind nicht gut darin, Schlüssel wiederzufinden, sollte ein Gast seinen verlieren.

Helmes, Irene/Waechter, Christina/Bruckner, Johanna/ Süddeutsche Zeitung: Check-In beim Roboter. In: www.sueddeutsche.de, 17.07.2015

Diese „Rezeptionistin" ist ein Roboter.

Video: Ein Supermarkt ohne Kassen

Mediencode: 71093-19

M4 Diese Jobs sind besonders von Robotern bedroht

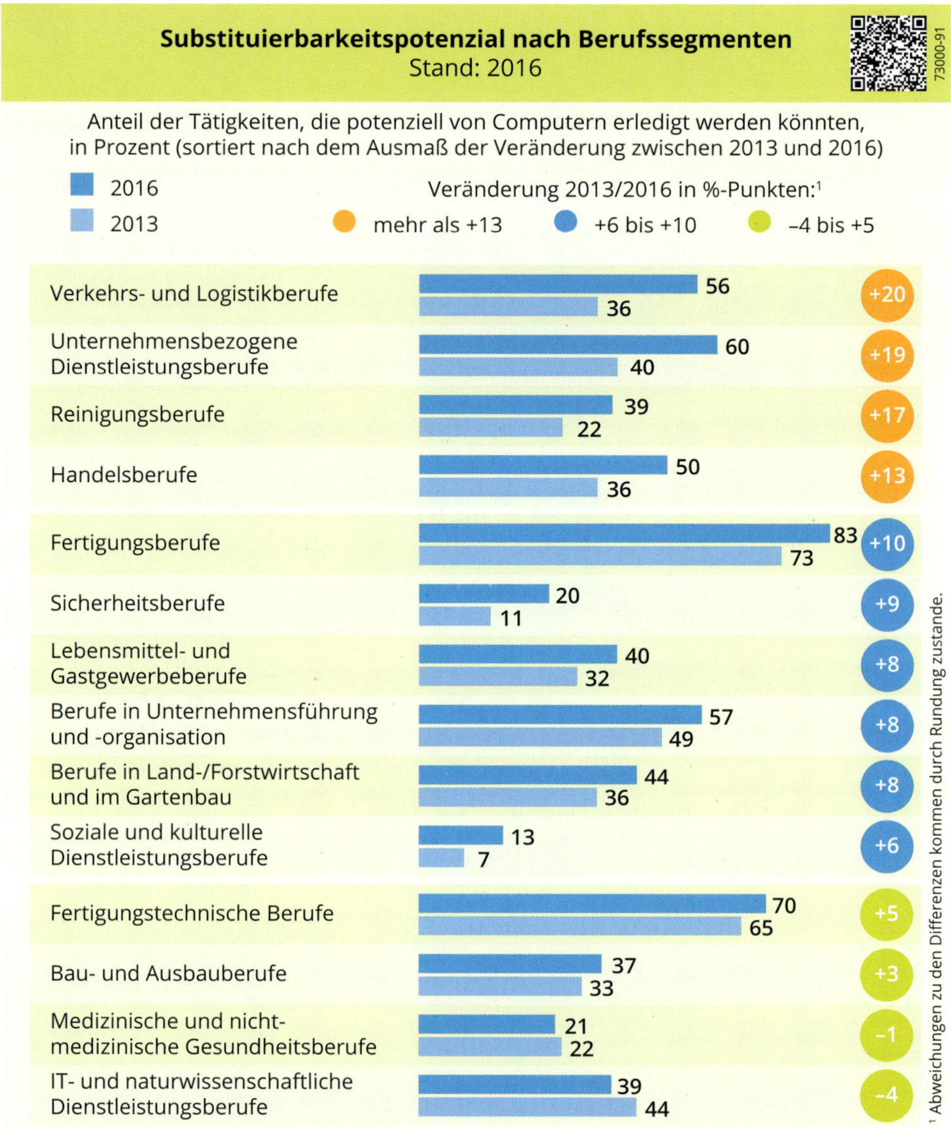

Quelle: Berechnungen des IAB, Dengler/Matthes (2015), BERUFENET (2013, 2016) © IAB

M5 „Die Arbeit wird in Zukunft eine andere sein"

Bundesarbeitsminister Hubertus Heil will die Beschäftigten in Deutschland für die Arbeit der Zukunft fit machen. [...] Heil erwartet in den kommenden Jahren große Herausforderungen für die deutsche Industrie. Der SPD-Politiker sagte auf NDR Info, vor allem die Automobil- und Zuliefer-Industrie sowie der Maschinenbau seien von dem Wandel betroffen. Dabei gehe es um neue Technologien und Digitalisierung. Ziel sei es, die Beschäftigten von heute auf die Arbeit von morgen vorzubereiten.

Weiterbildung im Job stärken

Laut Heil geht es daher um die Frage, wie die Politik den Umbruch am Arbeitsmarkt unterstützen und mit Investitionen helfen kann. Dafür brauche es auch eine nationale Weiterbildungs-Strategie von Politik und Wirtschaft, „damit Menschen den Anschluss nicht verlieren und Unternehmen die Fachkräfte bekommen, die sie brauchen."

Der Arbeitsminister betonte, dass ein ganzer Instrumenten-Kasten nötig sei, um den Strukturwandel zu gestalten. Als Beispiel nannte er seinen Entwurf für ein Arbeit-von-Morgen-Gesetz, der vor allem auf Qualifizierung setze. Ein bereits bestehendes Gesetz ermögliche zudem unterstützende Investitionen für Unternehmen in Weiterbildung. „Und wir müssen, wenn Kurzarbeit notwendig ist, wo immer es geht, das mit Qualifizierung verbinden."

„Gute Nachricht: Die Arbeit wird nicht ausgehen"

Grundsätzlich sieht Arbeitsminister Heil Deutschland in einer guten Ausgangslage. „Wir haben insgesamt in Deutschland die Situation, dass wir

Hubertus Heil (SPD) ist seit 2018 Minister für Arbeit und Soziales.

eine sehr gute und robuste Entwicklung am Arbeitsmarkt haben." Und die gute Nachricht sei, dass die Arbeit wohl nicht ausgehen werde. „Die anstrengende Nachricht ist, es wird in vielerlei Hinsicht andere Arbeit sein", meint Heil. Seiner Ansicht nach ist Deutschland auf mögliche schwierige Zeiten vorbereitet, beispielsweise durch Rücklagen bei der Bundesagentur für Arbeit.

Norddeutscher Rundfunk: Großer Umbruch auf dem Arbeitsmarkt. In: www.ndr.de (Abruf am 08.04.2020)

AUFGABEN

1. Beschreibt ausgehend von **M2** in eigenen Worten, wie sich der Arbeitsmarkt im 21. Jahrhundert verändert.
2. Urteilt spontan: Würdet ihr gerne im Hotel „Henn na" einchecken? Begründet eure Entscheidung (**M3**).
3. Analysiert die Grafik in **M4** und erklärt, warum manche Berufe stärker von dem digitalen Wandel betroffen sind als andere.
4. Ist Deutschland den Anforderungen gewachsen? Stellt Überlegungen an, was die Politik tun müsste, um Schülerinnen und Schüler auf die zukünftige Berufswelt (besser) vorzubereiten (**M5**)?
5. Entwickelt in Gruppen einen Forderungskatalog mit fünf Forderungen, die ihr anschließend präsentiert und begründet.
6. Überlegt euch verschiedene Berufsbilder, die ihr vielleicht in Zukunft ausüben möchtet. Überprüft mithilfe des Job-Futuromats (→ **Randspalte**) die Automatisierbarkeit der Berufe.

Job-Futuromat

Mediencode: 71093-20

1.4.2 Arbeitslosigkeit – eine Aufgabe für die Politik?

Zum Thema: Die Arbeitslosenquote sank in den letzten Jahren. Die Corona Krise führte jedoch wieder zu einem Anstieg der Arbeitslosigkeit. Derzeit sind 2,85 Millionen Menschen in Deutschland arbeitslos gemeldet. Welche Formen von Arbeitslosigkeit gibt es? Welche Möglichkeiten haben Arbeitslose zur Verfügung, um wieder in den Arbeitsmarkt zu kommen? Welche politischen Lösungsansätze gibt es? Auf all die Fragen erhaltet ihr hier Antworten.

M6 Arbeitslosigkeit in der Karikatur

Karikatur: Thomas Plaßmann / Baaske Cartoons

EINSTIEGSAUFGABEN

1. Arbeitet heraus, welches Problem hier dargestellt wird.
2. Entwickelt Vorschläge, welches Rezept ihr ausstellen würdet.

M7 Formen der Arbeitslosigkeit

Saisonale Arbeitslosigkeit
Arbeitslosigkeit, die dadurch entsteht, dass einige Sektoren der Volkswirtschaft jahreszeitbedingt unterschiedlich ausgelastet sind, bezeichnet man als saisonale Arbeitslosigkeit. Diese Form der Arbeitslosigkeit verschwindet üblicherweise wieder im Jahresverlauf. Saisonale Arbeitslosigkeit kann zwar durch gezielte Hilfen wie beispielsweise das Saison-Kurzarbeitergeld (ähnlich dem früheren Schlechtwettergeld) verringert

Auf Baustellen kann im Winter nicht so viel gearbeitet werden. Das führt zum Teil zu saisonaler Arbeitslosigkeit.

werden, ihre Höhe ist jedoch von der gesamtwirtschaftlichen Situation am Arbeitsmarkt im Allgemeinen weitgehend unabhängig.

Strukturelle Arbeitslosigkeit

Strukturelle Arbeitslosigkeit kann differenziert werden nach sektoralen, regionalen, technologischen oder qualifikationsspezifischen Ursachen. So zeigt sich, dass sich der Schwerpunkt der wirtschaftlichen Tätigkeit zunächst vom primären Wirtschaftssektor [...] (Rohstoffgewinnung) auf den sekundären [...] [(Rohstoffverarbeitung)] und anschließend auf den tertiären Sektor (Dienstleistungen) verlagert hat. Die damit verbundenen Anpassungsprozesse haben häufig zu struktureller Arbeitslosigkeit geführt, da den in einem Sektor beschäftigten Arbeitnehmer:innen die Qualifikationen zur Arbeitsaufnahme in einem anderen Sektor fehlten und erst in beruflicher Weiterbildung zu vermitteln waren. Gleichzeitig gelten diese Verbindungen auch für Verschiebungen innerhalb der Sektoren. Diese sind sehr häufig verbunden mit technologischen Entwicklungen, beispielsweise der zunehmenden Ersetzung der Arbeitskräfte durch Maschinen oder aktuell insbesondere durch den Wandel von einer Industriegesellschaft zu einer Informationsgesellschaft. Da jene Arbeitskräfte, die bereits arbeitslos sind oder durch die Abnahme der nachgefragten Arbeit in der Industrie arbeitslos werden, von ihrem Qualifikationsprofil nicht identisch sind mit jenen, die für die Kommunikations- und Informationstechnologien gebraucht werden, entsteht strukturelle Arbeitslosigkeit. [...]

Konjunkturelle Arbeitslosigkeit

Sie tritt auf, wenn die Konjunktur schwächer wird und die Nachfrage zurückgeht. Bei einem Mangel an Absatzmöglichkeiten entlassen die Unternehmen Arbeitskräfte, die sie im Aufschwung wieder einstellen. Eine schwache Konjunktur betrifft aber alle Wirtschaftsbereiche, wie das Produzierende Gewerbe, die Exportwirtschaft und die Dienstleistungen, unterschiedlich. Konjunkturelle Arbeitslosigkeit kann ein kurz- oder mittelfristiges Problem sein, sie kann aber auch bei anschließend nur langsam wieder wachsender Wirtschaft zu einem langfristigen Problem werden. [...]

Friktionelle Arbeitslosigkeit

Unter friktioneller Arbeitslosigkeit (auch Fluktuationsarbeitslosigkeit oder Sucharbeitslosigkeit genannt) versteht man die häufig unvermeidliche Arbeitslosigkeit zwischen der Aufgabe der alten und dem Finden einer neuen Tätigkeit. Sie ist in der Regel nur von kurzer Dauer und auch in Phasen einer Vollbeschäftigung unvermeidlich.

Nach: Oschmiansky, Frank: Arten der Arbeitslosigkeit. In: www.bpb.de, 21.02.2020

Soziales Sicherungssystem
Zum sozialen Sicherungssystem gehören z. B. die gesetzliche Renten-, Kranken-, und Arbeitslosenversicherung. Die Finanzierung ist solidarisch: Beschäftigte und Arbeitgeberinnen und Arbeitgeber teilen sich die Sozialversicherungsbeiträge in etwa zur Hälfte. Die meisten Beschäftigten sind pflichtversichert. Sie erhalten Leistungen, sobald sie Bedarf oder Anspruch haben.

M8 Welche Ansprüche habe ich bei Arbeitslosigkeit?

Arbeitslosengeld
Stand: 2020

73000-75

Arbeitslosengeld I

Leistung für Personen, die in den vergangenen 2 Jahren vor der Arbeitslosigkeit mindestens 12 Monate versicherungspflichtig beschäftigt waren (Regelanwartschaftszeit) und sich arbeitslos gemeldet haben

Dauer des Bezugs*

– bis 49-Jährige:	6 bis 12 Monate
– 50- bis 54-Jährige:	6 bis 15 Monate
– 55- bis 57-Jährige:	6 bis 18 Monate
– ab 58-Jährige:	6 bis 24 Monate

Höhe des Arbeitslosengeldes
- 60 % des errechneten letzten Nettogehalts**
- eigenes Nebeneinkommen wird berücksichtigt***, eigenes Vermögen nicht

Zusätzliche Leistungen
- keine; bei Bedarf kann zusätzlich ein Antrag auf Arbeitslosengeld II gestellt werden

Arbeitslosengeld II

Grundsicherung für erwerbsfähige Personen im Alter von mindestens 15 Jahren bis zur gesetzlich festgelegten Altersgrenze (zwischen 65 und 67 Jahren), die ihren Lebensunterhalt nicht aus eigener Kraft und eigenen Mitteln decken können

Höhe des Regelsatzes
- 446 Euro
- eigenes Einkommen und Vermögen werden bei der Höhe der Leistung mitberücksichtigt***

Zusätzliche Leistungen
- Übernahmen der Kosten für Unterkunft und Heizung soweit angemessen
- eventuell Einmalleitstungen als Darlehen oder Geld-/Sachleistung für Wohnungs-, Bekleidungserstausstattung und/oder Kosten für medizinische/therapeutische Geräte
- eventuell Mehrbedarf für besondere Lebenslagen (z. B. Alleinerziehende)

Angaben für Alleinstehende mit eigenem Haushalt pro Monat

*je nach Dauer der Einzahlung in die Arbeitslosenversicherung in den vergangenen 5 Jahren
**berücksichtigt werden Gehälter der letzten 12 Monate
***jeweils abzgl. eines bzw. mehrerer Freibeträge; beim ALG I ist eine Tätigkeit unter 15 Stunden wöchentlich erlaubt.

Nach: Bundesagentur für Arbeit, Globus: 14442

M9 Welche Kosten hat Arbeitslosigkeit für den Staat?

Gesamtfiskalische Kosten der Arbeitslosigkeit (Stand: 2019)

73000-76

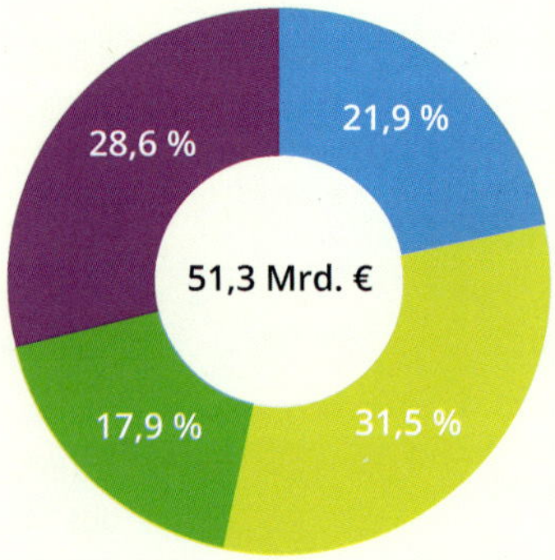

Ausgaben für:
- Versicherungsleistungen (SGB III)
- Sozialleistungen (SGB II)

Mindereinnahmen bei:
- Steuern
- Sozialbeiträgen

Verteilung der Kosten der Arbeitslosigkeit auf die öffentlichen Haushalte (Stand: 2019)

73000-77

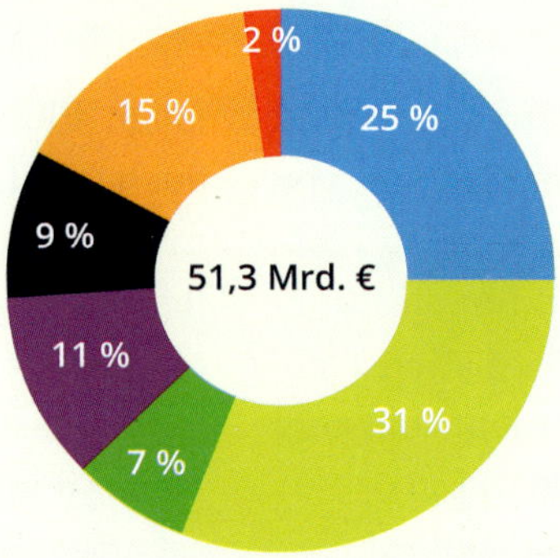

- Bundesagentur für Arbeit
- Bund
- Länder
- Gemeinden
- Krankenversicherung
- Rentenversicherung
- Pflegeversicherung

Nach: IAB, eigene Berechnungen des IAB

M10 Mögliche Lösungsansätze gegen verschiedene Formen der Arbeitslosigkeit

1 Gegen diese Form der Arbeitslosigkeit können die Arbeitsagenturen arbeitsmarktpolitische Maßnahmen (Information über offene Stellen, Unterstützung bei der Bewerbung, Mobilitäts- und Umzugsbeihilfen) einsetzen, um die Vermittlung geeigneter Arbeitssuchender auf offene Stellen zu befördern.

2 Diese Form der Arbeitslosigkeit betrifft vor allem das Baugewerbe. Sie ist von der Witterung abhängig, weshalb auch keine Maßnahmen zu ihrer Beseitigung getroffen werden können. Allerdings können die Auswirkungen durch gezielte finanzielle Hilfen abgemildert werden.

3 Diese Form der Arbeitslosigkeit betrifft alle Branchen gleichermaßen und ist durch eine mangelnde Nachfrage bedingt. Deshalb kann die Regierung zum Beispiel Steuerentlastungen beschließen oder die Staatsausgaben (Investitionen in die Infrastruktur, Subventionen, Kurzarbeitergeld) erhöhen, um die staatliche Nachfrage und damit das Wachstum anzukurbeln.

4 Bei dieser Form der Arbeitslosigkeit versucht der Staat, verbesserte Rahmenbedingungen für die Nachfrage nach Arbeit zu schaffen, zum Beispiel in Form von verringerten Kostenbelastungen der Unternehmen und Abbau von Regulierungen. Außerdem können Bildung und Forschung in Zukunftsbranchen gefördert und Arbeitslose gezielt weiterqualifiziert werden.

Bearbeiterin

AUFGABEN

1. Erläutert die Formen der Arbeitslosigkeit (**M7**).
2. Erklärt die Unterschiede zwischen Arbeitslosengeld I und Arbeitslosengeld II (**M8**).
3. Analysiert die Grafiken in **M9**.
4. Ordnet die in **M10** genannten Maßnahmen gegen Arbeitslosigkeit den Entsprechenden Formen in **M7** zu und begründet eure Entscheidung.
5. a) Erstellt in Arbeitsgruppen eigene Lösungsvorschläge, die zu einer Verringerung der Arbeitslosigkeit führen können. Präsentiert eure Ergebnisse mit Hilfe der Marktplatzmethode (→ S. 82).
   b) Entscheidet euch für die drei besten Ideen und beurteilt diese nach ihrer Realisierbarkeit.

F Einstieg, Aufgabe 3
Erstellt eine Übersicht über mögliche Folgen von Arbeitslosigkeit und geht dabei auch auf individuellen Lösungsmöglichkeiten ein.

F Aufgabe 5
2005 wurde der Mindestlohn in Deutschland eingeführt. Diskutiert, ob die Einführung des Mindestlohns zur Verringerung der Arbeitslosigkeit beitragen kann.

METHODE

Markt der Möglichkeiten

I. Worum geht es?

Die Methode „Markt der Möglichkeiten" ist eine Präsentationsmethode mit dem Ziel, dass alle Schüler:innen die Ergebnisse einer vorangegangenen Gruppenarbeit präsentieren. Aufgabe der Gruppen ist es, Informationen zu ihrem Thema zu suchen und diese den Mitschüler:innen zur Verfügung zu stellen und zu erklären.

II. Geht dabei so vor:

1. Schritt: Vorbereitung

Bildet Arbeitsgruppen und entwerft eigene Lösungsvorschläge, die zu einer Verringerung der Arbeitslosigkeit führen könnten. Notiert eure Ergebnisse auf einer Flipchart. Achtet dabei auf die Lesbarkeit eurer Ergebnisse.

2. Schritt: Durchführung

Nachdem ihr in Gruppen gearbeitet habt, stellt ihr die Arbeitsergebnisse in selbstgewählter (oder vorgegebener) Form auf einem Markt vor. und erläutert, welche Möglichkeiten der Gestaltung bestehen.

1. Versucht den Raum wie einen Marktplatz zu gestalten. Jede Gruppe bekommt ihren eigenen „Marktstand".
2. Die Gruppenmitglieder sollen den Marktstand abwechselnd betreuen. Teilt euch dazu selbstorganisiert ein.
3. Geht über den Markt und informiert euch über die Ergebnisse der anderen Gruppen. Hilfreich kann hier sein, dass „Gäste" eventuell die Informationen der anderen Marktstände benötigen, um Fragen oder vorbereitete Aufgaben zu beantworten oder zu vervollständigen.
4. Die „Gäste" sammeln Informationen, indem sie sich die Präsentationen an den Marktständen ansehen und Rückfragen stellen. Die Fachleute am Stand sollen ihre Darbietungen (z. B. Plakate) nicht erläutern, sondern nur für Nachfragen zur Verfügung stehen.

Variante:

Die Ergebnisse werden wie in einer Ausstellung im Klassenzimmer arrangiert. Bildet neue Gruppen, wobei in jeder Gruppe nur jeweils ein Mitglied der ursprünglichen Expertengruppen sein darf. Wandert nun in festgesetzten Zeitabständen von Präsentation zu Präsentation. Die jeweiligen Fachleute des entsprechenden Marktstandes erläutern den Anderen die dargestellten Ergebnisse, während diese Notizen anfertigen und Fragen stellen.

3. Schritt: Auswertung

Überprüft noch einmal eure Ergebnisse. Wählt aus den vorgestellten Möglichkeiten eure fünf Favoriten aus. Mit Hilfe von Klebepunkten könnt ihr den einzelnen Vorschlägen eure Stimme geben. Prüft im Plenum nun gemeinsam die Realisierbarkeit dieser fünf Lösungsvorschläge.

1.4.3 Das bedingungslose Grundeinkommen – eine gute Idee?

Zum Thema: Geld ohne Arbeit – funktioniert das? 1200 Euro im Monat, einfach so, vom Staat? Das Grundeinkommen soll das Leben besser machen, zu mehr Unabhängigkeit verhelfen, eine neue Form des Miteinanders hervorbringen. Prominente Befürworter sind der Facebook-Chef Mark Zuckerberg, der dm-Drogeriemarkt-Gründer Götz Werner, Elon Musk, Mitbegründer des Bezahlsystems PayPal und des Elektroautoherstellers Tesla und Papst Franziskus. Kritiker sehen im Einkommen ohne konkrete Gegenleistung hingegen eine nicht finanzierbare Utopie. Wie seht ihr das?

M11 1200 Euro einfach so ...

+ + + LANGZEITSTUDIE ZUM GRUNDEINKOMMEN + + +

Das 1200-Euro-Experiment

Wie verändert sich das Leben, wenn man pro Monat 1200 Euro geschenkt bekommt? Eine Studie soll Aufschluss geben. [...]
120 Menschen sollen dafür drei Jahre lang jeden Monat 1200 Euro bekommen – und werden dabei ebenso intensiv befragt und vermessen wie eine Vergleichsgruppe von 1380 Menschen, die keine Geldzahlungen erhalten.

Erklärfilm: Bedingungsloses Grundeinkommen

Mediencode: 71093-21

Diekmann, Florian: Das 1200-Euro-Experiment. In: www.spiegel.de, 18.08.2020

EINSTIEGSAUFGABEN

1. Was würdet ihr tun? 1200 Euro monatlich, ohne Bedingungen, ohne Gegenleistung, ein Leben lang. Notiert, was sich für euch dadurch ändern würde (z. B.: Pläne für Schulausbildung, Berufswunsch/Studium, Freizeitgestaltung, Wohnen, Familie, Sparziele oder Engagement).
2. Die Schweizer Bevölkerung stimmte 2016 über die Einführung des Grundeinkommens mittels Volksentscheid ab. Wie hättet ihr abgestimmt? Positioniert euch zu der Frage.

M12 Was ist Grundeinkommen?

Die Idee eines Grundeinkommens existiert bereits seit Jahrzehnten. Es sieht vor, jedem Bürger eines Landes durch ein garantiertes monatliches Einkommen ein würdevolles Existenzminimum zu ermöglichen. Über die Jahre wur-

den verschiedene Konzepte und Modelle entwickelt, wie hoch ein solches Grundeinkommen sein sollte und wie es finanziert werden könnte. […]
Das bekannteste Modell ist das bedingungslose Grundeinkommen. Es beinhaltet, dass jeder Bürger monatlich einen bestimmten Betrag vom Staat erhält, ohne dafür eine Gegenleistung erbringen zu müssen. Es erfolgt keine Bedarfsprüfung, der Betrag ist festgelegt und für alle gleich. Ziel ist es, Armut zu bekämpfen und den Bürgern in ihrer Entscheidung, was sie mit ihrem Geld tun, mehr Freiheit zu ermöglichen. […]
Die SPD brachte Anfang des Jahres das solidarische Grundeinkommen ins Spiel. Anders als das bedingungslose Grundeinkommen richtet sich das Konzept hauptsächlich an erwerbslose Bezieherinnen und Bezieher von Arbeitslosengeld II. Es sieht vor, ihnen staatlich finanzierte Jobs anzubieten, die „möglichst eine tarifvertraglich abgesicherte Entlohnung" bieten. Das Minimum dieser Entlohnung soll sich am Mindestlohn orientieren. Je nach Arbeitsstunden und Tarif können die Gehälter variieren. Die Annahme eines solchen Jobs wäre freiwillig. Wer ihn nicht annimmt oder trotz Job und solidarischem Grundeinkommen nicht aus der Bedürftigkeit herauskommt, erhält weiterhin Hartz IV.

Schröder, Marlon/ZEIT ONLINE: Grundeinkommen: Utopie oder echte Alternative? In: www.zeit.de, 21.06.2018

M13 Studie des DIW zum bedingungslosen Grundeinkommen

Akzeptanz des bedingungslosen Grundeinkommens in der deutschen Bevölkerung (Stand: 2019)

73000-78

Bei einer repräsentativen Umfrage sprach sich etwas die Hälfte der Befragten in Deutschland für ein bedingungsloses Grundeinkommen aus.

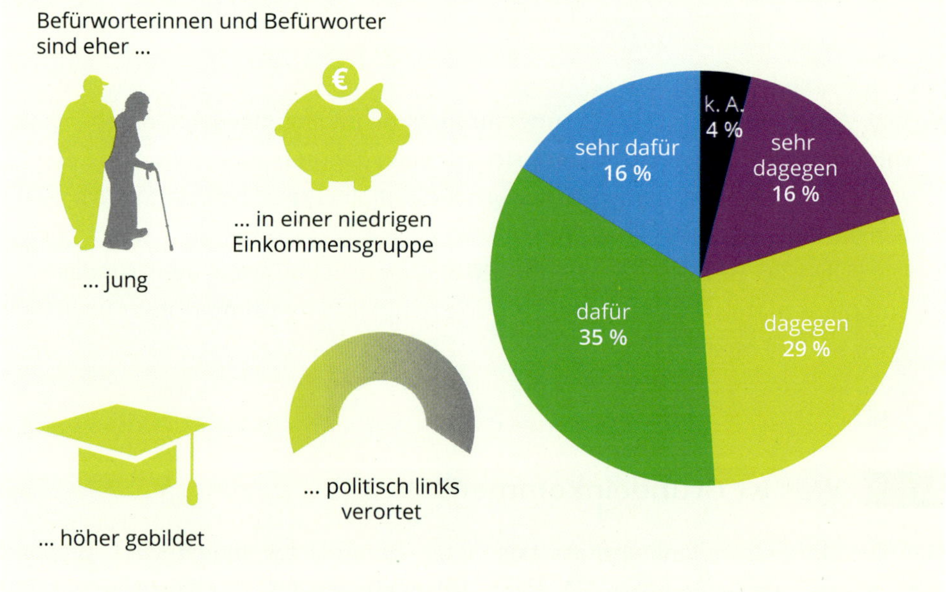

Nach: Deutsches Institut für Wirtschaftsforschung: DIW Wochenbericht 15/2019, S. 263–270

M14 Pro und Kontra: Bedingungsloses Grundeinkommen

Ein fixer Betrag, jeden Monat vom Staat auf die Konten der Bürgerinnen und Bürger überwiesen – ohne dass diese etwas dafür tun müssten: Das ist, vereinfacht gesagt, die Idee eines bedingungslosen Grundeinkommens (BGE). Der Vorschlag ist kontrovers, denn er kratzt an einigen elementaren Fragen: Ist der Mensch von Natur aus faul oder fleißig? Wie sehr vertrauen wir unseren Mitmenschen wirklich? Was ist der eigentliche Sinn von Arbeit? Und woran misst sich der Wert von Arbeit? Diesen und anderen Fragen gehen wir nach.

Positionen deutscher Parteien zum Grundeinkommen

Mediencode: 71093-22

a) BGE nötig als Reaktion auf den technologischen Wandel

Herr Leukert, die Digitalisierung der Wirtschaft geht mit hohem Tempo voran. Viele Menschen befürchten den Verlust ihres Arbeitsplatzes und haben Sorge vor immer größer werdenden Einkommensunterschieden. Wie könnte die Antwort auf diese Herausforderung aussehen?

Die gesamte Gesellschaft wird von der vierten industriellen Revolution große Vorteile haben. Es stimmt auch, dass sich Kompetenzen verlagern werden. Wissen, das man vor zwanzig Jahren erworben hat, hat morgen wahrscheinlich einen geringeren Wert. Das wird noch nicht einmal so sehr Führungskräfte treffen, auch nicht die weniger gut bezahlten normalen Arbeiter. Aber das mittlere Gehaltssegment wird unter Druck kommen.

Anders formuliert: Wer sehr gut ausgebildet ist und sich ständig weiterbildet, wird grundsätzlich auch künftig einen guten Job haben. Im mittleren Management, zum Beispiel in der Steuerabteilung, im Einkauf oder auch in einer Bank, wird es aber ohne Weiterbildung eine Verlagerung in Richtung geringerer Einkommen geben. Hier wird die Informationstechnologie viele der heutigen Aufgaben übernehmen können.

So weit zur Bestandsaufnahme. Was kann man nun tun?

Ich bin der Meinung, dass man die Bedingungen für ein faires Einkommen nicht der Wirtschaft überlassen sollte. Hier ist die Politik gefragt, den richtigen Rahmen zu setzen.

Bis hin zu einem bedingungslosen Grundeinkommen?

Ja, davon würden langfristig auch diejenigen profitieren, die weiterhin höhere Gehälter beziehen. Wenn wir an dieser Stelle nichts tun, droht die Gesellschaft auseinanderzubrechen. [...]

Die Zukunft heißt also Einkommen ohne Arbeit?

Zum einen reden wir natürlich über sehr langfristige Entwicklungen. Zum anderen muss das System so strukturiert sein, dass man auch künftig noch gute Anreize hat, um etwas zu erreichen. Durch Arbeit. Vom Aufstieg mancher Volkswirtschaften im asiatischen Raum kann Europa sich einiges abschauen.

Knop, Carsten: Ein Grundeinkommen hilft allen. In: www.faz.net, 21.01.2016, © Alle Rechte vorbehalten. Frankfurter Allgemeine Zeitung GmbH, Frankfurt. Zur Verfügung gestellt vom Frankfurter Allgemeine Archiv

Bernd Leukert ist seit 2014 Vorstandsmitglied von SAP, dem größten Europäischen Softwareunternehmen (u. a. bekannt durch die Entwicklung der Corona-App) und ist seit 2017 im Aufsichtsrat der Bertelsmann SE & Co KGaG.

Marcel Fratzscher leitet das Deutsche Institut für Wirtschaftsforschung (DIW Berlin) und ist Professor an der Humboldt-Universität in Berlin. Von 2001 bis 2012 war Fratzscher für die Europäische Zentralbank tätig, zuletzt als Leiter der Abteilung International Policy Analysis.

b) Das Grundeinkommen macht nicht frei

Manche in der Politik - und immer mehr auch in Wissenschaft und Gesellschaft - betrachten eine stärkere Umverteilung durch den Sozialstaat als die beste Lösung. Einige fordern eine Reichensteuer und höhere Transferleistungen zugunsten der sozial Schwächsten. Andere wollen ein bedingungsloses Grundeinkommen einführen, bei dem jeder Mensch monatlich ohne Auflagen und Gegenleistungen eine feste Summe erhält. Damit werde Freiheit geschaffen, behaupten die Befürworter, denn niemand sei mehr von wirtschaftlichen Zwängen abhängig, um seinen Lebensunterhalt zu gestalten.

Ein bedingungsloses Grundeinkommen, beispielsweise in Höhe von 1.000 Euro pro Person und Monat, behandelt alle gleich. [...] Ein bedingungsloses Grundeinkommen würde, zumindest nach den meisten bisher gemachten Vorschlägen, die Ärmsten und vor allem Beschäftigte mit geringen Einkommen entlasten; es würde jedoch im Gegenzug die Mittelschicht stärker belasten und die Reichsten weniger stark besteuern. Es ist ganz und gar nicht klar, dass ein bedingungsloses Grundeinkommen nach Empfinden der Mehrheit der Gesellschaft mehr Verteilungsgerechtigkeit bieten würde, als es die gegenwärtigen Sozialsysteme tun.

Die Diskussion um das bedingungslose Grundeinkommen lässt außerdem die Chancengleichheit außen vor. Manche Menschen benötigen mehr staatliche Hilfe und Unterstützung als andere, um ihre Fähigkeiten zu entwickeln und sich in Wirtschaft und Gesellschaft einbringen zu können. Staatliche Unterstützung von monatlich 1.000 Euro kann schlicht und einfach zu wenig sein, um Chancengleichheit zu gewährleisten. Das bedingungslose Grundeinkommen ist in diesem Sinne eben nicht egalitär, sondern blind gegenüber den unterschiedlichen Bedürfnissen jedes Einzelnen. [...]

Die Idee eines Zuschusses, der Menschen vom Druck befreit, sich um Arbeit und Einkommen aktiv kümmern zu müssen, beruht auf einer einseitigen Definition von Freiheit. [...] Es ist Aufgabe von Staat und Gesellschaft, den Bürgerinnen und Bürgern nicht nur rechtlich die Freiheit zu geben, individuelle Entscheidungen zu treffen. Die öffentliche Hand und die Gesellschaft müssen auch Hindernisse für den Einzelnen so weit wie möglich aus dem Weg räumen, so dass dieser seine Freiheit auch wirklich nutzen kann. [...]

Wir wissen aus der Glücksforschung, dass Zufriedenheit nur relativ schwach vom Einkommen und den eigenen wirtschaftlichen und finanziellen Bedingungen abhängt. Genauso wichtig ist es, Teil einer Gemeinschaft zu sein, Anerkennung und Respekt zu erhalten und Verantwortung für sich und andere zu übernehmen.

Deshalb ist eine Umwandlung des gegenwärtig bedingten Grundeinkommens in ein bedingungsloses Grundeinkommen nicht zielführend und muss nicht zu mehr Lebenszufriedenheit und Glück führen. [...]

Ein weiterer Irrglaube ist, ein bedingungsloses Grundeinkommen wäre wirtschaftlich neutral oder könne positive Wirkungen entfalten. Viele argumentieren, dass vor allem Menschen mit geringen Einkommen und schlecht bezahlten Jobs ihre Arbeit bei einem bedingungslosen Grundeinkommen nur dann fortführen würden, wenn sie höhere Löhne erhielten. So würden sich die Machtverhältnisse auf dem Arbeitsmarkt von Arbeitgeberseite zu den Arbeitnehmerinnen und Arbeitnehmern verschieben. [...]

Umfragen zufolge würden nämlich einige Berufstätige nach der Einführung eines bedingungslosen Grundeinkommens überhaupt nicht mehr oder weniger arbeiten. Das würde die Wirtschaftsleistung und damit auch den zu verteilenden Wohlstand in Deutschland reduzieren. Die Erwerbstätigkeit und die Einkommen würden deutlich unter das Niveau von vor 15 Jahren sinken.

Auch ist es höchst unwahrscheinlich, dass Löhne für unangenehme oder gering bezahlte Arbeit durch ein bedingungsloses Grundeinkommen steigen würden. Bereits heute arbeiten viele Menschen für nur geringfügig mehr Geld, als sie als Erwerbslose bekommen würden – vor allem auch deshalb, weil die Arbeit für sie nicht nur einen materiellen, sondern auch einen ideellen Wert hat. [...]

Die geringere Beschäftigung unter Deutschen würde lediglich zu einem Anstieg der Zuwanderung anderer EU-Bürgerinnen und -Bürger führen, die die freiwerdenden Stellen ausfüllen würden. Viele Befürworter wollen auch deshalb das bedingungslose Grundeinkommen auf Deutsche beschränken. Das wäre jedoch unvereinbar mit dem europäischen Binnenmarkt und würde Deutschland in eine Zweiklassengesellschaft spalten, ein unhaltbarer Zustand.

Das bedingungslose Grundeinkommen ist die falsche Antwort auf die Herausforderungen unserer Zeit.

Fratzscher, Marcel/ZEIT ONLINE: Das Grundeinkommen macht nicht frei. In: www.zeit.de, 28.04.2017

AUFGABEN

1. Erläutert den Begriff „bedingungsloses Grundeinkommen" (**M12**).
2. Wertet die Befragung zur Einstellung der Bevölkerung zum bedingungslosen Grundeinkommen aus (**M13**).
3. Analysiert (arbeitsteilig) die Argumente von Bernd Leukert (**M14a**) für das Grundeinkommen und des Ökonomen Marcel Fratzscher gegen das Grundeinkommen (**M14b**).
4. Recherchiert mit Hilfe des QR-Codes zu **M14** die Positionen der Parteien zum Grundeinkommen.
5. Führt eine Umfrage (→ S. 88) zum Grundeinkommen durch und vergleicht diese mit euren Ergebnissen aus der zweiten Einstiegsfrage und **M13**.

Podcast: „Geld füs Nichtstun"

Mediencode: 71093-23

F Aufgabe 4
Informiert euch über Versuche (anderer Länder) zum bedingungslosen Grundeinkommen.

Mediencode: 71093-24

Durchführen einer Online-Umfrage

I. Worum geht es?

Die Umfrage ist eine wissenschaftliche Methode, um möglichst viele Antworten auf Fragen zu sammeln.

Aufgabe:

Erstellt eine Online-Umfrage zum Thema: Sollte das bedingungslose Grundeinkommen in Deutschland eingeführt werden?

II. Geht dabei so vor:

1. Schritt: Auswahl der Plattform

Ihr könnt eure Online-Umfrage ganz einfach mit verschiedenen Tools erstellen. Diese Tools helfen euch dabei, die Umfrage zu strukturieren und Ergebnisse auszuwerten. Folgende Tools könnt ihr verwenden:

- Google Forms
- SurveyMonkey
- Survio
- Umfrageonline

2. Schritt: Fragebogen erstellen

- Formuliert eure Fragen präzise und konkret
- Verwendet einen kurzen Fragebogen
- Für Bewertungsfragen Skalenwerte messbar machen, z. B. 1–5
- Abschluss der Umfrage: Alter, Herkunft, ggf. Geschlecht des Teilnehmers (aus Datenschutzgründen nicht nach dem Namen fragen!)

3. Schritt: Umfrageteilnehmer finden

Ist der Fragebogen erstellt, geht es nun um die Suche nach Teilnehmenden. Dazu könnt ihr verschiedene Möglichkeiten nutzen. Entweder teilt ihr den Link der Umfrage in verschiedensten sozialen Netzwerken oder ihr verwendet Online-Tools, die euch die Suche nach Teilnehmenden erleichtern, wie z. B. PollPool (Tipp!), Thesius oder Surveycircle.

III. Auswertung:

Präsentiert eure Ergebnisse. Die Online-Tools bieten euch zur Auswertung gleich die entsprechenden Funktionen an. Somit sind zum Thema Auswertung keine zusätzlichen Programme notwendig. Stellt die Ergebnisse der Umfrage im Plenum vor und vergleicht die Ergebnisse mit der Umfrage in **M13** (→ S. 84).

Bearbeiterin

1.4.4 Soziale Sicherung in einer alternden Gesellschaft – ist das möglich?

Zum Thema: „Denn eins ist sicher: Die Rente" – kaum ein politischer Satz brannte sich in die Köpfe der Deutschen ein wie dieser. Dr. Norbert Blüm (CDU, Bundesminister für Arbeit und Sozialordnung), sprach die Worte zwar erstmals im Wahlkampf 1986, am 10. Oktober 1997 sollte er diese aber im Deutschen Bundestag wiederholen. „Die Rente ist sicher!" – jahrzehntelang zweifelte niemand daran. Doch gilt dies auch noch für eure Renten?

M15 Titelbild: „Der letzte Deutsche"

Quelle: Der Spiegel 02/2004

Norbert Blüm am 21.04.1987 auf dem Marktplatz in Bonn

EINSTIEGSAUFGABEN

1. Positioniert euch spontan zur Aussage: „Die Rente ist sicher."
2. Beschreibt das Titelbild und positioniert euch erneut.

M16 Wie wird die Rente finanziert?

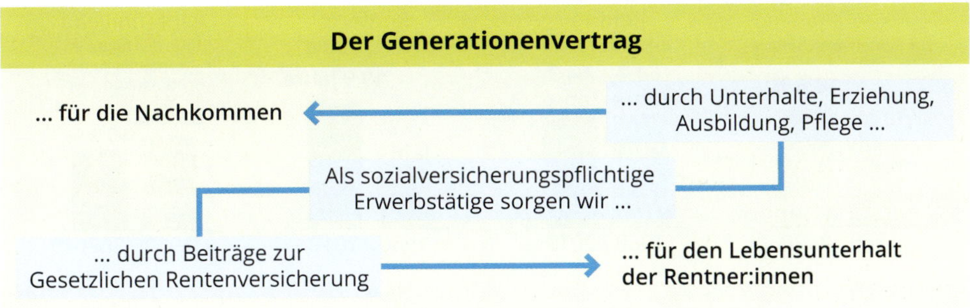

Bearbeiterin

Der Generationenvertrag
Der Begriff entstand mit dem sogenannten Umlageverfahren in der Rentenversicherung, eingeführt 1957 durch die Rentenreform unter Bundeskanzler Adenauer.

M17 Die Zukunft der Rentenversicherung

a) Wenn weniger Beiträge eingezahlt werden …

Ein wichtiger Aspekt in der Renten-, Kranken- und Pflegeversicherung ist die Umverteilung der finanziellen Mittel von Jung zu Alt. […] Der Generationenvertrag sei am Beispiel der Gesetzlichen Krankenversicherung erklärt. In den höheren Altersstufen werden im Durchschnitt mehr und kostenintensivere Leistungen in Anspruch genommen. In der Regel sind jedoch ihre Einnahmen aus den sozialversicherungspflichtigen Renteneinkommen deutlich niedriger als die Ausgaben. Hier herrscht eine „Unterdeckung" der verursachten Ausgaben vor. Bei den jüngeren Erwerbstätigen ist umgekehrt eine „Überdeckung" zu beobachten. Die Überschüsse in den jungen Altersgruppen werden zur intergenerativen Umverteilung verwendet. Kommen die Erwerbstätigen selbst in den Ruhestand, können sie erwarten, dass die nachrückende Generation sie in gleicher Weise unterstützt.

Doch wie ist der Generationenvertrag einzuhalten, wenn immer weniger junge Beitragszahler für die (voraussichtlich steigenden) Ansprüche ihrer Vorgängergeneration aufkommen müssen? Die Finanzierung der sozialen Leistungen kann unter den genannten demografischen Bedingungen – weniger potenzielle Beitragszahler bei gleichzeitig mehr Leistungsempfängern – unter Druck geraten. Hier gilt es, Arbeitslosigkeit abzubauen und die Potenziale in der Erwerbsbevölkerung auszuschöpfen, um einen möglichst hohen Beschäftigungsgrad in sozialversicherungspflichtigen Arbeitsverhältnissen zu erreichen.

Bundesinstitut für Bevölkerungsforschung und Statistisches Bundesamt: Daten, Fakten, Trends zum demographischen Wandel in Deutschland. Wiesbaden: 2008, S. 68 ff.

b) Was sind die aktuellen Probleme der Rentenversicherung?

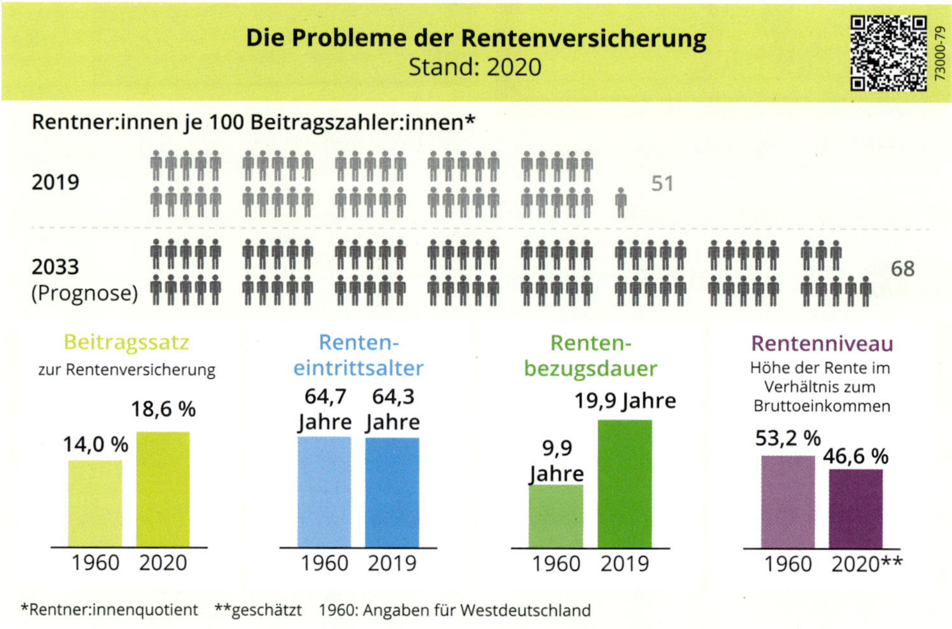

Nach: Deutsche Rentenversicherung, BAMS; Globus 14183

M18 Bausteine und Ideen einer Rentenreform

1 Das Renteneintrittsalter wird noch weiter erhöht (z. B. auf 70).

2 Der Beitragssatz zur Rentenversicherung für Arbeitnehmende und Arbeitgebende wird erhöht.

3 Die zusätzliche private Vorsorge wird verpflichtend gemacht. Jedem Arbeitnehmenden wird automatisch ein gewisser Prozentsatz dafür vom Gehalt abgezogen.

4 Der Staat finanziert aus Steuern eine einheitliche Grundrente, die nur das Überleben sichert. Jeder Einzelne kann zusätzlich privat vorsorgen.

5 Die Zahl der Beitragszahlenden wird erweitert, indem Beamte und Selbstständige auch versicherungspflichtig werden.

6 Der Beitragssatz wird von der Kinderzahl abhängig gemacht – wer keine Kinder hat, zahlt höhere Beiträge.

7 Die Altersvorsorge wird vollständig zur Privatsache.

8 Das Einwanderungsgesetz wird überarbeitet, um mehr junge Menschen anzulocken, die in die Rentenkasse einzahlen.

9 Einführung einer Reichensteuer, denn reiche Menschen können einen höheren Betrag für die Gesellschaft leisten.

10 ?

Bearbeiterin

AUFGABEN

1. Stellt in eigenen Worten den Zusammenhang zwischen „Generationenvertrag" und Rente anschaulich dar (**M16**).
2. Erarbeitet die möglichen Folgen der demografischen Entwicklung für die sozialen Sicherungssysteme (**M17a**, **M17b**).
3. Arbeitet zu zweit, wählt aus den Reformvorschlägen (**M18**) mindestens drei aus und erläutert ihre möglichen Auswirkungen:
   a) auf das Umlageverfahren der gesetzlichen Rentenversicherung;
   b) auf die gegenwärtigen und zukünftigen Erwerbstätigen;
   c) auf die zukünftigen Rentnerinnen und Rentner.
4. Entwickelt Lösungsmöglichkeiten, die geeignet wären, dem demografischen Wandel entgegenzuwirken.

F Aufgabe 2
Informiert euch im Bericht der Rentenkommission über deren Ergebnisse. Kennzeichnet die Chancen und Risiken dieser. Überprüft, ob diese Maßnahmen zur Lösung des Problems beitragen können.

Mediencode: 71093-25

WAS WIR WISSEN

Die Anforderungen der modernen Berufs- und Arbeitswelt
S. 75 ff.; M2, M4, M5

Die Arbeitswelt hat sich durch den Strukturwandel der Wirtschaft stark verändert: Mehr als 70 % aller Beschäftigten arbeiten mittlerweile im Dienstleistungssektor, die Tendenz ist steigend. Die Veränderungen in der Arbeits- und Berufswelt werden heute maßgeblich durch die Digitalisierung bestimmt, die den Wandel beschleunigt, der sich so schnell vollzieht, dass verlässliche Prognosen darüber, wie die zukünftige Arbeitswelt für den Einzelnen aussehen wird, unmöglich sind. Sicher ist aber, dass wir uns immer mehr auf dem Weg in eine vernetzte, digitale und flexibler werdende Informations- und Wissensgesellschaft befinden, in der auch in Zukunft noch vermehrt sehr gut ausgebildete Fachkräfte benötigt werden.

Herausforderung Arbeitslosigkeit
S. 78 ff.; M7–M9

Ein wichtiges Fundament des Sozialstaates ist das System der gesetzlichen Sozialversicherung in Deutschland. Für alle Beschäftigten ist es Pflicht, in die gesetzliche Kranken-, Arbeitslosen-, Renten- und Pflegeversicherung einzuzahlen. Finanziert werden diese Versicherungen durch Beiträge, die in der Regel zur Hälfte von den Beschäftigten und den Arbeitgebenden entrichtet werden. Für jeden Versicherungszweig wird ein bestimmter Prozentsatz des Bruttolohns einbezahlt. Eine Herausforderung jeder Wirtschaftspolitik ist die Arbeitslosigkeit. Man unterscheidet vier Formen der Arbeitslosigkeit, die durch unterschiedliche Maßnahmen bekämpft werden können: Gegen die durch witterungsbedingte Nachfrageschwankungen verursachte saisonale Arbeitslosigkeit z. B. kann die Politik nichts unternehmen. Friktionelle Arbeitslosigkeit (Sucharbeitslosigkeit) kann durch Maßnahmen der Arbeitsmarktpolitik (z. B. schnellere Vermittlung, Umschulung) abgemildert werden.

Bedingungsloses Grundeinkommen
S. 83 ff.; M12–M14

Die Idee des Grundeinkommens ist, dass alle Menschen eines Landes von der Geburt bis zum Tod jeden Monat vom Staat so viel Geld erhalten, wie sie zum Leben benötigen. Einfach so, als Grundrecht. Ohne, dass sie dafür etwas tun müssen. Ohne, dass es ihnen gestrichen werden kann. Eben bedingungslos.
Die Idee des Grundeinkommens stößt allerdings auf viele Bedenken. Was macht das Grundeinkommen mit den Menschen? Wie sähe eine Gesellschaft mit Grundeinkommen aus? Könnte das Grundeinkommen helfen, die großen gesellschaftlichen Herausforderungen unserer Zeit zu bewältigen?

Demografischer Wandel und soziale Sicherug
S. 89 ff.; M15–M18

Fehlender Nachwuchs und eine steigende Lebenserwartung führen zu einer nachhaltigen Veränderung des Bevölkerungsaufbaus in der Bundesrepublik Deutschland. Dieser sogenannte demografische Wandel der Bevölkerung in Deutschland erweist sich wegen seiner Folgen als eine der größten gesellschaftlichen Herausforderungen in den kommenden Jahren. Alle Sozialversicherungszweige sind von einem ausgeglichenen Verhältnis von Beitragszahlenden und Beitragsempfangenden abhängig, da sie auf dem Generationenvertrag beruhen. Durch den demografischen Wandel entsteht hier ein immer größer werdendes Missverhältnis, da Erstere weniger werden und Letztere immer mehr.

Einen Kahoot zum Thema Soziale Marktwirtschaft erstellen

I. Worum geht es?

„Kahoot!" ist eine digitale Lernplattform, die mit Hilfe von Lernspielen versucht, Schülerinnen und Schüler zum Lernen zu motivieren. Bei „Kahoot!" können verschiedenste Inhalte spielerisch und im Wettbewerb zu anderen geübt und erlernt werden. Die Lernplattform ist kostenfrei und bietet Nutzern die Möglichkeit, mit sehr geringem Aufwand, eigene Online-Spiele zu erstellen. „Kahoot!" kommt aus Norwegen, existiert seit 2013 und wird weltweit von über 50 Millionen Usern verwendet.

II. Geht dabei so vor:

1. Schritt: Auswahl der Plattform

a) Bildet Kleingruppen von 5–7 Personen.
b) Erkundigt euch unter: https://kahoot.com, was genau „Kahoot!" ist und wie ihr es verwenden könnt.

2. Schritt: Wissen zum Thema „Wirtschaft- und Wirtschaftsordnung" aneignen

a) Wertet für euch interessante Materialien des Kapitels Wirtschaft- und Wirtschaftsordnung aus. Die entsprechenden Aufgaben in den Aufgabenblöcken können euch dabei leiten. Jede Gruppe soll in etwa gleich viele Aufgaben bearbeiten.
b) Fasst eure Ergebnisse zusammen und stellt sie euch einander vor.

3. Schritt: „Kahoot!" zum Thema „Wirtschaft- und Wirtschaftsordnung" erstellen

a) Die Rätsel erstellt ihr am besten über die Website, spielen könnt ihr über die App oder auch ohne Registration über www.kahoot.it. Diese findet ihr im QR-Code. Dort ist genau beschrieben, wie ihr das „Kahoot!" erstellen könnt.
b) Erstellt nun ein Quiz mit Fragen aus dem Kapitel Wirtschaft- und Wirtschaftsordnung der Bundesrepublik Deutschland.
c) Entwickelt dazu Fragen und Antwortmöglichkeiten in euren Gruppen.
d) Ihr könnt eine oder mehrere richtige Antwortmöglichkeiten pro Frage formulieren. Mindestens eine Antwort sollte falsch sein.

Bearbeiterin

Hinweise zum Datenschutz

- Der Anbieter der Lernplattform „Kahoot" teilt zwar mit, dass eure Daten bei ihm sicher sind und er die aktuellen Datenschutzverordnungen der Europäischen Union berücksichtigt, ihr solltet dennoch mit euren Daten zurückhaltend umgehen.
- Stellt euer selbst erstelltes Kahoot auf „privat", dann kann es im Internet nicht gefunden werden.
- Verwendet möglichst schuleigene Datenträger (z. B. Tablets).

„Kahoot!": Leitfaden und App-Download

Mediencode: 71093-26

SELBSTDIAGNOSE

Ich kann...	Dazu benötige ich u. a. folgende Begriffe...	Hier kann ich u. a. noch üben...
... grundlegende Prinzipien einer Wirtschaftsordnung darstellen.	Zentrale Elemente einer Wirtschaftsordnung	**Kapitel 1.1.1** • M2, M3 **Was Wir Wissen** S. 26
... verschiedene Wirtschaftsordnungen vergleichen.	Zentralverwaltungswirtschaft Freie Marktwirtschaft Soziale Marktwirtschaft	**Kapitel 1.1.2** • M5–M10 **Was Wir Wissen** S. 26
... die Merkmale der Sozialen Marktwirtschaft erläutern.	Grundgesetz Freiheitsprinzip Sozialstaatsprinzip Freier Wettbewerb Privateigentum	**Kapitel 1.1.3** • M12–M15 **Was Wir Wissen** S. 26 f.
... die Rolle des Wettbewerbs für das Funktionieren der Wirtschaft erklären.	Monopole Wettbewerb Kartelle	**Kapitel 1.1.4** • M18–M21 **Was Wir Wissen** S. 27
... grundlegende Unternehmensziele Erläutern und Schritte für eine Unternehmensgründung Benennen.	Wirtschaftskreisläufe Gründungstätigkeit Unternehmensziele Marktforschung Standortmerkmale Rechtsformen Marketing Mix	**Kapitel 1.2.1** • M5, M6 **Kapitel 1.2.2** • M6 **Kapitel 1.2.3** • M9 **Kapitel 1.2.6** • M21–M24 **Was Wir Wissen** S. 49
... die Möglichkeiten und die gesetzlichen Grundlagen der betrieblichen und überbetrieblichen Mitbestimmung und die Rolle von Gewerkschaften darstellen.	Tarifautonomie Betriebliche Mitbestimmung Tarifkonflikt	**Kapitel 1.2.4** • M13, M14 **Was Wir Wissen** S. 49
... die Rolle der Banken für die Wirtschaft erläutern.	Geschäftsbanken Spezialbanken Aufgaben der Banken	**Kapitel 1.2.5** • M17–M19 **Was Wir Wissen** S. 49

Ich kann...	Dazu benötige ich u. a. folgende Begriffe...	Hier kann ich u. a. noch üben...
... Möglichkeiten und Grenzen staatlicher Wachstums- und Beschäftigungspolitik beurteilen.	Bruttoinlandsprodukt Qualitatives und Quantitatives Wirtschaftswachstum Alternative Wohlstandsindikatoren	**Kapitel 1.3.1** • M2–M5
	Konjunktur Konjunkturprognosen	**Kapitel 1.3.4** • M14, M16
	Stabilitätsgesetz	**Kapitel 1.3.5** • M19
	Nachfrageorientierung und Angebotsorientierung	**Kapitel 1.3.6** • M23 **Was Wir Wissen** S. 72 f.
... die Relevanz einer nachhaltigen Wirtschaftsentwicklung erörtern.	Nachhaltigkeit	**Kapitel 1.3.2** • M7, M8
	Klimaschutzprogramm Kohleausstieg	**Kapitel 1.3.3** • M10, M12 **Was Wir Wissen** S. 72 f.
... aktuelle Herausforderungen für Politik und Wirtschaft beruteilen.	Arbeitswelt im Wandel	**Kapitel 1.4.1** • M2, M5
	Arbeitslosigkeit	**Kapitel 1.4.2** • M7, M9
	Bedingungsloses Grundeinkommen	**Kapitel 1.4.3** • M12, M14
	Demografischer Wandel	**Kapitel 1.4.4** • M16, M17 **Was Wir Wissen** S. 92

Brennendes Auto nach einer Explosion

Flüchtlinge im Mittelmeer vor Lampedusa

Die EU und das Vereinigte Königreich

Eine Frau auf einer Demonstration in Sachsen

Ein Strand am Mittelmeer

UN-Kräfte in Mali

Herausforderungen für Europa in einer globalen Welt

2

Die zahlreichen Kriege und Konflikte auf der Welt zeigen, dass bis heute Frieden und Sicherheit alles andere als selbstverständlich sind. Klimaveränderungen, Kriege, Konflikte, Hunger und Armut bedrohen die Menschen weltweit. Durch die Globalisierung, die man auch als Entgrenzung der Welt bezeichnet, wirken sich Krisen auf die gesamte Weltgemeinschaft und somit auch auf Europa und die Europäische Union aus. Derzeit hat die Europäische Union 27 Mitglieder. Lange hieß es, dass weitere Staaten ins „Haus" der EU einziehen wollen. Doch mit dem Brexit wurde die EU erstmals kleiner. Was hat dies zu bedeuten? Wie ändert sich dadurch das Leben in der EU? Und hat das EU-Motto „in Vielfalt geeint" angesichts der Zunahme globaler Herausforderungen und des Brexits immer noch Sinn?

KOMPETENZEN

Am Ende des Kapitels solltet ihr Folgendes können:

- die Begriffe „Krieg" und „Frieden" erklären
- den Stellenwert von Terrorismus als Bedrohung für den Weltfrieden erschließen
- die Rolle der NATO und der Vereinten Nationen bewerten
- Beispiele für Einflussnahmen der EU auf ihre Mitgliedstaaten beschreiben
- Meilensteine der EU und Ziele der Europäischen Integration charakterisieren
- demokratische Mitwirkungsmöglichkeiten im europäischen Willensbildungs- und Entscheidungsprozess erläutern
- den Stellenwert politischer Organe der EU im Entscheidungsprozess beurteilen
- zu Erfolgen und Problemen der Europäischen Integration Stellung nehmen

WAS WISST UND KÖNNT IHR SCHON?

1. Betrachtet die Bilder auf der gegenüberliegenden Seite und notiert Herausforderungen und mögliche Lösungsansätze zur Erhaltung von Frieden und Sicherheit.
2. Diskutiert in der Klasse darüber, was ihr für die größte Bedrohung / Herausforderung bzw. den bestmöglichen Lösungsansatz haltet.
3. Informiert euch in den aktuellen Nachrichten, welche Herausforderungen sich gegenwärtig für die Europäische Union stellen. Ordnet diese den folgenden Bereichen zu: *a) gemeinsame Werte, b) politische Entscheidungen, c) geografische Überlegungen/ Größe der EU, d) Gestaltung der gemeinsamen Wirtschaft und Währung, e) Umgang mit Krisen*

2.1 Die weltpolitische Situation des 21. Jahrhunderts und ihre politische Gestaltung

2.1.1 Frieden oder Krieg – was überwiegt heute?

Zum Thema: „Den ungerechtesten Frieden finde ich immer noch besser als den gerechtesten Krieg." (Cicero, 106 v. Chr.–43 v. Chr.) Doch wo hört das eine auf und fängt das andere an? Die Definitionen von Krieg und Frieden und die Frage, was von beiden heute überwiegt, erarbeitet ihr euch in diesem Kapitel.

M1 Frieden oder Krieg – Ansichtssache ...

1 „Frankreich ist im Krieg"

Hollande, François (nach den Terroranschlägen im November 2015 in Paris). In: Spiegel Online: Frankreich ist im Krieg, www.spiegel.de, 17.11.2015 (Übersetzerin: Erdmann-Köhler, Elisabeth)*

**französischer Präsident von 2012–2017*

2 „Wir haben [in Europa] dauerhaften Frieden, keinen frostigen Waffenstillstand"

Van Rompuy, Herman. In: Van Rompuy, Herman/Barroso, José Manel Durão: Vom Krieg zum Frieden: eine europäische Geschichte. Rede anlässlich der Verleihung des Friedensnobelpreises an die EU, 10.12.2012, S. 2 (Übersetzer: Unbekannt)*

**Präsident des Europäischen Rates von 2009–2014.*

3 „Trotz eines leichten Rückgangs bleibt Europa die friedlichste Region der Welt"

Institute for Economics & Peace (Hg.): Global Peace Index 2020. In: www.visionsofhumanity.org, S. 4 (Übersetzer: Bearbeiter)

4 „Im Vergleich zu 2019 ist die Anzahl der Kriege von 15 auf 21 angestiegen"

Heidelberg Institute for International Conflict Research: Conflict Barometer 2020, S. 15 (Übersetzer: Bearbeiter)

5 „Unser Land ist im Krieg mit einem unsichtbaren Feind"

Trump, Donald: Rede zur Entsendung eines Krankenhausschiffs nach New York City angesichts der kritischen COVID-19-Situation, 28.03.2020 (Übersetzer: Bearbeiter)

EINSTIEGSAUFGABE

Stellt spontan Vermutungen über die Gründe an, die zu den unterschiedlichen Aussagen über die Situation in Europa und der Welt geführt haben könnten.

M2 Wann herrscht Frieden, wann ist Krieg?

a) Ist „Frieden" gleich „Frieden"?

Die Unterscheidung der Friedensbegriffe „positiver" und „negativer" Frieden geht auf den norwegischen Friedensforscher Johan Galtung zurück. Die beiden Begriffe stehen für die Unterscheidung für den Aufwand, den eine Gesellschaft auf sich nimmt, um für Frieden zu sorgen.

Das Wort „negativ" beinhaltet dabei keine Wertung dieses Friedens als was Schlechtes, sondern bezieht sich auf die Abwesenheit von bestimmten Umständen. Demnach herrscht dann ein negativer Frieden, wenn die Abwesenheit von Krieg oder kriegerischen Umständen besteht. Man könnte sagen, es handelt sich dabei um einen Zustand des Friedens, der von einer Gesellschaft mehr oder weniger passiv gelebt wird, und nicht um einen aktiven Prozess. Positiver Frieden ist dagegen ein langwieriger Prozess, den eine Gesellschaft für Frieden in Kauf nimmt. Das beinhaltet gegen Diskriminierung, ungleiche Verteilung von Einkommen, Bildungschancen und Lebenserwartungen vorzugehen. Positiver Frieden bedeutet, eine Gesellschaft bemüht sich genau den Ursachen entgegenzuwirken, die Kriege hervorrufen können. Dementsprechend bekämpft eine Gesellschaft Armut, sorgt für Gerechtigkeit und dämmt Gewalt ein.

Da der positive Frieden ein konstantes aktives Engagement zur Beseitigung und Bekämpfung von Kriegsursachen auszeichnet, stellt er somit einen nicht abgeschlossenen Zustand dar.

Bearbeiter

b) Ist „Krieg" gleich „Krieg"? Der Wandel des Kriegsbildes

Krieg bedeutet Interessenkonflikte zwischen Staaten (zwischenstaatlicher Krieg), Bevölkerungsgruppen (Bürgerkrieg) oder zwischen Staaten und einzelnen Bevölkerungsgruppen (asymmetrischer Krieg) mit Waffengewalt auszutragen:

Auch wenn das Kriegsgeschehen auf der Welt unübersichtlich ist, lassen sich doch Entwicklungen herauslesen. So wurden in den vergangenen 15 Jahren nur noch sehr wenige zwischenstaatliche Kriege ausgetragen, bei denen sich zwei Staaten mit militärischen Großverbänden bekämpfen. Die überwiegende Anzahl von Kriegen sind heute innerstaatliche oder asymmetrische Kriege: Lokale Warlords, Rebellen- und Guerillagruppen, „Befreiungsarmeen" und internationale Terrornetzwerke tragen organisierte militärische Gewalt in die Mitte der Gesellschaften hinein, von der aus sie die (oft überlegene) staatliche Ordnung oder eine Besatzungsmacht bekämpfen.

Bearbeiter

Asymmetrischer Krieg
Ungleichmäßiger Krieg

Guerilla
Aufständische, gegen eine Besatzungsmacht oder die eigene Regierung

M3 Was gefährdet den Frieden?

Kriege wurden in der Geschichte um Land, Macht und immer wieder auch den Glauben geführt. „Moderne" Konfliktauslöser wie Migration, Weltwirtschaftskrisen oder die Auswirkungen des Klimawandels haben meist ähnliche Ursachen. Land, Wasser und Rohstoffe werden knapp, die Menschheit wächst, Kulturen prallen aufeinander. Solche Konflikte können sich schnell auf das friedliche Wohlstandseuropa auswirken, durch ein dramatisches Anwachsen von Flüchtlingsströmen etwa. Auch egoistisches Regieren, Vetternwirtschaft und Korruption gefährden den inneren Frieden eines Staates. Wo Ressourcen gerecht verteilt werden, sind die Chancen auf Frieden groß. [...] Für Immanuel Kant war Frieden kein natürlicher Zustand. Er müsse erst gestiftet werden. Der Mensch sei von Natur aus vorbestimmt, in Konflikte zu geraten und Kriege zu führen. Doch aus jedem Konflikt entstehe eine größere Eintracht, die nach unbestimmter Zeit zwangsläufig im „ewigen Frieden" ihren Endzustand erreiche.

Schäuble, Juliane: Was ist Frieden? In: www.tagesspiegel.de, 25.12.2010

Immanuel Kant über Frieden
In der Schrift „Zum ewigen Frieden" beschreibt der Philosoph Kant (1724–1804) den Unterschied zwischen echtem und unechtem Frieden. Demnach führt ein Waffenstillstand nur zu einem unechten Frieden, ein echter Frieden müsse den eigentlichen Konflikt lösen.

M4 Verteilung von Kriegen und Konflikten weltweit

a) Aktuelle Konflikte nach dem Heidelberger Institut für Konfliktforschung

Nationale und internationale Konflikte
Stand: 2020

73000-80

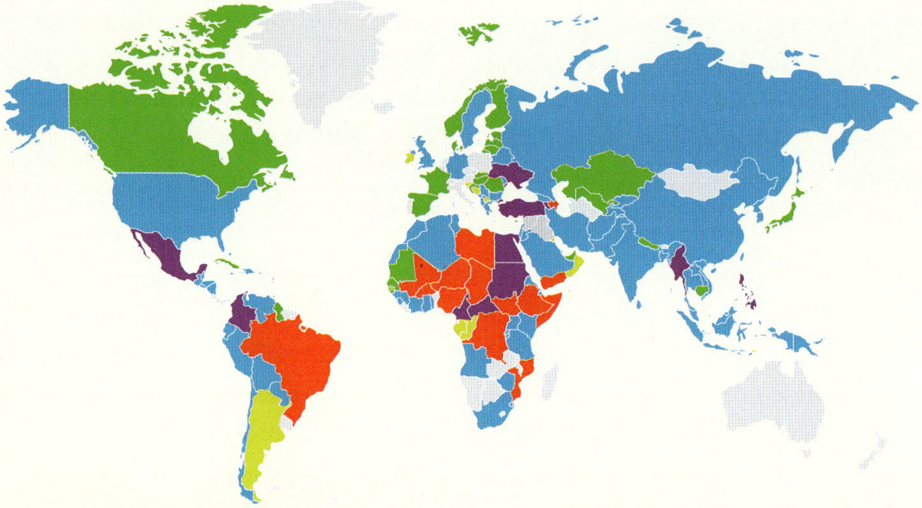

Krieg | begrenzter Krieg | gewalttätige Krise | Krise ohne Gewaltanwendung | Konflikt | Kein Konflikt

Intensitätsstufe	Bezeichnung	Gewaltniveau	Intensitätsklasse
1	Konflikt	nicht-gewalttätige Konflikte	geringe Intensität
2	Krise ohne Gewaltanwendung		
3	gewalttätige Krise	gewalttätige Konflikte	mittlere Intensität
4	begrenzter Krieg		hohe Intensität
5	Krieg		

Ausschlaggebend für die Intensitätsstufe ist unter anderem, welche (bzw. ob) Waffen verwendet werden, wie viele Menschen am Konflikt beteiligt sind, wie viele Verletzte es gibt, ob Flüchtlinge beteiligt sind (und in welcher Anzahl) und ob zivile oder militärische Infrastruktur beschädigt wurde.

Heidelberg Institute for International Conflict Research (Hg.): Konfliktbarometer 2020, S. 14

b) Erklärung für die Einteilung Deutschlands als Land mit „gewalttätiger Krise"

Die Einordnung Deutschlands in Kategorie 3 (gewalttätige Krise) wird vom HIIK mit Konflikten zwischen islam- und fremdenfeindlichen Gruppierungen (z. B. PEGIDA) und militant rechtsextremen Terrorgruppierungen (z. B. NSU), auf der einen Seite und Pro-Asyl-Aktivisten und der Regierung auf der anderen Seite begründet. Konkret werden Anschläge fremdenfeindlicher und rechtsextremer militanter Gruppen auf Flüchtlinge und Asylsuchende sowie auf Politikerinnen und Politiker angeführt.

Bearbeiter

NSU („Nationalsozialistischer Untergrund")
Die Terrororganisation NSU verübte zwischen 2000 und 2006 in deutschen Großstädten neun rassistisch motivierte Morde.
Die Mordserie erlangte viel mediale Aufmerksamkeit, nachdem lange Zeit weder der Verfassungsschutz noch die Polizei einen rechtsradikalen Hintergrund vermutet hatten.

Basierend auf: Radke, Johannes: Der „Nationalsozialistische Untergrund" (NSU). In: www.bpb.de, 16.10.2013

PEGIDA
(„Patriotische Europäer gegen die Islamisierung des Abendlandes")
Die Bewegung wurde Ende 2014 gegründet und veranstaltet seitdem Demonstrationen gegen die Einwanderungspolitik Deutschlands und Europas. Einige Ableger der Bewegung werden in einzelnen Bundesländern aufgrund rechtsextremer Tendenzen vom Verfassungsschutz beobachtet. Seit Mai 2021 beobachtet der sächsische Verfassungsschutz auch PEGIDA selbst.

Bearbeiter

AUFGABEN

1. Bildet Kleingruppen für „Frieden" und für „Krieg" und bearbeitet die Materialien in **M2a** bzw. **M2b**. Geht in den Gruppen wie folgt vor:
   a) Beschreibt zunächst, was Frieden bzw. Krieg für euch bedeutet.
   b) Vergleicht eure Erklärungen mit den Definitionen für Frieden bzw. Krieg in **M2a** bzw. **M2b**.
   c) Erklärt in der Gruppe „Frieden" den Unterschied zwischen negativem und positivem Frieden und in der Gruppe „Krieg", wie sich das Kriegsbild geändert hat.
   d) Stellt der jeweils anderen Gruppe eure Ergebnisse vor.
2. Was wird für einen positiven Frieden benötigt? (**M3**)
   a) Stellt die friedensgefährdenden Ursachen grafisch dar.
   b) Nach Immanuel Kant muss ein echter Friedensbund ausgehandelt werden, an den sich die Kriegsparteien halten und der die Konflikte löst. Gestaltet gemeinsam einen solchen Friedensbund.
3. Arbeitet zu zweit und analysiert die Karte in **M4**.
   a) Wo finden heute die meisten Kriege bzw. kriegerischen Konflikte statt?
   b) Entscheidet euch für einen Staat, indem laut **M4** Krieg herrscht. Recherchiert mithilfe der in **M3** genannten Kriterien über mögliche Kriegsursachen.
   c) Stellt eure Ergebnisse der Klasse vor.
4. Überprüft, ob eurer Ansicht nach in Deutschland / in Europa / in der Welt eher Krieg oder Frieden überwiegt (**M1–M4**).

2.1.2 Konfliktherd Westafrika – was ist eigentlich los in Mali?

Zum Thema: Die Konflikte im postkolonialen Vielvölkerstaat Mali stehen seit 2012 im Blickpunkt der internationalen Öffentlichkeit. Aber worum und wie streiten die Konfliktakteure in Mali? Und wie hat sich die Lage in Mali im Konfliktverlauf entwickelt? Erst vor dem Hintergrund dieser Informationen können die internationalen Missionen in Mali in den Folgekapiteln beurteilt werden.

M5 Rebellen in Mali

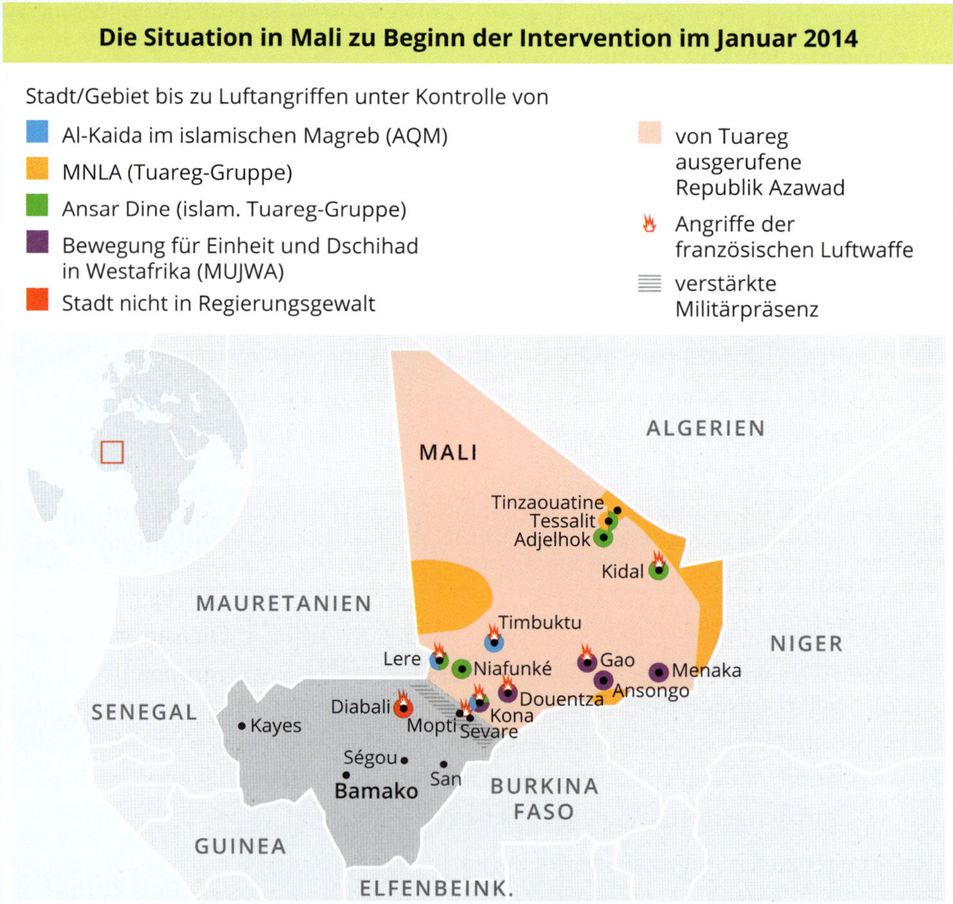

Quelle: France24, dpa

EINSTIEGSAUFGABEN

1. Sammelt in einer kurzen Murmelphase paarweise Fakten, die ihr bereits über Mali und die im Bild dargestellte geografische Region kennt.
2. Formuliert anschließend Fragen, die sich für euch spontan aus der oberen Abbildung ergeben.

M6 Mali – ein Lagebild

Ein Soldat der Bundeswehr bewacht die Umgebung von Camp Castor in Mali.

Die Angreifer hatten Ort und Stunde geschickt gewählt. Die Sonne war noch nicht aufgegangen über Anguelhok, tief im Osten der malischen Wüste, und so konnten an die hundert islamistische Kämpfer an die Außenposten der UN-Blauhelme herankommen. Sie legten das Mobilfunknetz mit Störelektronik lahm, schickten den LKW vor. Dann feuerten sie mit Mörsern und Raketen auf das Camp, in dem UN-Soldaten aus dem Tschad untergebracht waren. Der LKW-Fahrer raste in die Sperren am Eingangstor und zündete die Sprengladung. Der Weg war frei, die Islamisten stürmten mit Geländewagen ins Lager. Die Blauhelme aus Tschad waren überrascht und nicht gut ausgerüstet, aber sie wehrten sich tapfer, verteidigten das Camp. Dabei verloren sie zehn Soldaten, mindestens 25 wurden verletzt. Die Verluste der Islamisten sollen auch hoch gewesen sein. [...]

Der Überfall Mitte Januar [2019] zeigt einmal mehr: MINUSMA ist die verlustreichste Mission der Vereinten Nationen seit Langem. Fast 200 Blauhelme sind bisher in Mali ums Leben gekommen, auch zwei Deutsche, die 2018 mit ihrem Kampfhubschrauber abstürzten, technischer Defekt. [...]

Es ist noch nicht lange her, da war Mali ein Traumreiseziel. Hier lebten viele Kulturen friedlich miteinander, die Landschaft war grandios, die uralte Wüstenstadt Timbuktu ein Sehnsuchtsort. Mali war seit 1992 eine der wenigen halbwegs funktionierenden Demokratien der Region. [...]

Längst sind nicht mehr die [...] Islamisten das Hauptproblem. Nach Informationen französischer Dienste verfügt die al-Qaida-nahe Terrorgruppe JNIM nur noch über 1.500 Kämpfer, der IS über ein paar hundert. Viel schwerer haben sie es mit den Völkern, die in den künstlichen Kolonialgrenzen leben [...], etwa die Tuareg-Nomaden des Nordens und die schwarzafrikanischen Bauern des Südens. [Der deutsche] Oberst Wachter sieht die Lage so: „Die Masse der bewaffneten Konflikte in Mali wird [...] durch Spannungen und Konflikte innerhalb der Ethnien des Landes [verursacht]."

Käppner, Joachim: Himmel über der Wüste. In: Süddeutsche Zeitung, 11.03.2019 (Reihenfolge geändert)

M7 Wie entwickelt sich die sicherheitspolitische Lage in Mali? Konfliktgenese und Konfliktverlauf

ab Januar 2012

Bewaffnete Tuareg-Gruppen, die islamistische Ansar Dine und die säkular-nationalistische MNLA (die für ein autonomes Nordmali kämpft), eroberten zusammen mit der seit 2007 bestehenden islamistischen Organisation al-Qaida im Islamischen Maghreb (AQIM) weite Teile des dünn besiedelten Nordund Ostmalis sowie die Städte Gao, Kidal und Timbuktu. Dabei kommt es zu Massakern an unzureichend ausgerüsteten malischen Soldaten. Die Rebellen rufen den unabhängigen Staat „Azawad" aus.

März 2012

Dürrebedingte Missernten und Hungergefahr in weiten Teilen der Sahelzone (wie bereits 2008 und 2010)

21./22. März 2012

Erfolgreicher, weitgehend unblutiger Militärputsch gegen den frei demokratisch gewählten Präsidenten Amandou Toumani Touré. Die Putschisten warfen ihm u. a. Unfähigkeit bei der Bekämpfung organisierter Kriminalität vor. Die internationale Gemeinschaft friert Kooperationshilfen ein.

Mitte 2012

Die islamistischen Organisationen Ansar Dine und AQIM drängen die säkulare MNLA aus der Koalition. Es bilden sich aufständische Splittergruppen. Ca. 400.000 Malier fliehen aus den besetzten Gebieten, u. a. aus Angst vor den strengen Strafen und Auflagen zur Lebensführung der Islamisten.

Mitte Januar 2013

Operation Serval: 4000 französische Soldaten drängen gemeinsam mit 2000 Soldaten aus dem Tschad und Teilen des malischen Militärs auf Ersuchen der malischen Regierung die Aufständischen aus Gao, Kidal und Timbuktu zurück, bevor Ansar Dine und AQIM die strategisch wichtige Stadt Mopti einnehmen können.

Januar 2013

Die Europäische Union beschließt die Entsendung einer Ausbildungsmission (EUTM) für Teile der malischen Armee mit dem Hauptquartier in Bamako und einem Trainingsgebiet bis max. zum Niger.

1. Juli 2013

Die UN-Stabilisierungsmission MINUSMA mit max. Einsatzstärke von ca. 11.000 Soldaten und knapp 1500 Polizisten in Mali beginnt. Lager u. a. in Timbuktu, Kidal, Anguelhok, Gao und bei Mopti. Bundeswehrsoldaten werden im Rahmen von MINUSMA nach Mali entsand (Maximalzahl seit 2019: 1100).

November/Dezember 2013

Präsidentschaftswahlen: Ibrahim Boubakar Keïta löst als Präsident mit seinem Kabinett eine zwischenzeitlich gebildete Übergangsregierung ab.

1. August 2014

Operation Barkhane folgt auf Operation Serval: 3000 französische Soldaten (davon 1200 in Mali) sollen Aufstände in der Sahelzone bekämpfen (Burkina Faso, Tschad, Mauretanien, Niger).

ab Mitte 2014

Trotz des Einsatzes bis heute sehr instabile Sicherheitslage vor allem in der Landesmitte (u. a. vielfach Anschläge auf MINUSMA-Soldaten)

Mai 2015

In Algier (Algerien) unterzeichnen Vertreter der malischen Regierung und einiger Rebellenorganisationen unter Beteiligung der EU und 22 afrikanischer Staaten ein Friedensabkommen.

ab Mai 2015

Das Abkommen wurde sofort von wichtigen Tuareg-Organisationen, die nicht beteiligt waren, nicht anerkannt, u. a. da es ihnen für Nordmali nicht genügend Autonomierechte enthielt.

August 2017

Planungen eines im Friedensabkommen vereinbarten Referendums über eine Verfassungsreform scheitern aufgrund von öffentlichem Druck (u. a. Großdemonstrationen in Bamako). Große Teile der Bevölkerung trauen den etablierten Politikern einen politischen Richtungswechsel nicht zu.

August 2018

Präsidentschaftswahlen: Ibrahim Boubakar Keïta wird mit deutlicher Mehrheit im Amt bestätigt. Der Oppositionsführer wirft ihm massiven Wahlbetrug vor.

ab Januar 2019

Bei mehreren Angriffen auf Dörfer in Zentralmali werden mindestens 200 Menschen durch Maschinengewehrschüsse getötet.

April 2019

Rücktritt der Regierung, um einem Misstrauensvotum zuvorzukommen.

August 2020

Militärputsch in Bamaku. Im Anschluss an die Wahlen zur Nationalversammlung im März und April 2020 kam es zu einer breiten Protestbewegung gegen den wiedergewählten Präsidenten Keita, die Juli 2020 in gewalttätige Ausschreitungen umschlug. Am 18. August 2020 kam es zu einem Putsch gegen die Regierung von Keita. Der Präsident trat noch am gleichen Abend zurück und ordnete die Auflösung der Nationalversammlung an.

ab Mitte 2020

Zur Unterstützung der Operation „Barkhane" wurde die Taskforce „Takuba" geschaffen, der nicht nur französische Spezialkräfte, sondern auch weitere europäische Partner angehören. Ihr Zweck ist die Bekämpfung dschihadistischer Gruppen in der Grenzregion Liptako zwischen Mali, Burkina-Faso und Niger.

Januar 2021

Bei Anschlägen auf Patrouillen in der östlichen Region Menaka kamen insgesamt 5 französische Soldaten ums Leben.

Bearbeiter

M8 Wie ist die Bevölkerung in Mali zusammengesetzt?

Bevölkerung und landwirtschaftliche Versorgung in Mali

Fulbe
auch Peulh; insg. ca. 17 % der Gesamtbevölkerung Malis; ehemals nomadisches, heute meist sesshaftes Hirtenvolk

Tuareg
insg. ca. 10 % der Gesamtbevölkerung Malis; in Teilen noch halbnomadisch lebendes Volk mit Weidegebieten u. a. in Algerien, Niger, Libyen; Hauptsprachen: Arabisch, Songhai

Sudanvölker
ca. 20 % der Gesamtbevölkerung Malis; ethnische Gruppen u. a. Soninke, Songhai, Dogon

Volta-Völker
ca. 12 % der Gesamtbevölkerung; Hauptsprachen: Senufo, Songhai

Mande
insg. ca. 40-45 % der Gesamtbevölkerung Malis; ethnische Gruppen u. a. Bambara, Malinke; Hauptsprache: Bambara

A Nomadentum und transsaharischer Handel
B Schafzucht
C Reis- und Weidewirtschaft (Nigerlauf)
D Viehzucht
E Getreideanbau und Viehwirtschaft
[Regentage Jahr]

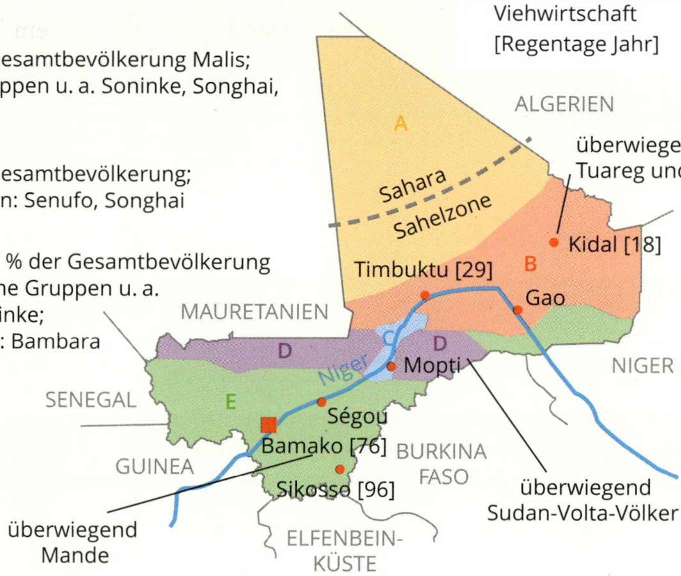

Bearbeiter

Mali – allgemeine Informationen
- Größe: ca. 1,2 Mio. km² (ca. 3,5 mal größer als Deutschland)
- Einwohnerzahl: ca. 20 Mio. (Bevölkerungswachstum: ca. 3 % pro Jahr)
- Durchschnittsalter: 15,97 Jahre (Deutschland: 45,90 Jahre)
- Staatsform: seit 1960 Republik (aktuelle Verfassung von 1992)
- Hauptstadt: Bamako (ehem. französische Kolonialhauptstadt)
- Religionen: sunnitische Moslems (min. 90 %), katholische Christen (max. 5 %)
- Amtssprache: Französisch

M9 Wie entwickelt(e) sich die Sicherheitssituation in Mali?

Die Journalistin und Autorin Charlotte Wiedemann hielt sich im Dezember 2017 in Mali auf. Ihre Darstellung zur Situation in Mali beruht auf ca. 40 Interviews u. a. mit Politikern, Militärs, UN-Angehörigen und religiösen Würdenträgern.

Nordmali
[D]er Zuschnitt des [im Jahr 2015 ausgehandelten] Friedensvertrags [wurde] zur Ursache vielerlei Übel. So lohnt es sich nun, bewaffnet zu sein, denn nur Bewaffneten steht in Aussicht, nach einem Entwaffnungsprozess einen Job bei den Sicherheitskräften zu erhalten und auch bei der Einrichtung neuer politischer Regionalstrukturen Berücksichtigung zu finden. Die Zahl der Milizen vergrößert sich zugleich ständig, teils durch Aufsplitterungen, teils durch Neugründungen. […]
Die Ausrichtung des Friedensprozesses begünstigt nicht nur den Drogenhandel, sondern auch die Straflosigkeit für alltägliche Gewaltkriminalität, unter der die Bevölkerung zunehmend leidet. […]
Weil der Friedensprozess für sie Vorteile bringt, haben die bewaffneten Gruppen ein Interesse daran, ihn aufrechtzuerhal-

Sahara
größte Trockenwüste der Erde mit bis zu 60 °C Höchsttemperatur und bis zu 30 °C Temperaturschwankungen am Tag; im malischen Teil der Sahara durchschnittlich ca. 20 mm/qm Niederschlag pro Jahr (zum Vergleich Hannover: 661 mm/qm pro Jahr)

Sahelzone
streifenförmige, semiaride Übergangszone zwischen der Sahara und der afrikanischen Trockensavanne; ca. 250 mm/qm Niederschlag pro Jahr

ten – aber nicht daran, ihn zu einem erfolgreichen Abschluss zu bringen. […]

Zentralmali

Seit 2015 ist das geographische Zentrum des Landes zu einer neuen Zone der Unsicherheit geworden. Die Region wird von einer Bewegung erschüttert, die zwischen islamistischem Terror und sozialer Revolte changiert. Sie rekrutiert sich oftmals aus jungen Hirten der Peulh-Ethnie; sie vertreiben die Repräsentanten eines Staates, den sie nur als Unterdrücker kennen, richten Steuereintreiber und Bürgermeister hin. Dieses Phänomen als pure Ausweitung der Krise Nordmalis zu betrachten, wäre falsch. Im Norden waren die natürlichen Gegebenheiten (große aride Räume, dünne Besiedlung) immer ein Hemmschuh für Prosperität [= Wohlstand] und staatliche Infrastruktur.

Anders Zentralmali mit dem fruchtbaren Binnendelta des Niger: Hier leben Bauern, Viehzüchter und Fischer in einem uralten und früher harmonischen Geflecht multiethnischer Beziehungen, das allerdings durch Klimawandel und Bevölkerungswachstum unter Druck gerät. […] Korruption und Willkür sind chronisch in der Region, insbesondere in ihrer ökonomischen Herzkammer, dem „Office du Niger", einer bewässerten Anbauzone von hunderttausend Hektar. […]

Bamako

Der Kampf gegen Dschihadisten dient der Regierung als Vorwand, Bürgerrechte einzuschränken. Der Ausnahmezustand, 2015 nach einem Terroranschlag auf das Radisson-Hotel in Bamako verhängt, ist mittlerweile Dauerzustand und erlaubt nach Gutdünken das Verbot von Demonstrationen.

Auch in Bamako kam es dabei 2016 zu ein oder zwei Toten. Anfang 2018 wurden sogar Frauenmärsche mit Tränengas beschossen. […] Überall zeigt sich eine Tendenz, die Dinge selbst in die Hand zu nehmen […]; und die Grenzen zwischen engagiertem Bürger-Sein und Selbstbewaffnung sind fließend.

Nach: Wiedemann, Charlotte: Viel Militär, wenig Sicherheit. Mali – fünf Jahre nach Beginn der Intervention. Berlin: 2018, S. 6 f., 9 f., 14 f. (Zwischenüberschriften hinzugefügt), (Abruf am 28.04.2021)

Korruption der öffentlichen Verwaltung
Stand: 2020

Rang (von 180)	Land
1	Dänemark
2	Neuseeland
9	Deutschland
23	Frankreich
25	USA
52	Italien
78	China
129	Mali
179	Somalia

Zahlen: Transparency International: CPI 2020. In: www.transparency.de

arid
trocken, dürr

AUFGABEN

1. Arbeitet aus dem Lagebild **M6** mögliche Konfliktparteien und Konfliktursachen heraus. Haltet diese Ergebnisse auf Plakaten in eurem Klassenraum fest, um sie im weiteren Verlauf zu ergänzen bzw. zu überprüfen.
2. Stellt den Verlauf des Mali-Konflikts grafisch in Form einer „Fieberkurve" dar, die sich zwischen den Polen Zuspitzung und Entspannung bewegt (**M7**).
3. Arbeitet arbeitsteilig in Kleingruppen die Ursachen der Konflikte in Mali heraus (**M8**, **M9**, **Randspalte**). Unterscheidet dabei gesellschaftliche, politische und ökonomische Ursachen voneinander.
4. Überprüft eure Hypothesen aus der Einstiegsaufgabe zu der Situation in Mali. (**M6–M10**)
5. Beurteilt, ob der Mali-Konflikt als ein Beispiel für den „Wandel des Kriegsbildes" bezeichnet werden kann (S. 98 f., **M2**, **M3**).

H **Aufgaben 1 und 3**
→ S. 108
→ Methodenglossar S. 211

F
Nehmt zu der Aussage des Bundeswehroberst Wachter (**M6**) zu den Ursachen der gewaltsamen Konflikte in Mali begründet Stellung.

METHODE

Konflikte in einer „Konflikt-Map“ visualisieren

I. Worum geht es?

Die Methode „Konflikt-Map“ visualisiert Konflikte. Sie stellt eine Möglichkeit dar, Beteiligte und ihre Beziehungen zueinander sichtbar werden zu lassen. Dabei werden Akteure mithilfe von Objekten (z. B. Kreise) dargestellt und ihre Beziehungen zu- und untereinander mithilfe verschiedener Linien und Pfeile abgebildet.

II. Geht dabei so vor:

1. Schritt: Vorbereitung

Legt zunächst Objekte fest: z. B. Kreise für jede Konfliktpartei, etc.

2. Schritt: Durchführung

- Ordnet die Objekte und ihre Beziehungen den Konfliktparteien zu.
- Nehmt dabei – wenn nötig – durch zusätzliche Beschriftungen weitere Informationen auf.
- Fertigt abschließend die „Konflikt-Map“ auf einem Papier an. Ihr könnt euch dabei nach folgendem Beispiel richten.

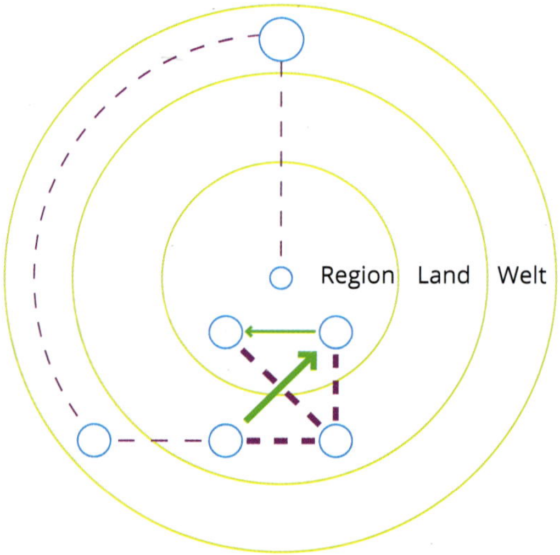

Konfliktparteien
Konfliktparteien werden „eingekreist“. Die Größe der Kreise kann entweder die Stärke der Konfliktpartei ausdrücken oder die Anzahl der Personen symbolisieren.

Beziehungslinien
Die Linienstärke verdeutlicht die Intensität der Beziehungen.

Konfliktpfeile
Die Richtung der Pfeile verdeutlicht die Machtrichtung, die Größe/Stärke der Pfeile die Intensität.

Geopolitische Räume
Die Außenkreise bezeichnen die unterschiedlichen geografischen oder politischen Räume.

Bearbeiter

2.1.3 Internationale Missionen in Mali und die Rolle der Bundeswehr – Einsatz für Humanität oder gefährliche Abenteuer?

Zum Thema: Was machen fast 1500 deutsche Soldatinnen und Soldaten in einem westafrikanischen Land, das zu einem Drittel in der Sahara und zu einem weiteren Drittel in der Sahelzone liegt? Seit dem Jahr 2013 sind deutsche Truppen in Mali stationiert. Wie kann man vor dem Hintergrund der Aufgaben bzw. Zielsetzungen der Bundeswehr den deutschen Einsatz dort beurteilen?

M10 Zwei Perspektiven zum Einsatz in Mali

Bundeswehrsoldat in Mali

Karikatur: Jürgen Janson, 19.01.2013. Titel: „Schon wieder?"

EINSTIEGSAUFGABEN

1. Interpretiert das Bild und die Karikatur. Welchen Eindruck vermitteln die Materialien zum Bundeswehreinsatz in Mali?
2. Wo könnten die Materialien veröffentlicht worden sein?

M11 Verteidigungspolitische Richtlinien der Bundesrepublik Deutschland

Deutschlands Platz in der Welt wird wesentlich bestimmt von unseren Interessen als starker Nation in der Mitte Europas und unserer internationalen Verantwortung für Frieden und Freiheit. Deutsche Sicherheitspolitik ist den Werten und Grundsätzen der freiheitlich demokratischen Ordnung des Grundgesetzes und des Völkerrechts verpflichtet. Deutschland nimmt als ge-

Parlamentsarmee
Im Gegensatz zu einer sog. Präsidialarmee eine Armee, deren Einsätze vom Parlament genehmigt werden müssen. In Deutschland entscheidet der Bundestag über einen Kabinettsvorschlag zu Einsatzraum und -dauer, Gerät und Befugnissen der Soldatinnen und Soldaten vor Ort sowie über eine Truppenobergrenze.

staltendes Mitglied der internationalen Staatengemeinschaft seine Interessen wahr und setzt sich aktiv für eine bessere und sichere Welt ein. Wir wollen als starker Partner in einem vereinten Europa dem Frieden der Welt dienen.
Deutsche Sicherheitsinteressen ergeben sich aus unserer Geschichte, der geografischen Lage in der Mitte Europas, den internationalen politischen und wirtschaftlichen Verflechtungen des Landes und der Ressourcenabhängigkeit als Hochtechnologiestandort und rohstoffarme Exportnation. Sie sind nicht statisch, sondern veränderlich in und mit internationalen Konstellationen und ihren Entwicklungen.

Die sicherheitspolitischen Ziele Deutschlands sind:
- Sicherheit und Schutz der Bürgerinnen und Bürger Deutschlands;
- territoriale Integrität und Souveränität Deutschlands und seiner Verbündeten;
- Wahrnehmung internationaler Verantwortung

Zu den Sicherheitsinteressen gehören:
- Krisen und Konflikte zu verhindern, vorbeugend einzudämmen und zu bewältigen, die die Sicherheit Deutschlands und seiner Verbündeten beeinträchtigen;
- außen- und sicherheitspolitische Positionen nachhaltig und glaubwürdig vertreten und einzulösen;
- die transatlantische und europäische Sicherheit und Partnerschaft stärken;
- für die internationale Geltung der Menschenrechte und der demokratischen Grundsätze einzutreten, das weltweite Respektieren des Völkerrechts zu fördern und die Kluft zwischen armen und reichen Weltregionen zu reduzieren;
- einen freien und ungehinderten Welthandel sowie den freien Zugang zur Hohen See und zu natürlichen Ressourcen zu ermöglichen.

Sicherheit für unser Land zu gewährleisten, bedeutet heute insbesondere, Auswirkungen von Krisen und Konflikten auf Distanz zu halten und sich aktiv an deren Vorbeugung und Einhegung zu beteiligen. Deutschland ist bereit, als Ausdruck nationalen Selbstbehauptungswillens und staatlicher Souveränität zur Wahrung seiner Sicherheit das gesamte Spektrum nationaler Handlungsinstrumente einzusetzen. Dies beinhaltet auch den Einsatz von Streitkräften.
Die verfassungsrechtlich gebotene Einbindung des Deutschen Bundestages beim Streitkräfteeinsatz bleibt auch in Zukunft unverzichtbare Grundlage deutscher Sicherheitspolitik. Militärische Einsätze ziehen weitreichende politische Folgen nach sich. In jedem Einzelfall ist eine klare Antwort auf die Frage notwendig, inwieweit die Interessen Deutschlands und die damit verbundene Wahrnehmung internationaler Verantwortung den Einsatz erfordern und rechtfertigen und welche Folgen ein Nicht-Einsatz hat.

Bundesministerium der Verteidigung: Verteidigungspolitische Richtlinien. Berlin: 2011, S. 12 f.

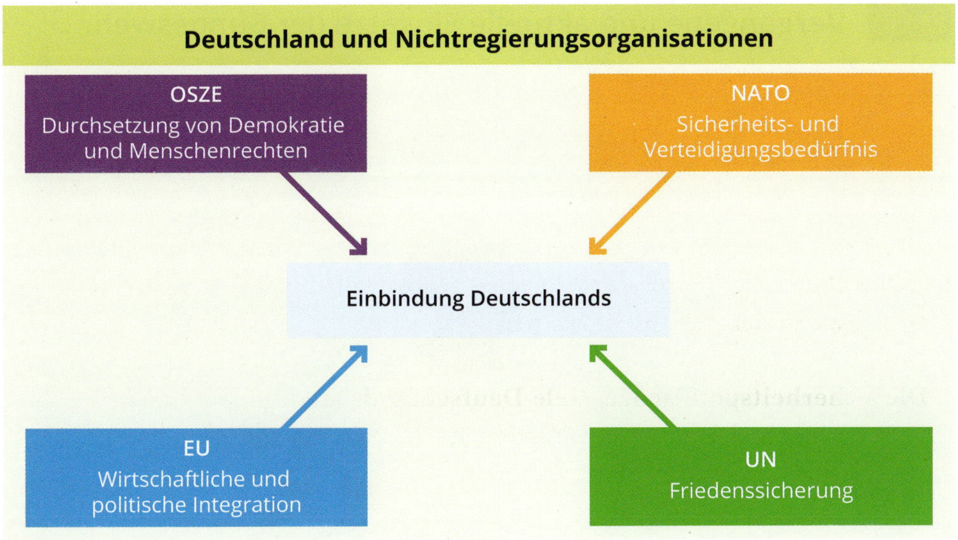

Bearbeiter

M12 Aus dem Grundgesetz: Verfassungsrechtliche Grundlagen deutscher Auslandseinsätze

Artikel 1: Menschenrechte

(2) Das Deutsche Volk bekennt sich [...] zu unverletzlichen und unveräußerlichen Menschenrechten als Grundlage jeder menschlichen Gemeinschaft, des Friedens und der Gerechtigkeit der Welt.

Artikel 26: Friedenssicherung

(1) Handlungen, die geeignet sind und in der Absicht vorgenommen werden, das friedliche Zusammenlegen der Völker zu stören, insbesondere die Führung eines Angriffskrieges, sind verfassungswidrig. [...]

Artikel 24: Übertragung von Hoheitsrechten – Kollektives Sicherheitssystem

(1) Der Bund kann durch Gesetz Hoheitsrechte auf zwischenstaatliche Einrichtungen übertragen. [...]

(2) Der Bund kann sich zur Wahrung des Friedens einem System gegenseitiger kollektiver Sicherheit einordnen; er wird hierbei in die Beschränkungen seiner Hoheitsrechte einwilligen, die eine friedliche und dauerhafte Ordnung in Europa und zwischen den Völkern der Welt herbeiführen und sichern.

Artikel 87a: Streitkräfte

(1) Der Bund stellt Streitkräfte zur Verteidigung auf. [...]

(2) Außer zur Verteidigung dürfen die Streitkräfte nur eingesetzt werden, soweit dieses Grundgesetz es ausdrücklich zulässt. [...]

(4) Zur Abwehr einer drohenden Gefahr für den Bestand oder die freiheitlich demokratische Grundordnung [...] kann die Bundesregierung, wenn die Voraussetzungen des Artikels 92 Abs. 2 vorliegen und die Polizeikräfte sowie der Bundesgrenzschutz nicht ausreichen, Streitkräfte zur Unterstützung der Polizei und des Bundesgrenzschutzes beim Schutze von zivilen Objekten und bei der Bekämpfung organisierter und militärisch bewaffneter Aufständischer einsetzen. [...]

Artikel 65a: Befehls- und Kommandogewalt

(1) Der Bundesminister für Verteidigung hat die Befehls- und Kommandogewalt über die Streitkräfte.

Nach: Grundgesetz für die Bundesrepublik Deutschland. In: www.gesetze-im-internet.de (Abruf am 31.05.2021)

M13 Vergangene und aktuelle Einsätze der Bundeswehr

1 Bosnien und Herzegowina 1995–2014
NATO: IFOR/SFOR
EU: EUFOR Althea
👤 ca. 63.500 über den gesamten Zeitraum

2 Serbien/Montenegro 1999
NATO: „Allied Force“ Fliegerverbände

3 Kosovo ab 1999
Übergangsmission UNMIK/Mission KFOR der NATO
👤 aktuell 67

4 Nordmazedonien 2001
NATO: „Essential Harvest“
👤 ca. 500

5 Mali ab 2013
UN/EU: MINUSMA/EUTM
👤 bis zu 1100

6 Republik Zentralafrika ab 2014
EU: EUFOR RCA
👤 4

7 Libanon ab 2006
UN: UNIFIL
👤 aktuell ca. 150 (bis zu 300)

8 Westsahara ab 2013
UN: MINURSO
👤 4

9 Sudan / Südsudan ab 2007 bzw. 2011
UN: UNAMID/UNMISS
👤 bis zu 50

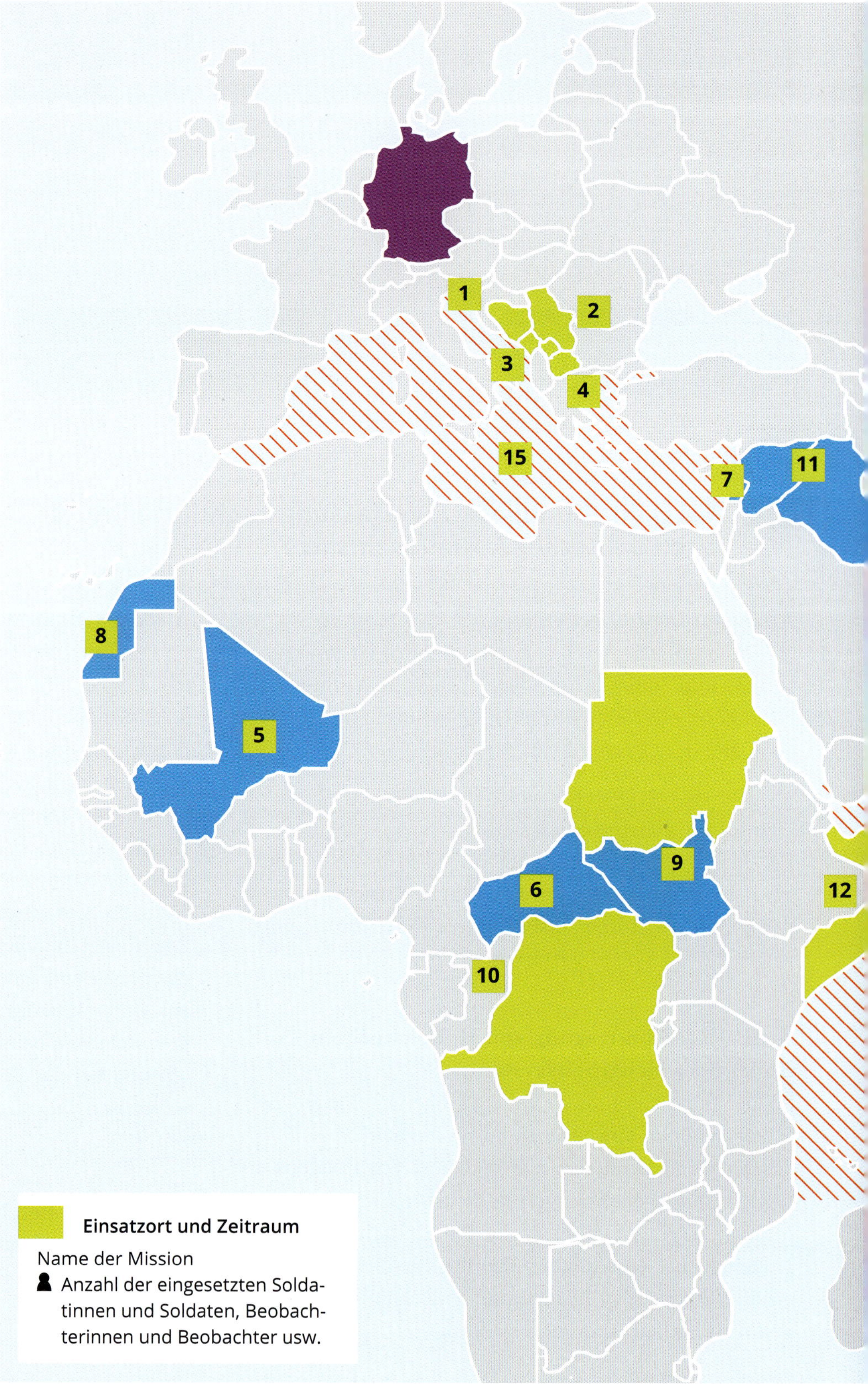

10 **Kongo**
2005–2014
EU: EUSEC RD Congo/EUFOR RD Congo (nur 2006)
24 bzw. 780

11 **Syrien und Irak**
ab 2015
Counter Daesh/Capacity Building Iraq
bis zu 500

12 **Somalia**
1993–1994
UN: UNOSOM
Marineverbände
2420

13 **Horn von Afrika**
ab 2008
EU: Operation Atalanta
bis zu 400

14 **Afghanistan**
2001–2021
Operation Enduring Freedom/ISAF (ab 2003)/Resolute Support
Maximalzahl 5433 (2011)

15 **Mittelmeer**
ab 2014
EU: EUNAVFOR MED (2015-2019)
NATO: Sea Guardian (seit 2016)
bis zu 300 bzw. 650

16 **Kambodscha**
1991–1993
UN: UNTAC
170 Sanitätskräfte

M14 Die Bundeswehr in Mali

MINUSMA
(„United Nations Multidimensional Integrated Stabilization Mission in Mali") durch Resolution 2100 im April 2013 vom Sicherheitsrat der UN beschlossene Friedensmission; insg. bis zu 13.289 Friedenstruppen und 1920 Polizistinnen und Polizisten (Stand: 2021, Resolution 2531); Aufgaben u. a.:
- Unterstützung der Waffenruhe
- Unterstützung des politischen Dialogs
- Schutz von Zivilpersonen
- Herstellen der staatlichen Autorität i
- Schutz der Menschenrechte und Sicherung humanitärer Hilfe

Bearbeiter

a) Im Auftrag der UNO

Die Bundeswehr unterstützt mit bis zu 1100 Soldatinnen und Soldaten die vom Sicherheitsrat der Vereinten Nationen beschlossene Friedensmission MINUSMA. Es handelt sich für die Bundeswehr nicht um einen Kampfeinsatz. Die Bundeswehrsoldatinnen und -soldaten, die überwiegend im Camp Castor in der Stadt Gao sowie in der Hauptstadt Bamako stationiert sind, haben u.a. folgende Aufträge:
- Führungs-, Beobachtungs- und Beratungsaufgaben
- Aufklärung und Beitrag zum Bild der Gesamtlage (z. B. mit Drohnen)
- Lufttransport
- Einsatzunterstützung (z.B. Luftbetankung von Flugzeugen der Partner)

Bearbeiter

b) Im Auftrag der Europäischen Union

Neben einer kleineren Mission zur Ausbildung von Polizeikräften beschloss die Europäische Union (EU) im Jahr 2013 auf Ersuchen der malischen Regierung die EUTM Mali („European Union Training Mission Mali"). Dabei sollen
- malische Streitkräfte ausgebildet und
- das malische Verteidigungsministerium beraten werden,

damit das malische Militär in die Lage versetzt wird, künftig selbst Stabilität und Sicherheit im Land zu gewährleisten. Deutschland entsendet im Rahmen dieser Mission bis zu 350 Bundeswehrsoldaten. Die Soldaten der EUTM Mali beteiligen sich nicht an Kampfeinsätzen oder anderen militärischen Operationen.

Bearbeiter

AUFGABEN

1. Stellt die Bedeutung der einzelnen verfassungsrechtlichen Grundlagen für Auslandseinsatze der Bundeswehr dar (**M11**, **M12**).
2. Beschreibt die besondere Rolle des Bundestages bei der Entscheidung über Auslandseinsätze (**M11**, **Randspalte**).
3. Wählt aus **M13** einen Auslandseinsatz der Bundeswehr und ermittelt selbstständig Hintergründe zum Einsatz (z. B. Ursachen, völkerrechtliche Grundlage, aktuelle Lage in der Region).
4. a) Setzt die Entscheidung für den Mali-Einsatz mit den verteidigungspolitischen Richtlinien Deutschland (**M11**, **M12**) mit der Situation in Mali (**Kapitel 2.1.2**) in Beziehung.
   b) Arbeitet aus **M14** und der **Randspalte** Begründung, Umfang sowie Aufgaben und Zielen des Bundeswehreinsatzes in Mali heraus.
5. Diskutiert die Leitfrage „Internationale Missionen in Mali und die Rolle der Bundeswehr: Einsatz für Humanität oder gefährliche Abenteuer?"

F Aufgabe 1
Erklärt, welche historischen Erfahrungen zu diesen verfassungsrechtlichen Grundlagen für Auslandseinsatze geführt haben.

F Aufgabe 3
Überprüft, ob in eurem Beispiel die sicherheitspolitischen Ziele der Bundesrepublik verwirklicht wurden.

H Aufgabe 5
Berücksichtigt dabei die Kriterien Sicherheit, Stabilität und Menschenrechte jeweils auch aus verschiedenen Perspektiven.

2.1.4 Die Vereinten Nationen – kann die UNO den Einsatz in Mali legitimieren?

Zum Thema: 1945 gründeten sich die Vereinten Nationen (VN). Zu ihren wichtigsten Zielen zählten damals „Frieden“ und „Sicherheit“ weltweit. Mehr als 70 Jahre später sind diese Ziele noch nicht erreicht. In diesem Kapitel erfahrt ihr, mit welchen Mitteln die VN „Frieden“ und „Sicherheit“ zu garantieren versucht.

M15 Die Vereinten Nationen in der Karikatur

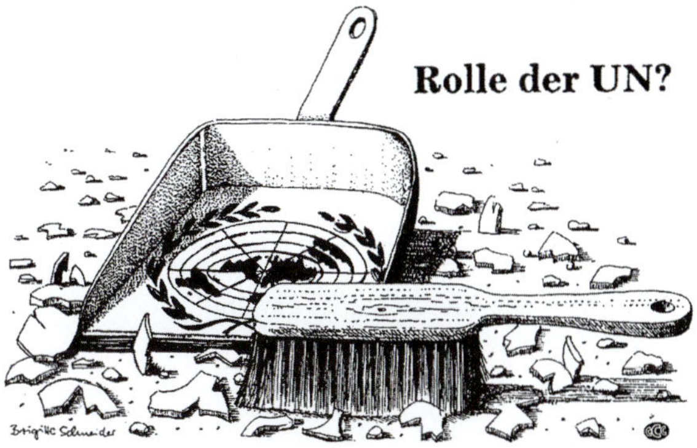

Karikatur: Brigitte Schneider / Baaske Cartoons, 1996

UN, UNO oder VN
Die Vereinten Nationen werden in diesem Kapitel unterschiedlich abgekürzt:
- UN: United Nations
- UNO: United Nations Organization
- VN: Vereinte Nationen

EINSTIEGSAUFGABE

Fasst die Kritik der Karikatur an der Rolle der UN mit eigenen Worten zusammen.

M16 Was sind die Aufgaben der Vereinten Nationen?

Die UN wurde 1945 als Nachfolgeorganisation des Völkerbundes in San Francisco gegründet, ihr Hauptsitz ist New York […]. [2017] waren 193 Staaten Mitglied der UN. Ihre Hauptaufgaben bestehen in der Sicherung des Friedens und der Beseitigung von Friedensbedrohungen, der Verständigung der Völker untereinander, der internationalen Zusammenarbeit zur Lösung wirtschaftlicher, kultureller, sozialer und humanitärer Probleme [, dem Schutz der Menschenrechte] u. a. m. – dies alles auf der Grundlage der Gleichberechtigung der Staaten und der Selbstbestimmung der Völker (Art. 1 UN-Charta*).

Die UN-Flagge

Hirschberger, Anja/Klein, Martina/Schubert, Klaus/Volker, Thomas: Vereinte Nationen. Das Politiklexikon. 6. Auflage. Bonn: 2016, S. 319

Charta
Verfassung, Arbeitsgrundlage einer Organsiation

UN-Generalversammlung und UN-Sekretariat
Ein weiteres Hauptorgan der UN ist die UN-Generalversammlung, in der alle Mitgliedstaaten mit jeweils einer Stimme vertreten sind. Ihre Beschlüsse sind nicht bindend. Für die Verwaltung der UN ist das Generalsekretariat zuständig, an dessen Spitze der UN-Generalsekretär (Stand 2021: António Guterres) steht.

F
Recherchiert, welche Reformvorschläge für den UN-Sicherheitsrat aktuell diskutiert werden. Beurteile die Erfolgsaussichten dieser Reformvorschläge.

UN-Charta: Einsatz von Gewalt
Die Charta der Vereinten Nationen aus dem Jahr 1945 (Kapitel I, Artikel 2) verbietet Gewalt. Es gelten nur zwei Ausnahmen: das Recht zur Selbstverteidigung im Fall eines bewaffneten Angriffs und der Einsatz von Waffengewalt, der vom UN-Sicherheitsrat durch eine sogenannte Resolution legitimiert wird.

M17 Der Sicherheitsrat – Hauptakteur der UN

Nach: Bergmoser + Höller Verlag AG, Zahlenbilder 615124

M18 Mögliche UN-Maßnahmen für den Frieden

→ **Friedensschaffende Maßnahmen**
Diplomatische Maßnahmen zur friedlichen Lösung eines Konflikts. Neben der Bereitstellung guter Dienste, Vermittlung und Schlichtung können sie auch diplomatische Isolationsmaßnahmen und Sanktionen umfassen.

→ **Friedenserzwingende Maßnahmen**
Maßnahmen zur Wiederherstellung des Friedens in Konfliktgebieten unter Einsatz militärischer Mittel. Die Zustimmung der Konfliktparteien ist nicht erforderlich.

→ **Friedenserhaltende Maßnahmen**
Aktivitäten zur Eindämmung, Entschärfung und/oder Beendigung von Feindseligkeiten zwischen Staaten oder in Staaten durch Intervention einer neutralen dritten Partei unter internationaler Organisation und Leitung. Militärische Streitkräfte und zivile Organisationen können die politische Streitbeilegung ergänzen und für die Wiederherstellung und Wahrung des Friedens sorgen. Friedenserhaltende Maßnahmen beinhalten die Stationierung einer Friedenstruppe im Krisengebiet. Die Zustimmung der Konfliktparteien ist erforderlich.

→ **Friedenskonsolidierende Maßnahmen**
Maßnahmen zur Bestimmung und Förderung von Strukturen, die geeignet sind, den Frieden zu festigen und zu konsolidieren, um das Wiederaufleben eines Konflikts zu verhindern. Diese können sowohl militärisches als auch ziviles Eingreifen erfordern.

Arbeitsgemeinschaft Jugend und Bildung e. V. (Hg.): Frieden und Sicherheit. Wiesbaden: 2003, S. 24

M19 Wo sind UN-Blauhelme im Einsatz?

Blauhelme im Einsatz – UN-Missionen weltweit
Stand: 2021

73000-82

1 *Nahost*
UNTSO
Organisation der UN zur Überwachung des Waffenstillstands
Einsatz seit Mai 1948
Personen 365
Budget 37 Mio. Dollar*

2 *Indien/Pakistan*
UNMOGIP
Militärbeobachtergruppe der UN in Indien und Pakistan
Einsatz seit Januar 1949
Personen 117
Budget 11*

3 *Zypern*
UNFICYP
Friedenstruppe der UN in Zypern
Einsatz seit März 1964
Personen 1028
Budget 55

4 *Syrien*
UNDOF
Beobachtertruppe der UN für die Truppenentflechtung
Einsatz seit Juni 1974
Personen 1224
Budget 68

5 *Libanon*
UNIFIL
Interimstruppe der UN in Libanon
Einsatz seit März 1978
Personen 10.830
Budget 481

6 *Westsahara*
MINURSO
Mission der UN für das Referendum in der Westsahara
Einsatz seit April 1991
Personen 462
Budget 62

7 *Kosovo*
UNMIK
Mission der UN zur Übergangsverwaltung des Kosovo
Einsatz seit Juni 1999
Personen 350
Budget 42

8 *Mali*
MINUSMA
Stabilisierungsmission der UN in Mali
Einsatz seit März 2013
Personen 15.916
Budget 1270

Personen: Soldat:innen, Beobachter:innen, Polizei
Budget in Millionen Dollar, jeweils Juli 2020 bis Juni 2021 bzw. Jan. bis Dez. 2021

9 *Dem. Rep. Kongo*
MONUSCO
Stabilisierungsmission der UN in der Demokrat. Republik Kongo
Einsatz seit Juli 2010
Personen 17.467
Budget 1154

10 *Südsudan*
UNMISS
Mission der UN in der Republik Südsudan
Einsatz seit Juli 2011
Personen 19.195
Budget 1265

11 *Abyei (Sudan)*
UNISFA
Interims-Sicherheitstruppe der UN für Abyei
Einsatz seit Juni 2011
Personen 3679
Budget 283

12 *Zentralafr. Republik*
MINUSCA
Stabilisierungsmission der UN in der Zentralafr. Republik
Einsatz seit April 2014
Personen 14.943
Budget 1006

Nach: Globus Grafik 14495, Quelle: UN

M20 Die „Blauhelme" – Markenzeichen der UN

Die Aufgabe der „Blauhelme" der UN ist die Friedenserhaltung (Peacekeeping). Im Gegensatz zur Friedenserzwingung sollen die Soldatinnen und Soldaten in der Regel den nach Beendigung eines Konflikts in einer Krisenregion oft brüchigen Frieden sichern. Für das klassische Peacekeeping gelten folgende Leitsätze:

- Die Entsendung erfolgt nur im Konsens mit den Konfliktparteien. Letztere müssen den Konflikt beenden wollen und sich einig über die Rolle der Friedenstruppen sein (z. B. Sicherung der Grenze, Beobachtung von Wahlen).
- Die Verantwortung für den Einsatz liegt bei den Vereinten Nationen.
- Für die Friedenstruppen gilt, dass sie strikt unparteiisch sein müssen.
- Die Blauhelme tragen zunächst nur leichte Waffen zur Selbstverteidigung, um keiner Partei einen Vorwand zu bieten, die Blauhelme in die Kampfhandlungen miteinzubeziehen.

Bearbeiter

Robustes Peacekeeping
Mit zunehmender Anzahl von Staaten, die ihre Bevölkerung nicht mehr schützen konnten (Failed States, zum Teil mit einer Vielzahl innerstaatlicher Akteure, die sich gegenseitig bekämpfen), entwickelte sich das sogenannte „Robuste Peacekeeping". Dabei ist auch die begrenzte Anwendung von Gewalt erlaubt.

UN-Resolution 2100 (25.03.2013)
Der Einsatz von UN-Truppen in Mali (MINUSMA) basiert auf den UN-Resolutionen 2100 vom April 2013 und der Verlängerung mit den Resolution 2423 (2018) und 2531 (2020). MINUSMA wurde ist somit zunächst bis zum 31.06.2021 verlängert.

M21 UN-Resolutionen

Der UN-Sicherheitsrat beschließt Resolutionen. Sie werden gegen Staaten oder Konfliktparteien ausgesprochen, deren Handlungen eine Gefährdung der internationalen Sicherheit bedeuten. Dabei geht es häufig um eine Verletzung des Völkerrechts oder der Menschenrechte. Eine solche Resolution kommt jedoch nur zu Stande, wenn die fünf ständigen Mitglieder des UN-Sicherheitsrats zustimmen oder sich enthalten. Zudem müssen insgesamt mind. 9 der 15 Sicherheitsratsmitglieder einem Resolutionsentwurf zustimmen, damit ein Mandat an alle oder bestimmte Mitgliedstaaten erteilt werden kann.

Bearbeiter

M22 Kritik an den Blauhelm-Einsätzen

Vielfach hat sich gezeigt, dass zwar von den Mitgliedstaaten ständig um die 150.000 Einsatzkräfte als verfügbar gemeldet werden, dass aber im Ernstfall oft nur ein Bruchteil dieser Kräfte von den jeweiligen Regierungen tatsächlich bereit gestellt werden kann. [...] Der Gedanke, die Friedenstruppe aus möglichst vielen Ländern zusammen zu stellen, ist zwar in der Theorie gut, aber in der Praxis erweist sich das oft als Nachteil. Die vielen unterschiedlichen Sprachen und Strukturen behindern oft die Zusammenarbeit. Auch die Bürokratie des UN-Sicherheitsrates wird oft kritisiert. Vor allem dann, wenn schnelles Handeln wichtig ist, kosten die Strukturen des UN-Sicherheitsrates, der als einziges Organ den Einsatz beschließen kann, wertvolle Zeit. [...] Um all diesen Problemen entgegen zu wirken, werden in letzter Zeit oft Mandate an Dritte, also an externe Dienstleister vergeben. [...] Diese Variante birgt aber immer das Risiko, dass fremde Interessen mitspielen. Als Alternative wird eine ständige Einsatztruppe vorgeschlagen, die auch in der UN-Charta vorgesehen ist.

Fuchs, Manuel: Blauhelme: Kritik und Schwierigkeiten. In: www.globalisierung-fakten.de (Abruf am 17.05.2020)

Erklärfilm: UN

Mediencode: 71093-27

F Aufgabe 1
Recherchiert den genauen Aufbau der UN und stelle ihn der Klasse vor.

F Aufgabe 3
Wählt einen der UN-Einsätze aus **M19** und stelle ihn der Klasse vor.

AUFGABEN

1. Fasst die Aufgaben der UNO und des Sicherheitsrates mit eigenen Worten zusammen (**M16**, **M17**).
2. Charakterisiert die möglichen Maßnahmen der UN danach, inwieweit Frieden gewaltsam durchgesetzt werden kann (**M18**).
3. Stellt die Einsatzgebiete der UN-Blauhelme (**M19**) mit der Karte **M4** (S. 100) gegenüber.
4. Erklärt den Begriff „Peacekeeping" bzw. „robustes Peacekeeping" (**M20**).
5. Analysiert den Konflikt in Mali (→ S. 119).
6. Beurteilt die Bedeutung der UN für den Weltfrieden.

Einen internationalen Konflikt analysieren

I. Worum geht es?

In jedem Konflikt lassen sich drei Aspekte ausmachen:

- ein Widerspruch, d. h. eine Unvereinbarkeit von Zielen, Interessen bzw. Bedürfnissen, verschiedener Konfliktparteien.
- ein den Konflikt anzeigendes und allzu oft verschärfendes Verhalten (z. B. Konkurrenz, Aggressivität, Hass, Gewalt) der Konfliktparteien
- eine auf den Konflikt bezogene und diesen – bewusst oder unbewusst – rechtfertigende Einstellung/Haltung. Diese ist eng verbunden mit den Wahrnehmungen und Annahmen der Konfliktparteien in Bezug auf ihre eigene Stellung im Konflikt und die Bewertung der anderen Parteien (z. B. Feindbilder).

II. Geht dabei so vor:

1. Schritt: Welche Ursachen hat der Konflikt

Worin besteht der Gegenstand des Konflikts (Widerspruch) und worum wird gestritten?
- Vorgeschichte des Konflikts?
- Wer sind die Akteure? Welche Interessen und Ziele verfolgen sie?

Welche Haltungen haben die Konfliktparteien?
- Wie begründen (legitimieren) die Konfliktparteien ihre Ziele (Tradition, Religion, Recht ...)?
- Welche Einstellung haben die Akteure zu den verschiedenen Mitteln der Konfliktlösung?

Wie verhalten sich die Konfliktparteien?
- Welche Standpunkte werden formuliert und mit welchen Mitteln werden diese durchgesetzt (Propaganda, Einschüchterung, militärische Mittel)?
- Wie reagieren die Konfliktparteien auf unterschiedliche Mittel der Konfliktlösung?

2. Schritt: Wie könnte der Konflikt gelöst werden?

Welche Folgen ergeben sich für die Wahl einer geeigneten Konfliktlösung?
- Wie kann dem Konflikt begegnet werden?
- Wie kann eine dauerhafte Konfliktlösung aussehen?
- Welche Maßnahmen sind von wem zu ergreifen?

3. Schritt: Welche Folgen hat dies für mein eigenes politisches Handeln?

- Was kann ich tun?

Bearbeiter

2.1.5 NATO und OSZE als Akteure der Sicherheits- und Friedenspolitik: im 21. Jahrhundert obsolet?

Zum Thema: Nach dem Ende des Kalten Krieges Anfang der 1990er-Jahre hatte die NATO zunächst ihre ursprüngliche Daseinsberechtigung (Abschreckung und Verteidigungsallianz) verloren. Fast 20 Jahre später gibt es die NATO aber immer noch. Weniger bekannt als die NATO ist die OSZE, obwohl ihr als einziger Sicherheitsorganisation alle europäischen Staaten einschließlich der Nachfolgestaaten der Sowjetunion und Jugoslawiens angehören. In diesem Kapitel geht es um die NATO und die OSZE und ihren Identitätswandel im 21. Jahrhundert.

M23 Wie hat sich die NATO entwickelt?

Erklärfilm: NATO

Mediencode: 71093-28

Die Flagge der NATO

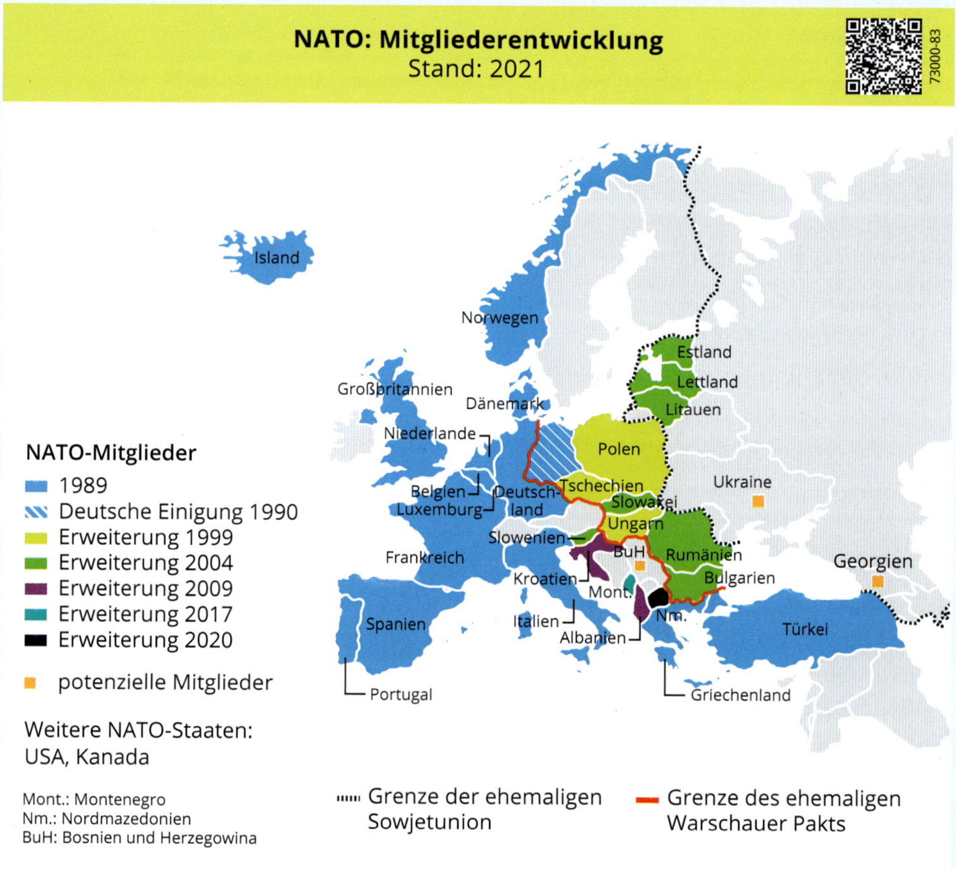

Bearbeiter

EINSTIEGSAUFGABEN

1. Beschreibt die Veränderungen, die sich durch die einzelnen Erweiterungen der NATO in Europa ergeben haben.
2. Stellt Vermutungen an, welche Gründe es für diese Staaten gab NATO-Mitglieder zu werden.

M24 Die Entstehung der NATO als Verteidigungsbündnis

Am 4. April 1949 unterzeichneten in Washington zehn westeuropäische Staaten sowie die USA und Kanada den Nordatlantikvertrag und gründeten damit die NATO (North Atlantic Treaty Organization). Der Kalte Krieg zwischen den von der Sowjetunion dominierten kommunistischen Staaten Osteuropas und dem nichtkommunistischen Westen war bereits voll entbrannt. [...] Ziemlich genau 40 Jahre lang war es die Hauptaufgabe der NATO, einen potenziellen Gegner durch die eigene militärische Stärke abzuschrecken.

Bundeszentrale für politische Bildung: Die Entstehung der NATO. In: Informationen zur politischen Bildung Nr. 274 / 1/2002, S. 18 ff.

Kalter Krieg
Bezeichnung für den Konflikt zwischen den Westmächten unter Führung der USA und dem Ostblock unter Führung der Sowjetunion, den diese von 1945 bis in die 1980er Jahre mit allen Mitteln unterhalb der Schwelle eines offenen Krieges austrugen.

M25 Aus dem NATO-Vertrag: Artikel 5 (Beistandsklausel)

NATO Vertrag, Artikel 5: Die Parteien vereinbaren, dass ein bewaffneter Angriff gegen eine oder mehrere von ihnen in Europa oder Nordamerika als ein Angriff gegen sie alle angesehen werden wird; sie vereinbaren daher, dass im Falle eines solchen bewaffneten Angriffs jede von ihnen [...] der Partei oder den Parteien, die angegriffen werden, Beistand leistet, indem jede von ihnen unverzüglich für sich und im Zusammenwirken mit den anderen Parteien die Maßnahmen, einschließlich der Anwendung von Waffengewalt, trifft, die sie für erforderlich erachtet, um die Sicherheit des nordatlantischen Gebiets wiederherzustellen und zu erhalten.

North Atlantic Treaty Organization: Der Nordatlantikvertrag. Artikel 5. In: www.nato.int (Abruf am 29.03.2021), (Übersetzer:in: Unbekannt)

M26 Die NATO im Wandel – auf dem Weg zur neuen „Weltpolizei"?

Mit dem Ende des Kalten Krieges strebten ehemalige, nun unabhängige Staaten des Warschauer Paktes eine Mitgliedschaft in der NATO an, um Sicherheit vor dem aus ihrer Sicht (über) mächtigen Russland zu erhalten. Die NATO vergrößerte ihr Bündnisgebiet nach und nach immer weiter nach Osten und versuchte dabei, das Verhältnis zu Russland nicht zu stark zu belasten. Als im ehemaligen Jugoslawien Krieg ausbrach (1991–1999), entschloss sich die NATO 1995 erstmals zum Eingreifen auch außerhalb ihres eigenen Bündnisgebietes. Von den Vereinten Nationen (UN) wurde das Eingreifen legitimiert. Eine neue Herausforderung stellte einige Jahre später der Völkermord im Kosovo dar. Ein Mandat der Vereinten Nationen, das die NATO zum Eingreifen ermächtigt hätte, lag nicht vor – Russland hatte in diesem Fall ein Veto im UN-Sicherheitsrat eingelegt. Angesichts der sich abzeichnenden humanitären Katastrophe entschloss sich das Bündnis 1999, auch ohne UN-Mandat mit militärischen Mitteln einzugreifen. Es zeigte sich, dass die NATO ihre Auf-

Warschauer Pakt
Militärbündnis von 1955–1991 der damaligen „Ostblock"-Staaten unter Führung der Sowjetunion

legitimieren
Rechtmäßig anerkennen, mit einer Vollmacht (etwas zu tun) ausstatten

UN-Resolution 1973
Forderung nach einem Waffenstillstand und Ende der Gewalt gegen die Bevölkerung in Libyen

Readiness Action Plan
2014 beschlossen die NATO-Staaten in Wales – unter dem Eindruck der Krim-Annexion Russlands – vor allem folgende Schritte:
- Die Einrichtung einer schnellen Eingreiftruppe
- eine regelmäßige Präsenz und bedeutende Aktivitäten von Luft-, Land- und Seestreitkräften im östlichen Teil des Bündnisses auf Rotationsbasis
- höhere Verteidigungsausgaben

Annexion
Aneignung eines bis dahin fremden Staatsgebietes

gabe nun neben der Verteidigung des Bündnisgebietes darin sah, in ganz Europa für Sicherheit und Stabilität zu sorgen, in Ausnahmefällen auch ohne UN-Mandat.

Mit den Anschlägen vom 11. September 2001 auf die USA wurde zum ersten Mal in der Geschichte der NATO der Bündnisfall festgestellt. Seither engagiert sich die NATO auch im fernen Afghanistan. Insgesamt hat sich die NATO damit zu einer globalen Sicherheitsorganisation gewandelt. Im Neuen Strategischen Konzept von 2010 wurden deshalb u. a. folgende, zentrale Punkte beschlossen:

- Beibehaltung des Prinzips der kollektiven Verteidigung,
- Reaktion auf neuartige Bedrohungen, wie z. B. Cyberattacken,
- Errichtung eines neuen NATO-Raketenabwehrschirms,
- Ausweitung der Einsatzmöglichkeiten außerhalb der Landesgrenzen (der Mitgliedstaaten), z. B. zur Terrorismusbekämpfung,
- Annäherung an Russland,
- Festhalten am Prinzip der Abschreckung,
- Verankerung des Ziels der atomaren Abrüstung.

Schon im Jahr 2011 wurden die Richtlinien des „Neuen Strategischen Konzepts" Realität. Die NATO beteiligte sich am Bürgerkrieg in Libyen gegen das Gaddafi-Regime. Letzteres bekämpfte nach den Aufständen im Zuge des „Arabischen Frühlings" die eigene Bevölkerung durch Luftangriffe. Die UN reagierte mit der UN-Resolution 1973, für deren Durchsetzung die NATO am 31. März 2011 das Kommando über den gesamten Militäreinsatz übernahm.

Durch die Krise in der Ukraine und die russische Annexion der ukrainischen Halbinsel Krim verschlechterten sich die Beziehungen zu Russland. Die NATO reagierte mit dem „Readiness-Action-Plan", der dem Sicherheitsbedürfnis vor allem der östlichen Bündnisstaaten entgegenkommt.

Bearbeiter

M27 Was ist die OSZE?

Von der KSZE zur OSZE
Die Schlussakte der Konferenz für Sicherheit und Zusammenarbeit in Europa (KSZE), die von allen Staaten des Warschauer Pakts (WP), allen NATO-Mitgliedern und allen neutralen europäischen Staaten im Jahre 1975 unterzeichnet wurde, bildete eine Brücke zwischen den Gegnern im Ost-West-Konflikt und verlieh den Entspannungsbemühungen einen entscheidenden Schub. Dieser wirkte in den folgenden Jahren weiter und ermöglichte wesentliche Fortschritte vor allem auf dem Gebiet der Rüstungskontrolle.

Nach dem Ende des Ost-West-Konflikts musste die KSZE, die 1995 in „Organisation für Sicherheit und Zusammenarbeit in Europa" (OSZE) umbenannt wurde, eine neue Rolle in der Weltpolitik finden. Als einzige Sicherheitsorganisation, die alle europäischen Staaten einschließlich der Nachfolgestaaten der Sowjetunion und Jugoslawiens sowie die USA und Kanada umfasst, schien sie einerseits besonders geeignet, die im zerfallenden Ostblock aufbrechenden Konflikte zu bearbeiten. Andererseits erschwert die große Zahl von 57 Mitgliedern die für Entscheidungen notwendige Einstimmigkeit von Beschlüssen (Konsensprinzip).

Bedeutung der OSZE heute

Die OSZE gilt als Pfeiler der konventionellen Rüstungskontrolle, der militärischen Transparenz und Vertrauensbildung in Europa. Das Forum für Sicherheitskooperation der OSZE ist mit seinen wöchentlichen Tagungen das Organ für die Weiterentwicklung der Rüstungskontrolle und der vertrauens- und sicherheitsbildenden Maßnahmen.

In den Medien ist die sicherheitspolitische Arbeit der OSZE kaum präsent. Deshalb erfährt ihre Tätigkeit häufig keine ausreichende Würdigung. In Konflikten kann sie als neutraler Moderator, Beobachter und Schiedsrichter (Beobachtermission) Informationen aus erster Hand sammeln und weitergeben. Sie versucht, Krisen frühzeitig zu entschärfen, um sie nicht in gewaltsam ausgetragene Konflikte ausarten zu lassen. Wo dies nicht verhindert werden konnte, sollen nach Beendigung der Kampfhandlungen Bedingungen für ein konfliktfreies Neben- und Miteinander von Gesellschaften verbessert werden.

Diese präventive und nachsorgende Sicherheitspolitik erfordert ein breites Spektrum von Maßnahmen, wie etwa die Beobachtung von Wahlen oder die Früherkennung gesellschaftlicher und politischer Missstände (z. B. eine diskriminierende Behandlung von gesellschaftlichen Minderheiten), die häufig erst mittelfristig oder langfristig Wirkung zeigen. Die Bedeutung der Arbeit der OSZE liegt in der Möglichkeit der umfassenden Einbeziehung aller Staaten mit ihren jeweiligen Interessen und Perspektiven bezogen auf Probleme und Konflikte. Durch die im Konsens formulierten Standards für das Verhalten von Staaten in den internationalen Beziehungen schafft sie Normen. Diese können zwar nicht eingeklagt werden, an ihnen kann aber die Politik von Teilnehmerstaaten im Konfliktfall gemessen werden. Schließlich kann die OSZE als eine Art internationale Reserveorganisation betrachtet werden, die immer dann ein Forum für gleichberechtigte Verhandlungen bietet, wenn andere Verhandlungsformate ausgeschöpft sind.

Andererseits erschwert die große Zahl von 57 Mitgliedern die für Entscheidungen notwendige Einstimmigkeit von Beschlüssen (Konsensprinzip). Zudem kann die OSZE zur Beendigung von Konflikten weder selbst Streitkräfte einsetzen noch den Einsatz von Gewalt erlauben. Das Mandat von Missionen wie die in der Ukraine unterliegt Begrenzungen, die sich aus dem Konsensprinzip ergeben. So wurde der 2014 von Deutschland und Frankreich eingebrachte Vorschlag, die SMM (Special Monitoring Mission) mit unbewaffneten Aufklärungsdrohnen zur Überwachung der ostukrainischen Konfliktgebiete auszustatten, im Herbst 2014 über Monate hinweg ergebnislos verhandelt. Grundsätzlich ist die OSZE nicht in der Lage, einen Konflikt zu beenden oder moderieren, wenn die Konfliktparteien den Konflikt selbst nicht lösen wollen.

Bearbeiter

Die Ziele der OSZE

Die Schlussakte von Helsinki (1975), die Charta von Paris (1990), die Europäische Sicherheitscharta von Istanbul (1999) und die Gipfelerklärung von Astana „Auf dem Weg zu einer Sicherheitsgemeinschaft" (2010) sind die wichtigsten Dokumente der OSZE, in denen die politisch-militärische, die wirtschaftliche, ökologische sowie die menschliche Dimension von Sicherheit dargelegt wird. Daraus abgeleitet gehören zu den allgemeinen Zielen der OSZE:

- die Schaffung von umfassender und ungeteilter Sicherheit,
- die Konfliktverhütung und Konfliktmanagement in allen Phasen von Konflikten und Krisen im OSZE-Raum,
- der Schutz von Menschenrechten, demokratischen und rechtsstaatlichen Standards als Beitrag zu Sicherheit und Stabilität und
- die Abrüstung, vertrauensbildende Maßnahmen sowie Terrorismusbekämpfung.

M28 Die Wirksamkeit der Organisation für Sicherheit und Zusammenarbeit in Europa

Karikatur: Jürgen Janson, 09.12.2016

AUFGABEN

1. Erläutert die Gründe, warum die NATO entstanden ist. Geht dabei auch auf die historischen Hintergründe ein (**M24**).
2. Arbeitet aus der Beistandsklausel (**M25**) heraus, was sie für die Mitgliedstaaten bedeutet.
3. Bearbeitet **M26** in Kleingruppen:
   a) Arbeitet aus **M24** und **M26** einzelne Meilensteine der NATO-Geschichte stichpunktartig heraus.
   b) Prüft, inwiefern die jeweiligen Einsätze mit der Ursprungsaufgabe (**M24**) übereinstimmen.
   c) Diskutiert auf der Grundlage eurer Ergebnisse die folgende Kapitelfrage: Ist die NATO heute noch immer ein Verteidigungsbündnis oder eine neue „Weltpolizei"?
4. Beschreibt die sicherheitspolitischen Aufgaben der Organisation für Sicherheit und Zusammenarbeit in Europa (**M27**).
5. Beurteilt die aktuellen Möglichkeiten und Grenzen der NATO und der OSZE in der internationalen Sicherheitspolitik (**M27**).
6. Interpretiert die Karikatur **M28**.

H Aufgabe 6
→ Methodenglossar S. 208

2.1.6 NATO und EU – ein sinnvolles strategisches Bündnis?

Zum Thema: Von den 30 NATO-Mitgliedstaaten sind 21 Staaten auch Mitglieder der EU. Gleichzeitig wird in der EU die Frage diskutiert, ob die EU nicht auch in der Sicherheitspolitik eine aktivere Rolle einnehmen sollte. Das Verhältnis von NATO und EU und eine mögliche engere Zusammenarbeit in der Sicherheitspolitik in Europa wird deshalb zunehmend diskutiert. Ist diese Zusammenarbeit bis hin zu einem strategischen Bündnis aber sinnvoll und realisierbar?

M29 NATO und EU – eine neue Sicherheitskooperation

Am 8. Juli 2016 haben der Präsident des Europäischen Rates, der Präsident der Europäischen Kommission und der NATO-Generalsekretär in Warschau eine Gemeinsame Erklärung mit dem Ziel unterzeichnet, der strategischen Partnerschaft zwischen EU und NATO neue Impulse und neue Substanz zu verleihen. [...] Die Zusammenarbeit zwischen der EU und der NATO ist inzwischen zur alltäglichen gängigen Praxis geworden [...].

EEAS Press Officer: EU – NATO Kooperation – Factsheet. In: https://eeas.europa.eu, 11.6.2019 (Übersetzer:in: unbekannt)

EINSTIEGSAUFGABE

Stellt Vermutungen an, welche Interessen die NATO und die EU an ihrer sicherheitsstrategischen Partnerschaft haben.

M30 Wo überschneiden sich NATO und EU?

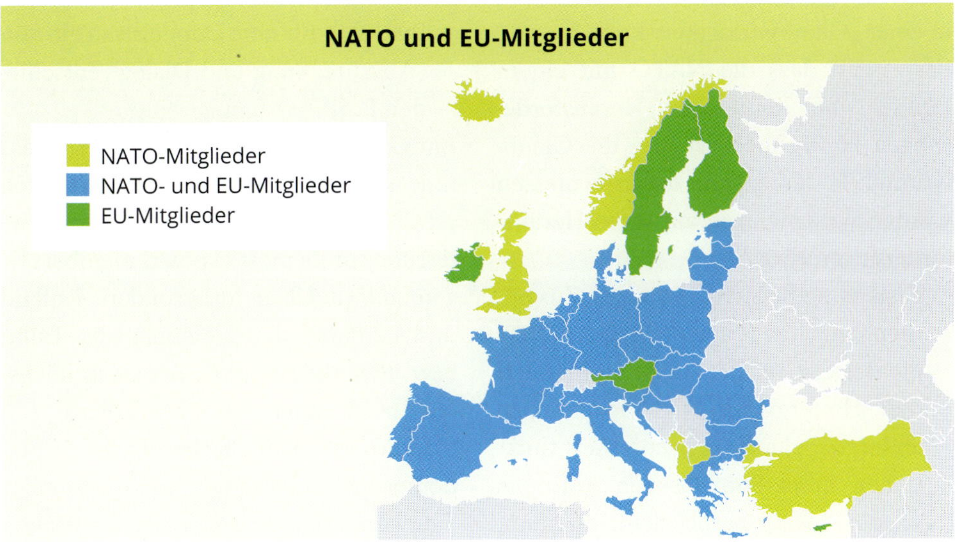

Nicht abgebildete NATO-Mitglieder:
Kanada, Vereinigte Staaten von Amerika

Bearbeiter

M31 Vor welchen Herausforderungen steht die NATO in Europa?

NATO-Außenminister-Treffen in Washington D.C., April 2019

kohärent
widerspruchsfrei, stimmig

[Die] gegenwärtige Kernproblematik der NATO [...] besteht [darin], dass innerhalb der Allianz ein Konsens hinsichtlich der drängendsten Herausforderungen, mit denen das Bündnis konfrontiert ist, nur äußerst schwierig zu erreichen scheint. [...] [Wenn] die Konsensfindung als Messlatte für „Entschlossenheit" erwogen wird, präsentiert sich die NATO noch weniger kohärent. „Die Konsensfindung innerhalb der Allianz verläuft so zäh und mit so vielen Nebengeräuschen, dass von einem Bild der Einheit keine Rede sein kann" [Andreas Rüesch]. Die NATO mag ihre Identitätskrise überwunden haben, aber steckt sie nun [...] in einer „Glaubwürdigkeitskrise"?

Fest steht, dass die NATO mit einem Bündel von komplexen Herausforderungen konfrontiert ist und die Glaubwürdigkeit der Allianz daran gemessen werden wird, wie sie auf diese Herausforderungen reagiert:

- Erstens stellt sich in diesem Zusammenhang die Frage, wie die NATO die angesichts der Ukraine-Krise in den Hintergrund gerückten beiden anderen „gleichrangigen" Kernfunktionen ihres Strategischen Konzepts wieder stärker berücksichtigen kann, um ihrem hohen Anspruch („Aktives Engagement, moderne Verteidigung") [...] in einer Welt voller Krisen und Konflikte gerecht zu werden.
- Zweitens steht die NATO vor der Notwendigkeit, dem infolge der Ukraine-Krise (insbesondere bei ihren osteuropäischen Mitgliedern) akut gewachsenen Bedarf an gegenseitigen Beistandsleistungen im Sinne kollektiver Verteidigung und Abschreckung angemessen Rechnung zu tragen.
- Damit ist drittens aber die in der gegenwärtigen Situation zweifellos heikelste Aufgabe untrennbar verknüpft: die Frage der Strategie der NATO gegenüber Russland. [...] [D]ie NATO [hat] sich für eine Doppelstrategie von „Abschreckung und Dialog" entschieden [...].

Einigkeit herrscht [...] darüber, dass [...] unter den gegebenen Umständen „NATO cannot successfully defend the territory of its most exposed members" – gemeint sind hier insbesondere Estland und Lettland, deren Hauptstädte Tallin bzw. Riga die russische Armee in höchstens 60 Stunden erreichen könnte. [...] Insofern ist auch die beschlossene Stationierung rotierender multinationaler Truppenverbände in den drei baltischen Staaten und in Polen zusammen mit der

[...] „Very High Readiness Joint Task Force", der „Speerspitze" der Schnellen Eingreiftruppe der NATO, als ein charakteristisches Signal im Sinne der Doppelstrategie „Abschreckung und Dialog" zu sehen: Einerseits soll den NATO-Verbündeten an der Grenze zu Russland ein deutliches Zeichen der Solidarität gesendet und gleichzeitig durch eine Kombination militärisch-materieller Maßnahmen und politisch-symbolischer Gesten ein „Stolperdraht" für Russland gezogen werden. Andererseits setzt die NATO auf Deeskalation, indem sie an mehreren Stellen ihrer Schlusserklärung des Warschauer Gipfels [2014] ihre grundlegenden Ziele wie Freiheit, Frieden und Sicherheit unterstreicht und explizit sogar das nach wie vor vorhandene Interesse an einer „Partnerschaft zwischen der NATO und Russland" betont.

Meier-Walser, Reinhard: Von der „Legitimationskrise" über die „Frischzellenkur" in die „Glaubwürdigkeitskrise". In: Politische Studien (2016) 67, H. 470, Hg. von der Hanns-Seidel-Stiftung e. V., S. 19 ff.

M32 Zukunft der Europäischen Sicherheit: Arbeitsteilung zwischen NATO und EU?

Angesichts der anhaltenden strategischen Uneinigkeit und gestützt auf die Überzeugung, dass eine verstärkte Einbindung der USA in die europäische Sicherheitspolitik unerlässlich ist, hat der Europäische Rat in Gegenwart des NATO-Generalsekretärs am 28. Juni [2016] beschlossen, die Beziehungen zwischen der Allianz und der EU weiter auszubauen. [...] Beide Akteure haben sich zu einer beschleunigten Zusammenarbeit in ausgewählten Bereichen entschieden. Dazu zählen die Abwehr von hybriden Bedrohungen und Cyberangriffen, die militärische Ertüchtigung von Drittstaaten und die maritime Sicherheit. Des Weiteren wollen sie enger bei der Geheimdienstkooperation, in der Cyberverteidigungsplanung und beim Aufbau von resilienten kritischen Infrastrukturen zusammenarbeiten.

Auch in der „Globalen Strategie" ist ein großer Teil den transatlantischen Beziehungen und der wieder gewachsenen Bedeutung der NATO für Europa gewidmet. Dort ist die Rede von einer „Vertiefung des transatlantischen Bandes", davon, dass die NATO das „wichtigste Rahmenwerk für die meisten Mitgliedstaaten bleibt", und davon, dass die mitgliedstaatliche Verteidigungsplanung und Kapazitätsentwicklung „in voller Kohärenz" mit den Planungsprozessen in der NATO erfolgen solle. [...]

All dies führt zu dem Schluss, dass der in der [Globalen] Strategie so stark ins Zentrum gerückte Begriff der Resilienz letztlich nicht viel mehr ist als eine Bemäntelung des Umstands, dass die GASP gegenüber der NATO grundlegend neu positioniert wird. Die gesamteuropäische Außen- und Sicherheitspolitik wird in Zukunft nicht länger als eine europäische Alternative zur transatlantischen Sicherheitskooperation zu denken sein. So wurde der „Globalen Strategie der EU" eine militärisch-defensive Ausrichtung gegeben, für die in plakativer Weise der Begriff der Resilienz steht. Diese Zurückhaltung gilt es allerdings im Kontext der parallel vorgetragenen Absicht einer verstärkten Anbindung der GASP an die NATO zu lesen. Unter diesem Blickwinkel verliert der Begriff der Resilienz sehr schnell seine scheinbar wegweisende Relevanz [= Bedeutsamkeit] für die Grundorientierung der „Globalen Strategie". Er muss stattdessen eher als Ausdruck einer neuen Arbeitsteilung zwischen NATO und GASP verstanden werden. Demnach bindet sich Europa sehr viel enger als zuvor an die NATO und konzentriert in der Allianz seine eigentlichen Verteidigungsanstrengungen. Damit stellt die EU die Weichen für die „Sicherheitsgemeinschaft" Europas neu: Für die zivile Resilienz ist sie selbst zuständig, während die NATO den Überbau schafft für die militärische Widerstandskraft der Union.

Bendiek, Annegret: Die Globale Strategie für die Außen- und Sicherheitspolitik der EU. In: SWP-Aktuell, 44/2017, S. 4

M33 Europa braucht eine eigene Armee

Die Bildung integrierter [europäischer] Streitkräfte würde die militärische Leistungsfähigkeit Europas erhöhen. In Zeiten angespannter Haushaltslagen ließen sich Duplizierungen [= Verdoppelungen] und Ressourcenverschwendungen vermeiden. Durch die Schaffung einer europäischen Armee würden die Staaten Europas sicherheitspolitisch enger zusammenrücken als jemals zuvor. Die sicherheits- und verteidigungspolitische Verzahnung würde den Druck auf die EU-Staaten erhöhen, eine gemeinsame europäische Kultur strategischen Denkens und Planens nicht nur in regionaler, sondern in globaler Perspektive zu entwickeln. Die Europäische Union und ihre Mitgliedstaaten wären gezwungen, auch bei sicherheitspolitisch sensiblen Fragen mit einer Stimme zu sprechen. Damit würde das Profil der Union auf der internationalen Bühne gestärkt, sodass Europa sich im Konzert der internationalen Mächte verantwortungs- und selbstbewusst einbringen und eine markante gestalterische Relevanz erhalten könnte.

Falls der gegenwärtige politische Konsens zwischen den [...] Mitgliedstaaten der Europäischen Union von der Idee einer europäischen Armee überfordert ist, muss es den kooperationswilligen und kooperationsfähigen Staaten möglich sein, auch ohne die Beteiligung aller EU-Länder voranzuschreiten. [...]

Wenn es der Europäischen Union gelingt, ein umfassendes strategisches Sicherheitskonzept zu entwickeln, wird Europa in der Lage sein, einen zentralen, im wohlverstandenen Eigeninteresse liegenden Beitrag zur Mitgestaltung einer friedlichen Weltordnung zu leisten.

Weidenfeld, Werner: Europa braucht eine eigene Armee. In: www.cicero.de (Abruf am 19.04.2021)

AUFGABEN

1. Gebt die wesentlichen Herausforderungen der NATO in Europa wieder (**M30–M31**).
2. Arbeitet die Interessen von NATO und EU an ihrer Sicherheitskooperation heraus (**M32**).
3. Beurteilt, ob die Sicherheitskooperation zwischen NATO und EU eine effiziente Maßnahme darstellt.
4. Nehmt begründet Stellung zu der Frage, ob Europa eine eigene Armee braucht (**M33**).

F **Aufgabe 3**
Diskutiert dabei auch mögliche konkurrierende bzw. gegensätzliche Interessen zwischen NATO und EU.

F **Aufgabe 4**
Interpretiert die Karikatur

Mediencode: 71093-29

WAS WIR WISSEN

Frieden
S. 98 f.; M2a

Frieden im engeren Sinne bedeutet die Abwesenheit von Krieg und Gewalt. Im weiteren Sinne ist Frieden ein Zustand, in dem Menschen unter Anerkennung und Wahrung der Menschenrechte frei von Unterdrückung zusammenleben können und Konflikte gewaltfrei gelöst werden. Man spricht von „positivem Frieden“, wenn auch Gerechtigkeit in einer Gesellschaft verwirklicht ist.

Krieg
S. 99 f.; M2b

Klassische Kriege sind eine Form der Konfliktaustragung zwischen Staaten, in denen die Konfliktparteien organisiert und systematisch, unter Einsatz der Armee und umfangreicher militärischer Mittel, Gewalt gegeneinander anwenden. Dieser Kriegsbegriff hat sich jedoch gewandelt: Gewaltsame Konflikte werden heute häufig als „neue“ oder „asymmetrische“ Kriege bezeichnet. Diese neuen Kriege tragen die Merkmale von Bürgerkriegen, denn meist kämpfen private Gruppen gegen andere Gruppen oder staatliche Einrichtungen.

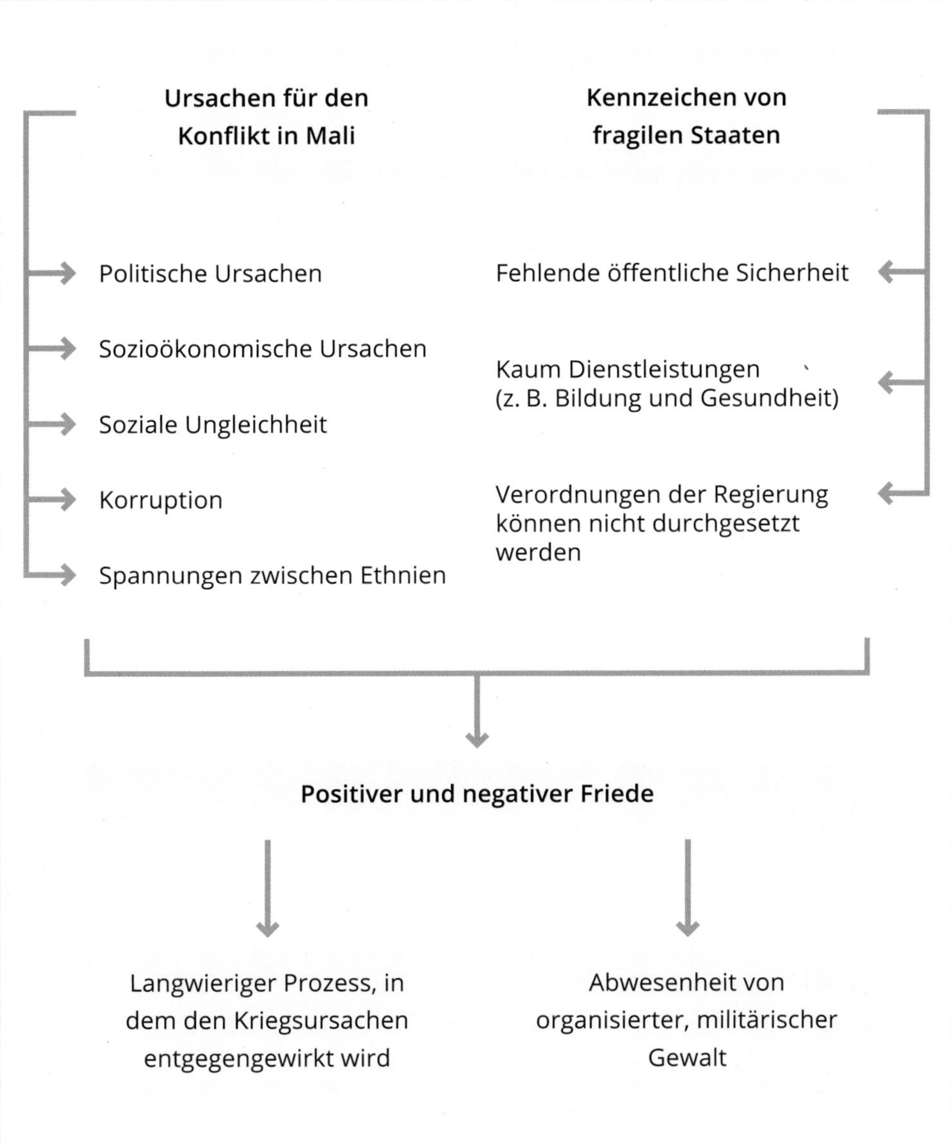

WAS WIR WISSEN

Die Situation in Mali
S. 102 ff.; M5–M9

Die gewaltsamen Konflikte im westafrikanischen Mali haben im Wesentlichen sozioökonomische und politische Ursachen, die teilweise „ethnisiert" werden. Die Versorgung ist in Mali außerordentlich ungleich verteilt: während in Süd-Mali und in unmittelbarer Umgebung des Nigers fruchtbare Gegenden existieren, ist der Rest der Landesteile in der Sahelzone und in der Sahara nur recht dünn besiedelt und sehr schlecht versorgt. Dazu kommen noch die weitverbreitete Korruption bei den staatlichen Behörden sowie der weitgehend unregulierte Strom von Waffen aus Libyen, seit dessen Diktator Gaddafi im Jahr 2011 von Aufständischen gestürzt wurde. Die durch Versorgungsengpässe der entsprechenden Bevölkerung entstandene Unzufriedenheit in Mali wird dadurch weiter angefacht, dass Ethnien wie die halbnomadisch lebenden Tuareg politisch nicht gehört werden. Das starke Bevölkerungswachstum trägt in der Tendenz dazu bei, dass sich immer mehr Menschen als ökonomisch perspektivlos empfinden, was die Konfliktpotenziale in der Zukunft eher noch weiter vergrößern dürfte. Auf Ersuchen der malischen Regierung intervenierte die französische Armee und drängte das Zweckbündnis aus Tuareg-Rebellen und islamistischen Kampfern rasch zurück. Frankreich hat als ehemalige Kolonial- und heutige Schutzmacht Interesse an der Stabilität und Integrität dieses Staates. Außerdem befürchtet(e) die Regierung, dass in unkontrollierten Gebieten Ausbildungsstatten für islamistische Terroristen hatten errichtet werden können. Mali gilt insgesamt als einer der am wenigsten stabilen Staaten weltweit. Seit 2009 hat sich dabei der Zustand Malis deutlich verschlechtert.

Rechtliche Basis des Einsatzes
S. 109 ff.; M11, M12

Nach Artikel 87a des Grundgesetzes (GG) stellt der Bund Streitkräfte zur Territorialverteidigung auf. Verfassungsrechtlich ist es nach Art. 24 GG möglich, dass der Bund seine eigenen Hoheitsrechte an ein „System gegenseitiger kollektiver Sicherheit" abgibt – allerdings ausschließlich zum Zweck, eine friedliche Ordnung in Europa und der Welt zu schaffen. Mit anderen Worten wäre die Etablierung einer europäischen Armee mit deutscher Beteiligung möglich.

Die Bundeswehr wird heute als „Parlamentsarmee" bezeichnet, da der Bundestag – anders als in den meisten anderen Staaten – jeden Auslandseinsatz bzw. dessen Verlängerung zustimmen muss. Dies geht auf zwei Urteile des Bundesverfassungsgerichts aus den Jahren 1994 und 2015 zurück. Für die Ausarbeitung der Bundestagsvorlage (Art des Einsatzes, Kontingent, Bewaffnung...) ist allein die Bundesregierung zuständig.

Die Mission der Bundeswehr in Mali
S. 114; M14

Deutschlands Beteiligung an den Einsätzen der EU und der UNO in Mali lässt sich aus Interessen auf unterschiedlichen Ebenen erklären: Deutschland zeigt Bündnissolidarität mit Frankreich und erweist sich als verlässliches Mitglied erstens in der UNO und zweitens in der EU, die die beiden verschiedenen Einsätze mandatiert hatten. War die Bundeswehr (genauso wie die Nationale Volksarmee der DDR) bis zur deutschen Wiedervereinigung noch im Wesentlichen eine stehende Armee mit der Aufgabe der Landesverteidigung gegen unmittelbare Angriffe, hat sich die Funktionsbeschreibung ganz wesentlich geändert. Die aktuellen sicherheitspolitischen Grundsätze bzw. Herausforderungen sieht die Bundesregierung in der Bündnissolidarität (EU, NATO), dem Verhindern von bzw. Eingreifen in humanitäre(n) Krisen (auch um Flüchtlingsbewegungen nach Europa einzudämmen), in der Sicherung der Rohstoffzufuhr sowie in der Bekämpfung des internationalen Terrorismus. Dabei möchte Deutschland in Einklang mit der internationalen Gemeinschaft agieren, was konkret u. a. bedeutet, dass für militärisches Vorgehen immer ein Mandat des UN-Sicherheitsrates vorliegen muss.

Die Vereinten Nationen
Kapitel 2.1.4; S. 115 ff.

Die Vereinten Nationen wurden am 24.10.1945 von 51 Staaten als globale Friedensorganisation gegründet. Heute sind fast alle Länder der Welt Mitglied der VN. Zu ihren Zielen gehört insbesondere die Wahrung des Weltfriedens und der internationalen Sicherheit durch ein allgemeines Gewaltverbot. Der Sicherheitsrat ist das wichtigste Organ der VN. Allein seine Beschlüsse (Resolutionen) sind für alle Staaten bindend. Der Sicherheitsrat besteht aus fünf ständigen Mitgliedern (USA, Großbritannien, Frankreich, China und Russland) und zehn nichtständigen Mitgliedern. Jedes ständige Mitglied ist mit einem Vetorecht ausgestattet, kann also Entscheidungen des Sicherheitsrates blockieren. In der Generalversammlung haben alle Mitgliedstaaten eine Stimme. Die Generalversammlung kann jedoch nur Empfehlungen verabschieden, die völkerrechtlich nicht verbindlich sind.

Die NATO und die EU
Kapitel 2.1.5 und 2.1.6
S. 120 ff., 125 ff.,

Die NATO wurde 1949 als Verteidigungsbündnis der westlichen Demokratien gegründet. Die Mitgliedsländer gehen eine gegenseitige Beistandsverpflichtung bei einem bewaffneten Angriff auf ein Mitglied ein. Nach dem Ende des Kalten Krieges hat die NATO eine neue Strategie beschlossen. Sie beinhaltet das ganze Spektrum militärischer Handlungsmöglichkeiten auch außerhalb des Bündnisgebietes und – in Ausnahmefällen – ohne Mandat der Vereinten Nationen. Eine neue Strategie (2010) sollte die Annäherung an Russland bringen. Angesichts der anhaltenden Spannungen im Zusammenhang mit der Ukraine-Krise sind dieses Verhältnis und der NATO-Russland-Rat in einer tiefen Krise.

Dass die NATO strukturell militärisch entscheidungsfähiger ist als die EU, führt dazu, dass eher sie die (territoriale) Sicherheit seiner europäischen Mitglieder (vor allem die der kleineren) garantiert. Dies zeigt sich u. a. in der Einsatzbereitschaft der schnellen NATO-Eingreiftruppe. Dazu kommt noch, dass die EU selbst durch eine entsprechende Kooperationsvereinbarung von 2016 auf die NATO-Ressourcen (auch zur Cybersicherheit) zurückgreift. Gegen die Annahme der NATO als verlässlichen Sicherheitsgaranten sprechen die inneren Konflikte zwischen den Mitgliedern des Bündnisses. So haben einige mitteleuropäische Staaten deutlich weniger Angst vor Russland als etwa die Staaten des Baltikums. Außerdem ist das Bündnis belastet durch die Forderung der US-Regierung, das Verteidigungsbudget auf 2 % des jeweiligen BIPs zu heben.

DIGITAL AKTIV

Erstellen eines Erklärfilms: „Die Bedeutung der UNO im 21. Jahrhundert für den Weltfrieden“

I. Worum geht es?

Erklärfilme sind kurze animierte Videos, in denen mithilfe von (skizzenartigen) Zeichnungen, Bildern, grafischen Elementen und Geräuschen versucht wird, durch die Anwendung von Lege- und/oder Stopptricktechniken, komplexe Themen in kurzer Zeit anschaulich zu erklären.

II. Geht dabei so vor:

1. Schritt: Festlegung des Themas und die Erstellung des Storyboards

- Bildet Dreiergruppen und legt die Rollen Regisseurin/Regisseur, Sprecherin/Sprecher und Kamerafrau/Kameramann fest.
- Recherchiert anschließend zum Thema *Die Bedeutung der UNO im 21. Jahrhundert für den Weltfrieden*.
- Nutzt für euren Erklärfilm auch die Informationen aus Kapitel 2.1.4.
- Erstellt zunächst mit Hilfe eurer Recherche ein Konzept.
- Einigt euch anschließend auf eine Zielgruppe.
- Fertigt danach eine Skizze des Storyboards an. Überlegt dabei, anhand welcher einfachen Elemente – Bilder, Symbole, Pfeile, Figuren usw. – das gewählte Thema dargestellt soll. Diese Elemente erstellt ihr mit Papier, Stiften und Schere. Entwerft dazu einen kurzen Text:

STORYBOARD
Thema/Titel:

Skizze	Dialog

2. Schritt: Erstellung des Erklärfilms

- Idealerweise sollte jede Gruppe die Möglichkeit haben, in einem separaten Klassenzimmer der Schule zu drehen.
- Zunächst wird der Sprechertext zusammen mit den durch Hände bewegten Bildern in Etappen oder in einem gesamten Durchgang aufgenommen. Verwendet dazu entweder euer Handy, ein Tablet oder eine Digitalkamera. Alternativ könnt ihr auch zunächst nur die Visualisierung aufnehmen und später die Tonspur separat hinzufügen.
- Anschließend wird euer Erklärfilm mithilfe eines Videoschnittprogramms bearbeitet, d. h. geschnitten sowie mit Geräuschen und/oder Musik angereichert. Hierzu müssen der abgedrehte Film auf einen Computer übertragen und ein kostenloses Videoschnittprogramm darauf installiert werden. Beispiele hierfür sind der Movie Maker, Shotcut oder DaVinci Resolve für Windows Systeme oder i-Movie für Apple-Produkte.
- Dabei können euch u. a. folgende Internetseiten bzw. Suchmaschinen für cc-lizensierte Medien weiterhelfen:
  - search.creativecommons.org
  - google.de → Filtereinstellungen für lizenzfreies Bildmaterial nutzen
  - www.pixabay.com (Bilder, Cliparts, u. a.)
  - www.jamendo.com (CC-Musik)
  - freemusicarchive.org (CC-Musik)
  - incompetech.com (CC-Musik)
  - 3audionautix.com (CC-Musik)

Wichtiger Hinweis
Beim Einfügen von Bildern und der Verwendung von Musik sind unbedingt medienrechtliche Aspekte zu beachten:
- Urheberrecht
- Recht am eigenen Bild
- CC-lizensiertes oder eigenes Material benutzen
- eigene und fremde Urheberrechte müsst ihr im Abspann vermerken (Lizenzen beachten)!

3. Schritt: Veröffentlichung des Erklärfilms

Präsentiert anschließend eure Erklärfilme der gesamten Klasse. Kürt den Siegerfilm. Einigt euch dazu im Vorfeld der Präsentationen auf geeignete Kriterien, nach der die Wahlentscheidung getroffen werden soll. Vielleicht bietet es sich auch an, eure Filme ins Intranet eurer Schule zu stellen. Solltet ihr darüber hinaus planen, eure Filme ins Internet zu stellen, solltet ihr vorab unbedingt eure Lehrkraft einen abschließenden prüfenden Blick auf euer Ergebnis werfen lassen. So besteht für euch die Möglichkeit, möglicherweise unangemessene Beiträge noch einmal überarbeiten zu können.

Bearbeiter

2.2 Unser Leben in der Europäischen Union

2.2.1 Beeinflusst die Europäische Union auch unseren Alltag?

Zum Thema: „Die EU ist so weit weg, das geht mich nichts an!“ Stimmt diese Feststellung wirklich oder haben wir viel mehr mit EU-Entscheidungen zu tun als wir denken? In diesem Unterkapitel erfahrt ihr, inwiefern die EU unseren Alltag bestimmt.

M1 Meinungsumfrage: Welche Vorteile bringt die EU?

Das tut die EU für mich

Mediencode: 71093-30

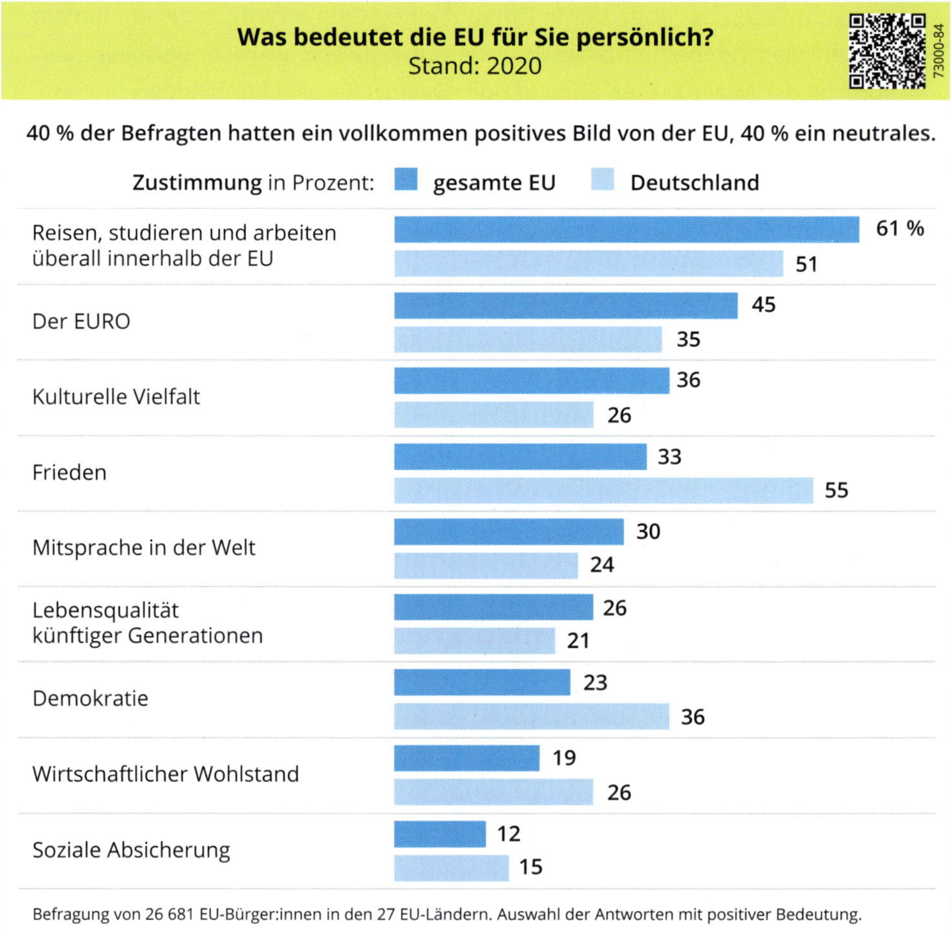

Bearbeiterin; Quelle: Eurobarometer 93

EINSTIEGSAUFGABE

Führt innerhalb der Klasse eine Meinungsumfrage durch. Was verbindet ihr mit Europa? Vergleicht das Ergebnis mit **M1** und überlegt, wo euch die EU im Alltag begegnet.

M2 Die EU in meinem Alltag

Ein neuer Tag beginnt und das Referat zum Thema „Einfluss der EU auf den Alltag der EU-Bürger/innen" für übermorgen ist immer noch nicht angefangen. Egal, erst einmal frühstücken.

Am Frühstückstisch sitzt dein Vater und trinkt wie jeden Morgen seinen italienischen Kaffee; dank des EU-Binnenmarktes sind Produkte aus ganz Europa überall verfügbar. Heute kann er sich beim Frühstücken Zeit lassen, denn er muss nicht zur Arbeit: Er hat Urlaub. Die EU garantiert für alle Arbeitnehmer/innen mindestens 4 Wochen Urlaub pro Jahr. Gedankenverloren schaust du beim Müsli-Löffeln auf die Verpackung und liest, was da alles an Informationen auf der Packung steht. Keine Nüsse, prima, denn gegen die bist du allergisch. Wie gut, dass die EU dafür sorgt, dass die Zutaten und Nährwerte eines Produktes gekennzeichnet werden müssen. [...] Da klingelt dein Handy. Dein Bruder ruft dich an. Er ist gerade in einem Erasmus-Programm in Spanien und studiert dort für ein Jahr. Prima, dass das Telefonieren mit dem Handy von dort nicht mehr so teuer ist, nachdem die Roaming-Gebühren 2017 von der EU abgeschafft wurden. Deinem Bruder gefällt es in Spanien sehr gut, aber er hatte letzte Woche beim Skaten einen Unfall und hat sich verletzt. Zum Glück konnte er die europaweite Notrufnummer 112 anrufen und hatte auch seine europäische Krankenversicherungskarte dabei!

Da dein Vater ja gerade Urlaub hat, plant er einen Flug nach Spanien zu buchen, um deinen Bruder dort zu besuchen. Dank des Schengen-Abkommens wird er bei dieser Reise innerhalb der EU nicht stundenlang bei Grenzkontrollen warten müssen und kann frei im Ausland reisen. Falls er ein Problem mit dem Flug haben sollte (Verspätung, Überbuchung, usw.), verfügt er außerdem über EU-Passagierrechte, die seine Reise versichern. Ob das mit dem Flug klappt, bekommst du aber nicht mehr mit, denn du musst erst einmal zur Schule.

Nach der Schule bist du noch mit ein paar Freunden fürs Kino verabredet. Ihr fahrt mit dem Fahrrad an einem Windpark und an der Uni vorbei. Nachhaltige Energiequellen und wissenschaftliche Forschungsprojekte sind Bereiche, die von der EU unterstützt werden. Im Kino schaut ihr euch den neuen belgischen Film an, der ein Geheimtipp sein soll. Im Abspann liest du, dass der Film vom Programm „Kreatives Europa" unterstützt wurde, um im Ausland gezeigt werden zu können. Ein EU-Programm, welches die grenzüberschreitende Verbreitung der Werke aufstrebender Künstlertalente unterstützt.

Als du abends wieder nach Hause kommst, schaltest du deinen Computer an [...]. Auf einer Internetseite wirst du nach persönlichen Daten gefragt. Mit der neuen Datenschutzverordnung der EU muss die Website dich darüber informieren, wie diese Daten benutzt werden. Du verfügst auch über ein europäisches „Recht auf Vergessenwerden", wenn du diese Daten löschen lassen möchtest.

Oh, schon so spät? Das Referat wartet immer noch und du hast keine Idee, was du zur EU und ihrem Einfluss auf den Alltag der EU-Bürger/innen sagen sollst. Oder vielleicht doch?

Bundeszentrale für politische Bildung: Die EU in meinem Alltag. In: www.bpb.de, 22.03.2019

Gebrauchsanleitung für das EU-Bio-Logo

Mediencode: 71093-31

M3 Das EU-Bio-Logo

Seit 2010 hat der ökologische/biologische Landbau in Europa an Bedeutung gewonnen, und ökologische/biologische Lebensmittel kommen bei uns immer häufiger auf den Tisch. Ob Obst und Gemüse, Fleisch, Fisch oder Milchprodukte und Getreide – wir können täglich aus zahllosen Bio-Lebensmitteln wählen.

Mit Hilfe der EU-Strategie „Vom Hof auf den Tisch" werden bis 2030 25 % des EU-Agrarlands ökologisch/biologisch bewirtschaftet werden. Mit dem Bio-Logo erhalten in der EU biologisch erzeugte Produkte ein einheitliches Erkennungszeichen. Dies erleichtert Verbraucherinnen und Verbrauchern die Auswahl von Bio-Produkten, und Landwirte können sie besser in der gesamten EU vermarkten. Das Bio-Logo dürfen nur Produkte tragen, für die eine zugelassene Kontrollstelle bescheinigt hat, dass sie biologisch erzeugt wurden. Das heißt, dass sie strenge Bedingungen für Herstellung, Verarbeitung, Transport und Lagerung erfüllen müssen. Zulässig ist das Logo nur auf Produkten, die zu mindestens 95 % aus Bio-Zutaten bestehen und zusätzlich strenge Vorgaben für die verbleibenden 5 % erfüllen. Derselbe Inhaltsstoff darf nicht gleichzeitig als Bio-Zutat und Nicht-Bio-Zutat vorhanden sein. [...]

Das EU-Bio-Logo ist seit dem 1. Juli 2012 verbindlich vorgeschrieben.

Für das Logo gelten strenge Vorschriften:

- Es darf nicht kleiner als 13,5 mm x 9 mm sein. Ist das bei sehr kleinen Verpackungen nicht möglich, ist eine Größe von 9 mm x 6 mm zulässig.
- Es muss dem vorgegebenen Grün-Weiß-Farbschema entsprechen. Einzige zulässige Ausnahme ist, wenn ein Schwarz-Weiß-Drucker verwendet wird. [...]

AUFGABEN

1. a) Lest euch den Text **M2** durch und notiert alle Passagen, bei denen es um EU-Recht/-Verordnungen geht.
   b) Findet zu den Beispielen aus dem Text übergeordnete Aufgabenbereiche.
2. Erläutert Vor- und Nachteile, die für Unternehmen und Verbraucherinnen und Verbraucher bei der Einführung verbindlicher Logos wie in **M3** entstehen.
3. Entwickelt auf Grundlage von **M2** eine Mindmap zum Thema „EU im Alltag" und ergänzt diese ggf. mithilfe des Brainstormings aus dem Einstieg.
4. Erörtert Vorteile, die man als Europäer oder Europäerin in diesen Bereichen hat.

2.2.2 Symbole, Werte und Ziele der Europäischen Union: Reichen diese heutzutage noch aus, um die EU zusammenzuhalten?

Zum Thema: Nicht wenige meinen heute, dass die EU keine Werte mehr habe und nur an einer Wirtschaftsgemeinschaft interessiert sei. EU-feindliche Parteien fangen an, sich immer weiter zu etablieren, Großbritannien ist sogar schon aus der EU ausgetreten. Steht die EU also vor dem Scheitern? Gegenstand dieses Unterkapitels sind die Fragen, was die EU eigentlich genau ist und ob der (alte) Kitt der EU noch ausreicht, die EU zukunftssicher zu machen.

M4 Politikerrede: der Sinn der Europäischen Union

„Und deshalb wiederhole ich hier den Satz, den ich an dem Tag [04.06.2005] den Menschen auf dem Soldatenfriedhof in Luxemburg zurief: »Wer an Europa zweifelt, wer an Europa verzweifelt, der sollte Soldatenfriedhöfe besuchen!« Nirgendwo besser, nirgendwo eindringlicher, nirgendwo bewegender ist zu spüren, was das europäische Gegeneinander an Schlimmstem bewirken kann. Das Nicht-Zusammenleben-Wollen und das Nicht-Zusammenleben-Können haben im 20. Jahrhundert 80 Millionen Menschen das Leben gekostet. Jede Stunde des Zweiten Weltkrieges hat 1.045 Tote gebracht."

Juncker, Jean-Claude: Gedenkrede zum Volkstrauertag im Bundestag, 16.11.2008

Jean-Claude Juncker war EU-Kommissionspräsident von 2014–2019

EINSTIEGSAUFGABEN

1. Tauscht euch in Kleingruppen über die Inhalte des Zitates in **M2** aus. Gebt ihr Jean-Claude Juncker Recht?
2. Formuliert in eurer Gruppe Ideen, warum die EU (k)einen Nutzen hat.

M5 Was genau eigentlich ist die Europäische Union?

Die Europäische Union ist eine einzigartige wirtschaftliche und politische Vereinigung von 27 europäischen Ländern, die zusammen einen großen Teil des europäischen Kontinents ausmachen. Die Vorläuferorganisation der EU hat ihren Ursprung in der Zeit nach dem Zweiten Weltkrieg. Alles begann mit der Förderung der wirtschaftlichen Zusammenarbeit. Dahinter stand die Idee, dass Länder, die Handel miteinander treiben, sich wirtschaftlich verflechten und daher kriegerische Auseinandersetzungen eher vermeiden. Das Ergebnis war 1958 die Gründung der Europäischen Wirtschaftsgemeinschaft (EWG) und eine wachsende wirtschaftliche Zusammenarbeit, ursprünglich zwischen sechs Ländern, nämlich Belgien, Deutschland, Frankreich, Italien, Luxemburg und den Niederlanden. Seit diesen Anfängen haben sich 22 weitere Länder dieser Gruppe angeschlossen und einen großen Binnenmarkt gegründet, dessen Potenzial laufend weiterentwickelt wird. Am 31. Januar 2020 hat das Vereinigte Königreich die Europäische Union verlassen. Was als reine Wirtschaftsgemeinschaft begonnen hatte, ist nun zu einer Organisation geworden, die vom Klimawandel über Umweltschutz und Gesundheit bis hin zu Außenbeziehungen und Sicherheit, Justiz und Migration zahlreiche Politikfelder abdeckt. Diesem Wandel wurde 1993 durch Umbenennung der EWG in Europäische Union (EU) Rechnung getragen.

© Europäische Union, 1995–2021: Die EU – kurz gefasst. In: www.europa.eu (Abruf am 30.03.2021)

M6 Symbole, Werte und Ziele der Europäischen Union – der Kitt, der alles zusammenhält?

A Symbole der EU

Die Flagge der Europäischen Union gilt als eines der wichtigsten Symbole der EU.

Die zwölf kreisförmig angeordneten Sterne der europäischen Flagge symbolisieren Vollkommenheit, Vollständigkeit und Einheit. Die Sterne auf der Flagge stehen daher für die Harmonie der europäischen Völker. Die Zahl der Sterne hat nichts mit der Anzahl der Mitgliedstaaten zu tun. Seit 1972 ist der letzte Satz von Ludwig van Beethovens 9. Symphonie die Hymne des Europarats. Bei der Komposition ließ sich Beethoven von Schillers Gedicht „Ode an die Freude" inspirieren. Offizielle Hymne der Europäischen Union ist die „Ode an die Freude" seit 1986. Die Hymne hat bisher keinen offiziellen Text und kann daher nicht gesungen, sondern nur instrumental gespielt werden.

Bearbeiterin

B Werte und Ziele der EU

Was hält Europa zusammen? Die Bevölkerung Europas hat aus der durch Krieg und Feindschaft geprägten europäischen Geschichte gelernt, dass Frieden und Wohlstand auf Dauer nur durch ein Miteinander möglich sind. Auf der Grundlage der Menschenrechte und der Demokratie soll Europa in Vielfalt geeint das Wohlergehen der Menschen fördern. Einig sind sich die 27 Staaten nämlich in ihren gemeinsamen Zielen. Sie wollen erreichen, dass es allen EU-Ländern wirtschaftlich gut geht und die Menschen in Wohlstand leben können. Sie kümmern sich darum, dass in Europa und der Welt Frieden und Sicherheit herrschen. Sie haben sich vorgenommen, allen in der EU lebenden Menschen die gleichen demokratischen Grundrechte und Grundfreiheiten zu garantieren, ein Leben ohne Diskriminierungen und mit Chancengleichheit für alle. Nach dem Motto „in Vielfalt geeint" sollen die Kulturen und Traditionen der unterschiedlichen Staaten respektiert werden. Im Vertrag von Lissabon sind die zentralen Werte der EU festgehalten: „Die Werte, auf die sich die Union gründet, sind die Achtung der Menschenwürde, Freiheit, Demokratie, Gleichheit, Rechtsstaatlichkeit und die Wahrung der Menschenrechte einschließlich der Rechte der Personen, die Minderheiten angehören. Diese Werte sind allen Mitgliedstaaten in einer Gesellschaft gemeinsam, die sich durch Pluralismus, Nichtdiskriminierung, Toleranz, Gerechtigkeit, Solidarität und die Gleichheit von Frauen und Männern auszeichnet." Als Ziele der Europäischen Union nennt der Vertrag unter anderen die Förderung des Friedens, die Schaffung eines Binnenmarkts mit freiem und unverfälschtem Wettbewerb, Wirtschaftswachstum, Preisstabilität, Soziale Marktwirtschaft, Umweltschutz, soziale Gerechtigkeit, kulturelle Vielfalt, weltweite Beseitigung der Armut und die Förderung des Völkerrechts.

Bearbeiterin

Europatag
Am 9. Mai 1950 unterbreitete Robert Schuman, damaliger französischer Außenminister, seinen Vorschlag für ein Vereintes Europa als unerlässliche Voraussetzung für die Aufrechterhaltung friedlicher Beziehungen (Schuman-Erklärung). Dieser Tag gilt als Grundstein der heutigen Europäischen Union.

Motto der EU
„In Vielfalt geeint" – dies ist das offizielle Motto bzw. der offizielle Slogan der Europäischen Union. Der Vertrag über eine Verfassung für Europa enthält erstmals einen offiziellen Leitspruch für die Europäische Union.

M7 Interview: Braucht Europa neue Werte und Ziele?

Der britische Historiker Ian Kershaw ist überzeugt: Man muss neue Begeisterung für Europa wecken und neue, gemeinsame Werte erzeugen. Die Parole, dass Europa Frieden bedeute, reiche heute nicht mehr. Für die jüngere Generation sei Frieden heute selbstverständlich.

Welty: Nach zwei Weltkriegen sind ja damals die europäischen Länder gemeinsam zu einem Ziel aufgebrochen. Was genau hat diese Kraft ausgemacht und ist diese Kraft womöglich inzwischen aufgebraucht?

Kershaw: [Die] Europäische Union war die Antwort auf die Frage, wie können wir Frieden in Europa für alle Zeit sichern. Insofern hat Europa viel Erfolg damit gehabt, viele Leistungen vollbracht, aber inzwischen sieht man, dass diese Parole, wir haben den Frieden Europas gerettet, nicht ausreicht.
Für die jüngere Generation ist es selbstverständlich, dass man Frieden in Europa hat, man braucht jetzt ein, wenn man beim heutigen Jargon bleibt, dann braucht man ein neues Narrativ für Europa, um neue Initiativen hervorzubringen, um neue Begeisterung für Europa zu erwecken. [...] Wir sprechen immer weiter von einer Wertegemeinschaft in Europa, aber wir haben höchstens eine halbe Wertegemeinschaft. Einige Länder, sagen wir Polen, Ungarn, Italien, lehnen diese Werte mehr oder weniger ab. Und in allen anderen Ländern gibt es einen beträchtlichen [Teil] der Bevölkerung, [der] solche Werte ablehn[t]. Insofern muss man neue Möglichkeiten finden, gemeinsame Werte zu erzeugen. Und die Werte entstehen eigentlich aus Strukturen und aus handfesten

Narrativ
Erzählung, Form der Darstellung

Interessen. Das heißt, man muss Wege finden, um diese handfesten Interessen noch mal zu erzeugen, um klarzustellen, dass Europa eigentlich die beste Lösung, um zu sagen, dass Europa sozusagen einen Mehrwert-Effekt hat gegenüber den Nationalstaaten. [...] Aber letzten Endes kommt es auf die Werte an, und diese Werte müssen geschaffen werden und geschaffen werden anhand von bestimmten Interessen. Und man kann [das] zeigen, zum Beispiel in Bezug auf Umweltschutz. Umweltschutz ist eine Sache, die die Jugend von heute insbesondere sehr begeistert momentan. Man kann da zeigen, dass Umweltschutz etwas ist, das Europa jetzt auf das Banner setzen sollte. Umweltschutz ist etwas, was kein Nationalstaat wettmachen kann mit Europa. Oder Menschenrechte oder Sicherheit gegenüber Cyberangriffen, Cyberterrorismus, oder Verteidigung. [...] All diese Dinge sind, gleichgültig, ob Europa etwas schlanker wird oder dezentralisiert wird, sie sind notwendig, um der neuen Europäischen Union dann irgendwie ein Ziel zu geben, das ist eine raison d'être.

Welty, Ute im Gespräch mit Kershaw, Sir Ian: Europa braucht neue Werte und Ziele. In: www.deutschlandfunkkultur.de, 22.05.2019

Raison d'Être (frz.)
Daseinszweck, Existenzberechtigung

AUFGABEN

1. Beschreibt mithilfe von **M5** mit eigenen Worten, was genau die Europäische Union eigentlich ist.
2. Arbeitet in Gruppen aus **M6a** und **b** die Symbole, grundlegenden Ziele und Werte der EU heraus.
3. Bearbeitet die nachfolgenden Aufgaben zu zweit:
   a) Sammelt regionale/nationale Symbole und Rituale, die ihr aus Sachsen und Deutschland oder anderen Ländern kennt. Welche Funktion haben solche Symbole?
   b) Vergleicht diese mit den europäischen Symbolen in **M6a**. Wo finden sich Gemeinsamkeiten, wo Unterschiede?
   c) Nehmt Stellung zu der Frage, ob wir in der EU mehr Symbole und Rituale brauchen, um den Zusammenhalt der Menschen in der EU zu stärken und überlegt, welche dies sein könnten. Entwickelt z. B. Ideen für einen Text der europäischen Hymne.
4. a) Arbeitet aus dem Interview **M7** die Hauptaussagen des Historikers Ian Kershaw in Bezug auf den Kitt der Europäischen Union heraus.
   b) Stimmt in der Klasse über die Frage ab: Funktionieren die Werte, Ziele und Symbole der EU heute noch als Kitt, um die EU zusammenzuhalten? Berücksichtigt bei eurer Stimmabgabe Ian Kershaws Meinung darüber (**M7**).
   c) Beschreibt eigene bzw. weitere Ziele und Werte, die ihr für das Zusammenhalten der EU in Zukunft als wichtig erachtet.

F Aufgabe 4
Stellt euch vor, es wird ein europaweiter EU-Feiertag eingeführt und eure Stadt plant, diesen groß zu feiern. Die Idee dahinter ist, den Bürgerinnen und Bürgern Europas die Vielfalt und Einheit der EU näher zu bringen. Entwickelt ein Konzept, wie der Tag in eurer Stadt gestaltet werden könnte und stellt dies eurer Klasse in Form eines Kurzvortrags. (→ Methodenglossar S. 219) vor.

WAS WIR WISSEN

Die Europäische Union (EU) im Alltag
S. 135 ff.; M1–M3

Das, was „in Brüssel" von der Europäischen Union (EU) entscheiden wird, hat Einfluss auf das Leben von jedem Einzelnen von uns. Die EU tritt dabei vor allem für die Verbesserung der Rechte sowie für den Schutz der Interessen ihrer Bürgerinnen und Bürger im Alltag ein.

Friedensprojekt EU und Entwicklung der Europäischen Union
S. 137 f.; M4, M5

Das friedliche Zusammenleben der Nationen auf dem europäischen Kontinent ist vor allem für die jüngere Generation, die ohne Krieg aufwuchs, eine Selbstverständlichkeit geworden. Tatsächlich ist die europäische Geschichte jahrhundertelang durch Kriege geprägt. Erst nach den schrecklichen Erfahrungen des Zweiten Weltkriegs reifte die Idee eines vereinten und friedlichen Europas. Durch die gemeinsame Kontrolle kriegswichtiger Industrien („Montanunion") war der Grundstein für eine dauerhafte friedliche Kooperation zwischen den europäischen Staaten gelegt. Die Friedenssehnsucht der Menschen, die Einbindung Deutschlands in ein supranationales Bündnis, die wirtschaftliche und politische Behauptung europäischer Großmächte gegenüber den Supermächten USA und UdSSR waren die wichtigsten Motive und Antriebskräfte für die europäische Integration nach 1945.
Charakteristisch für die Entwicklung der Europäischen Union ist seit der Unterzeichnung der Römischen Verträge im Jahr 1957 ein Wechselspiel von Vertiefung und Erweiterung. Immer mehr Politikbereiche wurden in die Zuständigkeit der Europäischen Union übertragen und immer mehr Staaten wurden in die EU aufgenommen. Das Anwachsen der EU von ursprünglich sechs Gründerstaaten (Belgien, Deutschland, Frankreich, Italien, Luxemburg und Niederlande) auf bis zu Anfang des Jahres 2020 noch 28 Mitgliedstaaten zeigt die große Attraktivität der Europäischen Union. Der Austritt Großbritanniens zum 31. Januar 2020 aus der Europäischen Union markiert in diesem Zusammenhang einen großen Einschnitt. Seitdem umfasst die Europäische Union 27 Mitgliedstaaten.

Symbole, Werte und Ziele der EU
S. 138 ff.; M6, M7

Das Fundament der europäischen Einigung sind die gemeinsamen Werte: Wahrung der Menschenrechte, Frieden, Freiheit, Rechtsstaatlichkeit und Demokratie. Die europäische Integration bescherte Europa die längste Friedensepoche in ihrer bisherigen Geschichte. Hierfür wurde der EU im Jahr 2012 der Friedensnobelpreis verliehen.

2.3 Die Funktionsweise der Europäischen Union

2.3.1 Umweltpolitik – kann die EU das Plastikmüll-Problem lösen?

Zum Thema: Auch wenn wir ihn in unserer direkten Umgebung nur wenig wahrnehmen, wächst die Menge an Plastikmüll in der Umwelt ständig. Woher kommt dieser Müll, welche Verantwortung tragen wir in Europa dafür und kann die EU das Plastikmüll-Problem lösen. Auf diese Fragen werdet ihr in diesem Unterkapitel Antworten finden.

M1 Wer leidet unter unserem Müll?

Ein aufgrund von Plastikmüll verendeter Pinguin

EINSTIEGSAUFGABE

Analysiert das Bild **M1** und erläutert die darin sichtbare werdende Problematik.

M2 Plastikmüll – ein globales Phänomen

Plastik
Der Begriff Plastik bezeichnet in der Alltagssprache jegliche Arten von Kunststoffen. Diese werden beispielsweise aus Erdöl, aber auch aus Naturprodukten wie Kautschuk hergestellt. Die Eigenschaften von Plastik (z. B. hart, formbar, elastisch) hängen von den verwendeten Chemikalien ab.

a) Was passiert mit unserem Plastikmüll?

Plastik ist billig in der Herstellung und zudem praktisch. Es ist besonders vielfältig anwendbar und findet sich deshalb in zahlreichen Produkten unseres Alltags wieder. Diese werden häufig nach sehr kurzer Zeit wieder entsorgt. In Europa werden ca. 30 % des Plastikmülls wiederverwertet, was im internationalen Vergleich einen recht hohen Wert darstellt. Dies bedeutet aber auch, dass rund 70 % anderweitig entsorgt werden. Etwa ein Sechstel des bei uns entsorgten Plastiks wird in andere Länder exportiert. Dort wird es teilweise recycelt. Der Plastikmüll wird aber auch verbrannt, in der Erde vergraben oder er bleibt schlichtweg irgendwo liegen. Liegengelassenes Plastik zerfällt durch Umwelteinflüsse zu Mikroplastik, das sich über die Ozeanströme weltweit verteilt. So kann man diese kleinsten Plastikteilchen im Eis der Antarktis genauso nachweisen, wie in den bei uns heimischen Fischarten wie beispielsweise dem Dorsch, der Flunder, Makrele und dem Hering. Mikroplastik stammt teilweise auch aus der Waschmaschine, da bei jedem Waschgang zahlreiche winzige Kunststofffasern aus der Kleidung herausgelöst werden. Diese gelangen über unser Abwasser in die Flüsse und anschließend ins Meer.

Bearbeiterin

b) Welche Probleme entstehen durch den Plastikmüll?

Die Auswirkungen unserer Einweg-Plastik-Wegwerfkultur sind sowohl an den Küsten und Stränden, als auch in den Ozeanen zu sehen. Plastikmüll verschmutzt die Meere zunehmend. [...] Die Küsten werden durch den Plastikmüll nicht nur verunreinigt. Der Müll schadet vor allem den Meerestieren, die sich in größeren Teilen verfangen und kleinere Teile für Nahrung halten und verschlucken können. Durch das Verschlucken von Kunststoffpartikeln kann es passieren, dass sie keine normale Nahrung verdauen und sich toxische, chemische Schadstoffe in ihren Organismen ablagern können.
Auch Menschen nehmen Plastik über die Nahrungskette zu sich. Die Auswirkungen auf die Gesundheit sind bisher unbekannt. Zudem verursachen Meeresabfälle wirtschaftliche Verluste [...] für die vom Meer abhängigen Sektoren und Gemeinschaften [z.B. Tourismus, gesundheitliche Folgeschäden oder Fischerei].

Nach: © Europäische Union, 1995–2021 – Europäisches Parlament: Plastik im Meer: Fakten, Auswirkungen und neue EU-Regeln. In: www.europarl.europa.eu (Abruf am 30.03.2021)

Recycling
Recycling bedeutet, dass die verbrauchten Rohstoffe wiederverwertet werden. Die Kunststoffe müssen hierfür gereinigt und nach den verschiedenen Arten getrennt und sortiert werden. Dann werden sie zu Schnipseln oder einem Granulat weiterverarbeitet, aus dem wieder neue Kunststoffprodukte hergestellt werden können.

M3 Meinungsumfrage: Ist Umweltschutz Aufgabe der EU oder einzelner Staaten?

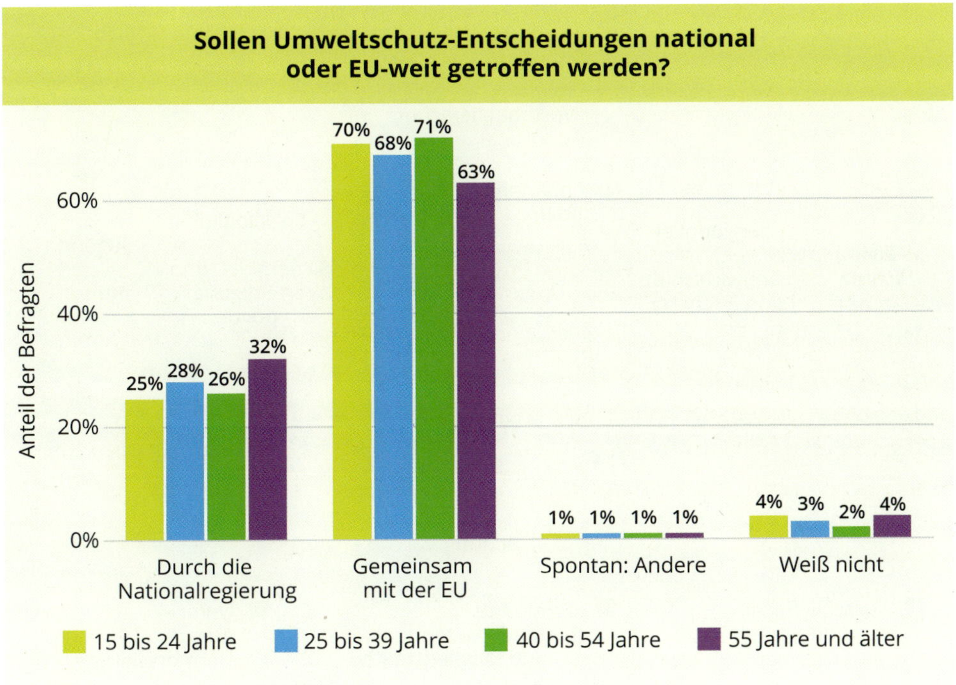

Quelle: www.statista.com, September 2017; 27.811 Befragte ab 15 Jahren

M4 Wer bestimmt die Politik – die EU oder die Mitgliedstaaten?

Supranationalismus
In einem spezifischen Politikfeld werden Aufgaben, die sonst ein Nationalstaat allein regelt, auf eine Organisation übertragen, die diese verbindlich für alle beteiligten Mitglieder regelt. Durch entsprechende Gremien wird die Mitwirkung der Staaten gesichert. Diese Form der Zusammenarbeit wird durch den begrenzten Souveränitätsverzicht der Staaten ermöglicht.

a) Supranationalität und Subsidiarität

[Das] Grundprinzip [der Supranationalität] unterscheidet die EU von anderen Zusammenschlüssen. Supranationalität bedeutet, dass die Staaten nationale Souveränität abgeben und auf europäischer Ebene gemeinsam ausüben. Damit limitiert sich für jeden Mitgliedstaat die Möglichkeit, Angelegenheiten alleine zu entscheiden. Aber es erhöht sich die Möglichkeit, auf andere Einfluss zu nehmen und zu gemeinsamen Entscheidungen zu kommen, die dann auch für alle verbindlich sind. [...] Die EU hat echte Regelungskompetenzen. Es besteht aber Konsens in den Mitgliedsländern, dass man die EU nicht zu einem Superstaat entwickeln möchte, der alles und jedes festlegt. Deshalb gilt die Subsidiarität. Das bedeutet: Eine Entscheidung soll so weit unten wie möglich getroffen werden. Auf europäischer Ebene soll nur entschieden werden, wenn deutlich ist, dass die EU den Sachverhalt besser regeln kann als die Nationalstaaten oder darunter liegende regionale Ebenen [z. B. Bundesländer, Kommunen].

Stratenschulte, Eckart D.: Prinzipien des EU-Aufbaus. In: www.bpb.de, 01.04.2014

b) Zuständigkeiten in der EU

Zuständigkeiten in der Europäischen Union
Stand: 2019

Nach: Stratenschulte, Eckart D.: Zuständigkeitsbereiche der EU. In: www.bpb.de (Abruf am 18.05.2021)

c) Rechtsakte („Gesetze") der EU

1 **Verordnungen** sind Rechtsakte, die bei Inkrafttreten automatisch und in einheitlicher Weise in allen EU- Ländern gelten, ohne dass sie in einzelstaatliches Recht umgesetzt werden müssen. Sie sind in allen ihren Teilen verbindlich und gelten unmittelbar in allen Mitgliedsländern.

2 **Richtlinien** geben den EU- Ländern ein bestimmtes Ziel vor, stellen ihnen jedoch frei, wie sie diese verwirklichen. Die Länder müssen die zum Erreichen der Zielvorgabe erforderlichen gesetzlichen Maßnahmen treffen (d. h. die Richtlinie in nationales Recht „umsetzen"). [...] Die Umsetzung in nationales Recht muss innerhalb [einer] Frist erfolgen, [...].

3 **Beschlüsse** sind verbindliche Rechtsakte, die für ein oder mehrere EU- Länder, Unternehmen oder Einzelpersonen gelten. [...] Beschlüsse müssen nicht in nationales Recht umgesetzt werden.

4 In einer **Empfehlung** können die Institutionen ihre Ansichten äußern und Maßnahmen vorschlagen, ohne den Adressaten der Empfehlung rechtliche Verpflichtungen aufzuerlegen. Empfehlungen sind nicht rechtsverbindlich.

5 Eine **Stellungnahme** ermöglicht den EU-Institutionen, eine Aussage ohne Auferlegung rechtlicher Verpflichtungen in Bezug auf deren Gegenstand zu treffen. Stellungnahmen sind nicht rechtsverbindlich.

AUFGABEN

1. Plastik ist billig und praktisch (**M2a**) – überprüft, wie sich das in eurem Leben (z. B. Ernährung, Schule) zeigt.
2. Erläutert die Problematik der Plastikmüllentsorgung für Umwelt und Wirtschaft.
3. Nehmt Stellung zu der Frage, inwiefern die EU das Plastikmüll-Problem lösen kann, indem ihr ...
   a) die Umfrage **M3** analysiert und das Ergebnis der Umfrage mit dem Meinungsbild in eurer Klasse zur selben Frage vergleicht.
   b) aus **M4b** herausarbeitet, inwiefern die Lösung der Plastikmüll-Problematik den Zuständigkeiten der EU entspricht.
   c) die Macht der EU diskutiert. Erläutert die Prinzipien Subsidiarität, Supranationalität sowie die Rechtsverbindlichkeit einzelner EU-Gesetze (**M4a–c**).

2.3.2 Wie kann die EU-Kommission effektiv zur Lösung der Plastikmüll-Problematik beitragen?

Zum Thema: Plastikmüll ist ein massives Problem für Umwelt, Tiere und letztendlich auch uns Menschen. Doch wie kann eigentlich die EU zur Lösung der Problematik beitragen? Und welches EU-Organ muss den ersten Schritt unternehmen, um den Gang des europäischen Gesetzgebungsverfahrens in Gang zu bringen? Antworten auf diese Fragen erhaltet ihr im folgenden Unterkapitel.

M5 Dezember 2017: Die EU-Kommission sucht öffentliches Feedback zum Thema Plastikmüll

„Jede Maßnahme der EU im Zusammenhang mit Kunststoffmüll sollte berücksichtigen, dass diese Problematik nicht an Staatsgrenzen Halt macht: Wenn Kunststoff in die Umwelt gelangt, wird er häufig an Stränden, Flüssen oder Meeren in anderen Ländern angespült. Maßnahmen auf EU-Ebene tragen somit dazu bei, ein transnationales Problem wirksam zu lösen. Bereits jetzt ist die EU bezüglich der Umweltverschmutzung durch Plastikmüll tätig. So gibt es Auflagen, welche die Mitgliedstaaten zur Überwachung und Reduktion von Meeresmüll verpflichten. Auch EU-Fördergelder werden bereits jetzt zur Bekämpfung von Meeresmüll eingesetzt und unterstützen globale, nationale und regionale Maßnahmen. Einige Mitgliedstaaten haben bereits Maßnahmen ergriffen, um Einwegartikel aus Kunststoff zu reduzieren. Zwar sind Maßnahmen auf nationaler, regionaler oder lokaler Ebene sehr wichtig, doch können Maßnahmen auf EU-Ebene wünschenswert sein: Dies vereinfacht die Produktion und den grenzüberschreitenden Handel innerhalb der EU für die Unternehmen, da diese durch die Angleichung der Regelungen keine unterschiedlichen Vorgaben in den Mitgliedstaaten berücksichtigen müssen."

Nach: © Europäische Union, 1995–2021 – Europäische Kommission: Reducing marine litter: action on single use plastics and fishing gear. Übersetzt und gekürzt von Bearbeiterin. In: www.eurlex.europa.eu (Abruf am 30.03.2021)

EINSTIEGSAUFGABE

Gebt das Zitat (**M5**) mit eigenen Worten wieder. Auf welches Problem wird hingewiesen?

M6 Die Europäische Kommission – Aufgaben und Zusammensetzung

Die seit 2019 um die deutsche EU-Kommissionspräsidentin Ursula von der Leyen im Amt befindlichen 27 Mitglieder der Europäischen Kommission

Die Europäische Kommission ist die politisch unabhängige Exekutive der EU. Sie ist allein zuständig für die Erarbeitung von Vorschlägen für neue europäische Rechtsvorschriften und setzt die Beschlüsse des Europäischen Parlaments und des Rates der EU um. Die Kommission ist das einzige EU-Organ, das dem Parlament und dem Rat Gesetzesvorschläge zur Abstimmung vorlegen kann. [...] Die EU-Kommission legt gemeinsam mit dem Rat und dem Parlament die Schwerpunkte der Mittelvergabe fest, erstellt Jahreshaushaltspläne zur Annahme durch Parlament und Rat, überwacht, wie das Geld ausgegeben wird. [...] Gemeinsam mit dem Gerichtshof wacht die Kommission über die ordnungsgemäße Anwendung des EU-Rechts in allen Mitgliedstaaten. Die EU-Kommission spricht in internationalen Organisationen für alle EU-Länder, vor allem in den Bereichen Handelspolitik und humanitäre Hilfe. Sie handelt außerdem im Namen der EU internationale Verträge aus.

Die 27 Kommissionsmitglieder aus den einzelnen EU-Mitgliedstaaten übernehmen die politische Leitung der Kommission für einen Zeitraum von fünf Jahren. Der Präsident der Kommission überträgt jedem Kommissionsmitglied die Verantwortung für einen bestimmten Politikbereich. Dem Kollegium der Kommissionsmitglieder gehören die Kommissionspräsidentin, ihre acht Vizepräsidenten und -präsidentinnen einschließlich der drei Exekutiv-Vizepräsident(inn)en, der Hohe Vertreter der Union für Außen- und Sicherheitspolitik sowie 18 Kommissarinnen und Kommissare für die einzelnen Ressorts an. [...] Die Kandidaten für das Amt des Kommissionspräsidenten werden von den Staats- und Regierungschefs im Europäischen Rat unter Berücksichtigung der Ergebnisse der Wahlen zum Europäischen Parlament vorgestellt. Um gewählt zu werden, benötigen der Kandidat oder die Kandidatin die Unterstützung einer Mehrheit der Abgeordneten. Der Kandidat für die Präsidentschaft wählt potenzielle Vizepräsidenten und Kommissionsmitglieder unter Berücksichtigung der Vorschläge aus den EU-Ländern aus. Die Nominierungen müssen von den Staats- und Regierungschefs der Länder im Europäischen Rat angenommen werden. Jeder Nominierte muss vor dem Europäischen Parlament seine Vision vorstellen und die Fragen der Abgeordneten beantworten. Anschließend stimmt das Parlament ab, ob es das vorgeschlagene Kollegium insgesamt akzeptiert oder nicht. Zuletzt müssen die potenziellen Kommissarinnen und Kommissare vom Europäischen Rat mit qualifizierter Mehrheit ernannt werden. [...] Der Präsident bestimmt die politische Ausrichtung der Kommission, anhand derer die Kommissare gemeinsam strategische Ziele beschließen [...].

© Europäische Union, 1995–2021 – Europäische Kommission: Tätigkeiten der Kommission. In: https://europa.eu (Abruf am 30.03.2021)

M7 Mai 2018: Die EU-Kommission gibt ein Versprechen ab

„Diese Kommission hat versprochen, sich ambitioniert den großen Fragen zu widmen und den Rest den Mitgliedstaaten zu überlassen. Plastikmüll ist zweifellos ein großes Problem und die Europäer müssen mit vereinten Kräften dagegen vorgehen, denn der Plastikmüll landet letztlich in unserer Luft, unseren Böden, unseren Ozeanen und unserem Essen. Die heutigen Vorschläge sehen eine Reihe von Maßnahmen vor, die dazu führen werden, dass wir in unseren Supermärkten weniger Einwegplastik vorfinden werden. Wir werden einige dieser Artikel aus den Regalen verbannen und sie durch sauberere Alternativen ersetzen, sodass den Menschen ihre Lieblingsprodukte weiterhin zur Verfügung stehen."

Frans Timmermans ist seit 1. Dezember 2019 geschäftsführender Vizepräsident der EU-Kommission sowie EU-Kommissar für Klimaschutz.

© Europäische Union, 1995 -2021 – Europäische Kommission, Timmermans, Frans. In: Schutz der Meere: Kommission will Einwegplastik-Produkte vom Markt nehmen. In: https://ec.europa.eu, 28.05.2018

AUFGABEN

1. Ordnet die Zitate (**M5**, **M7**) in die politischen Zusammenhänge (**M6**) ein.
2. a) Erläutert Tätigkeiten und Struktur der EU-Kommission mithilfe **M6**.
   b) Mit welchem Verfassungsorgan der Bundesrepublik Deutschland lässt sich die EU-Kommission am ehesten vergleichen?
3. Erörtert die Regelung, dass jeder EU-Mitgliedstaat unabhängig von Einwohnerzahl, Wirtschaftskraft etc. einen eigenen Kommissar oder eine eigene Kommissarin in die EU-Kommission entsendet.

2.3.3 Kooperation oder Blockade? – das Zusammenwirken des EU-Parlaments und des Ministerrates bei der Lösung der Plastikmüll-Problematik

Zum Thema: Die EU-Kommission hat einen Vorschlag zur Lösung der Plastikmüll-Problematik entwickelt. Noch ist damit aber kein geltendes Recht geschaffen worden. Welche Rolle spielen das EU-Parlament und der Ministerrat im europäischen Gesetzgebungsprozess? Diese Frage beantwortet euch das folgende Unterkapitel.

M8 2018: Stimmen aus dem EU-Parlament zum Thema Plastikmüll

1 EU-Parlament stimmt Bericht zur Kunststoffrichtlinie am 24.10.2018 zu

Berichterstatterin Frédérique Ries [...]: „Wir haben die ehrgeizigsten Gesetze gegen Einweg-Kunststoffe verabschiedet. Es liegt nun an uns, bei den anstehenden Verhandlungen mit dem Rat, die bereits im November beginnen sollen, den Kurs beizubehalten. Die heutige Abstimmung ebnet den Weg für eine ehrgeizige Richtlinie.

© Europäische Union, 1995–2021 – Europäisches Parlament: Wegwerfprodukte aus Plastik: Parlament stimmt für Verbot ab 2021. In: www.europarl.europa.eu, 27.03.2019

2 Das EU-Parlament verabschiedet am 27.03.2019 den Kompromiss zur Kunststoffrichtlinie

Bereits im Dezember 2018 hatten sich die Unterhändlerinnen und Unterhändler von EU-Parlament und Ministerrat auf einen Kompromiss bzgl. der Kunststoffrichtlinie geeinigt. Nachdem der Ministerrat diesem im Januar 2019 zugestimmt hatte, votierte im März 2019 auch das EU-Parlament für diesen Kompromiss:
560 Abgeordnete stimmten für diesen, 35 dagegen und 28 enthielten sich.

Bearbeiterin

EINSTIEGSAUFGABE

Analysiert die Schlagzeilen in **M8** und entwickelt Fragen, die sich hinsichtlich der Rolle des EU-Parlaments und des Ministerrats ergeben.

M9 Das EU-Parlament – Aufgaben und Zusammensetzung

Das Europäische Parlament ist das Gesetzgebungsorgan der EU. Es wird alle 5 Jahre direkt von den Bürgerinnen und Bürgern gewählt [...]. Das Parlament hat vor allem drei Aufgaben:

1 Gesetzgebung

- Verabschiedung von EU-Rechtsvorschriften, in Zusammenarbeit mit dem Rat der EU auf der Grundlage von Vorschlägen der Europäischen Kommission
- Entscheidung über internationale Abkommen
- Entscheidung über Erweiterungen
- Prüfung des Arbeitsprogramms der Kommission und Aufforderung der Kommission, Rechtsvorschriften vorzuschlagen

2 Haushalt

- Aufstellung des Haushaltsplans der EU gemeinsam mit dem Rat
- Genehmigung des langfristigen EU-Haushalts, des so genannten „mehrjährigen Finanzrahmens"

3 Aufsicht

- Demokratische Kontrolle aller EU-Organe
- Wahl der Präsidentin/des Präsidenten der EU-Kommission und Zustimmung zur Kommission als Kollegium. Möglichkeit, einen Misstrauensantrag zu stellen, der die gesamte Kommission zum Rücktritt zwingen könnte.
- Entlastung, d. h. Genehmigung der Ausgaben aus dem EU-Haushalt
- Bearbeitung von Petitionen der EU-Bürgerinnen und -Bürger und Einsetzen von Untersuchungsausschüssen
- Erörterung der Währungspolitik mit der Europäischen Zentralbank
- Befragung von Kommission und Rat
- Wahlbeobachtung

Die Anzahl der Abgeordneten pro Land richtet sich ungefähr nach der Bevölkerungszahl, wobei der Grundsatz der degressiven Proportionalität Anwendung findet: Kein Land kann weniger als sechs oder mehr als 96 Abgeordnete haben, und die Gesamtzahl der Abgeordneten darf 705 (704 zuzüglich des Präsidenten) nicht überschreiten. Die Mitglieder des Parlaments sind nach Fraktionen und nicht nach Staatsangehörigkeit gruppiert. Der Präsident oder die Präsidentin vertritt das Parlament vor den anderen EU-Organen und der Außenwelt und hat das letzte Wort bei der Genehmigung des EU-Haushalts. [...] Die Arbeit des Parlaments läuft in zwei Stufen ab:

A In den Ausschüssen werden Rechtsvorschriften vorbereitet. Das Parlament umfasst 20 Ausschüsse und drei Unterausschüsse, die je für einen bestimmten Politikbereich zuständig sind. Die Ausschüsse prüfen Legislativvorschläge, und Abgeordnete und Fraktionen können Änderungsvorschläge einbringen oder ein Gesetz ablehnen. Auch in den Fraktionen werden die Vorschläge erörtert.

B Auf den Plenartagungen werden Rechtsvorschriften verabschiedet. Bei Plenartagungen kommen alle Abgeordneten im Plenarsaal zusammen, um abschließend über Legislativvorschläge und deren Änderungen abzustimmen.

© Europäische Union, 2015–2019: Europäisches Parlament. In: https://europa.eu (Abruf am 24.03.2021)

M10 Wie beeinflussen Lobbyisten die Gesetzgebung?

Die Richtlinie ist noch lange nicht Gesetz. Das EU-Parlament muss zustimmen und auch der Rat, in diesem Fall die [...] Umweltminister der EU. Es ist [...] mehr als genug Zeit, um den Vorschlag noch auszubremsen. Alle großen Kunststoffverbände haben Abgesandte in Brüssel, wo die Schlacht um das Einwegplastik in den nächsten Monaten entschieden wird.

Der Verband [Plastic-Europe] vertritt rund 100 globale Unternehmen, neben Sabic etwa BASF und ExxonMobil. [...] Leonor Garcia, Direktorin für Öffentliche Angelegenheiten, hat vor sich auf dem Tisch viele bunte Broschüren ausgebreitet. Unter anderem steht darin, dass knapp 60.000 Firmen in der EU mit Plastik zu tun haben und damit im Jahr 2016 fast 350 Milliarden Euro umsetzten. Die meisten Broschüren aber handeln davon, wie die Plastikindustrie das marine Müllproblem lösen will, freiwillig. [...] Zu den neusten Plänen der EU-Kommission sagt die Direktorin wenig an diesem Vormittag Ende Juni. Man sei dabei, eine Position zu finden. Was Garcia jetzt schon tun kann: Zweifel säen. Etwa an der Schuldfrage. Mehr als 60 Prozent des Meeresplastiks stammt aus China und vier südostasiatischen Ländern. Verbote innerhalb der EU änderten daran nichts, so Garcia. Auch die Datengrundlage der EU-Kommission könne irreführend sein: Wenn auch nur ein Stück einer Plastikflasche am Strand gefunden werde, zähle das in deren Untersuchungen womöglich als ganze Flasche, sagt Garcia. [...] Soll heißen: Das Problem wird aufgebauscht. So sieht das auch Alexandre Dangis. Er ist Geschäftsführer des Lobbyverbands Europe Plastic Converters (EuPC) und Repräsentant von 50.000 Firmen in Europa. [...] „Wenn das Verbot wirklich kommt, werden in der EU Firmen zumachen", sagt er. Sein Verband stelle derzeit eine Taskforce auf, die die genauen Effekte ermitteln soll. Es geht Dangis auch um Zeitgewinn. „Ich möchte nicht, dass die Kommissionsrichtlinie durchgepeitscht wird", sagt er. [...]

Und was ist mit Recycling? Glaubt man Joan Marc Simon, ist das auch nicht die Lösung. Simon ist ebenfalls Lobbyist, aber für die Gegenseite. Er ist Geschäftsführer der Nichtregierungsorganisation Zero Waste Europe mit Sitz in Brüssel. „Man kann das Plastikproblem nicht wegrecyceln", sagt er. Dafür seien bereits viel zu viele unterschiedliche Plastikarten in der Welt. Nur sortenreiner Kunststoff kann einwandfrei recycelt werden. [...] Ohne Verbote, sagt Joan Marc Simon, werde das Plastikproblem nicht zu lösen sein. Den Vorstoß der EU-Kommission findet er deshalb grundsätzlich richtig.

Theile, Merlind: Plastikstrohhalme – Gibt's den auch aus Stroh? In: www.zeit.de, 18.07.2018

Lobbyismus in der EU

Schätzungsweise 25.000 Lobbyisten mit einem Jahresbudget von 1,5 Milliarden Euro nehmen in Brüssel Einfluss auf die EU-Institutionen. Etwa 70 Prozent von ihnen arbeiten für Unternehmen und Wirtschaftsverbände. Sie genießen privilegierte Zugänge zu den Kommissaren. Und sie überhäufen die Abgeordneten mit ihren Änderungsanträgen für Gesetzesvorlagen.

LobbyControl – Initiative für Transparenz und Demokratie e.V.: Lobbyismus in der EU. In: www.lobbycontrol.de (Abruf am 02.09.2020)

M11 Der Ministerrat – Aufgaben und Zusammensetzung

Das Europagebäude in Brüssel, seit 2017 Sitz des EU-Ministerrats

Im Rat der EU, landläufig auch „der Rat" genannt, kommen Minister aus allen EU-Ländern zusammen, um Rechtsvorschriften zu diskutieren, zu ändern und anzunehmen. Außerdem koordinieren sie ihre Politikbereiche. Alle auf den Ratstagungen anwesenden Minister sind befugt, „für die Regierungen der von ihnen vertretenen Mitgliedstaaten verbindlich zu handeln". Zusammen mit dem Europäischen Parlament ist der Rat der Europäischen Union das Hauptbeschlussorgan der EU. [...]

Aufgaben des Rates der Europäischen Union:

- Abstimmung und Verabschiedung von EU-Rechtsvorschriften gemeinsam mit dem Europäischen Parlament auf Grundlage von Vorschlägen der Europäischen Kommission
- Koordinierung der politischen Maßnahmen der EU-Länder
- Entwicklung der Außen- und Sicherheitspolitik der EU auf Grundlage von Leitlinien des Europäischen Rates
- Abschluss internationaler Übereinkünfte zwischen der EU und anderen Staaten oder internationalen Organisationen
- Genehmigung des Haushaltsplans der EU gemeinsam mit dem Europäischen Parlament

Der Rat der Europäischen Union hat keine festen Mitglieder. Er tritt in zehn verschiedenen Konfigurationen zusammen, je nach Politikbereich. Zu diesen Treffen sendet jedes Mitgliedsland den jeweils für das anstehende Thema zuständigen Minister.

Wenn der Rat also zum Beispiel über Wirtschaft und Finanzen berät – der sogenannte Ecofin-Rat –, kommen die Finanzminister und -ministerinnen der EU-Mitgliedsländer zusammen.

Den ständigen Vorsitz im Rat der Außenminister führt die Hohe Vertreterin der Union für Außen- und Sicherheitspolitik. Bei den übrigen Tagungen des Rates führt der/die zuständige Minister/-in des EU-Mitgliedstaats den Vorsitz, der turnusgemäß den EU-Ratsvorsitz innehat. [...]

Die Tagungen der EU-Minister sind öffentlich, wenn über Entwürfe von Gesetzgebungsakten beraten oder abgestimmt wird. Für die Annahme von Beschlüssen ist in der Regel eine qualifizierte Mehrheit erforderlich, und zwar

- 55 % der Länder (bei den derzeit 27 Mitgliedstaaten sind das 15 Länder),
- die außerdem mindestens 65 % der EU-Gesamtbevölkerung stellen. […]

Um einen Beschluss zu verhindern, sind mindestens vier Länder erforderlich, die mindestens 35 % der EU-Gesamtbevölkerung stellen.

- Ausnahme: Für sensible Angelegenheiten wie Außenpolitik und Steuern ist Einstimmigkeit erforderlich […].

© Europäische Union, 1995–2019: Rat der Europäischen Union. In: https://europa.eu (Abruf am 27.08.2020)

M12 Das EU-Parlament in der Karikatur – „Von wegen Papiertiger!"

Papiertiger
Nur dem Anschein nach bzw. „auf dem Papier" eine starke Person oder Institution.

Karikatur: Rolf Henn, 1999

AUFGABEN

1. Arbeitet aus **M9–M11** die Antworten zu euren Fragen (**M8**) heraus.
2. Erläutert am Beispiel der Kunststoffrichtlinie, wie Lobbyisten und Lobbyistinnen versuchen, Einfluss auf den europäischen Gesetzgebungsprozess zu nehmen (**M10**).
3. Die Macht soll in einer Demokratie vom Volk ausgehen. Überprüft, inwiefern das EU-Parlament, als das einzige direkt vom Volk gewählte Organ der Europäischen Union, über ausreichende Kompetenzen verfügt (**M9**).
4. Erörtert die Vor- und Nachteile der Abstimmungsverfahren im Ministerrat (**M11**). Stellt dabei das Mehrheits- dem Einstimmigkeitsprinzip gegenüber.
   a) Interpretiert die Karikatur **M12**.
   b) Beantwortet die Frage, ob das EU-Parlament im europäischen Gesetzgebungsprozess lediglich die Machtfülle eines Papiertigers besitzt.

H Aufgabe 4b
→ Methodenglossar S. 208

2.3.4 Welche Rolle spielen der Europäische Rat und der Europäische Gerichtshof in der EU?

Zum Thema: Den Staats- und Regierungsoberhäuptern kommt innerhalb der einzelnen Nationalstaaten eine wesentliche Rolle im Gesetzgebungsprozess zu. Im bislang dargestellten Prozess des europäischen Gesetzgebungsverfahrens waren diese jedoch nicht beteiligt. Es stellt sich die daher die Frage: Wie können die Staats- und Regierungsoberhäupter der EU-Mitgliedstaaten Einfluss auf das europäischen Gesetzgebungsverfahren nehmen? Außerdem ist noch zu klären: Wer entscheidet eigentlich, wenn es Streitigkeiten um verabschiedetes EU-Recht gibt? Antworten auf diese Fragen erhaltet ihr im folgenden Unterkapitel.

M13 Die Rolle des Europäischen Rates in den Bereichen Klima und Umwelt

Frühjahrstagung 2018 des Europäischen Rates – wichtigste Ergebnisse:

Der Europäische Rat hat die Kommission ersucht, bis zum ersten Quartal 2019 den Entwurf einer Strategie für die langfristige Verringerung der Treibhausgasemissionen der EU nach Maßgabe des Übereinkommens von Paris vorzulegen, wobei die Pläne der Mitgliedstaaten zu berücksichtigen sind.

© Europäische Union, 1995–2021 – Europäischer Rat: Tagung Europäischer Rat 22./23. März 2018. In: www.consilium.europa.eu (Abruf am 19.05.2021)

EINSTIEGSAUFGABE

Stellt auf Grundlage von **M13** erste Vermutungen an, welche Rolle der Europäische Rat in der Umweltpolitik spielt.

M14 Der Rat der Europäischen Union – Aufgaben und Zusammensetzung

Im Europäischen Rat kommen die Staats- und Regierungschefs der EU-Länder zusammen, um die politische Agenda der EU festzulegen. Er ist die höchste Ebene der Zusammenarbeit zwischen den EU-Ländern. Als eines der […] amtlichen Organe der EU tritt der Europäische Rat unter einem ständigen Vorsitz auf (zumeist vierteljährlichen) Tagungen der EU-Spitzen zusammen. Was tut der Europäische Rat?

- Er entscheidet über die allgemeine Ausrichtung der EU-Länder und ihre Prioritäten- ohne für die Erlassung der Rechtsvorschriften befugt zu sein,
- befasst sich mit komplexen oder sen-

siblen Themen, die auf einer niedrigeren Ebene der zwischenstaatlichen Zusammenarbeit nicht geklärt werden können,

- legt die gemeinsame Außen- und Sicherheitspolitik der EU fest und berücksichtigt dabei die strategischen Interessen der EU und Fragen der Verteidigungspolitik,
- ernennt und bestimmt Kandidaten für bestimmte wichtige Positionen auf EU-Ebene, zum Beispiel die Europäische Zentralbank oder die Kommission.

Zu jedem Thema kann der Europäische Rat die Europäische Kommission ersuchen, einen relevanten Lösungsvorschlag zu erarbeiten oder die Angelegenheit an die Fachminister der EU-Länder im Rat der EU weiterleiten. Der Europäische Rat setzt sich aus den Staats- und Regierungschefs aller EU-Mitgliedstaaten, dem Präsidenten des Europäischen Rates und dem Präsidenten der Europäischen Kommission zusammen. Er wird von seinem Präsidenten einberufen, der vom Europäischen Rat selbst um eine einmalig verlängerbare Amtszeit von zweieinhalb Jahren gewählt wird. Neben vielen anderen Aufgaben vertritt der Präsident die EU nach außen. Normalerweise tritt er vier Mal pro Jahr zusammen. Der Präsident kann jedoch bei dringlichen Angelegenheiten außerordentliche Tagungen einberufen. Entscheidungen werden im Konsens getroffen. In einigen Fällen ist jedoch auch eine einstimmige Entscheidung oder eine Entscheidung mit qualifizierter Mehrheit erforderlich. Nur die Staats- und Regierungschefs haben eine Stimme.

© Europäische Union, 1995–2021: Europäischer Rat. In: https://europa.eu (Abruf am 28.08.2020)

Charles Michel, belgischer Politiker und seit dem 1. Dezember 2019 amtierender Präsident des Europäischen Rates

M15 Was wäre wenn … die Rolle des Europäischen Gerichtshofs (EuGH)

Vorgesehen ist, dass die EU-Mitgliedstaaten die Kunststoffrichtlinie bis 2021 in nationales Recht umgesetzt haben. Erst dann müssen sich die Unternehmen in den einzelnen Mitgliedsländern an die bis dahin geschaffenen Regeln halten. Die EU-Kommission überwacht die Umsetzung. Doch was geschieht, wenn ein Staat nach deren Ansicht kein entsprechendes Gesetz verabschiedet? Die Kommission, als Hüterin der Verträge, würde dann den betreffenden EU-Mitgliedssaat vor dem Europäischen Gerichtshof [EuGH] verklagen. Dieser ist das höchste Gericht innerhalb des gesamten Gerichtssystems der EU. Der EuGH würde in diesem Fall in einem sogenannten Vertragsverletzungsverfahren entscheiden, ob der angeklagte EU-Mitgliedssaat tatsächlich seine auf der Kunststoffrichtlinie resultierenden Pflichten nicht erfüllt hat. Diese Verfahrensart kommt immer dann zum Tragen, wenn die EU-Kommission oder ein EU-Mitgliedstaat den Eindruck hat, das ein EU-Mitglied gegen europäisches Recht (→ M4c, S. 145) verstößt bzw. dieses nicht angemessen umsetzt. Grundsätzlich hat der EuGH dafür Sorge zu tragen, dass europäisches Recht in allen EU-Mitgliedssaaten einheitlich ausgelegt und angewandt wird. Je nach Verfahrensart und Fall kann es auch Unternehmen, Verbänden oder europäischen Bürgerinnen und Bürgern möglich sein, vor einem europäischen Gericht Rechte einzuklagen.

Bearbeiterin

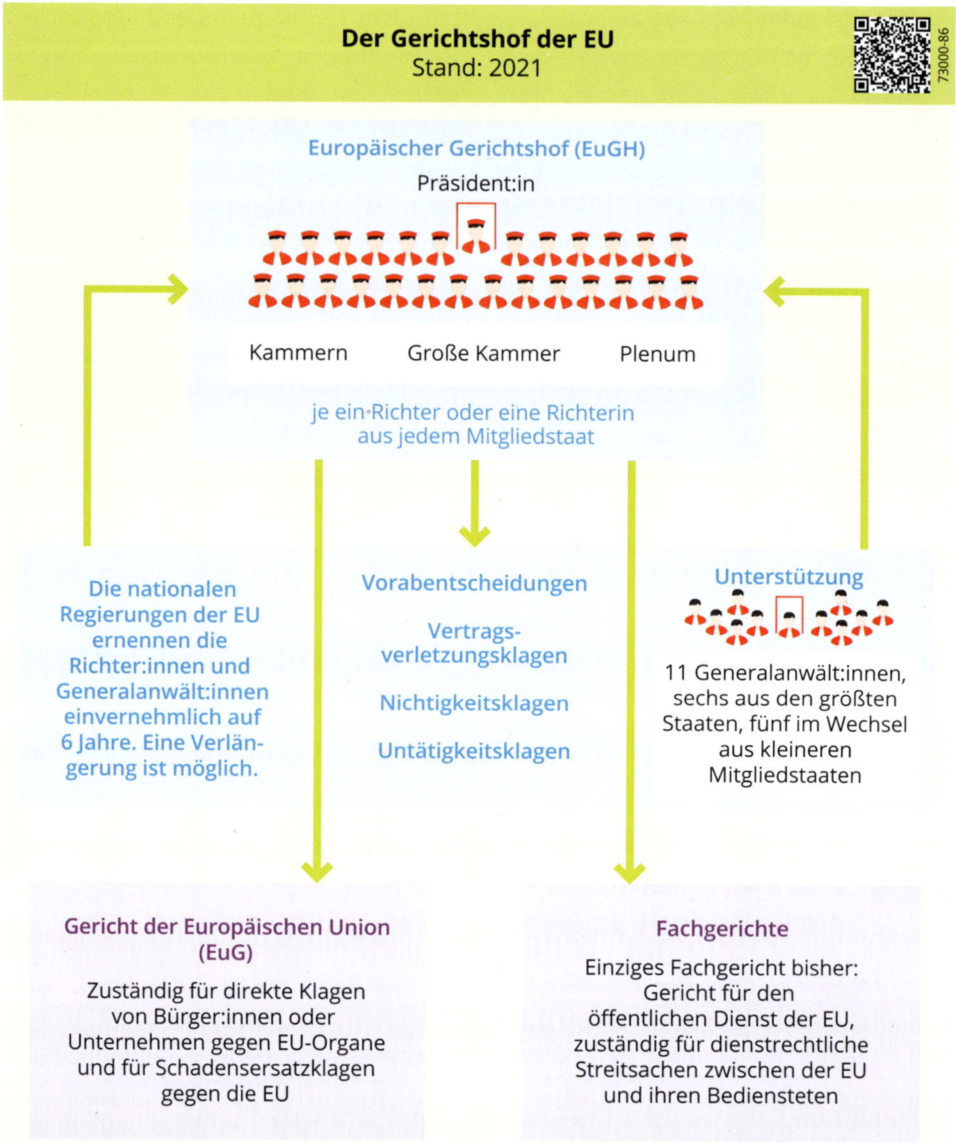

Nach: Bergmoser und Höller Verlag AG, Zahlenbilder 714 070

M16 Immer mehr Macht für den EuGH?

Zieht der Europäische Gerichtshof, der EuGH in Luxemburg, als oberstes Gericht der EU immer mehr Kompetenzen an sich? Droht die schleichende Entmachtung der nationalen Verfassungsgerichte, etwa des Bundesverfassungsgerichts in Karlsruhe?

Nein! Das Zusammenspiel von EuGH und Bundesverfassungsgericht gibt keinen Anlass für irgendwelche Schreckensszenarien. Vielmehr kooperieren beide Gerichte bei einer gemeinsamen Aufgabe: Als Verfassungsgerichte wachen sie darüber, dass in Deutschland nur Recht angewendet wird, das die Grundrechte der Bürgerinnen und Bürger achtet. Zu diesem Zweck arbeiten beide Gerichte nebeneinander miteinander.

Aber natürlich: Bei der Schaffung und Umsetzung von EU-Recht wirken EU-Institutionen und nationale Institutionen (wie zum Beispiel der Bundestag) auf komplex verflochtene Weise zusammen. Ein Beispiel: Setzt der deutsche Gesetzgeber eine EU-Richtlinie um, wird sowohl EU-Hoheitsgewalt als auch deutsche Hoheitsgewalt ausgeübt. Als Grenze der jeweiligen Hoheitsgewalt finden damit auch die Grundrechte beider Hoheitsgewalten Anwendung, etwa die Meinungsfreiheit oder die Achtung des Privatlebens.

Aber wer überprüft das Gesamtergebnis der im Beispiel genannten Richtlinienumsetzung: EuGH oder Bundesverfassungsgericht oder gar beide?

Das Grundprinzip der Aufgabenverteilung ist ganz einfach: Der EuGH prüft alles, was die Institutionen der EU zu verantworten haben am Maßstab insbesondere der EU-Grundrechtecharta. Das Bundesverfassungsgericht prüft alles, was die deutschen Hoheitsträger zu verantworten haben am Maßstab des Grundgesetzes. [...]

Die EU erweitert die politischen und rechtlichen Gestaltungsmöglichkeiten der Bürgerinnen und Bürger; sie bietet Chancen, die ein Nationalstaat nie bieten kann. Wer diese Chancen möchte, der muss auch die Rolle des EuGH anerkennen; das ist der Preis des Föderalismus. Die Rollen von Institutionen ändern sich, auch die des Bundesverfassungsgerichts.

Das Kooperationsmodell von Bundesverfassungsgericht und EuGH funktioniert aber seit Jahrzehnten im Wesentlichen reibungslos. Der Grundrechtsschutz ist eben auf zwei Gerichte verteilt worden – der Schutz für die Bürgerinnen und Bürger ist dadurch nicht geschwächt. Entscheidend ist nämlich nicht, wer das Schutzniveau wahrt, sondern dass es gewahrt wird.

Lars S. Otto, Auf ein gutes Zusammenspiel der höchsten Gerichte, www.deutschlandfunkkultur.de, 26.04.2017

Die Gebäude des Europäischen Gerichtshofes in Luxemburg.

AUFGABEN

1. Erläutert die Rolle des Europäischen Rates im Bereich der Klima- und Umweltpolitik (**M13**, **M14**).
2. Bildet Dreiergruppen und arbeitet zunächst arbeitsteilig und in Einzelarbeit
   - die Aufgaben und die Zusammensetzung,
   - die Arbeitsweise und
   - die Rolle des Präsidenten bzw. der Präsidentin des Europäischen Rates aus **M14** heraus.

   Stellt euch anschließend gegenseitig eure Ergebnisse vor und übernehmt die Aufzeichnungen eurer Gruppenmitglieder.
3. Erläutert die Bedeutung des Europäischen Gerichtshofes für die Europäische Union (**M15**).
4. Nehmt Stellung zu der in **M16** gestellten Frage: „Immer mehr Macht für den EuGH?“

2.3.5 Das europäische Gesetzgebungsverfahren – zu kompliziert für effektive Problemlösung?

Zum Thema: Die Kompetenzen und Aufgaben der einzelnen EU-Organe im Rahmen des Gesetzgebungsverfahren der EU wurden in den vorherigen Unterkapiteln bereits deutlich. Nun erhaltet ihr einen Überblick über den europäischen Gesetzgebungsprozess am Beispiel der Kunststoffrichtlinie. So könnt ihr exemplarisch ableiten, in welchem Zeitrahmen und in welcher Abfolge europäische Rechtsakte ablaufen.

M17 Die EU in der Karikatur

Karikatur: Gerhard Mester / Baaske Cartoons, 1995

EINSTIEGSAUFGABE
Interpretiert die Karikatur. Worauf will der Zeichner aufmerksam machen?

M18 Wie legitimiert sich die Gesetzgebung der EU?

Sekundäres Gemeinschaftsrecht
Im Vergleich zum primären (ursprünglichen) Gemeinschaftsrecht, womit die Gründungsverträge der EU gemeint sind, bezeichnet das sekundäre (abgeleitete) Gemeinschaftsrecht alle anderen Verordnungen, Richtlinien, usw.

Die EU ist eine Gemeinschaft, in der die Einzelinteressen ihrer Mitgliedsstaaten miteinander vereint werden müssen. Da alle Mitgliedsstaaten Souveränitätsrechte an die Gemeinschaft abtreten, entscheiden ihre gewählten Regierungsvertreter mit.

Aus diesem Grund ist das Europäische Parlament (EP) im Gegensatz zu nationalen Parlamenten nicht der alleinige Rechtssetzer und Souverän im Institutionengefüge der Europäischen Union. Bei allen Rechtsetzungsakten des so genannten sekundären Gemeinschaftsrechts sind sowohl die Kommission als auch der Rat der Europäischen Union als Vertretung der nationalen Regierungen beteiligt. […]

Wegen des mitunter schwierigen Einigungsprozesses unter allen Mitgliedsstaaten in der Europäischen Union kommt der Kommission eine große Bedeutung zu. Ihre Mitglieder und Mitarbeiter müssen im Vorfeld eines geplanten Gesetzgebungsverfahrens einen Vorschlag erarbeiten, der sowohl im Europäischen Parlament als auch im Rat konsensfähig sein sollte.

Je nach Rechtsgegenstand und Thema können die unterschiedlichsten Verfahren der Entscheidungsfindung zum Einsatz kommen.

Das ordentliche Gesetzgebungsverfahren [...] ist das wichtigste Gesetzgebungsverfahren in der Europäischen Union. Das Parlament ist durch dieses Verfahren an der Mehrheit der Rechtssetzungsakte direkt beteiligt – und kann diese geplanten Verordnungen, Richtlinien oder Beschlüsse per Mehrheitsbeschluss verhindern oder abändern.[...]

Bundeszentrale für politische Bildung: Europäische Gesetzgebung. In: www.bpb.de, 27.09.2010

M19 Wie entstehen in der EU Gesetze?

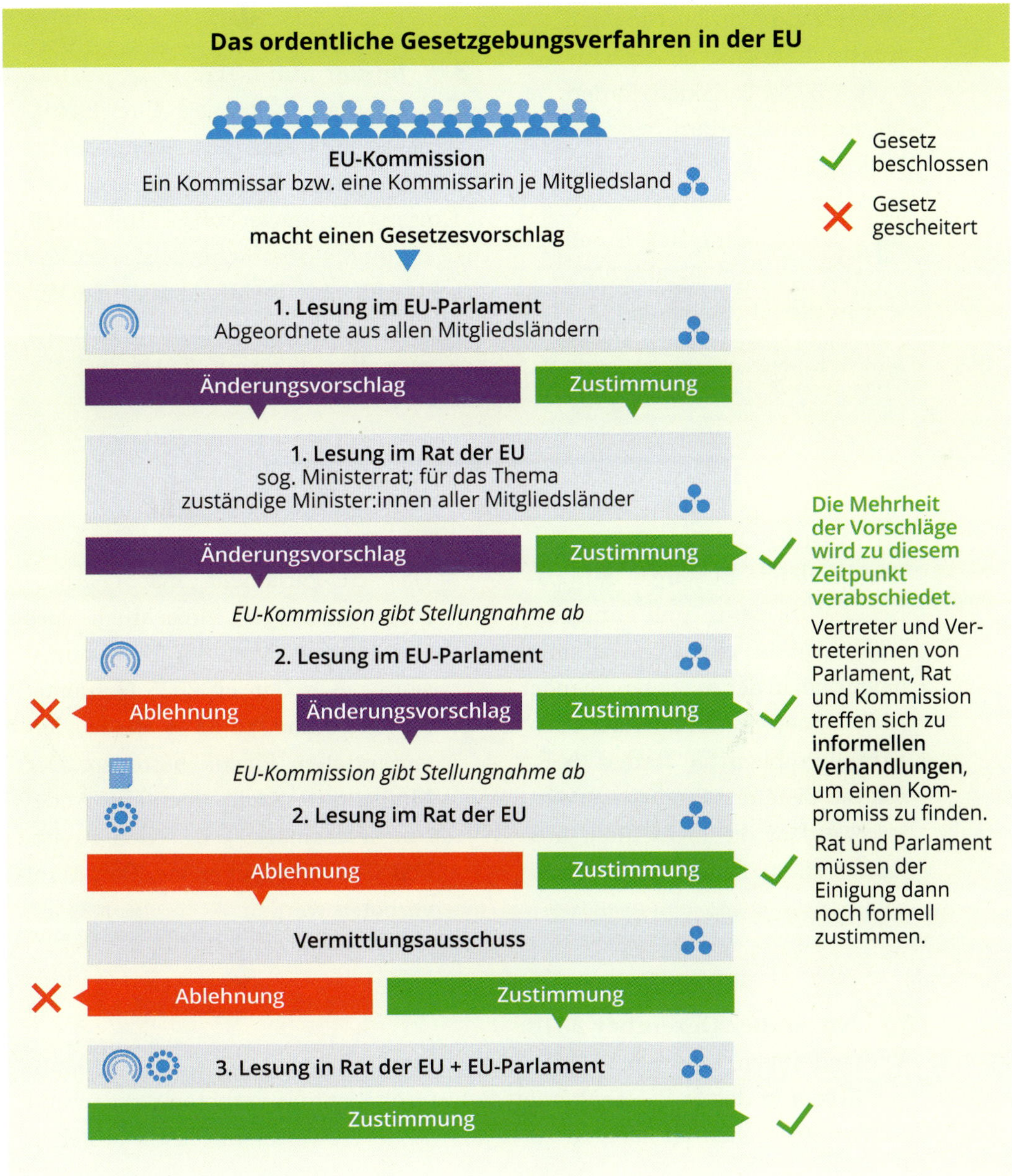

Nach: dpa-Infografik 118204848, Quelle: EU-Parlament, Stand: 2019

M20 Die einzelnen Schritte bis zur Verabschiedung der EU-Kunststoffrichtlinie

1 14.01.2014:
Die Abgeordneten [des EU-Parlaments] fordern laut einer [...] angenommenen Entschließung ab 2020 ein Verbot der gefährlichsten Plastikprodukte und bestimmter Plastiktüten, als Teil einer europäischen Strategie zur Verringerung von Kunststoffabfällen in der Umwelt. [...] Das Parlament fordert die Kommission dazu auf, vor Ende des Jahres 2014 Vorschläge vorzulegen, um die Deponierung von recyclingfähigen und verwertbaren Abfällen bis 2020 schrittweise abzuschaffen [...].

© Europäische Union, 1995–2021: Europäisches Parlament: Plastikmüll: Parlament schlägt Alarm. In: www.euro-parl.europa.eu, 14.01.2014

→

2 19.10.2016:
Scheitern aufgrund zu geringer Unterstützung der Europäischen Bürgerinitiative (→ S. 164 f.) „Stop Plastic in the Sea“, welche sich zum Ziel gesetzt hatte, die Vermüllung der Meere durch Plastik zu bekämpfen. *Bearbeiterin*

↓

3 Januar-Mai 2018:
Die EU-Kommission legt ihre Plastik-Strategie im Januar vor. Darin kündigt sie an, einen Gesetzesvorschlag zum Umgang mit Einwegkunststoffen zu machen. Im Mai verabschiedet sie den Vorschlag für eine Richtlinie über die Verringerung der Auswirkungen bestimmter Kunststoffprodukte auf die Umwelt.
Bearbeiterin

↓

4 Anfang Oktober 2018:
Das beratende EU-Organ Europäischer Wirtschafts- und Sozialausschuss (EWSA) gibt seine Stellungnahme ab, in der es weitergehende Maßnahmen hinsichtlich der Plastikmüll-Problematik fordert (z. B. soll die Liste der Produkte erweitert werden, die nicht mehr aus Kunststoffen hergestellt werden soll). *Bearbeiterin*

→

5 Ende Oktober 2018:
Das EU-Parlament macht Änderungsvorschläge hinsichtlich des Gesetzesvorschlags der EU-Kommission: z. B. sollen ab 2025 Getränkeflaschen mind. zu 35 % aus wiederverwertetem Plastik bestehen. Der Ministerrat macht ebenfalls Änderungsvorschläge: z. B. sollen zusätzlich Getränkebecher aus Polystyrol verboten werden. *Bearbeiterin*

↓

6 November-Dezember 2018:
Verhandlungen zwischen EU-Parlament und Ministerrat mit dem vorläufigen Ergebnis, dass z. B. Behälter aus Polystyrol ebenfalls verboten werden und Kunststoffflaschen ab 2025 zu 25 % aus wiederverwertetem Plastik bestehen müssen. *Bearbeiterin*

7 Januar 2019:
Sowohl der vorbereitende Ausschuss (AStV) des Ministerrates als auch der für die Thematik relevante Ausschuss des EU-Parlaments stimmt dem vorläufigen Ergebnis der Verhandlungen zu.
Bearbeiterin

8 Ende März 2019:
Formale Verabschiedung der Kunststoffrichtlinie durch das EU-Parlament (560 Ja-Stimmen, 35 Nein-Stimmen und 28 Enthaltungen).
Bearbeiterin

9 Mai 2019:
Annahme der Kunststoffrichtlinie durch den Ministerrat
Bearbeiterin

10 Bis Ende 2021:
Die Regelungen treten durch die Umsetzung der Kunststoffrichtlinie in nationales Recht in den einzelnen EU-Mitgliedstaaten in Kraft.
Bearbeiterin

AUFGABEN

1. Beschreibt anhand des Textes (**M18**) und des Schaubildes zum ordentlichen Gesetzgebungsverfahren der EU (**M19**) den Gesetzgebungsprozess der EU.
2. a) Ordnet die Ereignisse des Zeitstrahls in den Gesetzgebungsprozess der Europäischen Union ein (**M19**, **M20**).
   b) Unterscheidet dabei zwischen formal vorgegebenen und informellen Handlungen, sowie bindenden und unverbindlichen Entscheidungen der EU-Organe.
   c) Erläutert mithilfe des Politikzyklus zusammenfassend das Zustandekommen der EU-Kunststoffrichtlinie.
3. Beurteilt abschließend die Frage: „Wie viel Macht hat die EU?“ (S. 145, Aufgabe 3c).
   a) Berücksichtigt das Prinzip der Subsidiarität (**M4a**, S. 144)
   b) Vergegenwärtigt euch bezüglich der einzelnen EU-Organe, welche Interessen diese jeweils primär vertreten: Interessen der Mehrheitsmeinung der europäischen Bürgerinnen und Bürger, gesamteuropäische Interessen oder Interessen der einzelnen Mitgliedstaaten (**M6**, S. 147 f.; **M9**, S. 150; **M11**, S. 152; **M14**, S.154 f.)?
   c) Achtet beim Ministerrat darauf, in welchen Politikbereichen dort einstimmig/nach Mehrheitsentscheid entschieden wird.
   d) Berücksichtigt zudem, wie es wohl dazu kam, dass der Ministerrat die EU-Kunststoffrichtlinie fast einstimmig verabschiedet hat, obwohl bereits eine qualifizierte Mehrheit dafür ausreichend gewesen wäre.

2.3.6 Ist die Europäische Union demokratisch?

Zum Thema: Das altgriechische Wort „demokratía" bedeutet ins Deutsche übersetzt „Herrschaft des Staatsvolkes". In einer Demokratie geht die Macht demzufolge von der Bevölkerung aus. Doch herrschen in der Europäischen Union tatsächlich die EU-Bürgerinnen und Bürger, wenn sie – wie in den vorherigen Unterkapiteln deutlich wurde – „nur" das EU-Parlament direkt wählen dürfen? Der Beantwortung dieser Frage geht das folgende Unterkapitel nach.

M21 Meinungsumfrage: Wie zufrieden sind die Deutschen mit der Demokratie in der EU?

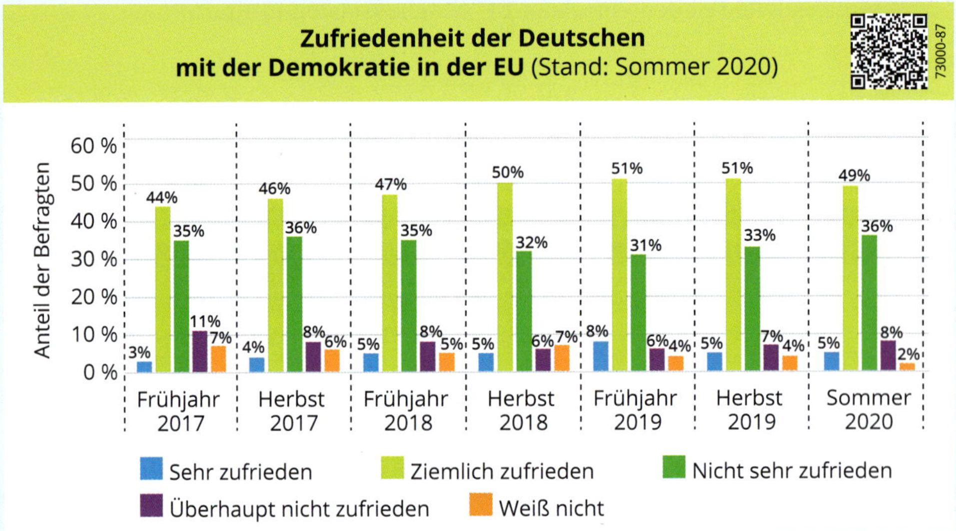

Quelle: Statista; 15.11.2019 bis 29.11.2019; 1.540 Befragte; ab 15 Jahre

EINSTIEGSAUFGABE

Analysiert das **M21** und nehmt spontan Stellung zu den Ergebnissen der Umfrage.

M22 Ist die Europäische Union demokratisch genug?

Europäischer Rat, Parlament, Kommission: Diese Institutionen stehen besonders im Fokus der Diskussion um das „Demokratiedefizit" der Europäischen Union, sagt der Politikwissenschaftler Wolfgang Wessels im Interview.

Herr Wessels, in einem geflügelten Wort heißt es: Wäre die Europäische Union ein Staat, dann könnte sie sich selbst nicht beitreten, weil sie in vielen Bereichen nicht demokratisch genug organisiert ist. Steckt in dieser Aussage auf Basis der wissenschaftlichen Diskussion ein wahrer Kern?

Diesem geflügelten Wort stimmen diejenigen zu, die eine Definition von Demokratie vertreten, in der absolute Transparenz und die Mitwirkung der Bürger an allen wesentlichen Entscheidungen dazugehören. Wenn Sie diese Kriterien anlegen, dann hätten aber auch viele EU-Staaten Probleme mit der Demokratie. Die Europäische Union ist nicht undemokratischer als viele andere europäische Staaten.

Welches Demokratieverständnis liegt der Europäischen Union zugrunde?

Der Ausgangspunkt dafür ist der Vertrag über die Europäische Union. Die Mitgliedstaaten haben hier viele Kompetenzen an die EU übertragen. Damit haben sie die Organe der EU bevollmächtigt, bestimmte Entscheidungen zu treffen. Dieser Vertrag ist durch die Zustimmung der Parlamente der Mitgliedstaaten legitimiert.

Aus dem Vertrag kann man wesentliche Elemente des Demokratieverständnisses herauslesen. Die EU definiert sich laut Artikel 2 als Wertegemeinschaft, hier sind beispielsweise die Menschenwürde oder der Schutz von Minderheiten festgeschrieben. Die EU versteht sich als repräsentative Demokratie, so steht es in Artikel 10 des Vertrags. Kennzeichnend ist zudem eine ausgeprägte Gewaltenteilung zwischen den Institutionen, das direkt gewählte Parlament entscheidet nicht alles. Darüber hinaus sind in den EU-Verfahren demokratische Prinzipien festgeschrieben.

Die eigentliche Legitimationsquelle der EU sind weiterhin die nationalen Parlamente, die die nationalen Regierungen wählen. Wichtig ist: Die Organe handeln nicht immer entsprechend der Prinzipien des Vertrags, aber das ist ein Phänomen, das man in allen Demokratien, nicht nur bei der EU, findet. Ein großer Fortschritt gegenüber anderen internationalen Organisationen: Mit dem Gerichtshof der Europäischen Union gibt es ein Organ, das das Recht auslegt und entscheidet, ob die Normen der EU-Verträge verletzt werden.

Sie haben das Europaparlament angesprochen. Manche Kritiker monieren, es verfüge nicht über genug Macht.

Das stimmt, das Europäische Parlament wird oft kritisiert. Es hat in den vergangenen Jahrzehnten und insbesondere noch einmal mit dem Vertrag von Lissabon, der 2009 in Kraft getreten ist, deutlich mehr Kompetenzen bekommen. Das Parlament ist neben dem Rat gleichberechtigter Gesetzgeber. Die Forschung zeigt: Die Abgeordneten sind häufig erfolgreich, das einzubringen, was sie als Anliegen ihrer Wahlbürger vertreten wollen.

Welche anderen Institutionen stehen in punkto Demokratiedefizit besonders in der Kritik?

Viele Kritiker nennen den Europäischen Rat, das Organ der Europäischen Regierungschefs. Der Rat trifft de facto wesentliche Entscheidungen. Dieses Gremium wird häufig als nicht demokratisch kritisiert. Man muss aber berücksichtigen: Im Europäischen Rat sitzen die Politiker, die die Bürger jeweils national gewählt haben, zum Beispiel die Bundeskanzlerin Angela Merkel.

Besonders im Fokus der Kritik steht zudem die Europäische Kommission. [...] In der öffentlichen Diskussion erscheint die Kommission oft als bürokratischer Schurke, aber sie trifft die Entscheidungen ja nicht alleine, die EU-Mitgliedstaaten sind daran beteiligt.

Kritiker nehmen schließlich auch häufig den Gerichtshof der EU ins Visier: Sie monieren, viele Entscheidungen seien nicht nachzuvollziehen. Mit seinen Urteilen greift der Gerichtshof in wirtschaftliche Zusammenhänge ein, viele Entscheidungen entfalten eine nachhaltige Wirkung. [...] Zur Kritik an der demokratischen Legitimation des Gerichtshofs muss man sagen: Der Gerichtshof der EU ist genauso legitimiert wie das Bundesverfassungsgericht in Deutschland. Die Mitgliedstaaten haben die unabhängigen Richter ernannt.

Klein, Matthias im Interview mit Wessels, Wolfgang: Ist die Europäische Union demokratisch genug? In: www.bpb.de, 07.04.2014

M23 Die Europäische Bürgerinitiative – mehr Demokratie durch direkte Bürgerbeteiligung?

a) Das Verfahren:

Die Europäische Bürgerinitiative (EBI) ist ein im Jahr 2009 auf EU-Ebene eingeführtes Instrument der politischen Teilhabe. Mit einer EBI können die Bürgerinnen und Bürger der EU veranlassen, dass sich die Europäische Kommission mit einem bestimmten Thema befasst.

Ablauf der Europäischen Bürgerinitiative

1 START EINER EBI
Bildung des Bürgerausschusses,
das zentrale Organ der EBI-Organisatoren

2 REGISTRIERUNG
Dauer maximal: 2 Monate
Die Kommission entscheidet über die Zulassung einer EBI.

3 UNTERSCHRIFTENSAMMLUNG
Dauer maximal: 12 Monate
Start direkt nach der Registrierung
1 Million Unterschriften aus 7 Mitgliedsstaaten (1/4 der EU-Staaten)
Mindestalter: 18 Jahre

4 ÜBERPRÜFUNG DER UNTERSCHRIFTEN
Dauer maximal: 3 Monate
Nationale Behörden prüfen und zertifizieren.

5 EINREICHUNG UND FOLLOW-UP
Dauer maximal: 3 Monate
Treffen des Organisationsteams mit der Kommission
Gedankenaustausch und Beantwortung von Fragen
Öffentliches Hearing im EP
Das Hearing ist der zentrale Output einer EBI und zieht im Idealfall eine Gesetzesinitiative nach sich. Das Organisationsteam hat die Möglichkeit, sein Anliegen vor Vertretenden des Parlamentes, der Kommission und Interessengruppen vorzutragen und zu diskutieren.
Kommission entscheidet über weitere Reaktionen
Die Kommission entscheidet, ob sie eine Gesetzesinitiative anstößt, andere Maßnahmen in Betracht zieht oder nicht tätig wird.

Quelle: Bertelsmann Stiftung: Wissenswertes zur Europäischen Bürgerinitiative. Factsheet 2/2018, S. 2

b) Bisher haben fünf Initiativen die erforderliche Anzahl von Unterstützungsbekundungen eingereicht, sodass sich die EU-Kommission mit dem Anliegen befassen musste:

1 **Stop Vivisection** (Ziel: Ausstieg aus der tierexperimentellen Forschung; 1,173 Mio. Unterstützende in 26 EU-Staaten)

2 **Einer von uns** (Ziel: Ablehnung von Abtreibung, Stopp der Finanzierung von Aktivitäten, die zur Tötung von Embryonen führen können; 1,721 Mio. Unterstützende in 28 EU-Staaten)

3 **Right2Water** (Ziel: Wasserversorgung als Menschenrecht, Verbot der Privatisierung von Wasserversorgung; 1,659 Mio. Unterstützende in 27 EU-Staaten)

4 **Verbot von Glyphosat** (Ziel: Schutz von Menschen und Umwelt vor giftigen Pestiziden; 1,071 Mio. Unterstützende in 23 EU-Staaten)

5 **Minority SafePack** (Ziel: Verbesserung des Schutzes für Angehörige nationaler Minderheiten und Sprachminderheiten; 1,123 Mio. Unterstützende in 28 EU-Staaten)

Basierend auf: © Europäische Union, 1995–2021: Europäische Bürgerinitiative. In: www.europa.eu (Abruf am 30.03.2021)

Aktuelle Initiativen
Auf der Website der EU könnt ihr überprüfen, für welche EBIs momentan Unterschriften gesammelt werden, welche gescheitert sind und welche zurückgenommen wurden.

AUFGABEN

1. a) Arbeitet aus **M22** heraus, inwiefern die EU ein/kein Demokratiedefizit aufweist.
   b) Stellt in diesem Zusammenhang auch heraus, welche Eigenschaften nach Ansicht des Politikwissenschaftlers Wolfgang Wessel eine demokratische EU besitzen sollte.
   c) „Die eigentliche Legitimationsquelle der EU sind weiterhin die nationalen Parlamente, die die nationalen Regierungen wählen" (**M22**). Erläutert diese Aussage mithilfe eures Wissens über die Aufgaben und die Zusammensetzung der EU-Organe.
2. Erörtert inwiefern eine Direktwahl des EU-Kommissionspräsidenten das Demokratiedefizit sinnvoll verringern könnte.
3. Erläutert den politischen Nutzen für europäische Bürgerinnen und Bürger, sich durch eine Bürgerinitiative direkt an der EU-Politik beteiligen zu können (**M23a–b**, **Randspalte**).
4. Nehmt Stellung, inwiefern die Möglichkeiten der direkten Bürgerbeteiligung dazu beitragen können die Europäische Union (noch) demokratischer zu machen (**M23a–b**).

H **Aufgabe 2**
Beachtet auch mögliche Nachteile, z. B. durch unterschiedliche Bevölkerungszahlen in den Ländern der EU.

2.3.7 Löst die EU-Kunststoffrichtlinie die Plastikmüll-Problematik?

Zum Thema: Die EU hat sich der Plastikmüll-Problematik in Form der EU-Kunststoffrichtlinie angenommen. Doch welche konkreten Regelungen beinhaltet diese Richtlinie überhaupt? Und wie sind diese zu bewerten? Antworten auf diese Fragen erhaltet ihr im folgenden Unterkapitel.

M24 März 2019: EU-Richtlinie gegen Plastikmüll

Oxo-abbaubarer Kunststoff
Diese Kunststoffe können nicht vollständig von Mikroorganismen zersetzt werden und dürfen daher nicht mit einem biologisch-abbaubaren Kunststoff verwechselt werden.

Das EU-Parlament hat für Produkte, für die es umweltfreundlichere Alternativen gibt, ein Verbot von Einweg-Kunststoffen beschlossen.

Von der EU-Richtlinie betroffene Produkte.

Verboten werden unter anderem:

- Plastikbesteck, Wattestäbchen, Strohhalme aus Kunststoff, Lebensmittelbehälter aus Polystyrol, wie z. B. Fast-Food-Boxen, […]
- Produkte aus sogenanntem oxo-abbaubaren Kunststoff

Wenn noch keine Alternativen zum Plastik verfügbar sind, setzt die Europäische Union auf Reduktionsziele:

- PET-Getränkeflaschen sollen im Jahr 2025 verbindlich aus mindestens 25 Prozent recyceltem Kunststoff bestehen, […] 2030 sollen es schon 30 Prozent sein. […]
- Ab 2024 dürfen Getränkebehälter aus Kunststoff nur vertrieben werden, wenn die Verschlüsse und Deckel am Behälter befestigt sind. […]
- Die Mitgliedsstaaten sollen den Verbrauch von To-Go-Bechern verringern. […]
- Produkte, die einen besonders hohen Kunststoffanteil haben, zum Beispiel vorbefeuchtete Körperpflege- und Haushaltswischtücher müssen auf ihren Verpackungen Hinweise erhalten, wie sie angemessen entsorgt werden können beziehungsweise welche Umweltschäden sie anrichten können […].

Die Richtlinie nimmt die Hersteller umweltschädlicher Produkte in die Verantwortung, sie sollen sich an den Aufräumkosten beteiligen.

Nach: Vorreiter, Paul: EU-Pläne – Europäische Offensive gegen Plastikmüll. In: www.deutschlandfunk.de, 27.03.2019

EINSTIEGSAUFGABE

Bewertet die Maßnahmen der EU gegen Plastikmüll, indem ihr sie in sinnvoll bzw. nicht sinnvoll einteilt.

M25 Positionen zur EU-Kunststoffrichtlinie

A Stellungnahme der Arbeitsgemeinschaft Verpackung + Umwelt (AGVU)

Eine Ausweitung der Herstellerverantwortung auf Kosten der Beseitigung von Litter [= von Personen auf den Boden geworfener und liegengelassener Müll] lehnt die AGVU ab. Das damit gegebene Signal kann sogar kontraproduktiv auf die Zielerreichung der Kreislaufwirtschaft wirken, denn es entlässt den Bürger aus der Verantwortung für einen sorgfältigen Umgang mit Produkten am […]

Arbeitsgemeinschaft Verpackung + Umwelt e. V.: Stellungnahme zur Umsetzung der Europäischen Single-Use-Plastics-Richtlinie in Deutschland. In: www.agvu.de, 27.03.2019

Vollständiger Text A

Mediencode: 71093-32

AGVU
Interessenverband der Verpackungsindustrie, der Konsumgüterwirtschaft, des Handels und der Entsorgungsunternehmen.

B Kolumne der Schriftstellerin Sabine Bergk

Deutschland und Irland gehören zu den Spitzenreitern der europäischen Plastikmüllverursacher. Laut einer Studie des Kölner Instituts der deutschen Wirtschaft produziert jeder Bundesbürger im Durchschnitt 37 Kilogramm Plastikmüll im Jahr. In den vergangenen zehn Jahren stieg der Pro-Kopf-Verbrauch an Plastik sogar um 30 Prozent an. Dass ausgerechnet Strohhalme im Fokus der neuen Verbannungsliste […]

Bergk, Sabine: Plastikverbot der EU – Europa am Strohhalm. In: www.cicero.de, 03.06.2018

Vollständiger Text B

Mediencode: 71093-33

C Stellungnahme des Naturschutzbund Deutschland e.V. (NABU)

Der NABU begrüßt die […] erzielte Einigung zur EU-Richtlinie zu Einwegplastik. „Mit der Entscheidung zeigen Kommission, Parlament und Rat, dass sie mit politischem Willen in wenigen Monaten wirkungsvolle Maßnahmen für den Schutz der Umwelt verabschieden können – auch gegen die Lobbyinteressen der Industrie", sagte NABU-Präsident Olaf Tschimpke. „Das ist ein Schritt in die richtige Richtung, um die Einweg-Plastikflut zu stoppen." Die Regulierung von Einwegplastik könne als Präzedenzfall für künftige Entscheidungen zum Ressourcenschutz dienen. […]

Der NABU begrüßt, dass das Kunststoffrecycling durch wieder aufbereitete Kunststoffe gestärkt wird, zum Beispiel durch eine Rezyklateinsatzquote von 30 Prozent in Getränkeflaschen bis 2030.

Der NABU sieht jedoch auch Schwächen bei der Richtlinie: Sie enthält keine verbindlichen Reduktionsziele für den Verbrauch von To-Go-Verpackungen und Einwegbechern, die das EU-Parlament ursprünglich gefordert hatte. Eine NABU-Erhebung zeigte jüngst, dass diese Produkte mit knapp 350.000 Tonnen jährlich erheblich zum Abfallaufkommen in Deutschland beitragen.

Naturschutzbund Deutschland e. V.: EU einigt sich auf Einwegplastik-Verbot – Wichtiges Signal mit Schwächen. In: www.nabu.de, 19.12.2018

D **Stellungnahme der Präsidentin des Umweltbundesamts**

Auch die deutschen Strände sind vermüllt. An der Nordsee finden wir 390 Müllteile pro hundert Meter, an der Ostsee 70 – und der Großteil davon ist aus Plastik. Die EU-Richtlinie ist ein erster guter Schritt, dass unsere Meere und Strände wieder sauberer werden. Die EU nimmt nun insbesondere die Hersteller in die Verantwortung. Sie werden künftig u. a. an Reinigungsmaßnahmen finanziell beteiligt. [...] Ich finde es wichtig und richtig, dass jetzt auch die Hersteller ihren Teil der Verantwortung übernehmen müssen.

Krautzberger, Maria: Weniger Plastik in der Umwelt – EU stimmt Richtlinie zu. In: www.umweltbundesamt.de, 22.05.2019

M26 Die Plastikmüll-Problematik in der Karikatur

Karikatur: Klaus Stuttmann, 2018

AUFGABEN

1. a) Arbeitet in Vierergruppen arbeitsteilig die Positionen A-D aus **M25** heraus und stellt sie euch gegenseitig vor.
   b) Nehmt abschließend Stellung zur EU-Richtlinie und begründet gegebenenfalls eine Abweichung zu eurer Bewertung aus der Einstiegsaufgabe (**M24**).
2. Analysiert die Karikatur **M26** und ordnet diese begründet einer der Positionen aus **M25** zu.
3. Erörtert, inwiefern die EU geeignet und fähig ist, globalen Umweltproblemen zu begegnen. Bezieht hierbei auch eure Erkenntnisse über das Zusammenwirken der EU-Organe im europäischen Gesetzgebungsprozess mit ein.

WAS WIR WISSEN

Politisches System der EU
S. 144 f.; M4
S. 147 f.; M6
S. 150 ff.; M9–M11,
S. 154 ff.; M14–M16
S. 158 ff.; M18–M20

Die EU hat keine Verfassung, sondern hat sich durch Verträge organisiert, in denen z. B. festgelegt ist, für welche Politikbereiche die EU (nicht) zuständig ist. Durch Verträge wurden – ähnlich wie in Nationalstaaten – auch Institutionen erschaffen, die der Exekutive (Kommission), Legislative (Rat und Parlament) und Judikative (EuGH) zugeordnet werden können, sodass das grundlegende rechtsstaatliche Prinzip der Gewaltenteilung in der EU sichergestellt ist. Grundsätzlich kann man aber die Frage diskutieren, ob die EU noch demokratischer gestaltet werden kann – zumal beispielsweise die Mitglieder des Rates in den Nationalstaaten der Exekutive angehören.

In den einzelnen Institutionen herrschen die Interessen bestimmter Gruppen vor: So haben die Bürgerinnen und Bürger ihre Interessensvertretung im Parlament, die Regierungen ihre in den Räten.

Demokratie in der EU
S. 162 ff.; M21-M23

Zwar lässt sich das Zusammenwirken der EU-Organe modellhaft darstellen, in der Realität sind aber die Abstimmungsmodalitäten (und damit der Einfluss der Mitgliedstaaten) vom jeweiligen Politikbereich abhängig. Im Ministerrat muss je nach Politikbereich mit einfacher Mehrheit (15 Mitgliedstaaten stimmen mit Ja), mit qualifizierter Mehrheit (55 % der Mitgliedstaaten, die mindestens 65 % der EU-Bevölkerung vertreten, stimmen mit Ja) oder einstimmig (alle Stimmen sind Ja-Stimmen) entschieden werden. In wichtigen Bereichen, die stark die Souveränität der Mitgliedstaaten tangieren (z. B. im Bereich der Gemeinsamen Außen- und Sicherheitspolitik wird einstimmig entschieden; diese sind daher noch stark vom Prinzip des Intergouvernementalismus (Zusammenarbeit zwischen Staaten und internationalen Organisationen) geprägt.

Im Bereich der Umweltpolitik hat die EU – unter Wahrung des Prinzips der Subsidiarität – mehr Einflussmöglichkeiten, was man z. B. daran erkennt, dass die Kunststoffrichtlinie mit qualifizierter Mehrheit verabschiedet wurde. Zwar werden hier in langen Verhandlungen für einen Gesetzesvorschlag Kompromisse gesucht, die für die Mitgliedstaaten akzeptabel sind. Die Tatsache, dass die Mitgliedstaaten aber kein Veto-Recht haben, sondern überstimmt werden können, zeigt, dass sie hier Souveränitätsrechte an die EU abgegeben haben, was dem Prinzip der Supranationalität entspricht.

Die Kommission, das Parlament und der EuGH sind eher supranationale Organe, die darauf ausgerichtet sind, Interessen der EU bzw. der Gesamtheit der EU-Bürgerinnen und -Bürger zu vertreten und zu wahren; der Europäische Rat hingegen, in dem die Staats- und Regierungsoberhäupter zusammenkommen, funktioniert wiederum in der Regel nach dem Prinzip des Intergouvernementalismus, da hier ein Konsens gesucht wird.

Im Ministerrat sind die Einflussmöglichkeiten der Mitgliedstaaten wie bereits erwähnt, vom Politikbereich abhängig.

2.4 Die wirtschaftliche Integration der EU

2.4.1 Der EU-Binnenmarkt – Erfolgsmodell mit Tücken?

Zum Thema: Kritische Stimmen schimpfen nicht selten über das „Bürokratie-Monster" in Brüssel. Doch dienen die Regeln des gemeinsamen Binnenmarktes nicht auch uns Verbraucherinnen und Verbrauchern? In diesem Unterkapitel geht es um die Vor- und Nachteile des gemeinsamen EU-Binnenmarktes.

M1 Meinungen: Wo ist der EU-Binnenmarkt nützlich?

1 Laura (16), Schülerin:
„Dank des Euros müssen wir kein Geld mehr wechseln, wenn wir nach Frankreich in den Urlaub fahren und ich muss auch keine Preise umrechnen."

2 Michael (43), Geschäftsmann:
„Keine Grenzkontrollen! Und am Flughafen geht es bei Flügen innerhalb der EU auch schneller!"

3 Florian (43), Vermieter:
„Unsere Dachdecker kamen aus Osteuropa und haben super Arbeit gemacht – und günstig waren sie auch."

4 Felix (17), Schüler:
„Die niedrigen Handygebühren für Anrufe aus dem Ausland sind unglaublich praktisch, so bleibe ich auch im Urlaub auf dem laufenden, was meine Kumpels treiben."

5 Leonie (22), Studentin:
„Dank der EU kann ich ohne weitere Probleme im europäischen Ausland studieren!"

6 Sandra (36), Mutter:
„Ich habe zwei Teenager daheim und bin froh, dass Apps und Videospiele dank der EU nun kennzeichnen müssen, wenn man dort Geld ausgeben kann."

7 Andreas (39), Skilehrer:
„Vor ein paar Jahren habe ich mir in Südtirol ein Bein gebrochen. Dank der EU-Krankenversicherungskarte war das kein Problem."

Bearbeiterin

EINSTIEGSAUFGABE

Erarbeitet eine Rangliste, welche Regelungen der EU ihr für am nützlichsten haltet.

M2 Der Europäische Binnenmarkt – ein Markt für 500 Millionen Bürger

Vier Freiheiten
Im Binnenmarkt gelten die vier Freiheiten: Freier Warenverkehr, Personenfreizügigkeit, Dienstleistungsfreiheit, freier Kapital- und Zahlungsverkehr.

Man kann sich die EU wie einen riesigen Marktplatz vorstellen. Da können sich Personen, Waren, Geld und Dienstleistungen frei bewegen. Diesen gemeinsamen Markt, den sogenannten „Binnenmarkt", gibt es seit 1993. Er hat dazu geführt, dass die EU heute der größte Wirtschaftsraum der Welt ist. Auf keinem anderen Gebiet arbeitet die Europäische Union so eng zusammen wie in der Wirtschaft. Der Binnenmarkt hat viele Vorteile. So können EU-Bürger ohne Probleme in einem anderen Mitgliedsland wohnen, studieren, arbeiten, ein Unternehmen gründen oder ihre Rente genießen. EU-Bürger und -Unternehmen dürfen ein Bankkonto im europäischen Ausland eröffnen, ein Haus kaufen, Kredite aufnehmen oder Geld investieren. Ganz wichtig für den gemeinsamen Markt ist, dass die EU-Länder untereinander keine Zölle mehr verlangen. Stell dir als Beispiel einen Schuhhersteller vor: Dieser kann jetzt seine Schuhe nicht mehr nur den rund 80 Millionen Deutschen, sondern allen 480 Millionen EU-Bürgern zum gleichen Preis verkaufen. Um die größere Nachfrage zu befriedigen, muss er mehr Stiefel und Sandalen produzieren. Dafür stellt die Firma neue Mitarbeiter ein – so schafft der Binnenmarkt neue Arbeitsplätze. Gleichzeitig senkt das Schuhunternehmen die Preise. Sonst schnappen ihm nämlich die vielen neuen Konkurrenten aus ganz Europa die Kunden weg. In der Wirklichkeit ist genau dies geschehen. So sind Flüge und Telefongespräche seit Einführung des Binnenmarktes erheblich billiger geworden.

Nach: Müller, Sandra: Europa Kinderleicht. 9. Auflage. Luxemburg: Amt für Veröffentlichungen der Europäischen Union 2018, S. 42

M3 Der Europäische Binnenmarkt in der Kritik

In jedem Land regelt eine Vielzahl von Gesetzen und Vorschriften den Warenverkehr [...]. Wenn nun verschiedene Länder ihren Markt zusammenlegen, [...] was durch den Binnenmarkt geschehen ist, muss man sich auf gemeinsame Standards einigen. [...] Da ist zum Beispiel die Geschichte mit dem Apfelwein, die gut die Tücken des Binnenmarkts illustriert. Für Waren, also auch für Getränke, muss es klare Definitionen geben. Jeder Supermarktkunde weiß, wenn auf einem Obstsaft „Saft" steht, besteht er zu 100 Prozent aus Fruchtsaft, ohne den Zusatz von Wasser und Zucker. Ob der Saft aus Spanien oder aus Deutschland kommt, ist egal. In gleicher Weise hat man auch festgelegt, dass Wein aus Trauben hergestellt sein muss. Das ist der Apfelwein natürlich nicht, er ist also kein Wein. Jedem deutschen Verbraucher ist das selbstverständlich klar, aber was ist mit einem Kunden in Großbritannien, der die Flasche sieht und „Wein" liest? Deshalb wollte die Europäische Kommission im Interesse der Verbraucherinformation untersagen, den Apfelwein so zu nennen – ein Vorhaben, das nach Protesten aus Deutschland übrigens zu den Akten gelegt wurde.

Stratenschulte, Eckart D.: Der Europäische Binnenmarkt – Erfolgsmodell mit sozialer Schieflage? In: Debatte Europa Kontrovers. S. 219 ff. Hrsg: Bundeszentrale für politische Bildung, www.bpb.de, 24.09.2019

EU-Binnenmarkt*
Stand: 2019

Slowakei	**48,9 %**
Luxemburg	84,1
Tschechien	83,9
Ungarn	81,7
Polen	79,7
Rumänien	76,9
Portugal	76,8
Slowenien	73,5
Niederlande	73,4
Belgien	72,4
Österreich	70,8
Estland	70,6
Kroatien	68,1
Lettland	67,3
Bulgarien	66,6
Spanien	66,4
Litauen	58,8
Finnland	58,8
Dänemark	58,4
Deutschland	58,4
Frankreich	58,1
Schweden	57,9
Griechenland	56,1
Italien	55,9
Malta	55,6
Irland	47,5
Zypern	47,0
Vereinigtes Königreich	46,2

**Anteil der Exporte in EU-Partnerländer*

Quelle: Eurostat

AUFGABEN

1. Erklärt den EU-Binnenmarkt und seine Vorteile. Berücksichtigt dabei die Grafik in der Randspalte auf dieser Seite (**M2**).
2. Erläutert am Beispiel des Apfelweins die grundlegenden Probleme des Binnenmarktes (**M3**).
3. Nehmt Stellung dazu, ob ihr diese oder andere euch bekannte Regelungen für notwendig oder übertrieben haltet (**M2, M3**).

2.4.2 Der Euro als Zahlungsmittel – ein Schritt zur europäischen Integration?

Zum Thema: Am 01.01.2020 wurde unsere Währung erwachsen. Seit 18 Jahren ist der Euro als Zahlungsmittel im Umlauf – und in den Zeiten der Euro-Krise gibt es mehr kritische Stimmen denn je. In diesem Kapitel erfahrt ihr, inwiefern der Euro trotz seiner Kinderkrankheiten als einer der wichtigsten Bausteine der europäischen Integration gesehen wird.

M4 Eine Währung für viele Länder

Der Euro wurde am 01.01.1999 als Buchgeld für bargeldlose Zahlungen und buchhalterische Zwecke eingeführt. Die Banknoten und Münzen sind seit dem 01.01.2002 im Umlauf. 19 EU-Länder und damit ca. 340 Millionen Menschen benutzen den Euro mittlerweile als Zahlungsmittel. Euro-Befürworter und -Befürworterinnen sehen den Euro daher als einen der wichtigsten Bausteine der europäischen Integration.

Die Euroländer
Stand: 2021

73000-88

EU-Mitglieder und das Jahr ihrer Euro-Einführung:

Belgien	1999	**Spanien**	1999
Deutschland	1999	**Griechenland**	2001
Finnland	1999	**Slowenien**	2007
Frankreich	1999	**Malta**	2008
Irland	1999	**Zypern**	2008
Italien	1999	**Slowakei**	2009
Luxemburg	1999	**Estland**	2011
Niederlande	1999	**Lettland**	2014
Österreich	1999	**Litauen**	2015
Portugal	1999		

EU-Mitglieder ohne Euro und ihre aktuelle Währung:

Bulgarien	Lew	**Rumänien**	Leu
Dänemark	Dänische Krone	**Schweden**	Schwed. Krone
Kroatien	Kuna	**Tschechien**	Tschech. Krone
Polen	Złoty	**Ungarn**	Forint

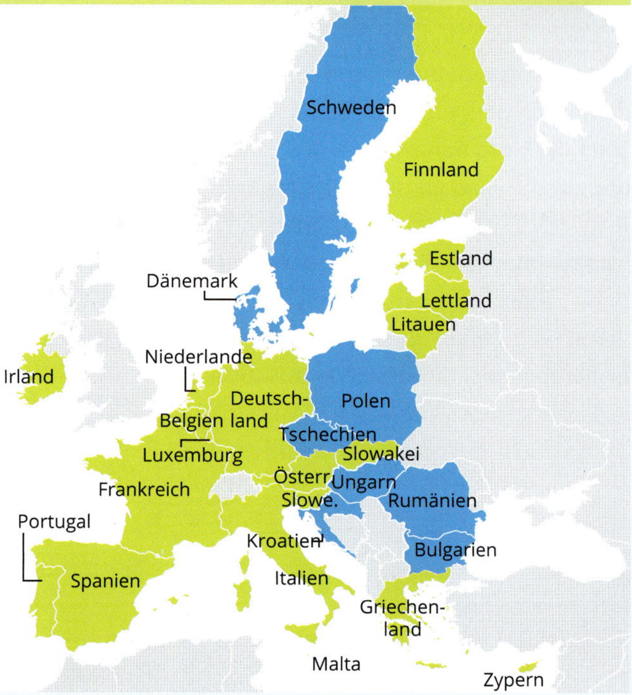

Bearbeiterin

EINSTIEGSAUFGABE

Beschreibt die Grafik **M4** und vergleicht, welche Länder zur EU gehören und in welchen der Euro als Zahlungsmittel gilt. Was stellst ihr fest?

M5 Der Euro – Einführungs- und Stabilitätskriterien

An der Währungsunion müssen alle Staaten der EU teilnehmen. Allerdings erst dann, wenn die Staaten einander in ihrer wirtschaftlichen Entwicklung ähnlich sind. Um dies zu gewährleisten, hat der Vertrag von Maastricht (1992) für die Aufnahme von Ländern in die Europäische Wirtschafts- und Währungsunion (EWWU) feste Kriterien definiert, die sogenannten Konvergenzkriterien:

- Neuverschuldung bis zu 3 % des Bruttoinlandsprodukts (BIP)
- Staatsverschuldung bis zu 60 % des BIP
- Inflationsrate darf nicht mehr als 1,5 Prozentpunkte über derjenigen der drei preisstabilsten Mitgliedstaaten liegen.

Dies ist notwendig, da Spannungen zwischen Ländern entstehen können, wenn sie sich wirtschaftlich unterschiedlich entwickeln. Um das zu verhindern, wurde außerdem der Stabilitäts- und Wachstumspakt (kurz: Euro-Stabilitätspakt) im Vertrag von Amsterdam 1997 verankert. Abgesehen von dem Kriterium der Preisstabilität ist dieser mit den Maastrichter Konvergenzkriterien identisch.

Bearbeitein

Der Euro in Großbritannien, Dänemark und Schweden
Großbritannien und Dänemark hatten 1992 in den Verträgen von Maastricht zur „Europäischen Wirtschafts- und Währungsunion" eine „Opt-out"-Klausel als Zustimmung für die Vertragsunterzeichnung ausgehandelt. Sie durften und dürfen dem Euro-Raum fernbleiben. Alle anderen Staaten, die nach 1992 der EU beitreten, verpflichten sich, den Euro als Zahlungsmittel einzuführen, wenn die Konvergenzkriterien erfüllt werden. Schweden gilt als Sonderfall, da es die Konvergenzkriterien absichtlich nicht erfüllt, um den Euro nicht einführen zu müssen.

Konvergenz
hier: eine allmähliche Annäherung der Länder in wichtigen wirtschaftlichen Grunddaten.

M6 Vorteile des Euro

Unternehmen haben es leichter, Waren im Ausland zu kaufen oder zu verkaufen. Und wenn man in Portugal im Supermarkt steht, weiß man sofort, ob das Eis am Stiel teurer ist als zu Hause oder nicht. Auch entfallen die Umtauschgebühren für andere Währungen. Der Euro soll die Vertiefung der europäischen Integration durch die Vergemeinschaftung der Geldpolitik und den daraus erwachsenden weiteren Koordinierungsbedarf in anderen Politikfeldern wie Arbeitsmarkt-, Sozialpolitik etc. fördern. Zudem schafft der Euro ein Gegengewicht zur weltweiten Dominanz des US-Dollars und der amerikanischen Wirtschaft. Schließlich ist der Euro ein entscheidender Schritt hin zu einer politischen Union, er sollte ein europäisches Wir-Gefühl (Identität) stiften.

Bearbeitein

AUFGABEN

1. Erklärt eurer Banknachbarin oder eurem Banknachbarn, welche Kriterien erfüllt sein müssen, damit der Euro in einem Mitgliedsland Zahlungsmittel wird (**M5**).
2. Arbeitet die Vorteile einer gemeinsamen Währung aus **M6** heraus.
3. Beurteilt, ob es gelingt, dass der Euro eine gemeinsame europäische Identität stiftet. Diskutiert dies in der Klasse (**M4–M6**).

WAS WIR WISSEN

Binnenmarkt und die vier Freiheiten
S. 170 f.; M1–M3

Ein Binnenmarkt bezeichnet ein abgegrenztes Gebiet, in dem Menschen ungehindert wirtschaften können. Normalerweise findet sich ein solches Gebiet nur innerhalb von Staaten, doch haben sich die Mitgliedstaaten der EU nach einem Abkommen von 1993 dazu entschlossen, einen gemeinsamen Markt zu gründen. Ziel des EU-Binnenmarktprojektes war der Abbau sämtlicher Hindernisse, die dem grenzüberschreitenden Handel im Wege standen. Der Binnenmarkt basiert auf den sog. vier Freiheiten: dem ungehinderten Austausch von Waren und Dienstleistungen, dem unbeschränkten Kapitalverkehr, der freien Wahl des Arbeitsplatzes sowie dem ungehinderten Personenverkehr (Wegfall von Grenzkontrollen). Um einen vollständigen Binnenmarkt zu erreichen, mussten viele Vorschriften angeglichen werden. In einigen Bereichen, wie der Anerkennung verschiedener Berufsabschlüsse, ist der Binnenmarkt bis heute noch nicht vollendet.

Die europäische Währungsunion
S. 172 f.; M4–M6

Die im Maastrichter Vertrag festgelegte Wirtschafts- und Währungsunion ist neben der Erweiterung der EU das bisher wohl ehrgeizigste Ziel europäischer Politik. Sie schmiedet die nationalen Volkswirtschaften noch enger zusammen. Die Befürwortenden der gemeinsamen Währung sehen in ihr die „Krönung" des europäischen Binnenmarkts und einen entscheidenden Schritt zur Vertiefung europäischer Integration hin zu einer politischen Union. Darüber hinaus dient die gemeinsame Währung dem Wohlstand und bildet ein Gegengewicht zur Dominanz des US-Dollars. Kritische Stimmen halten die Einführung des Euros für verfrüht, weil weder die wirtschaftlich-soziale noch die politische Integration weit genug vorangeschritten ist. Voraussetzung für die Teilnahme an der Währungsunion ist die Erfüllung der Konvergenzkriterien. Alle Mitgliedstaaten der EU – bis auf Dänemark – haben sich dazu verpflichtet, den Euro als gemeinsame Währung einzuführen und auf die Erreichung und Einhaltung der Konvergenzkriterien hinzuarbeiten. Um auf Dauer eine nachhaltige wirtschaftliche Konvergenz innerhalb der EU zu erreichen, wurde 1997 zudem der Stabilitätspakt beschlossen. Er fordert von den Mitgliedstaaten eine solide Wirtschafts- und Finanzpolitik

Grafik: Der Euro und die Eurozone

Mediencode: 71093-34

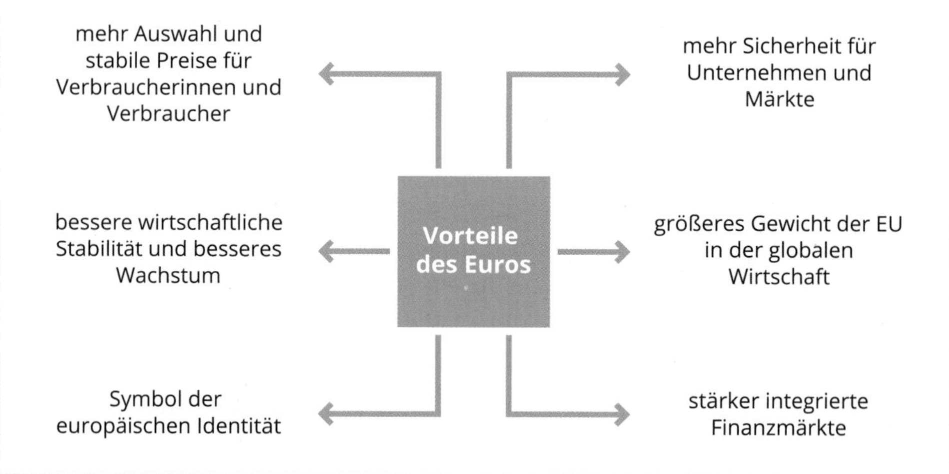

Bearbeiterin basierend auf: © Europäische Union, 1995–2021: Die Vorteile des Euro. In: www.ec.europa.eu (Abruf am 30.03.2021)

2.5 Herausforderungen für die EU: Beitritts- und Austrittsverhandlungen

2.5.1 EU-Erweiterung – soll jeder Staat in Europa Mitglied werden dürfen?

Zum Thema: Die Debatte der EU-Erweiterung ist so alt wie die EU selbst. Doch inwiefern ist es etwas anderes, eine EU mit 27 Mitgliedern zu „erweitern“ als eine EU mit anfangs noch sechs Mitgliedern? Gegenstand dieses Unterkapitels sind die Vor- und Nachteile einer Erweiterung der EU.

M1 Wie ist die Europäische Union gewachsen?

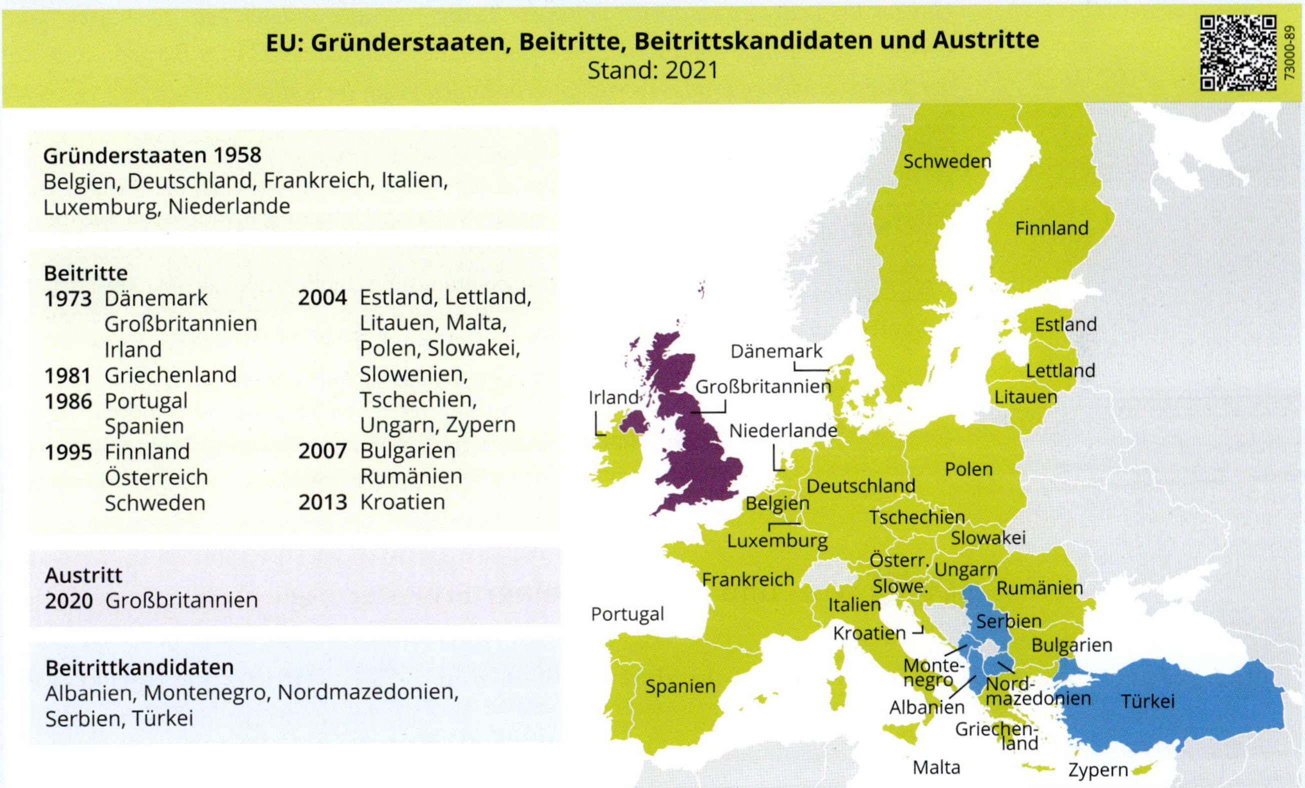

Bearbeiterin

EINSTIEGSAUFGABEN

1. Bestimmt in der Gruppe die geografischen Grenzen Europas (**M1**).
2. Vergleicht anschließend eure Ergebnisse. Stellt ihr Gemeinsamkeiten oder Unterschiede fest?
3. Urteilt spontan: „Soll die EU weitere Länder aufnehmen?“

M2 Wie wird ein Staat Mitglied der EU?

a) Grundsätze einer EU-Mitgliedschaft nach Art. 49 EU

Art. 49 EU (ex-Artikel 49 EUV)
„Jeder europäische Staat, der die in Artikel 2 genannten Werte achtet und sich für ihre Förderung einsetzt, kann beantragen, Mitglied der Union zu werden. Das Europäische Parlament und die nationalen Parlamente werden über diesen Antrag unterrichtet. Der antragstellende Staat richtet seinen Antrag an den Rat; dieser beschließt einstimmig nach Anhörung der Kommission und nach Zustimmung des Europäischen Parlaments, das mit der Mehrheit seiner Mitglieder beschließt. Die vom Europäischen Rat vereinbarten Kriterien werden berücksichtigt."

Vertrag über die Europäische Union: Art. 49 (ex-Artikel 49 EUV). In: www.dejure.de (Abruf am 31.05.2021)

b) Beitrittskriterien: Kopenhagener Kriterien

Um der EU beitreten zu dürfen, muss die Türkei, wie alle anderen beitrittswilligen Staaten die sog. Kopenhagener Kriterien erfüllen. Diese wurden 1993 vom Europäischen Rat der Staats- und Regierungsoberhäupter in Kopenhagen formuliert:

Kopenhagener Kriterien	
Das politische Kriterium	Garantie institutioneller Stabilität, Schaffung einer demokratischen und rechtsstaatlichen Ordnung, Einhaltung der Menschenrechte und Schutz von Minderheiten.
Das wirtschaftliche Kriterium	Verpflichtung zur Schaffung einer funktionsfähigen Marktwirtschaft und Nachweis, dem Wettbewerbsdruck innerhalb des EU-Binnenmarktes standhalten zu können.
Das Acquis-Kriterium	Übernahme aller Rechte und Pflichten, die sich aus der Mitgliedschaft ergeben. (Acquis communautaire: gemeinschaftlicher Besitzstand)

Bearbeiterin

M3 Vor- und Nachteile einer Erweiterung

1 Regulierung und Zentralisierung behindert Freiheit und Wirtschaft
Europa als dynamischer Kontinent lebt vor allem auch durch den Wettbewerb. Kaum eine gesellschaftliche Ebene ist heutzutage von den Regulierungen der europäischen Verwaltung unberührt. Diese Eingriffe behindern auf vielfältige Weise die Bemühungen einzelner.

3 EU: stärkster globaler Wirtschaftsraum
Der europäische Binnenmarkt erhöht die Handels- und Wirtschaftsaktivität innerhalb der Gemeinschaft. Die europäischen Staaten sind der größte Exporteur und Importeur von Waren und Dienstleistungen. [...]

2 Ausufernde Bürokratie
Im Zentrum der Kritik steht vor allem die ausufernde Bürokratie der Europäischen Union. Nach inoffiziellen Schätzungen sind knapp 170.000 Menschen mit der Formulierung, der Implementierung und Überwachung der europäischen Gesetzgebung beschäftigt.

4 Die EU gewährleistet dauerhaft den Frieden

Der wohl größte Verdienst der Europäischen Union ist die Vermeidung von zwischenstaatlichen Konflikten auf dem Kontinent.

Große militärische Auseinandersetzungen wie in der ersten Hälfte des 20. Jahrhunderts sind durch das Miteinander undenkbar geworden. Beispielsweise gab es in Deutschland noch nie eine so lange Friedenszeit.

5 Die EU unterstützt den Binnenmarkt

Jeder europäische Staat profitiert von der Zugehörigkeit zum größten einheitlichen Binnenmarkt der Welt. Der Euro erleichtert die Handelsaktivitäten zwischen den EU-Ländern. Umtauschgebühren entfallen und Verbraucher können die Preise europaweit direkt vergleichen.

6 Mangelnde Transparenz der Entscheidungen der EU

Um willkürlichen Machtgebrauch zu verhindern, ist ein Mindestmaß an Transparenz vonnöten. EU-Behörden haben die Entscheidungsprozesse sehr kompliziert gemacht und diese außerhalb der öffentlichen Aufmerksamkeit platziert.

7 Wenig Gemeinsamkeiten der EU-Mitgliedstaaten

In Europa gibt es keine gemeinsame Sprache und damit keine gemeinsame Öffentlichkeit. Ein konstruktiver Diskurs kommt nicht zustande. Egoismus ist vorprogrammiert: jeder nimmt, was er kriegen kann, Rücksicht wird kaum genommen.

8 Die EU schützt demokratische Verhältnisse

EU-Staaten müssen demokratische Standards einhalten. Länder, die noch nicht der Mitgliedschaft angehören, aber den Beitritt planen, kommen nicht um Reformprozesse herum.

9 Die Umweltpolitik der EU

Die Gemeinschaft setzt sich erfolgreich für die Umwelt ein. Weltweit ist die EU nicht nur Vorreiter bei der Verringerung des CO_2-Ausstoßes und beim Klimaschutz, sondern auch vorbildlich im Bereich der Abfallpolitik sowie des Natur- und Artenschutzes.

Nach: Hermann, Peter: Geteilte Meinungen: 5 Mal Pro und Contra EU. In: www.gevestor.de (Abruf am 30.03.2021)

AUFGABEN

1. Erläutert mithilfe von **M2** die Beitrittsbedingungen für einen Staat, um Mitglied der EU zu werden.
2. a) „Die Aufnahme weiterer Staaten in die Europäische Union führt zu einer Überdehnung der EU!" „Eine EU-Erweiterung stärkt die EU!" – Arbeitet aus **M3** mögliche Argumente für diese beiden Sichtweisen heraus. Tipp: Ordnet die Gesichtspunkte nachfolgenden Themen zu: Frieden, Wirtschaft, Umwelt, Verbraucher, Demokratie, Kultur.
   b) Führt anschließend eine Pro- und Kontra-Diskussion durch.

H Aufgabe 2b
→ Methodenglossar S. 213

2.5.2 Fallbeispiel EU-Austritt: Was bedeutet der Brexit für uns?

Zum Thema: Der „Brexit" gilt noch immer als eines der größten Themen der EU überhaupt. Was ihn u. a. so spannend macht, sind die unsicheren Folgen – für die EU und für Großbritannien. Dieses Unterkapitel widmet sich dem „Brexit" aus Sicht der EU und Großbritanniens.

M4 Die EU am Abgrund?

Karikatur: Klaus Stuttmann

EINSTIEGSAUFGABE

Beschreibt das Problem, auf das die Karikatur (**M4**) aufmerksam macht.

M5 Wie kann ein Staat aus der EU austreten?

Rechtlich geregelt ist das Austrittsverfahren im Vertrag über die Europäische Union [in Artikel 50]. [...] Konkret wird dieses Verfahren eingeleitet, indem der austretende Mitgliedstaat seine Entscheidung dem Europäischen Rat mitteilt. [...] Ab dieser Meldung beginnt eine Frist von zwei Jahren, in der die EU und das Vereinigte Königreich über die Einzelheiten des Austritts und die künftigen Beziehungen verhandeln können. [Dies hat die damalige Premierministerin Theresa May am 29.03.2017 einige Monate nach dem Referendum mitgeteilt.] Die Frist kann nur einstimmig verlängert werden. Verstreicht sie ohne Ergebnis, verlieren die Europäischen Verträge ihre Gültigkeit für das Vereinigte Königreich, ohne dass die Austrittsbedingungen und der Rahmen für die weiteren Beziehungen geregelt wären. [...]

Besonders wichtig wird die Frage nach den handelsrechtlichen Beziehungen zwischen dem Vereinigten Königreich und der EU sein. Andere Nichtmitglieder haben dazu sehr verschiedene Wege gewählt:

- Norwegen ist Mitglied im Europäischen Wirtschaftsraum (EWR). Damit gelten die Rechte und Pflichten des EU-Binnenraumes auch für Norwegen, das allerdings nur geringes Mitspracherecht bei der Erstellung dieser Regeln hat.
- Die Schweiz ist Mitglied in der Europäischen Freihandelsassoziation (EFTA) und regelt ihren Zugang zum Binnenmarkt über bilaterale Verträge.
- Die Türkei befindet sich in einer Zollunion mit der EU, sie übernimmt daher die europäischen Zolltarife gegenüber Drittländern, ohne dabei eine direkte Mitsprache zu haben.
- Für alle Länder, die keine individuellen Handlungsvereinbarungen mit der EU abgeschlossen haben, gelten die Regelungen der Welthandelsorganisation.

Auswärtiges Amt: Wie funktioniert ein Austritt aus der Europäischen Union konkret? In: www.auswaertiges-amt.de, 24.06.2016

„Austritt aus der EU" im Vertrag von Lissabon
Seit Ende 2009 gilt Artikel 50 Absatz 1 EU-Vertrag: „Jeder Mitgliedstaat kann im Einklang mit seinen verfassungsrechtlichen Vorschriften beschließen, aus der Union auszutreten."

EWR und EU
Im Europäischen Wirtschaftsraum (EWR) gelten in Bezug auf dessen Binnenmarkt die gleichen Rechte und Pflichten wie in der EU. Bei der Ausgestaltung dieser Regeln orientiert sich der EWR an der EU, sprich: Die EWR-Staaten handeln nach den EU-Verträgen, stimmen aber nicht darüber ab.

M6 Welche Folgen hatte der Brexit bisher?

a) Für den Lieferverkehr

Die deutsche Industrie sieht trotz des Brexit-Handelsabkommens aktuell erhebliche Störungen im Warentransport von und nach Großbritannien. [...] Obwohl sich die Unternehmen im vergangenen Jahr trotz Corona gut auf die neuen Handelsbarrieren vorbereitet hätten, träfen die Störungen viele Betriebe mit aller Härte [...].

b) Für den Export

Die deutschen Exporte nach Großbritannien sind im Januar nach Inkrafttreten des Brexit-Handelsabkommens um nahezu ein Drittel eingebrochen. [...]Der Deutsche Industrie- und Handelskammertag (DIHK) geht davon aus, dass deutsche Unternehmen künftig rund zehn Millionen Zollanmeldungen pro Jahr einreichen müssen. Das allein dürfte etwa 400 Millionen Euro kosten.

c) Für kleine Unternehmen

Der Ausstieg des Landes aus der EU bedeutet für britische Firmen einen radikalen Bruch. [...] Ein Viertel der sechs Millionen kleinen Unternehmen im Königreich exportieren in die EU. Viele haben ihren Onlineverkauf vorerst eingestellt, weil sie die zusätzlichen Kosten, die durch die Zollgebühren entstehen, weder selbst übernehmen noch auf ihre Kunden abwälzen wollen.

d) Für die Finanzbranche

Mit dem endgültigen EU-Austritt des Landes nach dem Auslaufen der Übergangszeit endete für britische Banken die Möglichkeit, mit Hilfe des sogenannten EU-Passes von der Londoner City aus Geschäfte in der Ländergemeinschaft zu betreiben. Finanzdienstleistungen sind vom neuen Handelsabkommen zwischen der EU und dem Vereinigten Königreich nicht abgedeckt.

e) Für die Automobilbranche

[Die] Autoproduktion in Großbritannien [ist] auch im Januar stark zurückgegangen [...] Demnach war es der schlechteste Januar seit 2009 und 17. monatliche Rückgang in Folge. 2019 war Großbritannien noch der größte Exportmarkt für deutsche Automobilhersteller. [...] Die britischen Zulieferer sind wiederum stark vom EU-Markt abhängig.

f) Für die Verbraucher

Für britische Verbraucher wird das Leben teurer. Bei den Lebensmittelpreisen ist laut Experten bereits eine Inflation zu beobachten. Auch Onlineshopper sind überrascht, wenn der Paketbote an der Haustür bei Bestellungen aus der EU neuerdings satte Nachzahlungen verlangt. [...] „Corona dämpft die Brexit-Auswirkungen", sagt Shane Brennan von der Cold Chain Federation, dem britischen Verband der Kühllogistik. „Wenn es keinen Lockdown gäbe, hätten wir echte Lieferengpässe."

g) Auf die EU

Eines der wichtigsten Argumente der Brexit-Befürworter ist das Geld. Großbritannien war [...] der zweitgrößte Nettozahler in der EU. [Die] wöchentliche Summe, die an die Europäische Union überwiesen wird, beläuft sich [...] auf rund 160 Millionen Pfund Sterling – was rund sechs Prozent des EU-Budgets ausmacht.

h) Für die Freizügigkeit zwischen den Ländern

Die Zukunft der in Großbritannien lebenden EU-Bürger ist vorerst geklärt. Wer dauerhaft in Großbritannien leben will, kann sich für das EU Settlement Scheme anmelden. Es gilt für EU-Bürger, Nicht-EU-Bürger und Schweizer sowie ihre Angehörigen. [...] Wer nur als Tourist oder Geschäftsreisender nach Großbritannien fährt und die deutsche Staatsangehörigkeit hat, braucht bis zu 6 Monaten kein Visum.

Nach: Imöhl, Sören/Ivanov, Angelika: Das sind die Brexit-Folgen für Großbritannien, Deutschland und die EU. In: www.handelsblatt.com, 03.03.2021

AUFGABEN

1. Erklärt anhand von **M5** in eigenen Worten, unter welchen Bedingungen ein Mitgliedsland wieder aus der EU austreten kann.
2. Fasst die Bedeutung des Brexit für die EU zusammen (**M6**). Stellt dabei auch Bezüge zur Karikatur **M4** her.
3. Formuliert eine begründete Hypothese: Werden auch andere EU-Länder mittelfristig aus der EU austreten?

WAS WIR WISSEN

EU-Erweiterung
S. 175 ff.; M1–M3

Die Europäische Union ist eine Gemeinschaft, der Staaten freiwillig beitreten können. Treten Staaten der EU bei, wird von Erweiterung gesprochen.
Das Beitrittsverfahren ist durch Art. 49 der EU-Verträge geregelt. Nach diesem kann jedes europäische Land einen Antrag auf Mitgliedschaft an den Rat der Europäischen Union stellen. Neben dem Rat (Einstimmigkeitsprinzip) entscheidet das Europäische Parlament (Mehrheitsprinzip) über den Antrag. Die Kommission wird lediglich gehört. Um für eine Mitgliedschaft in Frage zu kommen, muss ein Staat die drei sogenannten Kopenhagener Kriterien erfüllen. Politisch werden Demokratie und Rechtsstaatlichkeit verlangt und wirtschaftlich eine Marktwirtschaft, die im Binnenmarkt mithalten kann. Mit dem Acquis-Kriterium verpflichten sich die Beitrittskandidaten, alle Rechte und Pflichten der Mitgliedschaft zu übernehmen.
Der Beitritt ist in den jeweiligen Staaten meist umstritten gewesen, da die Regeln der Union stark in die nationale Wirtschaftspolitik eingreifen und bestimmte Standards (z. B. im Umweltschutz) einzuhalten sind. Andererseits bietet die Mitgliedschaft den attraktiven Zugang zum Binnenmarkt und viele Möglichkeiten, das eigene Land weiterzuentwickeln. Die Union hat nachweislich zu Frieden und mehr Demokratie auf dem Kontinent beigetragen. Die Uneinigkeit, die Probleme des Euros und die mangelnde Transparenz der EU-Institutionen haben ihrer Attraktivität jedoch geschadet. Innerhalb der EU gab es oftmals Diskussionen darüber, ob die Beitrittskandidaten zur EU passen, ob sie ein Gewinn für die Gemeinschaft wären und ob die Union nicht durch eine Überdehnung geschwächt würde.

Der Austritt Großbritanniens aus der EU
S. 178 ff.; M4–M6

Großbritannien ist das erste Land in der Geschichte der EU, das von der Möglichkeit Gebrauch gemacht hat (Art. 50 Abs. 1 EUV) aus der Union wieder auszutreten. Der Austritt Großbritanniens hat Auswirkungen auf den Binnenmarkt und die damit einhergehenden Freiheiten. Das Handelsvolumen von insgesamt 110 Milliarden Euro, das Großbritannien und die EU miteinander handeln, ist durch drohende Grenzkontrollen, Zölle und Einfuhrquoten bedroht. Daraus resultieren für Verbraucherinnen und Verbraucher mögliche Preiserhöhungen und tausende Arbeitsplätze sind gefährdet. Das Projekt der europäischen Integration dürfte durch den „Brexit" in jedem Fall geschwächt werden, da es mit Großbritannien einen global gewichtigen Unterstützer verliert. Großbritannien begründet seine Entscheidung mit dem Wunsch, die nationale Souveränität und Selbstbestimmung des Landes wiederherstellen zu wollen. Die Rufe nach nationaler Kontrolle sind auch in vielen anderen EU-Staaten lauter geworden. Diese Diskussion ist eher auf der Ebene der Integrationstiefe der EU zu betrachten: Sollen die EU-Staaten in Zukunft mehr Aufgaben auf die supranationale Ebene verlagern oder wieder stärker nationale Regelungen finden? Befürworter und Befürworterinnen einer Vertiefung der Integration verweisen auf die politischen und wirtschaftlichen Erfolge der EU. Kritiker und Kritikerinnen führen an, dass insbesondere die wirtschaftliche Integration auch Verlierer erzeugt habe und die Mitgliedstaaten über eigene nationale Identitäten verfügten, die bedroht würden.

2.6 Flucht und Migration – eine humanitäre Verpflichtung für die EU?

2.6.1 Die „Flüchtlingskrise 2015" – eine EU-Vertrauenskrise?

Zum Thema: Die EU und auch Deutschland standen in den letzten Jahren in Bezug auf Fluchtmigration vor großen Herausforderungen. Das wurde besonders 2015 während der sogenannten „Flüchtlingskrise" deutlich. In diesem Kapitel erwerbt ihr erste Grundkenntnisse über die Asyl- und Migrationspolitik der EU. Diese ist in diesem Jahrhundert eine der wichtigsten Herausforderungen für die Wertegemeinschaft der Europäischen Union.

M1 Der „March of Hope" im Jahr 2015

Tausende Flüchtlinge durchqueren Anfang September 2015 Ungarn zu Fuß – ein „March of Hope", wie sie ihn bezeichnen. Deutschland galt als gelobtes Land.

Beim March of Hope liefen im Herbst 2015 Flüchtlinge von Budapest zur österreichischen Grenze

EINSTIEGSAUFGABE

Beschreibt und deutet die Fotografie. Tauscht euch darüber aus, was ihr 2015 von der „Flüchtlingskrise" mitbekommen habt / eure Eltern darüber erzählt haben.

M2 Charta der Grundrechte der Europäischen Union

In dem Bewusstsein ihres geistig-religiösen und sittlichen Erbes gründet sich die Union auf die unteilbaren und universellen Werte der Würde des Menschen, der Freiheit, der Gleichheit und der Solidarität. Sie beruht auf den Grundsätzen der Demokratie und der Rechtsstaatlichkeit. Sie stellt den Menschen in den Mittelpunkt ihres Handelns, indem sie die Unionsbürgerschaft und einen Raum der Freiheit, der Sicherheit und des Rechts begründet. [...]

Artikel 1
Die Würde des Menschen ist unantastbar. Sie ist zu achten und zu schützen.

Artikel 2
(1) Jeder Mensch hat das Recht auf Leben. [...]

Artikel 3
(1) Jeder Mensch hat das Recht auf körperliche und geistige Unversehrtheit. [...]

Artikel 6
Jeder Mensch hat das Recht auf Freiheit und Sicherheit. [...]

Artikel 18
Das Recht auf Asyl wird nach Maßgabe des Genfer Abkommens vom 28. Juli 1951 und des Protokolls vom 31. Januar 1967 über die Rechtsstellung der Flüchtlinge sowie nach Maßgabe des Vertrags über die Europäische Union und des Vertrags über die Arbeitsweise der Europäischen Union (im Folgenden „die Verträge") gewährleistet.

Artikel 19
(2) Niemand darf in einen Staat abgeschoben oder ausgewiesen oder an einen Staat ausgeliefert werden, in dem für sie oder ihn das ernsthafte Risiko der Todesstrafe, der Folter oder einer anderen unmenschlichen oder erniedrigenden Strafe oder Behandlung besteht.

Artikel 35
Jeder Mensch hat das Recht auf Zugang zur Gesundheitsvorsorge und auf ärztliche Versorgung nach Maßgabe der einzelstaatlichen Rechtsvorschriften und Gepflogenheiten. [...]

Amtsblatt der Europäischen Union: Charta der Grundrechte der Europäischen Union. In: www.europarl.europa.eu, 30.03.2010

M3 Genfer Flüchtlingskonvention, Recht auf Asyl und subsidiärer Schutz

Gemäß der Genfer Flüchtlingskonvention ist jeder Mensch ein Flüchtling, der wegen politischer Verfolgung in seinem Heimatland dazu gezwungen ist, dieses zu verlassen. Politische Verfolgung meint die Verfolgung aufgrund von Nationalität, politischer Überzeugung oder Zugehörigkeit zu einer bestimmten sozialen Gruppe. Ein Flüchtling gemäß der GF hat das Recht, dass er nicht in das Land, in dem er politisch verfolgt wird, zurückgeschickt wird. Das Aufnahmeland kann ihm aber dennoch die Aufnahme verweigern und in einen verfolgungsfreien Staat schicken. Aus der GF leitet sich in der EU das Recht auf Asyl ab, das ebenfalls für politisch Verfolgte gilt. Faktisch wenden die EU-Mitgliedstaaten aber sehr unterschiedliche Kriterien in der Gewährung von Asyl an. Jemand, der vor der Todesstrafe, Folter, Krieg oder Bürgerkrieg in die EU flieht, hat hingegen nicht ein Recht auf Asyl, sondern auf vorübergehenden „subsidiären Schutz", solange die Rückkehr in sein Heimatland zu gefährlich ist. Der Schutz im Sinne der GF oder des Asylrechts kann ebenso wie der subsidiäre Schutz enden, sobald die Gründe für die Flucht aus dem Heimatland nicht mehr gegeben sind. Menschen, die wegen wirtschaftlicher Not fliehen, haben demnach weder ein Recht auf Asyl noch auf subsidiären Schutz. Aus diesen rechtlichen Vorgaben folgt, dass alle Schutzsuchenden das Recht haben, dass im Einzelfall in einem rechtsstaatlichen Verfahren geprüft wird, ob eine Einreise gestattet wird oder nicht. Wessen Status nicht geklärt werden konnte oder wer „nur" aus wirtschaftlichen Gründen das Heimatland verlassen hat, wird als „illegaler" Migrant oder „illegale" Migrantin bezeichnet.

Bearbeiterin

M4 Die „Flüchtlingskrise 2015" in der EU

Unter anderem aufgrund des Bürgerkriegs in Syrien suchten 2015 mehr als eine Million Menschen Schutz in der EU vor Verfolgung und Krieg. Die Zahl der Asylsuchenden hatte sich im Vergleich zum Vorjahr fast verdoppelt und die Mitgliedstaaten der EU waren überfordert, was an zwei wichtigen rechtlichen Rahmenbedingungen der EU lag:

1. Durch das **Schengener Abkommen**, einer Übereinkunft zwischen 26 Staaten, gibt es keine Grenzkontrollen zwischen den Schengen-Mitgliedstaaten mehr (Reisefreiheit), stattdessen aber einen verstärkten Schutz der EU-Außengrenzen.
2. Das **Dubliner Übereinkommen** besagt, dass ein Flüchtling in dem EU-Mitgliedsstaat um Asyl bitten muss, den er zuerst betreten hat. Dieser Staat ist demnach dann für den Flüchtling zuständig.

Aufgrund des starken Anstiegs der Flüchtlingszahlen waren insbesondere die Mittelmeer-Staaten Italien und Griechenland nicht mehr willens und in der Lage, die Schutzsuchenden zu registrieren und angemessen zu versorgen. Nach dem Dubliner Abkommen wären sie aber dafür zuständig gewesen und die Flüchtlinge hätten, rechtlich gesehen, dort bleiben müssen. Viele Menschen versuchten auf illegalem Weg über die „Balkan-Route" (Nordmazedonien, Serbien, Kroatien, Slowenien, Ungarn / Österreich) weiter nach Norden zu reisen, was aufgrund fehlender Grenzkontrollen in der EU auch gelang. Auch diese Länder fühlten sich dem Zustrom nicht gewachsen, infolgedessen schlossen einige ihre Grenzen – das Schengener Abkommen war zeitweise außer Kraft gesetzt. Für die schutzsuchenden Menschen war die Situation dramatisch, Tausende standen zum Teil tagelang an Grenzübertritten und konnten weder weiter- noch zurückreisen, viele waren verzweifelt.

Bearbeiterin

M5 Heldin oder Hassfigur?

Es ist vier Tage her, seit Isaac, Frederic und ihre Freunde mit der „Sea-Watch 3" in Lampedusa angekommen sind. Sie können kaum fassen, dass sie wirklich hier sind. Die Sonne geht unter, die Hitze ist etwas erträglicher geworden, sie sitzen auf den Stufen der Kirche San Gerlando. Gerade ist eine Nachricht auf einem ihrer Smartphones angekommen, kurz nach 21 Uhr an diesem Dienstag. Sie lautet: „Carola libera". Carola ist frei. Carola Rackete, die 31-jährige deutsche Kapitänin des Rettungsschiffs „SeaWatch 3", die zur Gegenspielerin des italienischen Innenministers Matteo Salvini wurde – und zur Symbolfigur für eine liberalere Flüchtlingspolitik. „Carola Rackete hat unser Leben geret-

Sea-Watch ist ein deutscher Verein, der 2015 gegründet wurde, um im Mittelmeer in Seenot geratene Flüchtlinge zu retten tet. Ohne sie wären wir alle tot", sagt Fréderic Samassi. Er ist 24 Jahre alt, stammt aus der Elfenbeinküste. Drei Jahre habe er in Libyen verbracht, sagt er, die meiste Zeit in Gefängnissen, in denen er Schreckliches sah. Nun hat er das Ziel erreicht, das er vor Augen hatte, als er 2016 seine Heimat Elfenbeinküste verließ: Europa.

Wie die meisten hier hat er fast 17 Tage auf der „Sea-Watch 3" verbracht, im Zentrum eines europäischen Dramas. Samassi erzählt, wie ihre Barkasse zwei Tage nach dem Ablegen in Libyen leckschlug und langsam Wasser eindrang. Wie sich das Rettungsschiff näherte, wie sie bei hohem Wellengang hinauf an Bord kletterten. „Die Crew gab uns Wasser, wir waren fast verdurstet", sagt Isaac Hagan, 21, aus Ghana, dann Essen, Kleidung, Medizin, „sie haben uns wie Brüder und Schwestern behandelt". Carola Rackete, die Kapitänin, versprach, sie in einen sicheren Hafen zu bringen. Aber die Tage verstrichen, die Lage wurde verzweifelter, es stank an Bord. Nachts sahen sie die Lichter von Lampedusa, einige wollten ins Wasser springen und hinüberschwimmen. „Das wäre Selbstmord gewesen", sagt Hagan. Er berichtet von der Verzweiflung an Bord, bevor Carola Rackete die italienische Hafenblockade durchbrach. Sie wurde damit zu einer Figur der Zeitgeschichte: zur europäischen Heldin für die einen, zur Hassfigur für die anderen. Als er hörte, dass sie verhaftet worden war, habe er geweint, sagt Hagan. Ähnlich wie Greta Thunberg in der Klimabewegung zum Star aufstieg, wurde Carola Rackete in diesen Tagen zur Ikone im Ringen um die Flüchtlingspolitik. Sie wurde berühmt in Videos, in denen sie kühl und bestimmt die Lage an Bord schilderte und ankündigte, trotz Verbots nach Lampedusa zu fahren. Ihre Worte „Ich bringe sie jetzt in Sicherheit" gingen um die Welt.

Zugleich sammelte sich in sozialen Netzwerken Hass gegen eine Frau, die Italiens Innenminister Salvini als „Gesetzlose" abkanzelte, als „reiche Deutsche". Sie habe diese öffentliche Rolle niemals angestrebt, sagt Rackete im Gespräch mit dem SPIEGEL, es sollte „nicht um Einzelpersonen wie mich" gehen. [...]

© SPIEGEL.de/Becker, Markus/Feldenkirchen, Markus/Heisterkamp, Lucia/Hornig, Frank/Knobbe, Martin/Lüdke, Steffen/Pieper, Milena/von Rohr, Mathieu/Sandberg, Britta/Schmid, Fidelius/Torres, Carolina/Wiedmann-Schmidt, Wolf: Heldin und Hassfigur. In: www.spiegel.de, 05.07.2019

Carola Rackete bei der Verleihung des Karl-Küpper-Preises

Zum Konflikt:
Am 12. Juni 2019 nahmen die deutsche Kapitänin Carola Rackete und ihre Mannschaft 53 Menschen aus einem Schlauchboot vor der libyschen Küste an Bord des Flüchtlingsrettungsschiffes „Sea-Watch 3" auf. Fast zwei Wochen kämpfte sie um eine Erlaubnis, einen europäischen Hafen anzufahren – Italien und Malta verwehrten dem Schiff die Einfahrt. Trotz Verbots der italienischen Regierung lenkte Rackete das Rettungsschiff in Hoheitsgewässer des Landes und legte schlussendlich auf der italienischen Insel Lampedusa an.
Dort wurde die Kapitänin sofort von der italienischen Polizei festgenommen. Der Vorwurf: Beihilfe zur illegalen Einwanderung.
Die 40 Geflüchteten (13 wurden aufgrund gesundheitlicher Probleme bereits vorher an Land gelassen) kamen in ein Auffanglager auf der Insel.

AUFGABEN

1. a) Beschreibt die Grundrechte der europäischen Grundrechtecharta in eigenen Worten (**M2**).
   b) Arbeitet die Unterschiede zwischen dem Recht auf Asyl, subsidiären Schutz sowie illegaler Migration heraus und erläutert diese jeweils an eigenen Beispielen (**M3**).
2. a) Beschreibt die rechtlichen Probleme im Zusammenhang mit der Krise (**M4**).
   b) Erläutert am Beispiel Italiens, warum es in der Realität zu Verstößen gegen geltendes Recht (EU-Menschenrechtscharta, Genfer Flüchtlingskonvention, Recht auf Asyl) kommt (**M2**, **M3**, **M4**, **Randspalte**).
3. Beurteilt das Handeln der Seenotretter sowie der italienischen Regierung anhand der europäischen Grundrechte-Charta (**M2–M5**).

2.6.2 Wie reagiert die EU politisch auf die Fluchtmigration nach Europa?

Zum Thema: Vor dem Jahr 2015 flohen auch bereits viele Menschen nach Europa. Einige der 2015 beschlossenen Maßnahmen der EU knüpften daher an bereits bestehende Konzepte an. In diesem Kapitel untersucht ihr, welche Dimension Fluchtmigration weltweit und für einige Mitgliedstaaten der EU aktuell hat und ihr lernt die wichtigsten EU-Maßnahmen in Bezug auf Fluchtmigration kennen. Diese könnt ihr am Ende des Kapitels nach selbst gewählten Kriterien bewerten.

M6 Politikermeinungen zum Thema Flucht

1 „Das Problem ist kein europäisches Problem. Das Problem ist ein deutsches Problem."
Viktor Orbàn. Ungarischer Ministerpräsident, 3.9.2015

2 „Es ist kein ungarisches, deutsches oder griechisches Problem. Wir brauchen Kooperation in der EU."
Dimitris Avramopoulos. EU-Kommissar, 4.9.2015

3 „Wir müssen leider davon ausgehen, dass das Flüchtlingsthema für Jahrzehnte ein Problem sein wird [...] Diese Flüchtlingskrise ist kein europäisches Problem, es ist eines der ganzen Welt."
Barack Obama. US-Präsident (2009–2017), 11.09.2001

© dpa: Flüchtlingskrise – Das sagen Politiker aus In- und Ausland . In: www.noz.de, 22.09.2015

EINSTIEGSAUFGABE

Analysiert die Zitate hinsichtlich der Probleme und Herausforderungen im Zusammenhang mit Flucht und Vertreibung.

Video: Globalisierung – Flucht und Vertreibung

Mediencode: 71093-35

M7 Daten und Fakten zum Thema Flucht

a) Aus welchen Gründen begeben sich Menschen auf die Flucht?

Nach: IAB-BAMF-SOEP-Befragung von Geflüchteten. Kurzanalyse 05/2016, S. 4

b) Woher kommen Flüchtlinge und wohin gehen sie?

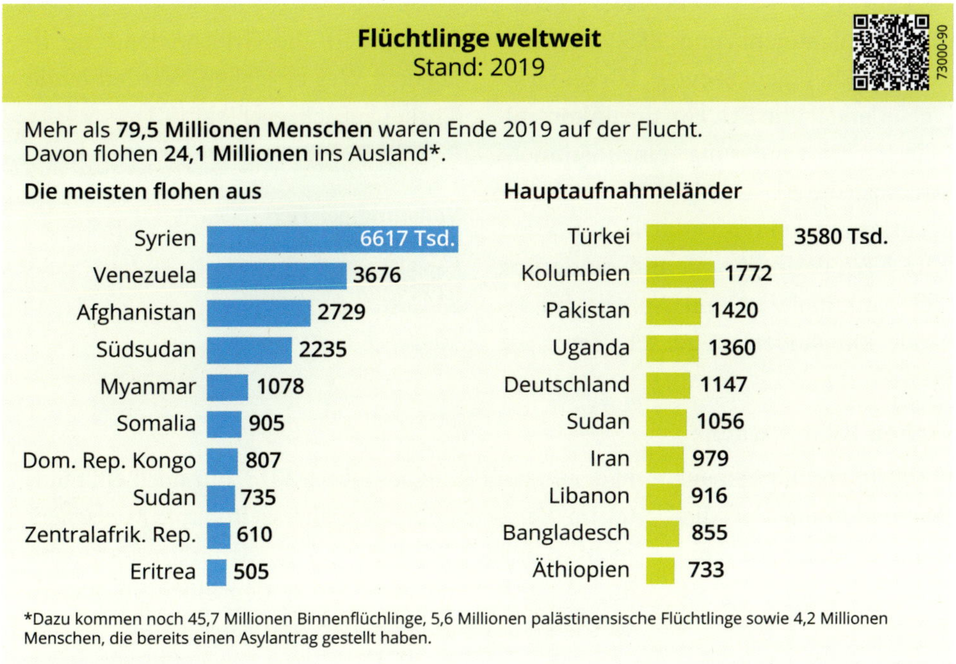

Globus-Grafik 14006; Quelle: UNHCR

M8 EU-Maßnahmen auf die Flüchtlingskrise 2015

A Seenotrettung und die Bekämpfung von Schleuserkriminalität

Von 2013 bis 2014 war es vor allem die italienische Küstenwache und Marine, die mit der Operation „Mare nostrum" Schleuser:innen festnahm und insgesamt über 100.000 in Seenot geratene Flüchtlinge rettete. Viele Politikerinnen und Politiker in der EU waren der Ansicht, dass die Seenotrettung einen zusätzlichen Anreiz zu einer Flucht über das Mittelmeer bot …

Bearbeiterin

Vollständiger Text A

Mediencode: 71093-37

Das Ende von Operation Sophia

Mediencode: 71093-36

B Schaffung von Auffangzentren („Hotspots")

Seit 2015 wurden auf einen Vorschlag der EU-Kommission Erstaufnahme- und Registrierzentren in Italien und Griechenland – zehn sogenannte „Hotspots" – nach und nach ausgebaut. Die Idee ist, ankommende Schutzsuchende direkt an der EU-Außengrenze zu identifizieren, zu registrieren und ihre Fingerabdrücke abzunehmen …

Bearbeiterin

Vollständiger Text B

Mediencode: 71093-38

C EU-Türkei-Abkommen

2015 flüchteten rund 885.000 Menschen über den Seeweg Türkei-Griechenland in die EU. Um die unkontrollierte Einwanderung einzudämmen, schloss die EU im März 2016 mit der Türkei ein Abkommen. Dieses besteht im Kern darin, illegale Einwanderung zu sanktionieren und Anreize für legale Einwanderung zu schaffen: Alle Syrer:innen, die Griechenland auf illegalem Weg erreichen, werden in die Türkei zurückgeschickt [...]

Basierend auf: Swaantje, Marten/Volkenburg, Larissa: Fliehen nach Europa. In: www.faz.net, 04.02.2019

Vollständiger Text C

Mediencode: 71093-39

D Unterstützung der libyschen Küstenwache

Die meistgenutzte Fluchtroute führte von Libyen aus über das Mittelmeer nach Italien und Malta. Aus diesem Grund entschied die EU im Februar 2017 mit der libyschen Regierung und Küstenwache eng zusammenzuarbeiten.

Die meisten Schutzsuchenden nehmen den Weg von Libyen über das Mittelmeer hauptsächlich nach Italien, aber auch nach Malta. [...] Die Anzahl derer, die die EU über Libyen erreichen, ist seither gesunken (16.000 in der ersten Hälfte des Jahres 2018, nur noch ein Fünftel im Vergleich zum Vorjahreszeitraum). Menschenrechtsaktivisten kritisieren, dass Libyen für die Flüchtlinge kein sicherer Staat sei: In den Flüchtlingslagern würde systematisch gefoltert und vergewaltigt.

Nach: Swaantje, Marten/Volkenburg, Larissa: Fliehen nach Europa. In: www.faz.net, 04.02.2019,

E Ausbau des Grenzschutzes durch Frontex

2019 beschloss die EU die europäische Grenzschutzagentur Frontex weiter zu stärken. Bis 2027 soll es eine ständige Reserve von 10.000 Grenzschutzbeamten geben. Zudem wurden die Befugnisse von Frontex erweitert: Die Agentur ist nun befugt, Identitätsfeststellungen durchzuführen oder, mit Einverständnis des betroffenen Mitgliedsstaats, Einreisegenehmigungen an den EU-Außengrenzen zu erteilen. Kritisiert wird, u. a. von „report München" (ARD), dass Frontex Menschenrechtsverletzungen durch nationale Grenzbeamte hinnehme. Auch verstoße die Agentur zum Teil selbst immer wieder gegen Menschenrechte.

Basierend auf: Engler, Marcus: Europäische Asyl- und Flüchtlingspolitik seit 2015 – eine Bilanz. In: www.bpb.de, 11.05.2019 und report München: Frontext-Menschenrechte. In: www.tagesschau.de, 25.11.2020

F Bekämpfung von Fluchtursachen, Finanzhilfen

Im Juni 2016 beschloss die EU, mit Herkunftsstaaten wie z. B. Niger, Nigeria oder Mali zusammenzuarbeiten: Diese sollen in ihrer Handels- und Wirtschaftspolitik entwicklungspolitisch unterstützt werden, u. a. in Form von Finanzhilfen. Auch unterstützt die EU einige dieser Länder mit technischer Ausrüstung bei der Grenzsicherung und Ausbildung ihrer Streitkräfte. Im Gegenzug sollen die Staaten Migrierende daran hindern, in die EU zu flüchten bzw. sie nach der Abschiebung durch die EU wieder aufnehmen. Menschenrechtsaktivisten und -aktivistinnen kritisieren, dass die EU zum Teil mit autokratischen Regimen zusammenarbeite, die eine gerechte Entwicklung ihrer Gesellschaft verhinderten und in deren Staaten es zu Verstößen gegen die Menschenrechte komme.

Bearbeiterin

M9 Wie stehen die EU-Mitgliedstaaten zur Verteilung von Flüchtlingen?

Es ist ein unwürdiges, ja erbärmliches Spektakel, das sich alle paar Wochen wiederholt: Ein Rettungsschiff mit Dutzenden Flüchtlingen an Bord will einen maltesischen oder italienischen Hafen ansteuern. Die Behörden verweigern die Erlaubnis, das Schiff ist blockiert. [...] In Brüssel greift dann Paraskevi Michou, Leiterin der Generaldirektion für Migration und Inneres, zum Handy. Der Reihe nach fragt sie die EU-Regierungen ab: Nehmt ihr Migranten auf? Wie viele? [...] Es wird gefeilscht, manchmal Tage, manchmal Wochen – dann dürfen die Geflüchteten endlich an Land. [...] Doch leider stockt die Reform der Dublin-III-Verordnung noch immer. Sie sollte, so die ursprüngliche Idee, einen festen Verteilungsschlüssel etablieren. Gegen die Quote sperren sich mittel- und osteuropäische Staaten, deshalb stecken die Verhandlungen seit mehr als zwei Jahren fest. [...]

Kirchner, Thomas/Süddeutsche Zeitung: Nehmt ihr Migranten auf? Wie viele? In: www.sueddeutsche.de, 08.02.2019

Grafik: Abstimmung zum EU-Verteilungsschlüssel 2015

Mediencode: 71093-40

M10 Pro und Kontra zur Asyl- und Migrationspolitik der EU

a) Die EU entzieht sich ihrer humanitären Verantwortung

Die EU ist weit davon entfernt, einen Großteil der Flüchtlinge aufzunehmen. Von den weltweit mehr als 50 Millionen Geflüchteten leben rund 86 Prozent in sogenannten Entwicklungsländern. [...] Europa kann mehr tun. Fakt ist: Es gibt für die flüchtenden Menschen keine legalen Wege in die EU. [...] Der einzige Weg besteht darin, irregulär einzureisen. Dadurch werden Schutzsuchende [...] auf die maroden Boote von Schleusern getrieben.[...]

Im Kern geht es in der Migrationspolitik um die Frage, inwieweit die EU-Bürger bereit sind, das zu teilen, was sie genießen, sei es ihr Arbeitsmarkt, ihr Sozialsystem, ihre freiheitlich-demokratische Grundordnung, ihren Rechtsstaat, ihren Reichtum. [...]

Rudolf, Ansgar: Europas Leichen im Keller. In: www.sagwas.net, 07.05.2015

Die EU lässt Migranten ertrinken und verfolgt eine Politik, wie sie vor wenigen Jahren nur Rechtspopulisten zu fordern wagten.

© SPIEGEL.de/Becker, Markus/Feldenkirchen, Markus/u. a.: Heldin und Hassfigur. In: www.spiegel.de, 05.07.2019

Die Ressourcen, auch die des reichsten Landes sind begrenzt. [...] Unsere Politiker haben nicht allein Verantwortung für die Flüchtlinge, sondern auch für die Menschen, die ihnen die Macht übertragen haben. Auch dies stellt eine moralische Verpflichtung dar und keine geringe. [...]

[S]ind wir schuld am Tod der Ertrunkenen? Nein, denn wir haben ihren Tod nicht verursacht. Schuld am Elend der Flüchtlinge sind die Regierungen ihrer Heimatländer, die nicht gegen Krieg, Elend, Chaos vorgehen. [...] unsere Möglichkeiten, auf die Not der Menschen in anderen Teilen der Welt Einfluss zu nehmen, sind begrenzt. Auch unsere Verantwortung kann daher nur eine begrenzte sein.

Hildebrandt, Tina/Wefing, Heinrich/Ulrich, Bernd/von Randow, Gero: Grenzen auf, Grenzen dicht. In: Die Zeit, 23.04.2015

b) Die Kontrolle der EU-Außengrenzen ist inhuman und ineffizient

Eine realistische Einwanderungspolitik würde [...] ihre Energie nicht auf eine Abschreckung konzentrieren, die am Ende eh nicht funktioniert, sondern eine nachhaltige Infrastruktur für alle schaffen, die zu uns wollen. Dazu gehören nicht nur Unterkünfte, sondern auch Ärzte, Sozialarbeiter, Lehrer, Ausbilder und [...] Polizisten. [...] Europa braucht endlich eine realistische Einwanderungspolitik fern jeder Kontrollillusionen. Konzentrieren wir uns auf das Machbare, den Umbau Europas zu einer modernen Einwanderungsgesellschaft.

Hildebrandt, Tina/Wefing, Heinrich/Ulrich, Bernd/von Randow, Gero: Grenzen auf, Grenzen dicht. In: Die Zeit, 23.04.2015

Regeln an den Grenzen sind gerade dann nötig, wenn nicht alle Menschen aufgenommen werden können. Sicherheit, Stabilität und medizinische Versorgung kann nur gewährleistet werden, wenn diese Regeln auch durchgesetzt werden.

Bearbeiterin

Für jeden Wirtschaftsflüchtling aus Pakistan und Algerien, der es wundersam unkontrolliert bis Mitteleuropa geschafft hat, für jeden Kosovaren und Marokkaner, der unberechtigt im deutschen Asylsystem ausharrt, muss jetzt ein Verwundeter aus Aleppo, muss ein obdachloses Kind aus Damaskus leiden. Ist das gerecht?

Schümer, Dirk: Humane Asylpolitik ist nur mit kontrollierten Grenzen möglich. In: www.welt.de, 05.03.2016

c) Asylpolitik kann nur mit Grenzen funktionieren

Demokratie bedeutet, dass grundlegende Rechte wie das auf Leben, Gesundheit und Selbstbestimmung sich nicht auf die engen Grenzen des eigenen Staatsvolks beschränken. Demokratie hat sich aufgegeben, wenn sie diese Rechte den Menschen außerhalb der eigenen Staatsgrenzen abspricht. [...]

Buchen, Stefan: EU-Flüchtlingspolitik: Der Extremismus der Mitte. In: www.daserste.ndr.de, 06.03.2020

Man soll Rechte nicht rechts überholen wollen. Aber [...] auch wenn es bitter klingt: Nur ein Europa, das seine Grenzen schützt, kann sich jene Humanität bewahren, die politisch Verfolgten gegenüber notwendig ist. Denn dafür braucht es einen breiten gesellschaftlichen Konsens.

Lehming, Malte: Nur mit geschützten Grenzen kann Europa die Humanität bewahren. In: www.tagesspiegel.de, 02.07.2019

AUFGABEN

1. Überprüft die Aussagen der Politiker aus der Einstiegsaufgabe mithilfe **M8a–f**.
2. Arbeitet in arbeitsteiligen Gruppen (**M7a–M7f**):
   a) Gebt jeweils eine Maßnahme mit eigenen Worten wieder.
   b) Erläutert den Sinn sowie mögliche Probleme dieser Maßnahme.
   c) Nehmt Stellung zu dieser Maßnahme.
3. a) Charakterisiert die Maßnahmen insgesamt (**M8**).
   b) Bewertet die verschiedenen Maßnahmen abschließend hinsichtlich Chancen und Risiken (**M8**). Berücksichtigt auch die Informationen über das weltweite Ausmaß von Flucht und Vertreibung (**M7**).
4. Erklärt die Abschottungspolitik der EU (**M9**).
5. Nehmt unter Einbeziehung deiner Vorkenntnisse sowie **M10** begründet Stellung zur EU-Flüchtlingspolitik

H Aufgabe 5
→ Methodenglossar S. 214
a) Nehmt in der Einleitung Bezug auf typische Merkmale der EU-Flüchtlingspolitik
b) Nehmt im Hauptteil Bezug auf wichtige Kriterien wie Moral, Humanität, demokratische Werte, rechtliche Vorgaben, Effizienz etc.

WAS WIR WISSEN

Das Recht auf Asyl
S. 182 f.; M2, M3

Die Europäische Union ist in vielfacher Hinsicht in globale Zusammenhänge eingebettet, die sie in Bereichen wie der Asyl-, Außen- und Sicherheits- und Handelspolitik immer wieder vor neue Herausforderungen stellt. Das Fundament ihrer Handlungen sollte dabei auf den gemeinsamen Werten beruhen, zu denen auch das Recht auf Asyl zählt. Dabei wird zwischen dem Recht auf Asyl für politisch Verfolgte, subsidiären Schutz für Menschen, deren Leben bedroht ist, und Wirtschaftsflüchtlingen, denen kein Schutzstatus zuerkannt wird, unterschieden.

Die Asyl- und Migrationspolitik der EU
S. 186 ff.; M6, M8–M10

Die Asyl- und Migrationspolitik der Europäischen Union beruht auf mehreren Maßnahmen. Diese zielen primär auf Abschottung sowie Bekämpfung von Fluchtursachen ab, da sich die EU-Mitgliedstaaten im intergouvernemental geregelten Bereich der Asyl- und Migrationspolitik nicht auf eine gemeinsame Quotenregelung einigen können.
Eine Folge der EU-Maßnahmen zur Abwehr von Flüchtlingen ist, dass Flüchtlinge aus Afrika auf immer gefährlichere Routen ausweichen. Es flüchten zunehmend weniger Menschen nach Europa, aber weiterhin ertrinken viele dabei im Mittelmeer oder im Atlantik. Menschen, die dieser Politik zustimmen, führen u. a. an, dass die EU-Mitgliedstaaten primär ihren eigenen Bürgerinnen und Bürgern gegenüber verantwortlich seien, die mehrheitlich nicht mehr Zuwanderung wollen. Eine Abschottungspolitik sei so gesehen demokratisch legitimiert. Abgesehen davon sei die effektive Kontrolle von Zuwanderung auch notwendig, um überhaupt denjenigen, die einen Anspruch darauf haben, politisches Asyl oder subsidiären Schutz gewähren zu können. Weniger Kontrolle würde falsche Anreize setzen. Menschen, die diese Politik ablehnen, vertreten ein universalistisches Verständnis der europäischen Werte: Die Menschenrechte, die auch in der EU-Menschenrechtscharta ihren Niederschlag finden, gelten demnach für alle Menschen. Die EU nehme zudem im Verhältnis zu anderen Ländern und auch in Relation zur Einwohnerzahl nicht viele Flüchtlinge auf und entziehe sich ihrer humanitären Verantwortung. Nötig sei eine moderne Einwanderungspolitik, die Integrations- und Bildungsmaßnahmen in den Fokus rücke.

2.7 Migration und Flucht als globales Problem – welche politische und ökonomische Verantwortung trägt die EU im internationalen Kontext?

2.7.1 Welche Verantwortung trägt die EU für die Flüchtlinge in Libyen?

Zum Thema: In den vorangegangenen Kapiteln wurde mehrfach deutlich, dass Libyen beim Umgang Europas mit der Migration eine zentrale Rolle spielt. Auf den folgenden Seiten wird der Fokus auf die Situation in Libyen gelenkt und ihr werdet euch mit der Frage auseinandersetzen, inwiefern die EU eine Verantwortung trägt und die Möglichkeiten hat, vor Ort einzugreifen.

M1 Flüchtlingscamp in Griechenland

Flüchtlinge in einem Flüchtlingscamp in Griechenland

EINSTIEGSAUFGABEN

1. Beschreibt das Bild und erläutert, welche Folgen der Aufenthalt in einem Flüchtlingscamp für die Geflüchteten haben kann.
2. Ergänzt eure Einschätzungen, indem ihr **M2** hinzuzieht.

M2 Erfahrungsbericht eines Flüchtlings

Ein Geflüchteter aus Nigeria berichtet: „500 Dollar habe ich Schleppern bezahlt, die mich mit Geländewagen ins Grenzgebiet nach Libyen brachten. Dort habe ich mich mit ungefähr 165 weiteren Menschen bei 45 Grad in einen LKW quetschen müssen. Wer das Wort „Wasser" in den Mund nahm und libysche

Schlepper ansah, wurde geschlagen. Die Frauen wurden vergewaltigt: Über eine fielen fünf Männer her. Ihre Schreie waren so laut. Es machte mich sehr traurig. Eine mit Panzerfäusten bewaffnete Gruppe aus dem Tschad überfiel unsere Gruppe auf der Fahrt durch die libysche Wüste und erschoss die Schlepper. Die Migranten verkauften die Tschader an libysche Menschenhändler. Neun Monate verbrachte ich dann in einem Camp mit über 1000 Menschen aus Nigeria, Somalia und Eritrea. Es war das Brutalste, was man sich vorstellen kann."

Nach: Gauto, Anna: Internierungslager für Flüchtlinge: Europas Schandfleck liegt in Libyen. In: www.handelsblatt.de, 02.05.2019

M3 Die Situation Geflüchteter in Libyen

Deutsche Diplomaten in Afrika prangern in einem internen Lagebericht allerschwerste Menschenrechtsverletzungen in sogenannten libyschen Privatgefängnissen an, wo Schlepper ausreisewillige Migranten gefangen halten. „Exekutionen nicht zahlungsfähiger Migranten, Folter, Vergewaltigungen, Erpressungen sowie Aussetzungen in der Wüste sind dort an der Tagesordnung", zitiert die „Welt am Sonntag" aus einer diplomatischen Korrespondenz der deutschen Botschaft in Nigers Hauptstadt Niamey, auch Drahtbericht genannt, an das Bundeskanzleramt und mehrere Ministerien. Die Rede ist von „allerschwersten, systematischen Menschenrechtsverletzungen". Wörtlich heißt es demnach: „Authentische Handy-Fotos und -videos belegen die KZ-ähnlichen Verhältnisse in den sogenannten Privatgefängnissen."

© dpa: Diplomaten: „KZ-ähnliche" Zustände in Libyens Privatgefängnissen". In: dpa, 29.01.2017

M4 Hunger, Folter, Tod: Libysche Flüchtlingslager werden zur Schande für Europa

Der Sonderbeauftragte für den zentralen Mittelmeerraum des UN-Flüchtlingshilfswerks UNHCR, Vincent Cochetel, kritisiert die EU: „Die europäischen Länder sind in gewisser Weise blind hinsichtlich der Lage der Migranten in Libyen." [...] die EU könne mit den mit Libyen vereinbarten Rückführungen nicht einfach weitermachen. Nach UN-Angaben wurden seit Januar [2019] mehr als 2300 Menschen auf See aufgegriffen und in die Lager nach Libyen zurückgebracht. [Stand: Juli 2019][...] Hilfsorganisationen machen für die verzweifelte Lage der Migranten auch die Vereinbarung zwischen den EU-Staaten und der libyschen Küstenwache verantwortlich, mit der erreicht werden soll, dass die Migranten keine europäischen Küsten mehr erreichen. Die EU weist die Kritik zurück. Die Vereinbarung habe die Zahl der nach Italien kommenden Flüchtlinge deutlich verringert, heißt es. [...] Seit 2014 seien rund 338 Millionen Euro für Programme im Zusammenhang mit Migranten in Libyen gesammelt worden. „Wir sind äußerst besorgt über die Verschlechterung der Situation vor Ort", sagte Kommissionssprecherin Natasha Bertaud. Die [EU-] Kommission sei überdies nicht handlungsfähig, weil einzelne EU-Mitglieder sich nicht auf ein gemeinsames Vorgehen einigen könnten. Im vergangenen Monat forderte der Europarat angesichts der verheerenden Zustände ein Ende der Zusammenarbeit mit der Küstenwache des nordafrikanischen Landes. [...]

© AFP/Peytermann, Lucie: Hunger, Folter, Bomben: Zustände in libyschen Flüchtlingslagern schockierend. In: AFP, 15.07.2019

M5 Sigmar Gabriel über Libyen

„Ich meine, wir streiten hier über die Frage, ob wir Schiffe anlanden lassen. Die Wahrheit ist, wenn wir dort [in Libyen] nicht den Bürgerkrieg bekämpfen, dann vergessen wir bitte die Vorstellung, wir würden Leute zurückbringen können! Ja, wohin eigentlich? Wieder zurück in die Konzentrationslager oder in die Finger derjenigen, die Krieg führen?" Der eigenen Bevölkerung würden die [europäischen Politiker] sagen „wir möchten weniger Migration." Dabei schaffe die Europäische Union in Libyen „die Voraussetzung dafür, dass der Migrationsdruck größer wird."

Buchen, Stefan: Fluchtursachen: Wie Europa den Konflikt mit Libyen schürt. In: www.daserste.ndr.de, 01.08.2019

Sigmar Gabriel Ehemaliger deutscher Außenminister (SPD).

M6 Worum geht es im libyschen Bürgerkrieg?

Migrationsdruck
eine Ansammlung von Einflüssen, die sich auf die Migrationswilligkeit der Bevölkerung verstärkend auswirken.

Machtvakuum
Fehlende Führung durch eine Position oder Institution. Die Folge sind oft Machtkämpfe.

Warlord
Bezeichnung für einen militärischen Anführer, der z. B. in einem „failed state" ein Gebiet kontrolliert. Seine Macht beruht auf bewaffneten Einheiten, die ihm gegenüber loyal sind.

Milizen
bezeichnen in diesem Zusammenhang bewaffnete Zivilisten, die kein fester Teil der Streitkräfte sind.

a) Die aktuelle Situation

Bis 2011 wurde Libyen diktatorisch von Muammar al-Gaddafi regiert. Im Zuge des „Arabischen Frühlings" brachen auch in Libyen Unruhen aus, die schlussendlich in militärischen Auseinandersetzungen zwischen Oppositionellen und Regierungstruppen mündeten und bei denen viele Zivilisten ums Leben kamen. Um diese zu schützen, erließ die UNO eine Resolution, die die internationale Gemeinschaft dazu ermächtigte, eine Flugverbotszone über Libyen zu errichten und erforderliche Maßnahmen (mit Ausnahme von Besatzungstruppen) zum Schutz der Zivilbevölkerung zu ergreifen. Infolgedessen unterstützten die USA, Großbritannien und Frankreich die Bodenstreitkräfte der Opposition durch Luftangriffe, wodurch diese einen Sieg über die Regierungstruppen erlangen konnten. Der Sieg über das Gaddafi-Regime führte aber nicht zur Gründung eines neuen, demokratischen Staates, stattdessen brach infolge des Machtvakuums ein Bürgerkrieg aus: Unterschiedliche Gruppen versuchen seitdem gewaltsam ihren Machtanspruch durchzusetzen. Die Regierung des Landes ist nur ein Spielball bewaffneter, meist krimineller Milizen, welche für eine Vielzahl an Morden verantwortlich sind und durch Menschenschmuggel Millionen verdient haben. Ohne die Billigung dieser Milizen hätte die Regierung keine Kontrolle über das Land, was Libyen faktisch zu einem „failed state" macht. Infolgedessen kann die Regierung weder die libysche Zivilbevölkerung noch die vielen Flüchtlinge im Land vor Gewalt schützen. Aktuell verläuft der Bürgerkrieg vor allem zwischen zwei Fronten: Die „Libysch-Nationale Armee" (LNA) unter der Führung des abtrünnigen Militäroffiziers Chalifa Haftar, einem Warlord, kämpft gegen die Regierung und die Regierungsmilizen. Beide Seiten werden von Staaten aus der Region und auch zwei Mitgliedstaaten der EU finanziell oder – trotz Waffenembargos – militärisch unterstützt.

Basierend auf: Hackensberger, Alfred: Das sind die Interessen im Libyen-Konflikt. In: www.welt.de, 14.04.2019 und Böhm, Andrea: Ohne Ausweg. In: www.zeit.de, 05.07.2019

b) Die verschiedenen Akteure in Libyen

Konfliktparteien in Libyen

Chalifa Haftar, „LNA"

UNTERSÜTZUNG DURCH:

Ägypten
(Interesse am libyschen Öl),

Vereinigte Arabische Emirate
(wollen mit Saudi-Arabien zusammen die Zukunft der Region beeinflussen)
→ Unterstützung durch Geld, Waffen, Kampfflugzeuge

Frankreich
(will franz. Energiekonzern „Total" in Libyen unterstützen)
→ Einfluss im Sinne von Haftar im UN-Sicherheitsrat

↑ **libyische Zivilbevölkerung, Flüchtlinge** ↓

Einheitsregierung, Militärregierung

UNTERSÜTZUNG DURCH:

Türkei
(will Status als Regionalmacht stärken)

Katar
(Unterstützung islamistischer Kräfte)
→ Geld und Waffenlieferungen

EU
(will Migration verhindern)
→ humanitäre Hilfe, Unterstützung der libyschen Küstenwache

Italien
(will Migration verhindern sowie den in Libyen angesiedelten italienischen Energiekonzern „ENI" schützen und „Total" zu verdrängen)
→ bietet „Anreize" zur Verhinderung von Migration; Zahlungen an libysche Regierung, die wiederum Warlords und Regierungs truppen finanziert

Basierend auf: Hackensberger, Alfred: Das sind die Interessen im Libyen-Konflikt. In: www.welt.de, 14.04.2019 und Böhm, Andrea: Ohne Ausweg. In: www.zeit.de, 05.07.2019

AUFGABEN

1. Analysiert die Materialien hinsichtlich folgender Aspekte:
   - Problematik in Bezug auf Libyen (**M3**)
   - Kritik an der EU (**M3**)
   - Argumentation der EU (**M4**)
   - Forderungen an die EU-Politik (**M5**)
2. Beschreibt die Ursachen für den Bürgerkrieg in Libyen (**M6**).
3. Erklärt, inwiefern die EU sowie Mitgliedstaaten der EU hierbei eine Rolle spielten oder spielen (**M6**).
4. Nehmt Stellung zu der Aussage von Sigmar Gabriel, man müsse den Bürgerkrieg in Libyen bekämpfen (**M5**).

F Aufgabe 1–4
Erstellt in Gruppen ein Länderportrait von Libyen zu ausgewählten Themen (z. B. Religionen, Wirtschaft, Geographie, Infrastruktur, Bevölkerung).

2.7.2 Eine gemeinsame Europäische Außen- und Sicherheitspolitik in Libyen?

Zum Thema: Im vorangegangenen Kapitel wurde deutlich, dass sowohl die EU insgesamt als auch einzelne EU-Staaten in Libyen aktiv sind. Ob die EU im Rahmen ihrer Gemeinsamen Sicherheits- und Verteidigungspolitik (GSVP) in Libyen tätig werden kann oder soll, erarbeitet und beurteilt ihr in diesem Kapitel.

M7 Karikatur: Die EU berät über eine gemeinsame Haltung in Libyen

„Krokodilstränen vergießen"
eine Redensart, die eine geheuchelte Zurschaustellung von Trauer, Betroffenheit oder Mitgefühl zum Ausdruck bringen will.

Karikatur: Kostas Koufogiorgos, 08.04.2019

EINSTIEGSAUFGABEN

1. Analysiert die Karikatur unter Einbeziehung eures Vorwissens und stellt die Kritik des Karikaturisten deutlich heraus (**M7**).
2. Positioniert euch zu der Kritik der Karikatur: Ist das Engagement der EU in Libyen „geheuchelt" („Krokodilstränen")?

M8 Was bedeutet Gemeinsame Außen- und Sicherheitspolitik?

Die Europäische Union will mit ihrer Außenpolitik nicht nur „ihre grundlegenden Interessen, ihre Sicherheit, ihre Unabhängigkeit und ihre Unversehrtheit wahren" (Art. 21 Abs. 2 Punkt a des EU-Vertrags in der Fassung von Lissabon), sondern auch weltweit Demokratie, Menschenrechte und Rechtsstaat-

lichkeit fördern, zur Beseitigung der Armut in der Welt beitragen und eine „verantwortungsvolle Weltordnungspolitik" fördern (Art. 21 Abs. 2 Punkt h, EU-Vertrag). [...]
Im Rahmen der Gemeinsamen Außen- und Sicherheitspolitik (GASP) gibt es verschiedene Instrumente. [...] Dabei kann es sich um gemeinsame Standpunkte oder auch gemeinsame Aktionen handeln. Die GASP ist nicht vergemeinschaftet, sondern intergouvernemental [...] [und entsprechend] auf Einstimmigkeit angelegt, sieht allerdings eine konstruktive Enthaltung vor. Ein Staat kann sich der Stimme enthalten und erklären, sich an der Durchführung des Beschlusses nicht zu beteiligen. Allerdings darf er nichts unternehmen, was dem Beschluss zuwider laufen würde. [...]
Durch den Vertrag von Nizza ist auch eine Sicherheitspolitik geschaffen worden, die im Lissabonner Vertrag „Gemeinsame Sicherheits- und Verteidigungspolitik" (GSVP) heißt.
Die GSVP soll die NATO nicht ersetzen und ihre Aufgabe besteht nicht in der Landesverteidigung. Sie soll vielmehr ermöglichen, außerhalb der EU militärisch eingreifen zu können, wenn dies zur Friedenssicherung oder -erhaltung notwendig ist. Nach einer Vereinbarung mit der NATO kann die EU dabei auf Kapazitäten des Nordatlantikpakts zurückgreifen. [...]
Die Europäische Union hat in den letzten Jahren zahlreiche Militärmissionen und zivil-militärische Missionen durchgeführt [...]. Die Truppen mussten jeweils in mühsamen Verhandlungen auf EU-Ebene zusammengestellt werden.

Stratenschulte, Eckart D.: Das auswärtige Handeln der EU. In: www.bpb.de, 01.04.2014

M9 Das EU-Engagement in Libyen

EUBAM Libyen („EU Border Assistance Mission in Libya"):

Ziel:
- Unterstützung der libyschen Regierung in der inneren Sicherheit sowie bei der Grenzüberwachung an Land, in der Luft und auf See

Umsetzung:
- Zusammenarbeit mit den libyschen Sicherheitsbehörden
- Beratung und Ausbildung libyscher Sicherheitskräfte in den Bereichen Strafverfolgung, Polizei, Grenzmanagement, Bekämpfung von irregulärer Migration, Menschenhandel, Terrorismus, organisierte Kriminalität

Kritik: mangelnde Effektivität

EUNAVFOR MED – Operation IRINI

Ziel:
- Umsetzung Waffenembargo gegen Libyen (primär)
- Eindämmung des Menschenschmuggels infolge der Flüchtlingskrise
- Ausbildung der libyschen Küstenwache und Marine
- Informationsgewinnung über illegal Exporte von Benzin aus Libyen

Umsetzung:
- Waffenlieferungen auf Seeweg werden gestoppt

Kritik:
- Waffenlieferungen über östliche Landgrenzen oder aus der Luft werden lediglich mit Satelliten oder Radar erfasst

Bearbeiterin

M10 Kommentar: der Zynismus Europas

Die „Operation Sophia" und die jetzt folgende „Mission Irini" waren und sind nur ein halbherziger Versuch des Westens, ordnungspolitisch einzugreifen. Weder in den USA noch der EU gibt es den politischen Willen, Libyen etwa mit militärischen Mitteln zu befrieden. EU-Mitgliedstaaten unterstützen unterschiedliche Bürgerkriegsparteien in Libyen. Ähnliches gilt für Russland und die Türkei, die ihren Einfluss in dieser rohstoffreichen Region ausbauen wollen.

Die Uneinigkeit der EU führt zu Entscheidungen, die man nur zynisch nennen kann. Weiterhin versuchen Tausende Hilfesuchende von Libyen nach Europa zu flüchten – in seeuntüchtigen, überfüllten Schlauchbooten, die schnell kentern. Tausende Menschen sterben Jahr für Jahr bei der Überfahrt, darunter auch Frauen und Kinder. Wegen des Streits um die aus Seenot geretteten Flüchtlinge, die kein EU-Staat aufnehmen wollte, beschränkte sich die „Operation Sophia" schon seit einem Jahr auf die Überwachung aus der Luft. Und die Schiffe der neuen „Mission Irini" sollen soweit ostwärts kreuzen, dass sie gewiss auf keine Flüchtlingsboote stoßen werden. Stattdessen arbeitet die EU seit inzwischen bald vier Jahren ausgerechnet mit der libyschen Küstenwache zusammen. Sie wurde mit europäischen Steuergeldern ausgebildet und ausgerüstet. Aufklärungsflugzeuge der EU-Mission geben per Funk Daten durch, wo sich Flüchtlingsschiffe auf den Weg gen Norden machen. An der Kooperation mit der Küstenwache wäre nichts auszusetzen, wenn diese die Menschenrechte achten würde. Doch das Gegenteil ist der Fall. Hilfsorganisationen haben zahlreiche Augenzeugenberichte gesammelt, die beweisen: Die libysche Küstenwache verfolgt Hilfesuchende, sperrt sie in Gefängnisse, tötet sie mitunter gar. Die EU schaut weg, wirkt hilflos. [...] Diese Menschen sind Opfer der Uneinigkeit der Europäer, die sich nicht verständigen können auf eine vernünftige, unseren Werten entsprechende Flüchtlingspolitik. Libyen scheint aus europäischer Perspektive weiter weg denn je – zumal in Zeiten von Corona.

Soric, Miodrag: Flüchtlingspolitik: Kommentar – die Operation Sophia und der Zynismus Europas. In: www.dw.com, 31.03.2020

AUFGABEN

1. a) Fasst die Ziele und Aufgaben der GASP zusammen (**M8**).
   b) Überprüft, ob ein militärisches Eingreifen der EU in Libyen diesen Zielen und Aufgaben entsprechen würde (**M8**).
2. a) Erläutert das Prinzip der „Intergouvernementalität" am Beispiel der GASP/GSVP (**M8**).
   b) Erklärt davon ausgehend, welche Schwierigkeiten hinsichtlich einer gemeinsamen Sicherheits- und Verteidigungspolitik in Bezug auf Libyen zu erwarten sind (**M8**).
3. Ordnet das europäische Engagement in Libyen in die Gemeinsame Außen- und Sicherheitspolitik der EU ein (**M9**).
4. Erörtert unter Rückbezug auf die Karikatur (**M7**) und unter Einbeziehung von **M10**, ob/inwiefern sich die EU in Libyen stärker gemeinsam engagieren sollte, um den libyschen Staat zu stabilisieren.

H Aufgabe 4
Beachtet dabei insbesondere die Kategorien Politische Durchsetzbarkeit, Solidarität, Grund- und Menschenrechte und Wirksamkeit.

2.7.3 EU-Handelspolitik – welche politische und ökonomische Rolle spielt die EU im Zusammenhang mit Flucht und Migration aus Afrika?

Zum Thema: Experten und Expertinnen für Migration prognostizieren, dass langfristig gesehen die meisten Migrierenden, die aus Afrika in die EU einwandern wollen, der Armut in ihrer Heimat entfliehen wollen. „Fluchtursachen bekämpfen" bedeutet in diesem Sinne daher, ökonomische Perspektiven für die betroffenen Menschen in ihren Heimatländern zu schaffen. Welche ökonomische Rolle die EU-Handelspolitik dabei spielen kann, untersucht ihr in diesem Kapitel.

M11 Ein Mann pflückt gegen Europa

[Der Bauer Ebeneku, 45 Jahre, ein drahtiger Mann] pflückt Tomaten seit seinem zehnten Lebensjahr. [...] Sein Dorf [...] liegt im Südosten Ghanas. Ghana gilt als Vorzeigeland Westafrikas. Es gibt dort Frieden und freie Wahlen, das Bruttoinlandsprodukt wächst jährlich um vier Prozent und mehr. Viele Ghanaer träumen davon, dass aus dem Agrarland Ghana einmal ein Industrieland wird, mit Fabriken, die Arbeitsplätze und Wohlstand bringen. Doch bislang hat sich der Traum nicht erfüllt. Noch immer leben viele Ghanaer wie Kojo Ebeneku: als Bauern, deren Ernte gerade so zum Überleben reicht. Noch immer wollen viele vor allem eins: weg. Mehr als 170.000 Afrikaner sind im vergangenen Jahr nach Europa geflohen. 71.000 kamen aus Westafrika. [...]

Der Ackerbauer Kojo Ebeneku hat fünf Kinder. Sein jüngster Sohn, zwei Jahre alt, sitzt neben ihm im Gras und saugt an einer Tomate. [...] Er soll eine Schule besuchen und eine Ausbildung machen. Er soll in einem Land groß werden, das ihm Chancen bietet. Eigentlich müsste Kojo Ebeneku ihm das längst ermöglichen können, sein Produkt ist gefragt wie nie. Es gibt wenige Länder, in denen die Menschen so viele Tomaten essen wie in Ghana [...]. Nur die Preise für Tomaten wollen nicht steigen, in manchen Jahren sind sie sogar gefallen. Den Grund dafür sieht man auf den Märkten und Straßenständen [...]: mannshohe Pyramiden aus Konservendosen mit knallroten Etiketten. Sie heißen „Tasty Tom" oder „Gino", es gibt sie im Zwei-Kilo-Pack und in winzigen Döschen zu 70 Gramm. All diese Dosen enthalten Tomaten, gewürfelt, passiert oder zu Mark konzentriert. Auf der Rückseite der Etiketten steht: Product of China. Product of South Africa. Und: Product of Italy. [...] Afrika ist für [europäische Lebensmittelkonzerne] ein wichtiger Absatzmarkt. [...] Im Zeitraum von 1998 bis 2013 [stiegen die Importe von ausländischem Tomatenmark in Ghana] um das 34-Fache.

Tomaten auf einem Markt in Westafrika

Krupa, Matthias/Lobenstein, Caterina: Ein Mann pflückt gegen Europa. In: Die Zeit, 17.12.2015

EINSTIEGSAUFGABEN

Beschreibt die Probleme von Ebeneku und deutet den Titel der Reportage.

M12 Die AKP-Gruppe und die Europäische Union

Die AKP-Gruppe (Organisation Afrikanischer, Karibischer und Pazifischer Staaten; auch: OACPS) ist eine Organisation mit 79 Mitgliedstaaten zur wirtschaftlichen Zusammenarbeit.

Wirtschaftspartnerschaftsabkommen [Economic Partnership Agreements, EPA] sind Abkommen über Freihandelszonen zwischen der EU und den AKP-Staaten. Sie sollen den Handel miteinander vorantreiben: Die EU hält ihre Märkte für Waren aus diesen Ländern offen (keine Außenzölle), im Gegenzug müssen aber die AKP-Staaten ihre Märkte für bestimmte EU-Waren öffnen und auf Zölle verzichten.

Bearbeiterin

Die Staaten der EU und der AKP. Nicht abgebildet: Die AKP-Mitgliedstaaten in der Karibik (16 Staaten) und im Pazifik (15 Staaten).

M13 Globaler Handel ermöglicht Entwicklung

Die Abkommen beinhalten [...] einen entwicklungspolitischen Ansatz. Die EU unterstützt die Länder dabei, ihre Industrialisierung und Warenhandelskapazitäten voranzutreiben und so dauerhaft auf eigenen Füßen zu stehen und international wettbewerbsfähiger zu werden. [...] Die EU fördert diese Entwicklung zudem mit finanziellen Mitteln.

Umgekehrt gilt, dass aus der EU in die AKP-Staaten eingeführte Waren mit Zöllen und mit Ausnahmeregeln belegt werden können. Dies gilt noch für eine Übergangszeit von 15 bis 25 Jahren [...]. So ist es im Falle von einer Bedrohung der heimischen Märkte den EU-Partnern erlaubt, die Liberalisierung auszusetzen. [...] Die Länder können diese sensiblen Erzeugnisse auch von der Liberalisierung ausnehmen oder die Liberalisierung hinauszögern. Davon betroffen sind zumeist Agrarprodukte. [...].

© Europäische Union, 1995–2021 – Europäische Kommission, Vertretung der EU-Kommission in Deutschland: Die Handelspolitik der EU. In: www.ec.europa.eu (Abruf am 30.03.2021), CC BY 4.0

M14 Ungleiche Wettbewerbsbedingungen?

Bereits jetzt hat Ghana im Zuge der Verhandlungen viele Zölle gesenkt, die für Tomatenmark zum Beispiel: von 20 Prozent auf 10 Prozent. Für Milchpulver und andere Güter sollen die Zölle sogar ganz wegfallen. [...]

Die exportstarke europäische Agrarindustrie wird gestützt von milliardenschweren Subventionen. Mehr als ein Drittel des gesamten Budgets

der Europäischen Union fließt in Agrarsubventionen. Allein Italien erhält zwischen 2014 und 2020 insgesamt 10.444.380.767 Euro - knapp 1,5 Milliarden Euro pro Jahr.
Das sind die Kräfteverhältnisse, die dem Handelsabkommen zwischen Europa und Afrika zugrunde liegen: auf der einen Seite eine hoch subventionierte Agrarindustrie mit Hightech-Fabriken. Auf der anderen Seite verrottete Fabrikhallen und winzige Äcker wie der von Kojo Ebeneku.

Krupa, Matthias/Lobenstein; Caterina: Ein Mann pflückt gegen Europa. In: Die Zeit, 17.12.2015

Kwabena Otoo (Ghanaischer Ökonom):
„Wir können mit den subventionierten Produkten aus Europa nicht mithalten. Freihandel zwischen Europa und Afrika, das ist wie ein Fußballspiel zwischen Real Madrid und der Schulmannschaft von Boli Bamboi."

Krupa, Matthias/Lobenstein; Caterina: Ein Mann pflückt gegen Europa. In: Die Zeit, 17.12.2015

M15 Tomatenpflücken in Europa

Es gibt noch einen weiteren Vorteil aufseiten der Europäer, über den kaum gesprochen wird und von dem auch Ackerbauer Kojo Ebeneku nichts weiß. Obwohl das Lohnniveau in Europa im weltweiten Vergleich sehr hoch liegt, verfügen die Tomatenbauern in Italien über ein schier unerschöpfliches Reservoir an billigen Arbeitskräften: Flüchtlinge.
Will man sie besuchen, muss man zurück nach Italien fahren, nach Apulien, ins Land des roten Goldes. Nicht weit von der Tomatenfabrik in Foggia entfernt, westlich der Stadt Cerignola, zwischen Tomatenfeldern und Olivenplantagen, liegt eine zerfallene Siedlung. Die Leute in der Gegend nennen sie ghetto ghanese - das ghanaische Ghetto. Hier hausen in zerfallenen Hütten etwa 150 Menschen. Zur Erntesaison im Sommer schwillt das Camp auf bis zu 800 Menschen an. Viele von ihnen sind Bauern, die vor dem Preisdruck nach Europa geflohen sind. Kojo Ebenekus Landsleute. Die Männer aus dem ghetto ghanese sind Teil einer riesigen Erntekolonne, die Europas Lebensmittelkonzerne mit Gemüse und Obst versorgt. Mehrere Hunderttausend ausländische Ernthelfer arbeiten in Süditalien, 60.000 bis 80.000 von ihnen unter Bedingungen, die italienische Gewerkschafter als „moderne Form der Sklaverei" bezeichnen. Die meisten stammen aus Osteuropa und Afrika. [...]

Krupa, Matthias/Lobenstein; Caterina: Ein Mann pflückt gegen Europa. In: Die Zeit, 17.12.2015

AUFGABEN

1. Erläutert mögliche Chancen und Risiken von Wirtschaftspartnerschaftsabkommen (**M11**, **M12**).
2. Arbeitet heraus, welche Schutzmechanismen die Abkommen für afrikanische Länder vorsehen (**M13**) und warum diese nicht durchgängig greifen (**M14**, **Randspalte**).
3. Setzt die in **M15** geschilderte Problematik in Beziehung zu den euch bekannten Risiken der europäischen Handelspolitik sowie euren Kenntnissen über Flucht.

WAS WIR WISSEN

Die Verantwortung der EU gegenüber der Flüchtlingssituation im Rahmen der GASP/ GSVP
S. 192 ff.; M2–M5
S. 196 f.; M8–M9

Die Situation der Flüchtlinge in Libyen ist u. a. aufgrund der dortigen Bürgerkriegssituation äußerst kritisch und stellt die Gemeinsame Außen- und Sicherheitspolitik der Europäischen Union (GASP) vor große Herausforderungen. Diese zielt unter anderem auf die weltweite Förderung von Demokratie, Menschenrechten und Rechtsstaatlichkeit ab. Da einige EU-Mitgliedstaaten in Libyen teils unterschiedliche Interessen verfolgen, ist das Finden einer gemeinsamen politischen Richtung äußerst schwierig, insbesondere da dieser Politikbereich intergouvernemental geregelt wird. Trotzdem hat die EU im Rahmen ihrer Gemeinsamen Außen- und Sicherheitspolitik sowie Gemeinsamen Sicherheits- und Verteidigungspolitik (GSVP) zahlreiche Missionen beschlossen und durchgeführt. Begleitet werden diese Prozesse meist durch schwierige Verhandlungen über den jeweiligen Beitrag der einzelnen EU-Mitgliedsländer zum europäischen Streitkräftekontingent je EU-Mission.

EU-Handelspolitik
S. 199 ff.; M11–M15

Wirtschaftspartnerschaftsabkommen [Economic Partnership Agreement, EPA] sind Abkommen über Freihandelszonen zwischen der EU und den AKP-Staaten. Sie sollen den Handel miteinander vorantreiben.

Die Kooperation zwischen der EU und den AKP-Staaten reicht fast 60 Jahre zurück. Vor allem Frankreich und Belgien, später auch Großbritannien, drängten darauf, die ehemaligen europäischen Kolonien in Afrika, in der Karibik und im Pazifik auch nach deren Unabhängigkeit eng an Europa zu binden. Das Ergebnis war der Vertrag von Jaoundé von 1963. Er wurde später durch die Lomé-Abkommen und schließlich durch das Cotonou-Abkommen ersetzt, das Ende 2020 ausgelaufen ist.

Diese Verträge versuchten immer, Handelspolitik, Entwicklungspolitik und politische Partnerschaft unter ein Dach zu bringen. Und sie veränderten sich im Laufe der Zeit. Beim Handel stand am Anfang der zollfreie Export von Rohstoffen und Mineralien aus den AKP-Ländern nach Europa im Fokus. Kritikerinnen und Kritiker bemängelten, diese einseitige Ausrichtung habe in den Lieferländern fast keine andere Industrieproduktion entstehen lassen.

Später wurden die Handelsbeziehungen den Regeln der Welthandelsorganisation WTO angepasst. Das heißt: Auch die AKP-Staaten mussten ihre Märkte zunehmend für Importe aus der EU öffnen. Das bringt viele Kleinbauern und Kleinbäuerinnen in Afrika in eine Konkurrenzsituation, in der sie eigentlich nur verlieren können.

Verloren haben aber nicht alle, und nicht alle gleichermaßen. Die AKP-Länder entwickelten sich äußerst unterschiedlich, einige von ihnen haben heute ein Bruttoinlandsprodukt pro Kopf, das über dem der ärmsten EU-Länder liegt.

WAHLBEREICH: Zukunft Europas

Szenariotechnik – wie entwickelt sich die EU bis 2050?

I. Worum geht es?

Die Szenariotechnik ist eine Methode, die sowohl in der Politik als auch der Wirtschaft verwendet wird. Ziel ist es, mögliche Zukunftsbilder zu entwerfen. Dabei dienen gegenwärtige Fakten und Einflussfaktoren als Grundlage. Zusammenhänge und Wechselwirkungen werden analysiert. Grundsätzlich lassen sich drei Szenarien unterscheiden: positives Extremszenario (günstigste Zukunftsentwicklung), negatives Extremszenario (ungünstigste Zukunftsentwicklung) und Trendszenario (Fortschreibung der heutigen Situation in die Zukunft).

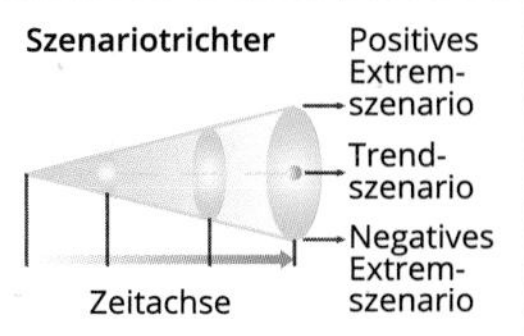

II. Geht dabei so vor:

1. Schritt: Gruppenaufteilung

Bildet drei Gruppen. Jede Gruppe erstellt jeweils ein Szenario aus dem Szenariotrichter.

2. Schritt: Ist-Stand-Analyse

Beschreibt mithilfe eures Wissens den Ist-Zustand der EU in Bezug auf die in Kapitel 2.2 behandelten Herausforderungen der EU.

3. Schritt: Einflussanalyse

Sammelt in einer Tabelle möglichst unterschiedliche Faktoren, die die Integration der EU beeinflussen könnten. Erstellt ein Ranking eurer Ergebnisse nach dem Kriterium „Wahrscheinlichkeit des Eintreffens".

4. Schritt: Entwicklung des Szenarios

Nun wagt anhand eurer Ergebnisse aus Schritt 3 einen Blick in die Zukunft. Beschreibt die EU im Jahre 2050, wenn eure Einflussfaktoren zutreffen sollten.

5. Schritt: Reflexion

Diskutiert die jeweiligen Gruppenergebnisse in der Klasse.

Bearbeiterin

Brauchen wir eine europäische Republik?

PRO: Europa muss eine Republik werden

Europa befindet sich nicht per Zufall im Dauerkrisenmodus. Der Grund liegt nicht in einer Verkettung unglücklicher Umstände, sondern in tiefen strukturellen Mängeln der EU. Angesichts der Entwicklungen der letzten Jahre und Jahrzehnte darf die These gewagt werden, dass die EU in ihrer heutigen Form zum Scheitern verurteilt ist. Bei den Bürgern unbeliebt, von einer wachsenden Anzahl nationaler Politiker bekämpft, und auch international weiß man immer noch nicht so recht mit ihr umzugehen. [...] Ein mutiger und visionärer Schritt nach vorn ist gefragt. Die Zeit ist gekommen, dass wir laut und deutlich über die europäische Republik nachdenken. [...] Denkt man über eine europäische Republik nach, muss man auch eine territoriale Neuausrichtung Europas ins Auge fassen. Europa ist als ein Netzwerk von relativ autonomen Regionen und Metropolen denkbar. Die Regionen würden sich in vielen wichtigen Fragen selbst verwalten. Schon heute ist Schotten, Katalanen und Bayern diese Idee nicht unsympathisch. Sie alle fänden Schutz unter dem gemeinsamen Dach einer europäischen Republik, die sich um überregionale Politikfelder kümmern würde. Des Weiteren könnten viele Aspekte des Zusammenlebens besser in relativ „kleinen" Gemeinschaften (von immerhin einigen Millionen Bürgern) organisiert werden, sodass das Bedürfnis der Bürger nach Identität und Heimat bedient würde. Vertreter der Regionen könnten in einer zweiten Kammer, ähnlich dem US-amerikanischen Senat, die regionalen Interessen vertreten, während die erste Kammer direkt, gleich und proportional von allen Bürgern der Republik gewählt würde. An der Spitze der Republik stünde eine direkt von den Bürgern gewählte Präsidentin oder ein Präsident. [...] Wir sollten den Mut fassen, grundlegend und von allen Ängsten befreit über Europas Zukunft nachzudenken. Die europäische Republik ist solch ein Denkweg. Und so rufe ich: Weg mit nationalen Grenzen und nationalem Denken! [...] Wie schon der ehemalige EU-Kommissionspräsident Jacques Delors in einer Rede vor dem Europäischen Parlament einmal feststellte, verliebt sich niemand in einen großen Binnenmarkt. Verlieben kann man sich aber sehr wohl in die Idee einer europäischen Republik – geprägt von politischer Gleichheit, die europäischen Werte und Demokratie in der Welt vertretend und zugleich Vorreiterin einer neuen globalen nachnationalen Ordnung.

Ulrike Guérot ist eine deutsche Politologin.

Guérot, Ulrike: Europa muss eine Republik werden. In: www.bpb.de, 19.10.2016

KONTRA: Europa muss an nationalen Identitäten festhalten

Warum ausgerechnet ein Europa der Regionen? [...] Tatsächlich war auch das vornationale Europa der regionalen Feudalstaaten - mithin die Keimzelle der Regionen - alles, aber kein Ort des Friedens. Der von Guérot entworfene „europäische Senat" der Regionen dürfte sich daher kaum von den machtpolitischen Auseinandersetzungen im existierenden Europäischen Rat unterscheiden. Das nicht zuletzt, weil zahlreiche der bisweilen so romantisch verklärten Regionen sich bewusst als Nationen verstehen - etwa Schottland und Katalonien. Die fließenden Grenzen zwischen Nation und Region aber führen zu einer noch grundsätzlicheren Frage: Mit welcher Berechtigung wird kollektive Identität auf nationaler Ebene verdammt, nur um sie auf regionaler und kontinentaler Ebene zu feiern? Europa und regionale Identität gut, Nation schlecht - dieser Dreiklang beruht auf Willkür. [...] Anstatt den Europäern das verbreitete Bekenntnis zur Nation auszutreiben, sollten gerade progressive Pro-Europäer endlich Frieden schließen mit der Alltagswirklichkeit der Menschen dieses Kontinents und ein pro-europäisches und weltoffenenes Bekenntnis auch zur Nation akzeptieren. [...] Anstatt Europas Vielfalt gegen den Willen der Menschen in einen kontinentalen Superstaat zu verwandeln, muss es jetzt [...] vielmehr darum gehen, die europäische Integration stärker mit den tatsächlichen Überzeugungen der Bürgerinnen und Bürger in Einklang zu bringen. Guérot hat völlig recht mit der Forderung nach einem starken und geeinten Europa, das gerecht ist und sozial. Dabei ist auch eine durchaus engere Kooperation der Euro-Staaten sicher sinnvoll. Zugleich aber sollte klar sein, dass die Nationalstaaten im europäischen Projekt keine restlos zu zerschlagenden Hindernisse darstellen, sondern die Fundamente. Die Utopie einer europäischen Republik würde deshalb nicht nur die Nationalstaaten zertrümmern, sondern auch die europäische Einigung selbst.

Michael Bröning ist ein deutscher Politologe.

Bröning, Michael: Europas Weg aus der Krise: Europa muss an nationalen Identitäten festhalten. In: www.causa.tagesspiegel.de, 26.05.2017

AUFGABEN

1. a) Arbeitet die Pro- und Kontra-Argumente zu der Vision einer europäischen Republik heraus.
   b) Ergänzt die Argumente auf Basis eurer Vorkenntnisse aus dem Großkapitel.
2. Brauchen wir eine europäische Republik? Führt zu dieser Streitfrage eine Debatte durch.
3. Verfasst im Anschluss eine Erörterung zur Streitfrage.

H **Aufgabe 2**
→ Methodenglossar S. 215

SELBSTDIAGNOSE

Ich kann...	Dazu benötige ich u. a. folgende Begriffe...	Hier kann ich u. a. noch üben...
... die Herausforderungen der Gestaltung der politischen Welt nennen und mit Hilfe zentraler Begriffe beschreiben.	Frieden Krieg Konflikte	**Kapitel 2.1.1** • M2–M4 **Was Wir Wissen** S. 129
... anhand des Fallbeispiels Mali die Hintergründe internationaler Konflikte analysieren und Lösungsmöglichkeiten diskutieren.	Entstehung und Verlauf von Konflikten Sicherheits- und Verteidigungspolitik Parlamentsarmee Auslandseinsätze der Bundeswehr	**Kapitel 2.1.2** **Kapitel 2.1.3** • M11–M13 **Was Wir Wissen** S. 130 f.
... die Bedeutung und den Einfluss der internationalen Akteure und Institutionen der Sicherheits- und Friedenspolitik darstellen und das Zusammenspiel internationaler und europäischer Institutionen beurteilen.	Vereinte Nationen Sicherheitsrat UN-Blauhelme NATO OSZE Europäische Sicherheit Europäische Armee	**Kapitel 2.1.4** • M16, M17, M20 **Kapitel 2.1.5** • M24–M27 **Kapitel 2.1.6** • M32, M33 **Was Wir Wissen** S. 131
... den historischen Hintergrund der EU in Grundzügen beschreiben.	Europäische Wirtschaftsgemeinschaft (EWG) Gründerstaaten, Beitritte, Beitrittskandidaten, Austritt	**Kapitel 2.2.2** • M5 **Kapitel 2.5.1** • M1 **Was Wir Wissen** S. 141
... Werte, die die EU bestimmten, charakterisieren.	Menschenwürde, Freiheit, Demokratie, Gleichheit, Rechtsstaatlichkeit, Wahrung der Menschenrechte	**Kapitel 2.2.2** • M6, M7 **Was Wir Wissen** S. 141
... Entscheidungsprozesse in der EU analysieren.	Supranationalität, Subsidiarität EU-Kommission EU-Parlament, EU-Ministerrat Rat der Europäischen Union, Europäischer Gerichtshof	**Kapitel 2.3.1** • M4 **Kapitel 2.3.2** • M6 **Kapitel 2.3.2** • M9, M11 **Kapitel 2.3.4** • M14, M15

SELBSTDIAGNOSE

Ich kann...	Dazu benötige ich u. a. folgende Begriffe...	Hier kann ich u. a. noch üben...
... Entscheidungsprozesse in der EU analysieren.	Europäisches Gesetzgebungsverfahren Demokratisches Verständnis der EU, Europäische Bürgerinitiative	**Kapitel 2.3.5** • M18 **Kapitel 2.3.6** • M22, M23 **Was Wir Wissen** S. 169
... die wirtschaftliche Integration der EU erörtern.	Europäischer Binnenmarkt Europäische Wirtschafts- und Währungsunion (EWWU), Konvergenzkriterien	**Kapitel 2.4.1** • M2, M3 **Kapitel 2.4.2** • M4–M6 **Was Wir Wissen** S. 174
... die Entwicklung der EU zwischen Erweiterung und Austritt erläutern.	Kopenhagener Kriterien Art. 49 EUV Brexit	**Kapitel 2.5.1** • M2, M3 **Kapitel 2.5.2** • M5 **Was Wir Wissen** S. 181
... die Flucht und Migrationspolitik der EU analysieren.	Charta der Grundrechte der EU, Genfer Flüchtlingskonvention EU-Türkei-Abkommen Frontex	**Kapitel 2.6.1** • M2, M3 **Kapitel 2.6.2** • M8 **Was Wir Wissen** S. 191
... die politische und ökonomische Verantwortung der EU im internationalen Kontext beurteilen.	Gemeinsame Außen- und Sicherheitspolitik Gemeinsame Sicherheits- und Verteidigungspolitik Wirtschaftspartnerschaftsabkommen (Economic Partnership Agreement, EPA)	**Kapitel 2.7.1** • M8 **Kapitel 2.7.2** • M11 **Was Wir Wissen** S. 202

METHODENGLOSSAR

Methoden zur Bearbeitung der Aufgaben

Zur Bearbeitung der Aufgaben werden an vielen Stellen nachfolgende Bearbeitungsmethoden angeboten. Diese sind hier ausführlich erklärt. Ihr findet hier auch einige Methoden, die für euch im Unterricht fernab der Aufgaben nützlich sein könnten.

Eine Karikatur interpretieren

I. Worum geht es?

Eine Karikatur (ital. caricare = „übertreiben“, „verzerren“) ist eine Darstellungsform, bei der ein Zeichner oder eine Zeichnerin gesellschaftliche, politische und wirtschaftliche Sachverhalte bewusst überspitzt darstellt. Dabei sollen die Betrachtenden nicht nur unterhalten, sondern auch zum Nachdenken über die dargestellten Ereignisse, Entwicklungen, Zustände oder Personen angeregt werden. Um die Aussageabsicht einer Karikatur zu entschlüsseln, muss diese zunächst genau analysiert werden. Für eine vollständige Entschlüsselung von Karikaturen empfiehlt sich folgendes Vorgehen:

II. Geht dabei so vor:

1. Schritt: Beschreiben

- Wie ist die Karikatur aufgebaut? (Bild-/Textelemente ...)?
- Wen oder was zeigt die Karikatur?
- Was wird thematisiert?
- Welche Darstellungsmittel werden gewählt?

2. Schritt: Deutung

- Welche Bedeutung haben verwendete Symbole?
- Was ist die Kernaussage?
- Wer sind die Adressaten?
- Welchen Standpunkt nimmt der Karikaturist oder die Karikaturistin ein?

3. Schritt: Bewertung

- Worin ist dem Zeichner oder der Zeichnerin zuzustimmen?
- Was ist dem Zeichner oder der Zeichnerin entgegen zu halten?
- Wie ist die zeichnerische Qualität einzuschätzen?

Bearbeiter

Einen Elevator-Pitch machen

I. Worum geht es?

Der Elevator-Pitch ist eine kurze Präsentation, die dazu dienen soll, jemand anderen (z. B. einen Investor oder eine Investorin) in kurzer Zeit – in etwa 30 bis 60 Sekunden, also der Länge einer Aufzugfahrt – von einer (Geschäfts-)Idee zu überzeugen. Dabei ist es aufgrund der Länge der Aufzugfahrt wichtig, sich auf das nötigste zu beschränken und überzeugend zu sein.

II. Geht dabei so vor:

1. Schritt: Grundlagen

60 Sekunden sind im Nu vergangen und diese optimal zu nutzen ist eine echte Kunst. Der wohl beliebteste Erzählrahmen für einen Elevator Pitch ist das sogenannte AIDA-Model. Hier wird eine Idee in vier Schritten serviert.

Attention	Interest	Desire	Action
Aufmerksamkeit erzeugen	Interesse wecken	Verlangen auslösen	Handlung provozieren
(z. B. Was bietet ihr Neues?)	(z. B.: Was unterscheidet euch von anderen?)	(z B. Interesse von Investor:in wecken)	(z. B. Investor:in möchte Kontaktdaten tauschen)

2. Schritt: Vorüberlegungen

1. Überlegt euch einen starken Einstieg. Bereits der erste Satz muss sitzen.
2. Priorisiert eure Inhalte. Kommt direkt auf den Punkt. Ihr müsst nicht alles bis ins letzte Detail erklären.
3. Überzeugt euer Gegenüber mit Besonderheiten, Alleinstellungsmerkmalen und guten, knackigen Argumenten.
4. Geht auf euer Gegenüber ein. Soweit möglich, sollte man sich bereits im Voraus damit beschäftigen, für wen ihr die Kurzpräsentation haltet.
5. Drückt euch verständlich aus. Wendet vorher den Großelterntest an: Würden diese verstehen, wovon ihr sprecht? Aber Vorsicht: Ihr müsst trotzdem kompetent klingen.

3. Schritt: Präsentation

1. Zeigt Begeisterung. Es kommt nicht nur darauf an, was ihr sagt, sondern auch wie. Zeigt, dass ihr von eurer Idee überzeugt seid.
2. Sprecht nicht zu monoton, sondern deutlich und in angemessenem Tempo. Auch wenn ihr nur kurz Zeit habt, dürft ihr nicht zu schnell reden.
3. Lächelt, seid freundlich und zuvorkommend. Haltet Blickkontakt.
4. Schweift nicht ab, haltet euch an euren ursprünglichen Plan, aber seid dennoch flexibel, wenn euch ein bestimmtes Wort nicht einfällt.
5. Schließt eure Kurzpräsentation mit einer Aufforderung („Call to Action“) ab und gebt dem Gegenüber die Chance, in Kontakt zu bleiben.

METHODENGLOSSAR

Einen Gallery Walk durchführen

I. Worum geht es?

Einzelne von euch oder Gruppen stellen Ergebnisse aus, die sie zuvor in einer Arbeitsphase erarbeitet haben. Die anderen haben die Möglichkeit, einen „Gallery Walk“ zu unternehmen. Dabei könnt ihr an den ausgestellten Ergebnissen vorbeispazieren, die Ergebnisse betrachten und vielleicht auch Fragen dazu stellen.

II. Geht dabei so vor:

1. Schritt: Vorbereitung

- Nummeriert eure Plakate, damit ihr sie in der Auswertungsphase gut auseinanderhalten könnt.
- Ein Gruppenmitglied sollte immer in der Nähe eures Plakats stehen, um es bei Bedarf erklären zu können. Überlegt euch hierzu einen „Dienstplan“.
- Verabredet eine Zeit, z. B. 20 Minuten, die ihr für euren Gallery Walk nutzen wollt. Haltet diese verabredete Zeit unbedingt ein, damit ihr anschließend gemeinsam ein Auswertungsgespräch führen könnt.

2. Schritt: Eindrücke notieren

Damit ihr im Anschluss an euren Galeriegang nicht alles vergessen habt, ist es sinnvoll, sich ein paar Notizen zu machen (siehe Tabelle). Ihr könnt weitere Kriterien ergänzen.

	Plakat 1	Plakat 2	Plakat 3	...
Layout				
Idee/Originalität				
Aussage				
...				

3. Schritt: Plakate ausstellen

Hängt nun eure Plakate im Klassenzimmer oder zum Beispiel im Flur eurer Schule aus. Ihr solltet den Platz so wählen, dass er frei zugänglich ist, d. h. alle sollten sich problemlos davorstellen und die Bilder betrachten können. Der Galeriespaziergang kann beginnen.

4. Schritt: Plakate beurteilen

Nun könnt ihr auf der Basis der eigenen Notizen entscheiden, welche/s Plakat/e in Bezug auf die Aufgabenstellung besonders gut gelungen ist bzw. sind. Bedenkt, dass einem Urteil immer eine sachliche Begründung zugrunde liegen sollte.

Bearbeiter

Ein Wandplakat erstellen

I. Worum geht es?

Neben der permanenten Präsenz im Klassenraum bietet ein Wandplakat den Vorteil, den gelernten Inhalt zu visualisieren. Während die Visualisierung oftmals von der Lehrperson geleistet wird, besteht die Aufgabe nicht selten darin, zuzuschauen, zuzuhören sowie den Inhalt nachzuvollziehen und abzuschreiben. Problematisch ist dieses Vorgehen insofern, als die visuellen Vorgaben der Lehrkraft oftmals nicht so nachzuvollziehen sind, wie dies aus Lehrersicht erscheint. Somit empfiehlt es sich, möglichst eigene visuelle Grundmuster zu entwickeln, da sich so eigene gedankliche Verknüpfungen und Verankerungen ausbilden.

II. Geht dabei so vor:

1. Schritt: Vorbereitung

Haltet das Wichtigste fest. Hierbei können euch folgende Materialien helfen:

- Bilder, Tabellen, Fotos ...
- kurze Informationstexte

2. Schritt: Gestaltung

- klare, saubere, deutliche Schrift
- keine Rechtschreibfehler
- Farben verwenden, die auch von weitem gut erkennbar sind
- Raum gut aufteilen (nicht dicht gedrängt)

Nach: Klippert, Heinz: Methodentraining – Übungsbausteine für den Unterricht. 10. Auflage. Weinheim/Basel: Beltz Verlag 1999, S. 168

METHODENGLOSSAR

Ein Gruppenpuzzle durchführen

I. Worum geht es?

Diese Unterrichtsmethode ist eine Form der Gruppenarbeit. Sie arbeitet mit zwei Gruppenformen, der Stamm- und der Fachgruppe.
Beim Gruppenpuzzle werden die Mitglieder einer Klasse in Gruppen eingeteilt. Jede Gruppe bearbeitet das Gesamtthema, jedoch jedes Mitglied in Einzelarbeit einen anderen Teil.

II. Geht dabei so vor:

1. Schritt: Bildet Stammgruppen

1. Teilt die Klasse in Stammgruppen von drei bis sechs Personen auf.
2. Teilt jedem Mitglied einer Stammgruppe eine Teilaufgabe zu. Jedes Gruppenmitglied wird somit zum „Fachkundigen“ eines Themas.
3. Gebt euch ausreichend Zeit, damit ihr euch in euer Gebiet einarbeiten könnt.

Stammgruppen

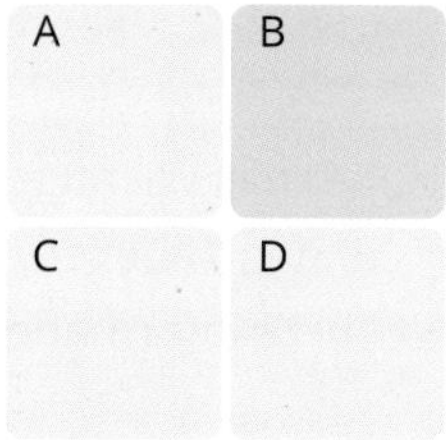

2. Schritt: Bildet Fachgruppen

1. Bildet nun „Fachgruppen“, indem sich Mitglieder des gleichen Themengebiets treffen und ihre Ergebnisse vergleichen.
2. Besprecht in euren neuen Gruppen eure Teilaufgabe als Fachkundige. Löst zusammen die Teilaufgabe und formuliert ein Ergebnis mit dem alle Fachkundigen einverstanden sind.

Fachgruppen

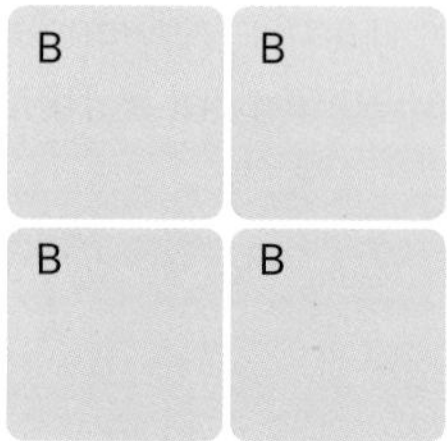

3. Schritt: Rückkehr in die Stammgruppen

1. Kehrt als anschließend in eure ursprünglichen Gruppen zurück.
2. Vermittelt euren anderen Gruppenmitgliedern, was ihr über euer Themengebiet erarbeitet habt.
3. Hört den anderen Fachkundigen zu und stellt ihnen gegebenenfalls Verständnisfragen.

Stammgruppen

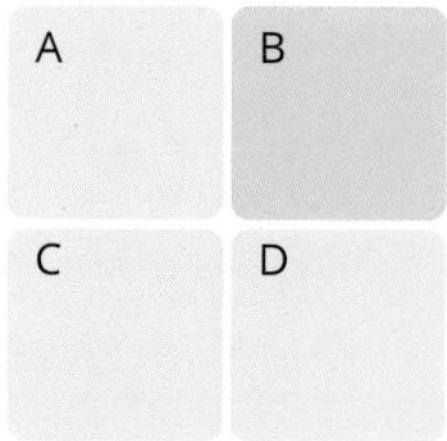

Eine Pro-Kontra-Diskussion führen

I. Worum geht es?

Bei der Pro-Kontra-Diskussion handelt es sich um eine Diskussionsform, die formal nach genau festgelegten Regeln abläuft. Die Pro- und Kontra-Gruppen diskutieren mit dem Ziel, die Mehrheitsverhältnisse jeweils zu ihren Gunsten zu verändern. Am Anfang und am Ende einer Pro-Kontra-Diskussion steht eine Abstimmung. Das Ziel der Pro-Kontra-Diskussion ist es, möglichst viele Begründungsmöglichkeiten zu einer Frage kennen zu lernen und so die eigene Urteilsgrundlage zu erweitern.

II. Geht dabei so vor:

1. Schritt: Stimmungsbild erheben und Vorbereitung

1. Führt zur Entscheidungsfrage eine erste Erhebung des Stimmungsbildes durch.
2. Teilt die Klasse in zwei etwa gleich große Gruppen ein. Eine Gruppe übernimmt die Pro-, die andere die Kontra-Position.
3. Bereitet euch in den Gruppen mit Hilfe der Materialien des Kapitels (ggf. auch mittels weiterer Recherchen) auf die Diskussion vor.
4. Wählt ca. 4–5 Personen aus beiden Gruppen, die an der Diskussion teilnehmen.
5. Wählt einen Moderator bzw. eine Moderatorin, die kurz in die Thematik einführt und für einen ordnungsgemäßen Ablauf sorgt.

Hinweis zu 1.
Haltet das Ergebnis an der Tafel, auf einer Folie o. ä. fest.

2. Schritt: Durchführung

1. Beide Gruppen sitzen sich (ähnlich wie im britischen Unterhaus) gegenüber.
2. Die Moderation eröffnet die Diskussion und fordert pro Gruppe eine Rednerin oder einen Redner auf, ihre/seine Position kurz zu verdeutlichen.
3. Im weiteren Verlauf wechseln sich die Rednerinnen und Redner der beiden Gruppen nach jedem Redebeitrag ab. Die Moderation führt eine Rednerliste, auf der Meldungen der Reihe nach notiert werden und ruft auf.

3. Schritt: Zweite Abstimmung und Auswertung

1. Am Ende der Diskussion erfolgt eine zweite Abstimmung.
2. Danach wird das Abstimmungsverhalten ausgewertet: Was hat euren Meinungswandel verursacht? Welche Argumente haben euch besonders überzeugt? Warum seid ihr (nicht) bei eurer Meinung geblieben?
3. Alle Teilnehmenden erhalten abschließend eine Rückmeldung zu ihrer Argumentationsleistung von den Beobachtern und Beobachterinnen.

Basierend auf: Achour, Sabine/Frech, Siegfried/ Massing, Peter, Strassner, Veit (Hg.): Methodentraining für den Politikunterricht. Frankfurt/Main: Wochenschau Verlag 2020, S. 204

Ein begründetes Urteil bilden

I. Worum geht es?

„Das ist eben meine Meinung!“ Dieser oft gesagte Satz kommt von Personen, die ihr Urteil nicht richtig begründen können. Sicherlich hat jeder Mensch das Recht, seine Meinung frei zu äußern. So steht es in Artikel 5 des Grundgesetzes. Damit diese auch nachvollziehbar ist und überzeugt, sollte sie gut begründet sein. Ein „begründetes Urteil“ muss einige wichtige Bedingungen erfüllen.

II. Geht dabei so vor:

1. Schritt: Ein Spontanurteil formulieren

1. Formuliert euer erstes spontanes Urteil zum Thema oder zur Fragestellung.
2. Begründet es vorläufig in einem oder wenigen Sätzen. Folgende Formulierungen können dabei helfen: *Ich denke, dass der Vorschlag umgesetzt werden sollte, weil... . Meiner Meinung nach sollte/sollte nicht..., damit/weil... .*

2. Schritt: Fragen an das Thema mithilfe von „Prüfsteinen“ (Kriterien) formulieren

1. Überlegt euch Fragen, die dabei helfen, das Thema genauer zu prüfen.
2. Beispielsweise könnte man fragen, ob die Einrichtung einer neuen Fahrradstraße zum Klimaschutz beiträgt. Der Prüfstein hieße dann: „Hat das Vorhaben Auswirkungen auf die Umwelt/das Klima?“ Weitere Prüfsteine können sein:
   - Ist das Vorhaben umsetzbar?
   - Ist das Vorhaben wirksam?
   - Ist das Vorhaben gerecht?

3. Schritt: Verschiedene Sichtweisen (Perspektiven) betrachten

1. Überlegt, wer oder welche Personengruppen mit der Frage oder der Entscheidung zu tun haben (Schülerinnen und Schüler, Eltern, Poltiker:innen ...).
2. Prüft, welche Argumente die unterschiedlichen Personen(gruppen) für oder gegen den Vorschlag vorbringen könnten.

Personengruppen	Argumente für...	Argumente gegen...

4. Schritt: Ein begründetes Urteil formulieren

1. Nachdem ihr Prüfsteine und Perspektiven mit möglichst vielen Informationen zum Thema verbunden habt, formuliert euer Urteil.
2. Benennt dabei mindestens einen Prüfstein, der euch besonders wichtig ist.

Formulierungshilfen

Aus meiner Sicht ist ...

Ich bin für/gegen ..., weil ...

Es gibt dafür starke Argumente, zum Beispiel ...

Bearbeiterin

Eine Debatte führen – die „Eishockey-Debatte"

I. Worum geht es?

Probleme betreffen oftmals die gesamte Bevölkerung eines Landes. Da dabei sehr viele verschiedene Interessen und Gruppen in der Gesellschaft betroffen sind, kann es meist keine Lösung geben, die für alle gleich gut ist. Deshalb sind Konflikte unausweichlich und Lösungen immer umstritten. Der Streit um die richtige Lösung von Konflikten gehört somit zum Kern unserer Gesellschaft. Die öffentliche Debatte, die in den Medien, in den Parteien und Parlamenten, aber auch in den Familien und in der Schule geführt wird, ist eine wichtige Vorstufe zur Entscheidungsfindung. Wer in einer Debatte besonders gut argumentiert, der kann großen Einfluss auf Entscheidungen nehmen. Eine Möglichkeit, eine geordnete Debatte zu führen, ist die „Eishockey-Debatte".

Sie erlaubt es, eine Diskussion zu führen, ohne dass Einzelne dabei im Mittelpunkt steht, da sich die Diskussionsmannschaften gegenüberstehen. Kein Spieler und keine Spielerin kann ein gesamtes Eishockeyspiel absolvieren, denn das Tempo des Spiels ist viel zu hoch. Deshalb wechseln sich die Spieler und Spielerinnen immer ab und sobald sie sich wieder stark fühlen, können sie wieder auf das Eis. Je mehr Leute mitstreiten, desto mehr Argumente und Ideen gibt es.

II. Geht dabei so vor:

1. Schritt: Vorbereitung der „Eishockey-Debatte"

Bevor ihr mit der Durchführung der „Eishockey-Debatte" beginnt, solltet ihr die Sitzordnung in eurem Klassenzimmer folgendermaßen gestalten:

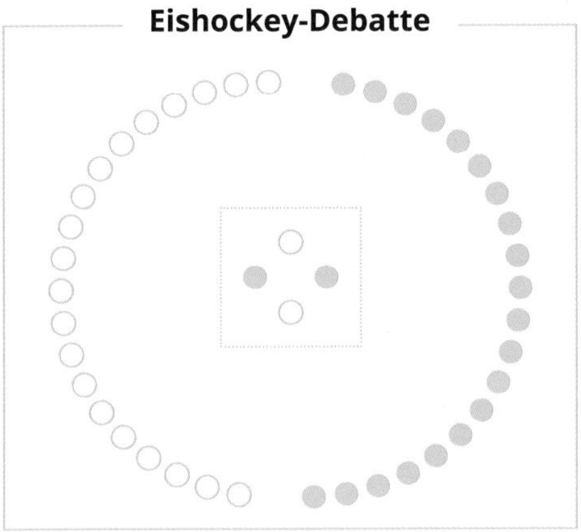

2. Schritt: Die Durchführung der „Eishockey-Debatte"

1. In der „Eishockey-Debatte" diskutieren immer nur vier Schülerinnen und Schüler miteinander: zwei aus der Pro- und zwei aus der Kontra-Gruppe.
2. Das gesamte Team steht aber jederzeit bereit, in die Diskussion einzugreifen.
3. Hat ein Mitglied aus dem Diskussionsteam eine gute Idee oder ein schlagkräftiges Argument, dann wird es „eingewechselt": Das aktuelle diskutierende Gruppenmitglied geht zurück ins Publikum, ein Publikumsmitglied nimmt auf einem der Diskussionsstühle Platz – nun geht die Debatte weiter.
4. Die Debatte ist zu Ende, wenn keine neuen Argumente genannt werden bzw. wenn sich niemand mehr einwechseln lassen will.

Bearbeiterin

Eine Internetrecherche durchführen

I. Worum geht es?

Suchmaschinen bieten oft viele Tausend verschiedene Internetseiten. Nicht alle sind vertrauenswürdig oder aktuell. Eine Recherche im Internet muss daher strukturiert angegangen werden. Die folgende Vorgehensweise kann euch dabei unterstützen.

II. Geht dabei so vor:

1. Schritt: Suche eingrenzen, Begriffe finden

Grenzt eure Suchanfrage möglichst genau ein. Am besten gebt ihr nur einzelne Stichworte ein und kombiniert diese auf verschiedene Arten und Weisen miteinander. Anstatt *Wie viele Mitglieder hatte die EU im Jahr 1990?* könntet ihr z. B. eingeben: *EU Mitglieder 1990*. Mithilfe von Operatoren könnt ihr eure Suchanfrage weiter anpassen oder verfeinern („–" schließt z. B. Begriffe aus, z B. *EU Mitglieder 1990 –wikipedia*; so bekommt ihr keine Ergebnisse der Wikipedia angezeigt). Ihr könnt auch einzelne Wörter mithilfe von Anführungszeichen fest miteinander verbinden (z. B. *„EU-Mitglieder"*), so dass diese genauso auf der Website auftauchen müssen.

2. Schritt: Suchergebnis auswählen

Als Ergebnis erhaltet ihr in der Regel eine lange Liste an Treffern von Internetseiten. Beachtet, dass die ersten Ergebnisse manchmal Werbeanzeigen sind; diese solltet ihr ignorieren. Bei den für euch interessanten Ergebnissen solltet ihr zunächst einen Blick auf die URL (= die Internetadresse) werfen.

- Die URL („www..." oder „https://...") gibt euch oft schon Auskunft darüber, wer der Anbieter der Internetseite ist. Viele Einrichtungen, Ministerien, Tageszeitungen u. Ä. verwenden in der Regel ihren Namen als URL.
- Die Top-Level-Domain gibt euch Auskunft über die Sprache bzw. das Herkunftsland der Website (z. B. „.de" für Deutschland). Beachtet hier, dass eine euch bekannte Top-Level-Domain eine Website nicht automatisch seriös macht.

Klickt die Seite an, die am besten zu eurer Suche passt und überfliegt den Inhalt. Werdet ihr nicht fündig, könnt ihr es mit dem nächsten Ergebnis probieren oder eure Suchanfrage anpassen.

3. Schritt: Die Bewertung von Internetseiten

Den Begriff Fake News kennt ihr sicherlich. So großartig es ist, dass heutzutage viele Menschen ihr Wissen und ihre Meinungen im Internet teilen können, macht es dies umso wichtiger, dass ihr Webseiten, welche ihr zur Recherche nutzen wollt, genau prüft. Leider sind heute auch Webseiten, die gezielt versuchen Menschen zu beeinflussen, keine Seltenheit mehr.

Nur weil etwas im Internet steht, ist es nicht automatisch richtig. Wie vertrauenswürdig eine Website ist, könnt ihr z. B. über das Impressum herausfinden. Beachtet unbedingt auch folgende Gesichtspunkte:

- Wem gehört die Website? Universitäten, Bundesministerien und seriösen Zeitungen könnt ihr zunächst einen größeren Vertrauenszuschuss entgegenbringen als privaten Blogs, YouTube-Kanälen oder gar Posts in Kommentarspalten.
- Wer ist der Autor oder die Autorin und wann ist der Artikel erschienen? Handelt es sich um einen Kommentar oder soll der Artikel informieren? Finden sich dazu im Artikel oder im Impressum Informationen?
- Sind die Behauptungen durch Quellen belegt? Achtet hier ganz besonders darauf, dass die Behauptung nicht einfach nur mit einer anderen Webseite belegt ist, die die gleiche Behauptung aufstellt. Ziel ist es, den Ursprung der Meldung zu finden.
- Sind die Zahlen und Fakten im Artikel plausibel und belegbar? Wie ihr wisst, ist es heute nicht schwierig, Fotos zu manipulieren oder durch Zuschneiden in einen anderen Kontext zu setzen. „Reverse Image"-Suchmaschinen wie TinEye (www.tineye.com) können euch dabei helfen, zu prüfen, wo im Internet ein Bild noch auftaucht.
- Bei kontroversen Themen solltet ihr immer mehrere Nachrichtenseiten aufsuchen, um sicherzustellen, dass ihr verschiedene Meinungen berücksichtigt. Radikale oder extremistische Meinungen solltet ihr nicht erwähnen, außer sie sind für das Thema von Bedeutung.

Wie gut bist du im Umgang mit Nachrichten im Internet?

Mediencode: 71093-41

4. Schritt: Ergebnisse sichern

Sichert eure Ergebnisse, ganz besonders, wenn ihr nicht euren eigenen Geräte, sondern die der Schule verwendet. Druckt eure Ergebnisse aus, macht euch Notizen zu den Websites oder legt euch Lesezeichen in eurem Browser an.

Ein Interview mit Fachleuten führen

I. Worum geht es?

Interviews mit Fachleuten öffnen den Unterricht für die außerschulische soziale Welt und ermöglichen eine Form des „realen Handelns". Dabei sollte „Fachleute" nicht zu eng gefasst werden. Nicht nur wissenschaftlich und beruflich gut ausgebildete Personen vom Fach, sondern auch engagierte Bürgerinnen und Bürger oder Zeitzeuginnen und Zeitzeugen verfügen über „Insider-Wissen", das den Unterricht auf interessante Weise bereichern kann.

II. Geht dabei so vor:

1. Schritt: Vorklärungen

- Klärt, was genau ihr wissen wollt und warum. Nur so könnt ihr passgenaue Fragen finden.
- Stellt Überlegungen an, welcher Experte oder welche Expertin sich am besten für das entsprechende Thema eignet.
- Plant den zeitlichen, räumlichen und situativen Rahmen eures Interviews. Wo soll es durchgeführt werden?

2. Schritt: Inhaltliche Vorbereitung (Erstellung eines Fragenkatalogs)

- Formuliert kurze, aber keine geschlossenen Fragen („Sind Sie der Meinung ... oder nicht?"). Vermeidet W-Fragen und wählt stattdessen Fragemuster, die einen weiteren Antworthorizont zulassen („Können Sie uns bitte erläutern ...").
- Fragt präzise. Ihr wollt den Experten oder die Expertin nicht gängeln, aber auch nicht zu Abschweifungen verleiten.
- Bringt faktenorientierte „Einpunktfragen" und problemorientierte offene Fragen in ein ausgewogenes Verhältnis.
- Verboten sind Suggestivfragen und Fragen mit versteckter Wertung sowie unfaire Fragen.

3. Schritt: Durchführung

- Sorgt für ein angenehmes Gesprächsklima (Raumregie, Getränkeauswahl für den Gast, Begrüßung und Vorstellung, Danksagung etc.).
- Bestimmt einen Moderator oder eine Moderatorin, welche auf eine saubere Trennung von Befragung und Gedankenaustausch achten und sich auch um die Einhaltung der übrigen Gesprächsregeln kümmern.
- Legt fest, wie die Ergebnisse des Interviews festgehalten werden sollen (Beobachtungsbogen).

Nachbereitung

- Reflektiert den Erfolg des Interviews. Habt ihr herausgefunden, was ihr wissen wolltet?
- Betrachtet das Interview unbedingt auch aus ideologiekritischer Perspektive. War die Darstellung des Gastes einseitig bzw. parteiisch? Solltet ihr als Publikum argumentativ überwältigt werden?

Bearbeiter

Einen Kurzvortrag halten

I. Worum geht es?

Ein Kurzvortrag ist ein Vortrag über ein Thema, der in einer begrenzten Zeit (etwa 5–15 Minuten) gehalten wird. Häufig wird er in Form von Übungsreferaten in der Schule eingesetzt.

II. Geht dabei so vor:

1. Schritt: Vorbereitung und Einleitung

Beginnt euren Vortrag pünktlich. Eine gelungene Eröffnung des Vortrags ist die beste Möglichkeit, um beim Publikum Interesse für die Darbietung zu wecken. Ihr könnt euer Thema entsprechend verschiedene Einstiegsvarianten auswählen. Sicher kennt ihr die schlechteste Variante aus eigener Erfahrung: „Wir wollen heute einen Vortrag zum Thema ... halten." Und schon habt ihr das Desinteresse der Zuhörer auf eurer Seite. Ein guter Einstieg spricht das Publikum visuell und persönlich an und bezieht es ein. Wenn es sich thematisch anbietet, könnt ihr das Publikum auch mit einen Vergleich konfrontieren, provozieren, überraschen oder erheitern.

2. Schritt: Durchführung

Interessiert sich euer Publikum erst einmal für euer Thema, könnt ihr Thema und Gliederung vorstellen. Damit beginnt ihr den Hauptteil des Vortrags – das „Filetstück". Eure Gliederung als „Fahrplan" der Darbietung schreibt ihr am besten auf eine Folie oder bringst sie vor Beginn des Referates auf einem Flipchart oder einer Tafel an. So kann das Publikum dem Inhalt eures Vortrags gut folgen. Plant den Hauptteil wie eine Regieanweisung. Falls ihr das Referat als Gruppe haltet, ist es umso wichtiger für jeden nachvollziehbar den Ablauf zu skizzieren. Klärt in diesem Fall auch, wer den gerade Vortragenden mit dem Auflagen/Weiterklicken der Folien oder dem Zeigen von Bildern unterstützt.

3. Schritt: Abschluss

Der Schluss fasst die wesentlichen Aspekte eures Vortrags zusammen. Hütet euch aber vor solchen Formulierungen: „Jetzt sind wir am Ende unseres Vortrags" oder „Alles Wesentliche wurde gesagt, wir fassen nur noch einmal zusammen". Gut ist es, wenn Einstieg und Schluss einen gewissen Rahmen des Referates bilden. Bevor ihr euch setzt, fragt ihr noch einmal nach, ob jemand eine Frage hat.

Der erste Eindruck ist entscheidend!

Der letzte Eindruck bleibt!

Bearbeiterin

Operatoren in den Aufgaben

Die Aufgaben in „**Politik & Co. 10**“ enthalten sogenannte Operatoren. Operatoren sind bestimmte Verben, die euch in den Aufgaben mitteilen, welche Tätigkeiten und welche Lösungsdarstellungen von euch erwartet werden.
Damit es zu keinen Missverständnissen kommt, was ihr genau machen sollt, wenn ihr in den Aufgaben unterschiedliche Operatoren lest, findet ihr in den nachfolgenden Tabellen genaue Beschreibungen der allermeisten in „**Politik & Co. 10**“ verwendeten Operatoren.
Das vorliegende Lehrbuch „**Politik & Co. 10**“ hat sich dabei an den Operatoren der Einheitlichen Prüfungsanforderungen in der Abiturprüfung Sozialkunde/Politik orientiert – hier aber stark vereinfacht. Die Operatoren sind drei Gruppen von unterschiedlichen Anforderungsbereichen zugeordnet.

Operatoren im Anforderungsbereich I (Reproduktion)

Operator	Beschreibung
aufzählen nennen wiedergeben zusammenfassen	Fachbegriffe, Daten, Fakten und Aussagen in zusammengefasster Form darstellen.
benennen bezeichnen	Sachverhalte, Prozesse und Strukturen mit richtigen Begriffen korrekt aufführen.
beschreiben darlegen darstellen	Wesentliche Sachverhalte im logischen Zusammenhang mithilfe von Fachsprache wiedergeben.

Anforderungsbereich II (Reorganisation und Transfer)

Operator	Beschreibung
analysieren	Materialien oder Sachverhalte systematisch auswerten. Es reicht nicht, alle Besonderheiten aufzuzählen, diese müssen auch geordnet, ausgewertet und in einen Zusammenhang gesetzt werden.
auswerten	Verschiedene Daten oder Einzelergebnisse zu einer abschließenden Gesamtaussage zusammenführen.
charakterisieren	Sachverhalte in ihren Eigenarten beschreiben und diese dann unter einem bestimmten Gesichtspunkt zusammenführen.
einordnen	Eine Position zuordnen oder einen Sachverhalt in einen Zusammenhang stellen.
erklären	Sachverhalte durch Wissen und Einsichten in einen Zusammenhang (z. B. Regel, Gesetz) einordnen und deuten.
erläutern	Wie erklären, aber durch zusätzliche Informationen und Beispiele verdeutlichen.

Operator	Beschreibung
herausarbeiten ermitteln erschließen	Aus Materialien bestimmte Sachverhalte herausfinden, auch wenn sie nicht explizit genannt werden, und Zusammenhänge zwischen ihnen herstellen.
vergleichen	Sachverhalte gegenüberstellen, um Gemeinsamkeiten, Ähnlichkeiten und Unterschiede herauszufinden.
widerlegen	Argumente dafür anführen, dass Daten, eine Behauptung, ein Konzept oder eine Position nicht haltbar sind.

Anforderungsbereich III (Reflexion und Problemlösung)

Operator	Beschreibung
begründen	Zu einem Thema oder Sachverhalt komplexe Grundgedanken logisch und schlüssig entwickeln.
beurteilen	Den Stellenwert von Sachverhalten oder Prozessen in einem Zusammenhang bestimmen, um mithilfe von Prüfsteinen zu einem begründeten Urteil zu gelangen.
bewerten Stellung nehmen	Wie beurteilen, aber zusätzlich mit Berücksichtigung weiterer Werte wie z. B. Gerechtigkeit, Gesetzmäßigkeit, Vielfalt...
entwerfen	Ein Konzept in seinen wesentlichen Zügen erstellen.
entwickeln	Zu einem Sachverhalt oder zu einer Problemstellung ein konkretes Lösungsmodell, eine Gegenposition, ein Lösungskonzept oder einen Regelungsentwurf begründend skizzieren.
gestalten	Entwerfen von eigenen Reden, Strategien, Beratungsskizzen, Karikaturen, Szenarien, Spots und von anderen medialen Produkten sowie das Entwickeln von eigenen Handlungsvorschlägen und Modellen.
interpretieren	Sinnzusammenhänge aus Materialien erschließen.
problematisieren	Widersprüche herausarbeiten, Positionen begründend hinterfragen.
prüfen überprüfen	Inhalte, Sachverhalte, Vermutungen oder Hypothesen auf der Grundlage eigener Kenntnisse oder mithilfe zusätzlicher Materialien auf ihre sachliche Richtigkeit bzw. auf ihre innere Logik hin untersuchen.
sich auseinandersetzen diskutieren	Zu einem Sachverhalt, zu einem Konzept, zu einer Problemstellung oder zu einer These eine Argumentation entwickeln, die zu einer begründeten Bewertung führt.

Nach: Kultusministerkonferenz: Einheitliche Prüfungsanforderungen in der Abiturprüfung Sozialkunde/Politik – Beschluss der Kultusministerkonferenz vom 01.12.1989 in der Fassung vom 17.11.2005. In: www.kmk.org (Abruf am 20.05.2021)

Kleines GRW-Lexikon

A

Arbeitgeberverband
Zusammenschluss von Arbeitgeber:innen (Unternehmen) zum Zweck gemeinsamer Interessenvertretung gegenüber Gewerkschaften und Staat.

Arbeitslosengeld
Unterstützungsleistung für arbeitslose Arbeitssuchende. Zu unterscheiden ist zwischen Versicherungsleistungen aus der Arbeitslosenversicherung (das ist in Deutschland das Arbeitslosengeld I, welches i. d. R. für ein Jahr gezahlt wird) und aus Steuergeldern finanzierten Mindestsicherungssystemen (dazu gehört das Arbeitslosengeld II, Hartz IV).

B

Bedingungsloses Grundeinkommen
Die umstrittene Idee, allen Menschen eines Landes mit einer regelmäßigen, einkommensunabhängigen Zahlung zu unterstützen, ohne dass diese etwas dafür tun müssen oder ohne dass diese Angst davor haben müssen, dass diese ihnen gestrichen werden kann.

Bedürfnis
Bedürfnis ist der Wunsch, einen Mangel zu beseitigen. So liegt dem Bedürfnis zu trinken Durst als Mangelempfinden zugrunde.

Binnenmarkt
Ein Wirtschaftsraum, in dem einheitliche Bedingungen für den Verkehr von Waren, Dienstleistungen und Kapital herrschen. Bürger können ihren Wohn- und Arbeitsort frei wählen. Der Binnenmarkt in der EU wurde zum 1.1.1993 verwirklicht.

Bruttoinlandsprodukt (BIP)
Messgröße, mit der die wirtschaftliche Leistungskraft eines Landes dargestellt wird. Das BIP umfasst den Geldwert aller in einem Jahr innerhalb der Landesgrenzen produzierten Waren und Dienstleistungen (von In- und Ausländern). Um das BIP pro Kopf zu erhalten, teilt man das BIP eines Landes durch die Zahl der Einwohner und Einwohnerinnen.

Bürgerliches Gesetzbuch (BGB)
In ihm stehen die wichtigsten rechtlichen Regelungen, die das Zusammenleben der Bürger betreffen, z. B. zu den Rechten und Pflichten beim Kaufvertrag.

E

Einkommen
Allgemein meint man damit das Arbeitseinkommen für Erwerbstätigkeit (Lohn, Gehalt, Gewinn). Darüber hinaus gibt es auch Einkommen als Entgelt für die Bodennutzung (Miete, Pacht) oder als Entgelt für die Nutzung von Kapital (Sparzinsen, Kreditzinsen). Einkommen, die der Staat ohne Gegenleistung bezahlt, nennt man Transfereinkommen.

Europäische Union
Die Gemeinschaft von heute (2021) mit 27 europäischen Staaten wurde 1957 als Wirtschaftsbündnis gegründet. Neben der gemeinsamen Politik in allen wirtschaftlichen Bereichen wurde im Vertrag von Maastricht (1992) auch eine Zusammenarbeit in der Außen- und Sicherheitspolitik sowie der Justiz- und Innenpolitik beschlossen.

EU-Organe
Zu den wichtigsten Organen der Euro-

päischen Union – vergleichbar mit den Verfassungsorganen in der Bundesrepublik Deutschland – gehören der Ministerrat, die Europäische Kommission, das Europäische Parlament, der Europäische Gerichtshof und der Europäische Rat.

Europäische Zentralbank (EZB)
Die EZB wurde am 1.6.1998 gegründet und bildet zusammen mit den nationalen Notenbanken das europäische System der Zentralbanken. Die EZB ist von politischen Weisungen unabhängig und seit der Einführung des Euro am 1.1.1999 für die Geldpolitik im Euroraum zuständig. Ihre Hauptaufgabe ist es, die Preisstabilität zu garantieren.

F

Frieden
Johan Galtung unterteilt diesen in negativen Frieden (= die Abwesenheit von Krieg) und positiven Frieden, welcher auch Gerechtigkeit, gleichmäßige Verteilung von Einkommen und Bildungschancen beinhaltet.

G

Geld
Geld ist ein allgemein anerkanntes und gültiges Zahlungsmittel, mit dem man Waren oder Dienstleistungen erwerben kann. Geld ist Tauschmittel, Wertaufbewahrungsmittel, Wertübertragungsmittel und Recheneinheit.

Geldpolitik
Ziel der Geldpolitik ist die Stabilität des Geldwertes (also eine niedrige Inflationsrate). Daneben soll die Geldpolitik auch die allgemeine Wirtschaftspolitik unterstützen. Die Geldpolitik ist Sache der Europäischen Zentralbank.

Gerechtigkeit
Einstellung, Prinzip, Zustand, bei dem jede Person das erhält, was ihr zusteht. Wie dieser Zustand zu erreichen ist, ist umstritten. So unterscheidet man Chancengerechtigkeit, Leistungsgerechtigkeit, Bedarfsgerechtigkeit und Teilhabegerechtigkeit.

Gewerkschaft
Freiwilliger Zusammenschluss von Beschäftigten, um gemeinsame wirtschaftliche, soziale und berufliche Interessen gegenüber den Arbeitgebern besser durchsetzen zu können.

Grundgesetz (GG)
Die Verfassung der Bundesrepublik; sie regelt den Aufbau, die Aufgaben und das Zusammenspiel der Verfassungsorgane.

Grundrechte
In der Verfassung garantierte Rechte, die für jeden Einzelnen gewährleistet werden, wie z. B. die Meinungsfreiheit (Art. 5), die Versammlungsfreiheit (Art. 8) und die Menschenwürde (Art. 5).

Güter
Güter sind ganz allgemein Mittel (z. B. Waren, Dienstleistungen, Rechte), mit denen Bedürfnisse befriedigt werden können. Sie haben einen Preis und sind i. d. R. nicht unbegrenzt verfügbar. Nur wenige Güter auf der Erde (z. B. Luft, Sand in der Wüste) sind freie Güter, d. h. unbegrenzt vorhanden.

H

Haushalt
Die genaue Aufstellung der geplanten Einnahmen und Ausgaben für ei-

nen bestimmten Zeitraum (meist das kommende Jahr). Die Einnahmen werden nach den Quellen unterschieden, die Ausgaben nach dem Zweck der Verwendung.

I

Inflation

Prozess anhaltender Preisniveausteigerungen bzw. anhaltender Geldentwertung.

K

Kaufvertrag

Beim Kaufvertrag müssen sich Käufer bzw. Käuferin und Verkäufer bzw. Verkäuferin über die Kaufsache und den Kaufpreis einigen. In der Fachsprache heißt das, dass sie zwei übereinstimmende Willenserklärungen abgeben müssen (Angebot und Annahme). Der Verkäufer bzw. die Verkäuferin ist durch den Vertrag zur Übereignung der mangelfreien Kaufsache verpflichtet, der Käufer bzw. die Käuferin zur Bezahlung des vereinbarten Kaufpreises und zur Abnahme der Kaufsache.

Knappheit

Knappheit entsteht dadurch, dass unsere Wünsche und Bedürfnisse unbegrenzt, die vorhandenen Güter auf der Erde jedoch begrenzt sind. Knappheit ist also letztlich der Grund für die wirtschaftliche Betätigung des Menschen. Güter zur Befriedigung von Bedürfnissen müssen von den Menschen hergestellt werden, die Preise der Güter sind ein Gradmesser für ihre Knappheit.

Konflikt

Ein Konflikt ist ein Spannungszustand zwischen Personen oder auch Staaten. Er entsteht dadurch, dass es zwischen den Personen, Personengruppen oder Staaten unterschiedliche Zielvorstellungen und Interessen gibt, die (zunächst) unvereinbar gegeneinander stehen.

Kredit

Ein Gläubiger überlässt einem Schuldner Geld unter der Voraussetzung der Rückzahlung.

M

Mali

Semipräsidentielle Republik in Westafrika. Mali wurde im später 19. Jahrhundert Teil der Kolonie Französisch-Sudan. 1960 erreichte Mali Unabhängigkeit und verabschiedete nach einem Militärputsch im Jahr 1991 eine neue Verfassung und wurde zum Mehrparteienstaat. 2012 eskalierte erneut ein Konflikt in Nordmali. Im Zuge der UN-Mission MINUSMA sind seit 2013 Soldatinnen und Soldaten der deutschen Bundeswehr in Mali im Einsatz.

Markt

Der reale oder virtuelle Ort, an dem Angebot und Nachfrage nach Gütern und Leistungen aufeinandertreffen und Preise gebildet werden (z. B. Automarkt, Börse). Das Grundprinzip des Marktes ist der Tausch.

Marktwirtschaft

In der Marktwirtschaft steuern Angebot und Nachfrage, Wettbewerb und freie Preisbildung den Wirtschaftsprozess. Das Privateigentum an den Produktionsmitteln wird garantiert.

Menschenrechte

Die persönlichen Rechte, die jedem Menschen von Geburt an zustehen, z. B. das Recht auf Meinungsfreiheit.

N

Nachhaltigkeit
Der Begriff bedeutet, dass man nicht mehr von einem Rohstoff (der Natur) verbrauchen soll, als nachwachsen kann. In Bezug auf die Umwelt heißt das, dass man den Ausgangszustand für die folgenden Generationen bewahren soll und die Umwelt nicht durch Abgase und Müll irreparabel schädigen darf.

NATO (engl. North Atlantic Treaty Organization, Nordatlantikpakt)
Das Verteidigungsbündnis zwischen den USA, Kanada und den westeuropäischen Staaten wurde am 4.4.1949 gegründet. Die Mitglieder verpflichten sich im Falle eines Angriffs auf einen Mitgliedstaat zum gegenseitigen Beistand. Wichtigstes Gründungsmotiv war die Abwehr der Expansionsabsichten des Kommunismus, insbesondere die Verteidigung gegenüber der Sowjetunion und seinen Verbündeten. Heute hat die NATO zum Ziel, Frieden und Freiheit weltweit zu verteidigen, z. B. auch im Auftrag der Vereinten Nationen.

O

Ökonomisches Prinzip
Das ökonomische Prinzip besagt, dass die vorhandenen Mittel (Geld, Zeit) optimal eingesetzt werden sollen, um ein bestimmtes Ergebnis zu erreichen. Bei vorgegebenen Mitteln soll ein möglichst hoher Ertrag erzielt werden (Maximalprinzip). Bei einem vorgegebenen Ertrag sollen möglichst geringe Mittel eingesetzt werden (Minimalprinzip).

P

Planwirtschaft/Zentralverwaltungswirtschaft
Bezeichnung für ein Wirtschaftssystem, deren Produktion durch zentrale Pläne (einer staatlichen Planungsbehörde) gelenkt wird. Es gibt kein Privateigentum an Produktionsmitteln.

Preisbildung
Prozess, in dem sich in einer Marktwirtschaft auf den Märkten die Preise bilden. Preisbildung ist abhängig von Marktform und dem Angebot und der Nachfrage. Sie vermittelt zwischen Produktion und der Befriedigung bestehender Bedürfnisse.

Produktion
Bezeichnet den Prozess der Herstellung von Produkten durch den Einsatz betrieblicher Produktionsfaktoren. Dies können im weiteren Sinne auch Dienstleistungen z. B. ein Haarschnitt sein.

Produktionsfaktoren
Dies sind Güter und (Dienst-)Leistungen, die eingesetzt werden, um andere Güter und (Dienst-)Leistungen herzustellen bzw. zu erbringen. Die klassischen Produktionsfaktoren sind Arbeit, Kapital und Boden. Im betriebswirtschaftlichen Fertigungsprozess unterscheidet man diese Produktionsfaktoren: Betriebsmittel (z. B. Maschinen), Werkstoffe (werden verarbeitet), Arbeit und Informationen.

R

Rechtsfähigkeit
Mit der Geburt ist der Mensch Träger von Rechten und Pflichten.

Rechtsstaat
Ein Rechtsstaat ist ein Staat, in dem die öffentliche Gewalt an eine objektive Rechtsordnung gebunden ist. In einem Rechtsstaat ist die Macht des Staates be-

grenzt, um die Bürger vor gesetzloser Willkür zu schützen.

Rentenreform
Bestreben, das aktuelle deutsche Rentensystem zu erneuern, da dieses aufgrund der Altersverteilung in Deutschland (viele alte Menschen, wenige junge Menschen) so langfristig immer schwieriger zu finanzieren wird.

S

Soziale Marktwirtschaft
Die Soziale Marktwirtschaft ist die Bezeichnung für die Wirtschaftsordnung der Bundesrepublik Deutschland, die den Grundsatz der Freiheit auf dem Markt mit dem des sozialen Ausgleichs verbindet.

Sozialstaat
Bezeichnung für einen Staat, der seinen Bürger:innen ein Existenzminimum sichert, wenn sie in Not geraten sind, und für einen gerechten Ausgleich zwischen Reichen und Bedürftigen sorgt. In Deutschland geschieht dies z. B. durch die Sozialversicherungspflicht und durch staatliche Unterstützung, wie Sozialhilfe, Kindergeld oder Ausbildungs- und Arbeitsförderung.

Sozialstaatsprinzip
In Art. 20 Abs. 1 GG wird die Bundesrepublik Deutschland als „demokratischer und sozialer Bundesstaat" definiert. Art. 28 Abs. 1 GG führt näher aus: „Die verfassungsmäßige Ordnung in den Ländern muss den Grundsätzen des republikanischen und sozialen Rechtsstaates im Sinne dieses Grundgesetzes entsprechen." Aufgrund dieses Sozialstaatsgebots (auch: Sozialstaatsprinzip) des Grundgesetzes formulierten die Richter des Bundesverfassungsgerichts zwei Aufgaben für alle staatlichen Organe:
1. durch entsprechende politische Maßnahmen ist für sozialen Ausgleich und 2. für die Sicherung der sozialen Existenz der Bürger zu sorgen.
Konkret bedeutet dies:
- Schutz vor Not;
- Sicherung gegen Wechselfälle des Lebens (z. B. Einkommensausfall infolge von Alter, Krankheit, Invalidität oder Arbeitslosigkeit);
- Bekämpfung großer sozialer Ungleichheit;
- Mehrung des Wohlstandes insgesamt.

Die Wege zur Erreichung dieser Ziele werden der Gestaltung durch demokratische Mehrheiten überlassen (Offenheit des Sozialstaatsprinzips). Das Ordnungsprinzip des Sozialstaatsgebotes zählt zum unveränderlichen Verfassungskern des Grundgesetzes.

Sozialversicherungssystem
Bezeichnung für die Gesamtheit gesetzlicher Pflichtversicherungen in Deutschland (Arbeitslosen-, Renten-, Kranken-, Pflege- und Unfallversicherung). Die Sozialversicherung versichert den Einzelnen gegen Risiken für seine Existenz. Sie ist organisiert nach dem Solidarprinzip. Sozialversicherungspflichtig sind alle abhängig Beschäftigten.

Staat
Mit dem Begriff bezeichnet man eine Vereinigung vieler Menschen (Staatsvolk) innerhalb eines durch Grenzen bestimmten geografischen Raumes (Staatsgebiet) unter einer unabhängigen (souveränen) Staatsgewalt, die von den Staatsorganen (Regierung, Parlamente, Gerichte, Polizei) ausgeübt wird.

Stabilitäts- und Wachstumsgesetz
1967 wurden mit dem „Gesetz zur Förderung der Stabilität und des Wachstums der Wirtschaft" (Stabilitätsgesetz, StabG) Ziele staatlicher Wirtschaftspolitik formuliert: „Bund und Länder haben bei ihren wirtschafts- und finanzpolitischen Maßnahmen die Erfordernisse des gesamtwirtschaftlichen Gleichgewichts zu beachten. Die Maßnahmen sind so zu treffen, dass sie im Rahmen der marktwirtschaftlichen Ordnung gleichzeitig zur Stabilität des Preisniveaus, zu einem hohen Beschäftigungsstand und außenwirtschaftlichem Gleichgewicht bei einem stetigen und angemessenen Wirtschaftswachstum beitragen (§ 1 StabG)." Die Charakterisierung der stabilitätspolitischen Zielsetzung als „magisches Viereck" bezieht sich darauf, dass zwischen den Zielen wechselseitige Beziehungen und Zielkonflikte bestehen, die es als unmöglich erscheinen lassen, alle Zielvorgaben gleichzeitig zu erfüllen.

Subsidiaritätsprinzip
Prinzip, nach dem ein Problem auf der Ebene gelöst werden soll, auf der es entsteht. „Was der Einzelne tun kann, sollen nicht andere für ihn tun." Erst wenn auf dieser Ebene keine Abhilfe möglich ist, soll die nächst höhere Ebene sich des Problems annehmen (Familie, Gemeinde, Land, Bund, EU).

T

Tarifvertragsparteien
Dazu zählen Gewerkschaften (vertreten die Arbeitnehmer:innen) und Arbeitgeberverbände (vertreten die Arbeitgeber:innen). Im Rahmen der Tarifautonomie handeln diese beiden Interessengruppen ohne Einmischung des Staates in eigener Verantwortung Tarifverträge aus, die Löhne, Arbeitszeiten und sonstige Arbeitsbedingungen regeln sollen.

Taschengeld
Meist regelmäßige Zuwendungen an Jugendliche, über die sie mit Einwilligung der Erziehungsberechtigten frei verfügen können.

Terrorismus
Planmäßige Gewaltanwendung von Einzeltätern oder Gruppen zur Verfolgung politischer oder religiöser Ziele. Der Terrorismus möchte durch gezielte Anschläge Angst, Schrecken und Unsicherheit unter der Bevölkerung verbreiten.

Transfereinkommen
Als Transfereinkommen bezeichnet man Einkommen, welches durch den Staat oder andere Institutionen bereitgestellt wird, ohne dass eine konkrete Gegenleistung erfolgt (Beispiel: Sozialhilfe, Arbeitslosengeld II etc.).

U

Unternehmen
Dauerhafte organisatorische Einheit zur Produktion bzw. zur Erbringung von Dienstleistungen, die mehrere Betriebe umfassen kann. Je nach Träger werden private, öffentliche oder gemeinwirtschaftliche Unternehmen unterschieden, je nach Rechtsform Einzel-, Personen- und Kapitalgesellschaften.

V

Verbraucherschutz
Maßnahmen zum Schutz der Gesundheit der Verbraucher und zur Stärkung ihrer Rechte als Konsumenten. Mit bestimmten Gesetzen (z. B. zur Kennzeichnung

von Lebensmitteln oder zur Gewährleistung), aber auch durch eine verbesserte Information und Aufklärung (z. B. durch Produktsiegel und Warentests) soll die Position der Verbraucher gegenüber den Anbietern verbessert werden.

Vereinte Nationen (engl. United Nations Organization)
Nach dem Zweiten Weltkrieg gegründete kollektive Sicherheitsorganisation zur Wahrung des Weltfriedens und der Menschenrechte. Fast alle Staaten der Erde sind Mitglieder der UNO.

Vermittlungsausschuss
Europäische Union: Ausschuss, der tätig wird, wenn nach der Zweiten Lesung eines Gesetzes keine Einigung zwischen Europäischem Parlament und Ministerrat erzielt werden kann. Der Vermittlungsausschuss setzt sich aus den Mitgliedern des Rates und ebenso vielen Vertretern und Vertreterinnen des Europäischen Parlaments zusammen, Mitglieder der EU-Kommission nehmen beratend teil.

Vier Freiheiten
Wirtschaftliche Freiheiten des europäischen Binnenmarktes: Freiheit des Warenverkehrs, Personenfreizügigkeit, Dienstleistungsfreiheit, freier Kapital- und Zahlungsverkehr.

W

Währungsunion
Zusammenschluss souveräner Staaten mit vorher unterschiedlichen Währungen zu einem einheitlichen Währungsgebiet. Im Gegensatz zu einer Währungsreform bleibt der Geldwert beim Übergang zu einer Währungsunion erhalten.

Werbung
Im wirtschaftlichen Sinne die Bekanntmachung von Gütern oder Dienstleistungen mit der Absicht, bei den Konsumenten eine Kaufhandlung auszulösen. Wird dies versteckt gemacht, spricht man von Schleichwerbung.

Wirtschaftskreislauf
Modell, in dem die Tauschvorgänge zwischen den Wirtschaftssubjekten (private Haushalte, Unternehmen, Staat, Banken; erweiterte Darstellung umfasst auch das Ausland) dargestellt werden.

Wirtschaftsordnung
Setzt sich zusammen aus den Regeln und Institutionen, die die Rahmenbedingungen wirtschaftlichen Handelns abstecken. Klassisch werden v. a. Fragen der Eigentumsrechte, der Preisbildung und der Steuerung von Wirtschaftsprozessen entschieden.

Wohlstandsindikatoren
Wohlstandsindikatoren versuchen den Wohlstand eines Landes objektiv messbar zu machen. Lange Zeit wurde sich dafür auf das BIP verlassen. Heute ist jedoch strittig, ob das BIP noch geeignet ist, abzubilden, wie gut es der Bevölkerung eines Landes wirklich geht. Deswegen finden immer häufiger alternative Wohlstandsindikatoren (z. B. der Better-Life-Index, Human Development Index, Big Mac Index etc.) Anwendung, welchen den Fokus auf einzelne Teilbereiche des Lebens legen und nicht nur die wirtschaftliche Leistung eines Landes beachten.

Register

A

Absatz 46
Absatzmarkt 199
AKP-Gruppe 200, 202
Anbieter 20, 24
Angebot 12, 27, 49
Angebotsorientierung 69, 70
Arbeit 4.0 74
Arbeitgeberverband 38 f.
Arbeitsbeziehungen 38 ff., 49
Arbeitskampf 39 f.,
Arbeitslosigkeit 50, 60, 78 ff.
Arbeitslosigkeit, friktionelle 79
Arbeitslosigkeit, konjunkturelle 79
Arbeitslosigkeit, Kosten der 80
Arbeitslosigkeit, saisonale 78 f.
Arbeitslosigkeit, strukturelle 79
Asymmetrischer Krieg 99
Außenwirtschaftliches Gleichgewicht 67

B

Banken 41 ff.
Bedingungsloses Grundeinkommen 83 ff., 92
Bedürfnisse 16, 86
Beschlüsse 116, 123, 145, 152, 159
Betrieb 14, 38
Betriebsrat 36, 39, 49
Bezos, Jeff 30, 36 f.
Bio-Logo 136
BIP, nominales 51
BIP, reales 51
Blauhelme 102, 117 f.
Brexit 178 ff.
Bruttoinlandsprodukt (BIP) 50 ff., 61, 72 f., 173
Bundeswehr 103 ff., 109, 112 ff.
Bürokratie 118

C

Charta der Grundrechte der Europäischen Union 182 f.
Corona 30, 71, 179 f., 198

E

Eigenkapitalrentabilität 35
Einkommen 29, 31, 50 f., 67, 83 ff., 99
Empfehlungen 69, 145
ERASMUS 135
Erhard, Ludwig 19
EU-Asyl- und Migrationspolitik 182 ff., 188 f.
EU-Austritt 178 f.
EU-Binnenmarkt 87, 135, 139, 170 f.
Eucken, Walter 19
EU-Erweiterung 150, 175 ff.
EU-Gesetzgebungsverfahren 158 f.
EU-Handelspolitik 147, 199 f.
EU-Kunststoffrichtlinie 149, 155, 160 f., 167 f.
EU-Ministerrat 149, 152 f., 160 f.,
EU-Mitglieder 175
EU-Parlament 150.
EU-Rechtsakte 145
Euro 172 f.
Europäische Bürgerinitiative 164 f.
Europäische Kommission 147 f.
Europäische Republik 204
Europäische Wirtschafts- und Währungsunion (EWWU) 173
Europäischer Gerichtshof (EuGH) 155 ff.
Europäischer Rat 154 ff.
Europäische Zentralbank 42
Euro-Stabilitätspakt 173
EU-Symbole 138
EU-Werte 138 f., 176, 182,
EU-Ziele 138 f.
EU-Zuständigkeiten 144

F

Flüchtlinge, Verteilung von 189
Flüchtlingskrise 182 ff., 186 ff.
Frieden 98 f., 109 ff.
Frieden, negativer 98 f.
Frieden, positiver 98 f.
Friedensmaßnahmen 116
Friedman, Milton 69 f.

G

Galtung, Johan 99
Geldkreislauf 42
Gemeinsame Europäische Außen- und Sicherheitspolitik 196 ff.
Generationenvertrag 89 f.
Genfer Flüchtlingskonvention 183
Gerechtigkeit 22, 86, 99, 111, 139
Gewährleistungsrecht 20
Gewalt 99, 101, 116 f., 123
Gewerkschaft 22, 37, 39 f., 201
Gründungstätigkeit 31
Guerilla 99
Güter 51

I

Inflation 67, 52, 173

K

Kalter Krieg 121
Kant, Immanuel 99
Kapital 35, 46, 54 f.
Kapitalstock 54
Kartell 19 f., 23,
Kaufentscheidung 12
Keynes; John Maynard 69 f.
Klimaschutzprogramm 2030 57, 59
Kohleausstieg 56, 58 f.
Konflikte 99 ff.
Konjunkturprognosen 62 f.
Konjunkturzyklus 61
Konvergenzkriterien 173
Kopenhagener Kriterien 176
Krieg 99 f., 111
Krieg, asymmetrischer 99
Kündigung 20, 22, 58

L

Libyen, Bürgerkrieg 194 f.
Libyen, Flüchtlinge 192 ff.
Liquidität 42
Lobbyismus 151

M

Magisches Sechseck 67
Magisches Viereck 66 f.
Mali 102 ff., 114, 118
Marketing-Mix 46
Marktwirtschaft, freie 16 f.
Marktwirtschaft, soziale 18 ff.
Menschenrechte 110 f., 115, 123, 138 f., 176,
Menschenrechtsverletzung 188, 193
Ministerrat der EU 149, 152 f., 160 f.
Monopol 19 f., 24
Müller-Armack, Alfred 18

N

Nachfrageorientierung 69 f.
Nachhaltigkeit 54 f.
Nachtwächterstaat 16
NATO 120 ff., 197
NSU 101

O

Ordoliberalismus 19
OSZE 120 ff.

P

Parlamentsarmee 110
Peacekeeping 117
PEGIDA 101
Planwirtschaft 14 f.
Plastikmüll 142 ff., 146, 148 f., 160, 166 ff.
Preisstabilität 67
Produktionsfaktoren 46

Q

Qualitatives Wachstum 52
Quantitatives Wachstum 52

R

Rackete, Carola 184 f.
Rechtsakte der EU 145
Rechtsform 45
Referendum 178
Richtlinien 145, 166 ff.
Rentenreform 89, 91
Rentenversicherung 90
Rezession 61

S

Sicherungssystem, soziales 80
Smith, Adam 16
Sozialprinzip 20
Sozialstaat 21, 75, 86
Sozialversicherung 80, 90
Stabilitäts- und Wachstumsgesetz 67
Standortwahl 46
Startup 31
Stellungnahme 145
Streik 39 f.
Supranationalismus 144
Subsidiarität 144

T

Tarifautonomie 39 f.
Tarifkonflikt 40
Tarifpartnerschaft 38
Tarifverhandlung 40
Tarifvertrag 38 ff.
Terrorismus 122 f., 197

U

Umweltschutz 51, 67, 138 ff., 143
UN-Blauhelme 103, 117 f.
UN-Generalversammlung 116
UN-Resolutionen 114, 116, 118, 122, 194
UN-Sicherheitsrat 116
Unternehmensziele 34 ff.

V

Vereinte Nationen 115 ff.
Vereinte Nationen, Aufgaben 115 f.
Verordnungen 145, 158 f.
Verteidigungspolitische Richtlinien der Bundesrepublik 109 f.
Vertrag von Amsterdam 173
Vertrag von Lissabon 139, 163, 179, 196 f.
Vertrag von Maastricht 173
Vertrag von Nizza 197
Vier Freiheiten 170

W

Wachstum 50 ff., 60 ff., 66 ff.
Warschauer Paket 121 f.
Wettbewerb 19 f., 23 ff.
Wettbewerbsprinzip 20
Wirtschaftskreislauf, einfacher 28
Wirtschaftskreislauf, erweiterter 28 f.
Wirtschaftsordnung 12 f.
Wohlstandsindikatoren 52 f.
Was Wir Wissen 26 f., 49, 72 f., 92, 129 ff., 141, 169. 174, 181, 191, 202

Z

Zentralverwaltungswirtschaft 14 f.

Vollständige Links zu Texten mit CC BY 4.0 Lizenz oder aus Lizenzrechtlichen Gründen

S. 25, M21a:
https://ec.europa.eu/germany/news/20190320-milliardenstrafe-google_de

S. 136, M3:
https://ec.europa.eu/info/food-farming-fisheries/farming/organic-farming/organic-logo_de

S. 137 f., M5:
https://europa.eu/european-union/about-eu/eu-in-brief_de

S. 143, M2b:
https://www.europarl.europa.eu/news/de/headlines/society/20181005STO15110/plastik-im-meer-fakten-auswirkungen-und-neue-eu-regelungen

S. 145, M4c:
https://ec.europa.eu/info/law/law-making-process/types-eu-law_de

S. 146, M5:
https://ec.europa.eu/info/law/better-regulation/have-your-say/initiatives/1502-Reducing-marine-litter-action-on-single-use-plastics-and-fishing-gear_de

S. 147 f., M6:
https://europa.eu/european-union/about-eu/institutions-bodies/european-commission_de

S. 149, M8 (1):
https://www.europarl.europa.eu/news/de/press-room/20181018IPR16524/wegwerfprodukte-aus-plastik-parlament-stimmt-fur-verbot-ab-2021

S. 150, M9:
https://europa.eu/european-union/about-eu/institutions-bodies/european-parliament_de

S. 152, M11:
https://europa.eu/european-union/about-eu/institutions-bodies/council-eu_de

S. 154 f., M14:
https://europa.eu/european-union/about-eu/institutions-bodies/european-council_de

S. 160, M20 (1):
https://www.europarl.europa.eu/news/de/press-room/20140110IPR32385/plastikmull-parlament-schlagt-alarm

S. 165, M23b:
https://europa.eu/citizens-initiative/initiatives/details/2017/000004_de

S. 200, M13:
https://ec.europa.eu/germany/handelspolitik_der_eu_de

Bildnachweis

123rf.com / lianem – S. 57 • akg-images – S. 17 • Alamy Stock Photo / Keystone Pictures USA – S. 19; - / Pictorial Press Ltd. – S. 16 • © Amnesty International / Foto: Sebastian Brötzner – S. 182 • Baaske Cartoons, Müllheim / Bengen – S. 69; - / Mester – S. 158; - / Plaßmann – S. 78; - / Schneider – S. 115 • BAMF – S. 186 • Bergmoser + Höller AG, Aachen – S. 38, 40, 116, 156 • bpk Bildagentur / Georg Buxenstein Co – S. 17 • © Bundeskartellamt – S. 23 • © Bundesministerium der Finanzen – S. 71 • Bundeswehr / Liesmann – S. 109; - / Roland Polzin – S. 96 • Bundeszentrale für politische Bildung, www.bpb.de, Bonn – S. 144 • © DER SPIEGEL 2/2004 – S. 89 • © DIE ZEIT – S. 54 • DIW, Berlin – S. 86 • DIZ Süddeutscher Verlag, Bilderdienst / S.M. Süddeutsche Zeitung Photo – S 19 • dpa Picture-Alliance / Andreas Franke – S. 57; - / Arne Dedert – S. 85; - / Balance/Photoshot., ANT Photo Library – S. 142; - / Horst Galuschka – S. 185; - / imageBROKER, Peter Seyfferth – S. 15; - / MAXPPP – S. 75; - / Michael Kappeler – Cover; - / Nur Photo, Markus Heine – S. 102; - / Peter Popp – S. 89; - / Sven Simon, Malte Ossowski – S. 194; - / ZB, Britta Petersen – S. 77; - / ZB, Deutsche Fotothek, Höhne-Pohl – S. 15; - / ZB, Karlheinz Schindler – S. 204; - / ZUMA Press, Ron Przysucha – S. 126 • dpa Picture-Alliance / dpa-infografik – S. 80, 90, 102, 117, 159, 187 • Erste Asset Management – S. 71 • EU-Kommission – S. 136 • © Europäische Union, 2020 / Aurore Martignoni – S. 148; - / Mauro Bottaro, Claudio Centonze – S. 147 • Getty Images / EyeEm, Miguel O. Martins – Cover; - / iStock Editorial, olrat – S. 152; - / iStock Editorial, verve231 – S. 192; - / iStockphoto, Cobalt88 – S. 44; - / iStockphoto, deepspace – S. 96; - / iStockphoto, IlyaNatty – S. 120; - / iStockphoto, jonny007pan – S. 43; - / iStockphoto, OpiaKai Studio – S. 96; - / iStockphoto, Tanaonte – S. 96; - / iStockphoto, vojtechvlk – S. 138; - / iStockphoto, vora – S. 79; - / Photos.com – S. 14; - / Stockbyte, WFL062 – S. 115 • HIIK e.V. – S. 100 • IAB-Forum 12/2020 – S. 80 (2) • IAB-Kurzbericht 4/2018 – S. 76 • Institut für Ökonomische Bildung Oldenburg – S. 26 • iStockphoto / amriphoto – S. 96; - / NoDerog – S. 166; - / SeppFriedhuber – S. 96 • Jürgen Janson, Landau – S. 109, 124 • joannakosowska.com – S. 205 • KAS / Klaus Barisch – S 17 • © Kostas Koufogiorgos, Stuttgart – S. 196 • LUFF (Rolf Henn), Hennweiler – S. 153 • mauritius images / Alamy Stock Photo, Storms Media Group – S. 30; - / Alamy Stock Photo, Ulrich Doering – S. 199; - / ClassicStock, Charles Phelps Cushing – S 70 • Shutterstock.com / Alexandros Michailidis – S. 155; - / ciwoa – S. 157; - / Corepics VOF – Cover; - / Danomyte – S. 74; - / Drop of Light – S. 137 • Statista GmbH, Hamburg – S.- 36, 53, 62, 143, 162 • Klaus Stuttmann, Berlin – S. 168, 178 • toonpool / marian kamenski – S. 56 • Ullstein-Bild / Financial Times - S. 70 • www.schleycartoons.com – S. 50 • Zustimmung für bedingungsloses Grundeinkommen eher bei jungen, bei besser gebildeten Menschen sowie in unteren Einkommensschichten / Jule Adriaans, Stefan Liebig, Jürgen Schupp, In: DIW Wochenbericht. - 86 (2019), 15, S. 263-270 – S. 84